WISE SAYING

공자

인간
Human

김동구 엮음

明文堂

머리말——세상 살아가는 지혜

『명언(名言)』(Wise Saying)은 오랜 세월을 두고 음미할 가치가 있는 말, 우리의 삶에 있어서 빛이나 등대의 역할을 해주는 말이다. 이 책은 각 항목마다 동서양을 망라한 학자·정치가·작가·기업가·성직자·시인……들의 주옥같은 말들을 예시하고 있다.

이러한 말과 글, 시와 문장들이 우리의 삶에 용기와 지침이 됨과 아울러 한 걸음 나아가 다양한 지적 활동, 이를테면 에세이, 칼럼, 논문 등 글을 쓴다든지, 일상적 대화나, 대중연설, 설교, 강연 등에서 자유로이 적절하게 인용할 수 있는 여건을 충족시켜 줄 것이다.

독자들은 동서양의 수많은 석학들 그리고 그들의 주옥같은 명언과 가르침, 사상과 철학을 접할 수 있는 좋은 기회를 얻음으로써 한층 다양하고 품격 높은 삶을 영위할 수 있을 것이다.

이 책은 각 항목 별로 다음과 같이 구성되어 있다.

【어록】

어록이라 하면 위인들이 한 말을 간추려 모은 기록이다. 또한 유학자가 설명한 유교 경서나 스님이 설명한 불교 교리를 뒤에 제자들이 기록한 책을 어록이라고 한다. 각 항목마다 촌철살인의 명언, 명구들을 예시하고 있다.

【속담·격언】

오랜 세월에 걸쳐서, 민족과 지역의 수많은 사람들의 생생한 경험을 통해서 여과된 삶의 지혜를 가장 극명하게 표현하는 것이기 때문에 문자 그대로 명언 가운데서도 바로 가슴에 와 닿는 일자천금(一字千金)의 주옥같은 말이라고 할 수 있다.

【시 · 문장】

항목을 그리는 가장 감동 감화적인 표현이라고 할 수 있다. 가장 마음속에 와 닿는 시와 문장을 최대한 발췌해 수록했다.

【중국의 고사】

동양의 석학 제자백가, 사서오경(四書五經)을 비롯한 《노자》 《장자》《한비자》《사기》……등의 고사를 바탕으로 한 현장감 있는 명언명구를 인용함으로써 이해도를 한층 높여준다.

【에피소드】

서양의 석학, 사상가, 철학자들의 삶과 사건 등의 고사를 통한 에피소드를 접함으로써 품위 있고 흥미로운 대화를 영위할 수 있는 소양을 갖추는 계기가 된다. 그 밖에도 【우리나라 고사】【신화】【명연설】【명작】【전설】【成句】 …… 등이 독자들로 하여금 박학한 지식을 쌓는 데 한층 기여해줄 것이다.

많은 서적들을 참고하여 가능한 한 최근의 명사들의 명언까지도 광범위하게 발췌해 수록했다. 그러나 너무도 많은 자료들을 수집하다 보니 미비한 점도 있을 것으로, 독자 여러분의 너그러운 이해를 바란다.

운계 김동구
— 雲溪 金東求

차 례

인간

인간 human 人間

【어록】

■ 하늘 위와 하늘 아래에서 오직 내가 홀로 존귀하다{天上天下唯我
獨尊 : 석가가 태어났을 때 외쳤다고 하는 탄생게(誕生偈)}.
― 석가모니

■ 천지는 만물의 어버이이고, 사람은 만물의 영물이다(惟天地 萬物
父母 惟人 萬物之靈). ―《상서(尙書)》

■ 새가 장차 죽으려 할 때엔 그 울음이 슬프고, 사람이 장차 죽으려
할 때엔 그 말이 착하다(鳥之將死其鳴也悲 人之將死其言也善 : 새
가 죽을 때에는 그 울음소리가 슬픈 것 같이, 사람이 죽을 때에는
자연히 그 본성(本性)으로 돌아가서 그 하는 말이 착하다는 말).
―《논어》 태백

■ 하백(河伯) :『무엇을 하늘(자연)이라 하고(何謂天), 무엇을 인위
라 하는 것입니까(何謂人)?』 북해약(北海若) :『소나 말이 네 발
을 가지고 있는 것을(牛馬四足) 하늘(자연)이라 말하고(是謂天), 말
의 머리에 고삐를 매거나(落馬首), 소의 코를 뚫는 것을(穿牛鼻) 인

위라 말하는 것이다(是謂人).』 ─《장자》

■ 하늘이 낳은 만물 중에 인간이 가장 귀하다(天生萬物 唯人爲貴).
─《열자》

■ 천시는 지리만 못하고, 지리는 인화만 못하다(天時不如地利 地利
不如人和 : 사람이 서로 기쁜 마음으로 협력하지 않으면 아무리 천
시와 지리적 조건이 좋아도 그 힘을 발휘하기 어렵다).
─《맹자》

■ 사람의 본성(本性)은 선하다. ─《맹자》

■ 사람의 성격은 본디 악하다. ─《순자》

■ 하늘과 사람의 사이(관계)를 탐구하고, 과거와 현재의 변화에 통하
고, 일가의 말을 이룬다(究天人之際 通古今之變 成一家之言).
─ 사마천

■ 묻노니, 그대는 왜 푸른 산에 사는가. 그저 웃을 뿐, 답은 않고 마
음이 한가롭네. 복사꽃 띄워 물은 아득히 흘러가나니, 별천지 따로
있어 인간 세상 아니네(問餘何意棲碧山 笑而不答心自閑 桃花流水
杳然去 別有天地非人間). ─ 이백(李白) / 산중문답

■ 하늘이 할 수 있는 것은 만물이 자라게 하는 것이고, 사람이 할 수
있는 것은 만물을 다스릴 수 있는 것이다(天之所能者 生萬物也 人
之所能者 治萬物也). ─ 유우석(劉禹錫)

■ 무릇 일은 근본에 힘을 써야 한다. 나라는 백성을 근본으로 삼고,
백성은 의식(衣食)을 근본으로 삼는다(凡事須務本 國以人爲本 人以

衣食爲本).   ─《정관정요(貞觀政要)》

■ 인간세상 일장 꿈과 같으니 순식간에 천변만화가 생긴대도 이상할
  바 없다(人世一大夢 俯仰百變 無足怪者).   ─ 소식(蘇軾)

■ 인간은 푸른 바다에 한 톨 좁쌀과도 같다(渺滄海之一粟 : 인간 존
  재의 미약함을 말한 것).   ─ 소식

■ 복숭아꽃 흐르는 것이 인간 세상에도 있음이라, 무릉도원이 어찌
  반드시 신선들만의 것이겠는가(桃花流水在人世 武陵豈必皆神仙).
                                                         ─ 소식

■ 급하면 하늘을 부르고, 아프면 아버지 어머니를 부르는 것은 인간
  의 진실한 감정이다(因急而呼天 疾痛而呼父母者 人之至情也).
                                                    ─ 소철(蘇轍)

■ 인간의 마음은 알지 못하는 것이 없고, 천하의 사물은 도리가 없는
  것이 없다. 도리가 무궁무진하니 인간의 지식도 끝이 없다(人心之
  靈 莫不有知 而天下之物 莫不有理 唯於理有未窮 故其知有不盡也).
                                                    ─ 주희(朱熹)

■ 인간의 목숨은 하늘만큼 크다(人命大如天). ─《수호전(水滸傳)》

■ 호랑이는 죽어서 가죽을 남기고, 사람은 죽어서 이름을 남긴다(虎
  死留皮 人死留名).   ─ 구양수

■ 성실한 것은 하늘의 도요, 성실히 하려는 것은 사람의 도이다(誠者
  天之道也 誠之者 人之道也 : 하늘의 도(道)에는 한 점의 착오도 없
  다. 봄이 지나면 여름이 오고 여름이 지나면 가을이 온다. 밤이 지

나면 낮이 오고 낮이 지나면 밤이 된다. 그래서 성(誠)은 천(天)의
도(道)라고 한다. 그러나 사람은 사심이 있어 천도(天道)에 어긋나
기 쉽다. 노력해서 천도, 즉 성실을 실천하는 것이 인간의 도리다}.

— 《중용》

■ 사람은 명예와 지위의 즐거움을 알면서도 이름 없고 지위가 없이
지내는 참다운 즐거움을 알지 못한다.　　　　　— 《채근담》

■ 신(神)이나 자기 자신을 존경하지 않는 사람은 살아 있다고 할 수
없다.　　　　　　　　　　　　　　　　　— 마누 법전

■ 인간은 강하여 하늘을 이길 수 있다(人强勝天).

— 《일주서(逸周書)》

■ 지상에서 호흡하고, 또한 기어 다니는 모든 것 중에서 인간 이상으
로 약한 것을 대지는 키우지 않는다.　　　　— 호메로스

■ 이 세상에는 그릇된 생활을 하고 있는 세 가지 인간형이 있다. 금
세 화를 내는 인간, 간단히 사람을 용서하는 인간, 너무나도 완고한
인간이다.　　　　　　　　　　　　　　　　— 《탈무드》

■ 살아 있으면서도 살고 있는 것 같지 않은 인생이 셋이 있다. 첫째
로 남의 동정으로 살아가고 있는 인간, 둘째로 아내에게 지배되어
살아가고 있는 인간, 셋째로 항상 몸에 고통을 느끼며 살아가고 있
는 인간.　　　　　　　　　　　　　　　　— 《탈무드》

■ 인간은 마음 가까이에 유방이 있다. 동물은 마음 멀리에 유방이 있
다. 이는 신의 깊은 배려다.　　　　　　　　— 《탈무드》

■ 인간에게는 여섯 개의 소용되는 부분이 있다. 그 중에서 세 개는

스스로 컨트롤할 수 없지만, 세 개는 인간의 힘으로 어떻게든 되는 부분이다. 눈, 귀, 코가 앞의 것이고, 입, 손, 발이 뒤의 것이다.

— 《탈무드》

■ 인간은 세 가지 벗을 가지고 있다. 아이, 부(富), 선행.

— 《탈무드》

■ 인간은 입이 하나 귀가 둘이다. 이는 말하기보다 듣기를 두 배로 하라는 뜻이다.
— 《탈무드》

■ 인류는 단지 한 선조밖에 갖고 있지 않다. 그러므로 누가 누구보다 뛰어나다는 일은 없다. 한 사람을 죽였다면 이는 전 인류를 죽인 것과 똑같다. 마찬가지로 한 사람의 목숨을 구하면 전 인류의 목숨을 구한 것과 똑같다. 세계는 한 사람의 인간에서 시작되었고 최초의 인간을 죽였다면 오늘날 인류는 있을 수 없기 때문이다.

— 《탈무드》

■ 인간은, 인간인 한 신 가까이에 살고 있다. — 헤라클레이토스

■ 사람은 같은 흐름 속에 다시 들어갈 수 없다.

— 헤라클레이토스

■ 인간들은 새가 날아다니는 것같이 변덕스럽다.

— 아리스토파네스

■ 신기한 것은 많다. 그러나 인간만큼 신기한 것은 없다.

— 소포클레스

■ 사람은 먹기 위해서 사는 것이 아니다. 살기 위해서 먹는다.

─ 소크라테스

■ 돼지가 되어 즐거워하는 것보다 사람이 되어 슬퍼하는 것이 낫다.
─ 소크라테스

■ 인간은 만물의 척도다. ─ 프로타고라스

■ 나는 인간이니까 인간에 관한 것으로 나에게 상관없는 일은 없다.
─ 테렌티우스

■ 사람은 자기가 택한 액운을 젊어진다. ─ 피타고라스

■ 인간의 일은 무엇이건, 큰 심로(心勞)에 값하지 않는다.
─ 플라톤

■ 인간은 인간에 대해서 늑대이다. ─ T. M. 플라우투스

■ 인간은 사회적 동물이다. ─ 아리스토텔레스

■ 사람은 모두 모방된 기쁨을 느낀다. ─ 아리스토텔레스

■ 행복한 사람을 고독하게 한다는 것도 아마 부조리일 것이다. 생각
건대, 어떠한 사람이든 자기 혼자서만 모든 선을 소유하려고는 하
지 않을 것이다. 사람은 사회적인 존재로서 타인과 더불어 사는 것
을 그 본성으로 하고 있으니까. ─ 아리스토텔레스

■ 인간은 신이 아니면 동물이다. ─ 아리스토텔레스

■ 집이 국가에 우선하고 또한 필요하다고 한다면 그만큼 인간은 폴
리스적, 정치적, 사회적 동물이기보다는 배우적(配偶的) 동물이다.
─ 아리스토텔레스

■ 사람은 사람의 주인이 아니다. ─ 에픽테토스

■ 인간은 인간성을 초월하지 않으면 비열하기만 하다.

─ L. A. 세네카

■ 사람은 황금의 잔으로 독을 마신다. ─ L. A. 세네카

■ 인간은 이성적 동물이다. ─ L. A. 세네카

■ 인간은 약하고 타락한 존재로서, 서로 다투며 세계의 질서를 비방하고 자기를 변혁하기보다 하느님을 바꾸려고 한다.

─ L. A. 세네카

■ 동일한 인간이라도 포도주처럼 달고 동시에 쓸 수도 있다.

─ 플루타르코스

■ 인간에게 가장 많은 재화(災禍)를 부르는 것은 인간이다.

─ 플리니우스 2세

■ 인간은 누구나 그 몸속에 야수를 숨기고 있다.

─ 프리드리히 2세

■ 나는 생각한다. 그러므로 나는 존재한다. ─ 르네 데카르트

■ 인간은 자연 속에서도 가장 가냘픈 한 줄기의 갈대에 지나지 않는다. 그러나 그것은 생각하는 갈대이다. ─ 파스칼

■ 요컨대 사람은 자기가 비참한 것을 알고 있다. 그러므로 그는 비참한 것이다. 그러나 인간은 그야말로 위대한 것이다. 왜냐하면 그는 자기가 비참한 것을 알고 있으니까. ─ 파스칼

■ 사람은 오직 세 가지 종류가 있을 따름이다. 하나는 신을 찾고 그 신께 봉사하는 사람, 다른 하나는 신을 찾을 수도 없고 또 찾으려고

도 하지 않는 사람들이다. 이런 사람들은 지혜도 없고 또 행복하지도 않다. 셋째는 신을 찾아낼 능력은 있으나 찾으려고 하지 않는 사람들이다. 이 사람들은 지혜가 없을지 몰라도 아직 행복하지는 않다. ― 파스칼

■ 인간은 자기 일을 전연 모르기 때문에 많은 사람들은 건강하면서도 죽어 가는 줄 알고, 또 많은 사람들은 죽어 가면서도 건강하다고 생각한다. ― 파스칼

■ 인간은 신과 악마와의 사이에 부유(浮游)한다. ― 파스칼

■ 인간은 말하자면 부단히 배우는 유일한 존재이다. ― 파스칼

■ 인간은 단지 두 종류가 존재한다. 자기를 죄인이라고 생각하는 의인(義人)과, 자기를 의인이라고 생각하는 죄인 이 두 가지다. ― 파스칼

■ 인간의 참된 학문, 참된 연구는 인간이다. ― 피에르 샤롱

■ 인간이여, 너는 미소와 눈물 사이를 왕복하는 시계의 추이다. ― 조지 바이런

■ 인간은 도구를 사용하는 동물이다. ― 토머스 칼라일

■ 참으로 인간처럼 놀랄 만큼 공허하고 천태만태의 변하기 쉬운 것은 없다. 그 이상 일정한 판단을 내리기는 어렵다. ― 몽테뉴

■ 인간은 한 마리의 벌레도 만들지 못하면서 한 다스나 되는 신들을 만들고 있다. ― 몽테뉴

■ 너희는 짐승처럼 살기 위해서 만들어진 것이 아니고, 덕과 지식을

구하기 위해서 만들어진 것이다.   ― A. 단테

▣ 인간, 얼마나 위대한 걸작인가. 이성(理性)은 고귀하고, 능력은 무한하고, 행동은 천사와 같고, 이해는 신과 같다. 세계의 미요, 만물의 영장이다.   ― 셰익스피어

▣ 모든 사람은 자기만을 위하고, 하나님은 우리 모두를 위한다.
            ― 존 헤이우드

▣ 인간은 항상 방황한다. 방황하고 있는 동안에는 언제나 무엇을 추구하고 있다.   ― 괴테

▣ 인간의 최대의 가치는 인간이 외계의 사정에 될 수 있는 대로 좌우되지 않고 이것을 될 수 있는 대로 좌우한다는 데에 있다.
            ― 괴테

▣ 발전하지 않는 사람은 퇴보한다.   ― 괴테

▣ 모든 사람의 일생은 신의 손으로 쓰인 동화다.   ― 안데르센

▣ 인간의 피부 밑에는 짐승이 몇 마리씩이나 숨어 있다.
            ― 시몬 드 보봐르

▣ 사람은 여자로 태어나지 않는다. 여자가 되는 것이다.
            ― 시몬 드 보봐르

▣ 자기도 인간이면서, 그 인간이 나를 인간혐오로 삼는다.
            ― 쥘 르나르

▣ 사람은 어떻게 죽느냐가 문제가 아니라 어떻게 사느냐가 문제다.
            ― 새뮤얼 존슨

▣ 인간에 관한 참된 학문, 참된 연구소 이것이 인간이다.

— 피에르 샤롱

▣ 사람은 태어나면서 자유롭고 평등하다.　　　　— 인권선언

▣ 인간은 자기 자신에 의해서만이 구제된다. 자기에 의해서, 그리고 자기 속에서.　　　　　　　　　　　— 카를 프란초스

▣ 인간은 본성상 선인가 악인가, 혹은 본성상 선할 수도 있고 악할 수도 있게 되어 있는 것으로서 인간을 교육하는 솜씨 여하에 달려 있는가 하는 문제가 있다. 만약에 선할 수도 있고 악할 수도 있다고 한다면, 인류는 성격을 갖고 있지 않는 것으로 될 것이다.—그러나 이것은 모순이다.　　　　　　　　　— 임마누엘 칸트

▣ 인간이라는 이름에 어울리는 인간은 오직 영웅·천재·성자, 그리고 조화적이고 유력하고 완전한 인간뿐이다.　　— 헨리 아미엘

▣ 인간은 진리에 대해서는 얼음이고 허위에 대해서는 불이다.

— 헨리 아미엘

▣ 자연의 질서 중에서는 인간은 모두 평등하였고, 그 고통의 천직은 인간으로서의 상태에 있는 것이었다.　　　　— 장 자크 루소

▣ 인간을 통해서 사회를, 사회를 통해서 인간을 연구하지 않으면 안 된다. 정치와 도덕을 별개로 논하려고 하는 사람들은 그 어느 편에 대해서도 아무것도 이해하지 못한다.　　　　— 장 자크 루소

▣ 인간은 가능성의 보따리다. 그의 인생이 끝나기 전에 그에게서 인생이 무엇을 꺼내는가에 따라 그의 가치는 정하여진다.

— 해리 에머슨 포스딕

■ 자기를 짐승처럼 만드는 인간은, 인간이라는 고통에서 면하려는
것뿐이다. ― 새뮤얼 존슨

■ 세상이 야속하다 말고 세상에서 없어서는 안 될 사람이 되어라! 세
상이 그대를 찾는 사람이 되어라! ― 랠프 에머슨

■ 사람이란 태어날 때까지는 줄곧 하나의 불가능성이다.
― 랠프 에머슨

■ 남자는 의지적이고 여자는 감상적이다. 우리 인간을 배로 비유하
면, 의지는 키, 감상은 돛이다. 여자가 배를 조정하는 체할 때 키는
가면을 쓴 돛에 지나지 않는다. ― 랠프 에머슨

■ 인간은 조상보다 동시대의 사람들을 더 많이 닮는다.
― 랠프 에머슨

■ 인간이란 사실의 백과사전이다. ― 랠프 에머슨

■ 인간은 모두 발견의 항해 도상에 있는 탐구자이다.
― 랠프 에머슨

■ 사람들은 흔히 자기보다도 약한 자를 필요로 한다. ― 라퐁텐
■ 사람은 자신이 평가하는 그 정도의 인간밖에 되지 못한다.
― 프랑수아 라블레

■ 신의 수수께끼를 푼다는 따위로 엄청나게 생각지 말라. 인간의 올
바른 연구과제는 인간인 것이다. ― 알렉산더 포프

■ 사람은 그 제복과 같은 인간이 된다. ― 나폴레옹 1세

■ 대인이 되기보다는 근대인이 되는 것이 훨씬 어려운 것처럼 생각

된다. — 조제프 주베르

■ 인간이란 두 종류의 확연히 갈린 종류로 성립되어 있다. 즉 빌리는 인간과, 빌려주는 인간과의 두 종족이다. — 찰스 램

■ 옛날 아득한 옛날, 원숭이 한 마리가 있었다. 수세기가 지나자 머리카락이 곱슬머리로 되었다. 그리고 또 수세기가 지나자 손목에 엄지손가락이 났다. 그래서 인간이―그리고 실증주의자가 생겨났다. — M. 코립즈

■ 인간은 돈을 상대로 하여 사는 것이 아니다. 인간의 상대는 항상 인간이다. — 알렉산드르 푸슈킨

■ 이 세상에서 활동하는 인간의 그 중심부에는 세 가지 종류가 있다. 두뇌와 심장과 복부. 두뇌는 생각하고, 심장은 사랑을, 그리고 배(복부)는 부성(父性)과 모성(母性)을 지니고 있다. — 빅토르 위고

■ 인간은 신과 같지 않은 것으로, 다만 가장 인간다울 적에 신을 닮는다. — 앨프리드 테니슨

■ 모든 인간은, 자기 이외의 인간은 모두 죽는다고 생각한다. — 빅터 영

■ 이 세상에서 사람은 모루가 되든지 쇠망치가 되든지 둘 중 하나다. — 헨리 롱펠로

■ 인간은 원래 형이상학자이며 오만하다. 그는 자기의 감각에 대응하는 자기의 정신의 관련적 창조물이 또 현실을 표시한다고 믿을 수 있다. — 클로드 베르나르

■ 인간은 매순간마다 변화하는 유동적인 것이다. 그는 물질적 요구에, 혹은 거기에서 오는 안락함에 침잠(沈潛)하지 않는다. 오히려 인간은 그 안락함에서 뭐라고 정의하기는 어렵지만 힘의 과잉상태를 끌어내 만족감을 뒤엎고 만다.   — 폴 발레리

■ 인간은, 이야기를 하는 사람이 난로에 등을 기대고 있듯이 죽음에 등을 대고 있다.   — 폴 발레리

■ 인간은 한 사람 한 사람 떼어 보면 모두 영리하고 분별이 있지만, 집단을 이루면 바로 바보가 되고 만다.   — 프리드리히 실러

■ 모든 것이 인간 속에 있다. 모든 것이 인간을 위하여 있는 것이다.   — 오귀스트 로댕

■ 인간은 불쌍히 여길 존재가 아니라, 존경해야 할 존재이다.   — 막심 고리키

■ 인간의 야수성에 허위, 병적인 이상주의의 옷을 입히기보다도 솔직히 야수인 쪽이 인간에게 있어서는 위험이 적으리라.   — 로맹 롤랑

■ 시인이기 전에 나는 인간이다. 사람은 누구나 한 가지 사명을 갖고 있다.   — 로맹 롤랑

■ 인간이란 자기의 운명을 지배하는 자유스런 자를 가리킨다.   — 카를 마르크스

■ 인간이 근원적이면 근원적일수록 불안은 그만큼 깊다.   — 키르케고르

■ 인간이란 하나의 총합―무한과 유한, 시간적인 것과 영원한 것, 자
유와 필연이다.　　　　　　　　　　　　　　　― 키르케고르

■ 인간은 강(江)과도 같은 것이다. 물은 어느 강에서든, 어디를 흘러
가도 역시 같은 물이요, 강에는 빠른 것도 있고 넓은 것, 고요한 것,
찬 것, 흐린 것, 따뜻한 것도 있다. 인간은 이런 것이다. 인간은 누
구나 자신 속에서 인간으로서의 온갖 성질의 싹을 지니고 있으며,
어느 경우에는 하나의 성질이 나타나고 딴 경우에는 또 다른 성질
이 나타나는 법이다. 그래서 같은 사람이지마는 가끔 전혀 다른 성
질이 나타나곤 하는 것이다. 어떤 사람에게는 이런 경우가 몹시 심
한 경우가 있다.　　　　　　　　　　　　　― 레프 톨스토이

■ 사람은 여러 사람에게 호감을 사면 살수록 더 깊게는 사랑받지 못
한다.　　　　　　　　　　　　　　　　　　　― 스탕달

■ 인간답지 않은 자는 바르지 못하다.　　　　　　― 보브나르그

■ 사람의 가치를 직접적으로 나타내는 것은 재산도 아니고, 그의 행
적도 아니고, 그 사람됨이다.　　　　　　　― 헨리 F. 아미엘

■ 사람은 자기가 사랑하는 것만큼 용서한다.　　　― 라로슈푸코

■ 책보다는 인간에게서 배울 필요가 있다.　　　　― 라로슈푸코

■ 얼마나 많은 인간이 죄 없는 이들의 피와 목숨으로 살고 있는가!
　　　　　　　　　　　　　　　　　　　　― 라로슈푸코

■ 인간 일반을 아는 것은, 개개의 인간을 아는 것보다도 용이하다.
　　　　　　　　　　　　　　　　　　　　― 라로슈푸코

■ 인간은 남과 다른 것처럼 자기와도 때때로 다른 사람이다.

— 라로슈푸코

■ 사람은 선보다도 악으로 기울어진다.　　　— 마키아벨리

■ 인간에겐 행복 이외에 전혀 똑같은 분량의 불행이 항상 필요하다.

— 도스토예프스키

■ 사람은 『평범한 사람』과 『비상한 사람』으로 분류된다. 평범한 사람은 항상 복종해서 살아야 하므로 법을 범할 권리를 가지고 있지 않다. 그들은 평범한 사람이기 때문이다. 그러나 비상한 사람은 특히 비상하기 때문에 모든 죄를 범하고 어떤 법도 범할 권리를 가지고 있다.　　　— 도스토예프스키

■ 인간이 불행한 것은 자기가 정말 행복한 것을 모르기 때문이다. 단지 그런 이유가 있을 뿐이다.　　　— 도스토예프스키

■ 인간이란 속물은 언제나 남에게서 속임을 당하는 것보다는 자기가 자기 스스로에게 거짓말을 하고 싶어 한다. 그래서 남의 거짓말보다 자기 거짓말을 더 믿고 있는 것이다.　　　— 도스토예프스키

■ 인간이란 불행한 피조물은 그가 타고난 자유의 선물을 가능한 한 빨리 양도해 버릴 상대방을 찾아내고자 하는 간절한 욕구밖에 가지고 있지 않다　　　— 도스토예프스키

■ 사람은 언뜻 보아 미래에 의해서 움직이고 있는 것 같으나 사실은 과거에 의해서 움직이고 있다.　　　— 쇼펜하우어

■ 인간은 초극되어야 할 무엇이다.　　　— 프리드리히 니체

▣ 인간이란, 동물과 초인(超人) 사이에 건너 맨 하나의 끈이다. 즉 심연 위에 쳐진 한 가닥 끈이다. 그 줄을 타고 가는 것도 위험하고, 중간에 멈춰 있는 것도 위험하며, 뒤를 돌아보는 것도 위험하고, 무서워서 엉거주춤하고 있는 것도 위험하다. 인간에게 있어서 위대한 점은 그가 하나의 목적이 아니라 다리라는 점이다.

　　　　　　　　　　　　　　　　　　　　— 프리드리히 니체

▣ 사람은 결국 자기 자신을 체험하는 데 불과하다. 많은 우연(偶然)이 나에게 찾아왔던 시절은 지나갔다. 이제 또 나의 것이라고 말할 수 없는 것이 어떻게 나에게 닥쳐올 수 있을 것인가!

　　　　　　　　　　　　　　　　　　　　— 프리드리히 니체

▣ 진실로 인간이란 불결한 강의 흐름이다. 우리들은 결단을 내려서 우선 바다가 되지 않으면 안 된다. 더러워지지 않고, 불결한 강의 흐름을 삼켜버릴 수 있게 되기 위해서이기 때문이다.

　　　　　　　　　　　　　　　　　　　　— 프리드리히 니체

▣ 인간에게 비친 원숭이는 무엇인가? 그것은 하나의 웃음거리, 고통으로 가득 찬 하나의 치욕이다. 초인에게 비친 인간이란 바로 그런 것이다. 하나의 웃음거리, 고통으로 가득 찬 하나의 치욕이 아닐 수 없다.

　　　　　　　　　　　　　　　　　　　　— 프리드리히 니체

▣ 보다 더 높은 인간과 보다 더 낮은 인간이 있다는 것. 다만 한 사람의 개인이 사정에 따라서는 수천 년의 역사에 그 존재 이유를 줄 수도 있다는 것—다시 말하면 무수의 불완전한 인간 단편에 대해서 한 사람의 완전하고도 풍부하고도 위대하며 충실한 인간, 이것을 나는 말하고 있는 것이다. 　　　　　　　　— 프리드리히 니체

■ 인간은 모방적인 동물이다. 이 특질은 인간의 모든 교육의 싹이다. 요람에서 무덤까지 인간은 남이 하는 것을 보고 그대로 하기를 배운다. ― 토머스 제퍼슨

■ 모든 것을 선이라 깨닫고, 모든 것을 악이라 깨닫는 인간을 믿지 말라. 그러나 모든 것이 무관심한 인간은 더욱 믿지 말라. ― 요하나 라바터

■ 인간은 그가 사랑하는 자에 의해서 쉽게 속임을 당한다. ― 몰리에르

■ 인간만이 부끄러움을 아는 동물이다. 혹은 그럴 필요가 있는 동물이다. ― 마크 트웨인

■ 피조물 중의 생명체 중에서 가장 혐오스러운 것이 인간이다. 그 모든 것 중에서……비열한 악의를 품는 것은 인간뿐이다. ……그리고 심술궂은 마음을 갖는 것도 오직 인간뿐이다. ― 마크 트웨인

■ 사람은 인간이란 것 이상 나는 더 알 필요가 없다. 그것이면 다다. 그 이상 더 나쁠 수는 없기 때문이다. ― 마크 트웨인

■ 인간은 그가 일상 종사하고 있는 노동 속에서 자기의 세계관의 기초를 구하지 않으면 안 된다. ― 페스탈로치

■ 만족한 돼지보다 불만족한 인간으로 있는 편이 낫다. ― 존 스튜어트 밀

■ 인간은 비누거품과 같다. ― 마르쿠스 바로

■ 이 세상에서 사람처럼 흉악한 동물은 없다. 늑대는 서로 잡아먹는

법이 없지만, 인간은 인간을 산 채로 삼켜 버린다.

— V. M. 가르신

▣ 인간은 의식적이든 무의식적이든 자기의 원칙, 자기의 이상, 즉 참되고 아름답고 선하다고 생각되는 것을 위해 살고 있습니다.

— 투르게네프

▣ 인간은 지구의 질환이다.　　　　　　— 조지 버나드 쇼

▣ 인간이란, 결국은 소화기와 생식기에서 성립되는 것이다.

— 구르몽

▣ 사람이란? 무한한 관용, 자세한 것에서 오는 법열, 무의식적인 선의(善意), 완전한 자기 망각.　　　　— 자크 샤르돈느

▣ 인간이란 인생을 이해하기 위해서가 아니라 살기 위해서 만들어졌다.　　　　　　— 조지 산타야나

▣ 사람은 산 정상에 오를 수 있지만, 거기에 오랫동안 살 수는 없다.

— 조지 버나드 쇼

▣ 인간은 인종이라든가 색(色)의 부대적인 사정의 이유에 의해서는 우월하지 않다. 인간은 최상의 마음, 최상의 두뇌를 가진 자가 뛰어나 있다.　　　　　　— 잉거솔

▣ 사람이란 이른바 음식을 집어넣고 생각이라는 것을 생각하는 기계이다.　　　　　　— 잉거솔

▣ 사람은 누구나 자기 한 사람의 생애를 홀로 살며, 자기 한 사람의 죽음을 홀로 죽는다.　　　　— J. P. 야콥센

■ 인간의 가능성은 무한하다. 그러나 이와는 모순되는 것 같지만, 인간의 불가능성도 역시 무한하다. 이 양자의 사이에, 다시 말하면 인간이 할 수 있는 무한과 인간이 할 수 없는 무한과의 사이에 그들의 고향이 있다. ── 게오르크 지멜

■ 자기 자신에 적합하지 않아 갈 길을 못 찾아 갈팡질팡하면서 쉴 줄 모르는 존재야말로 인간이다. 이성적인 존재이고자 하기에는 너무도 많은 자연을 가지고 있으며, 자연적 존재이고자 하기에는 너무도 많은 이성을 가지고 있다.──어떻게 할 것인가? 중간자로서의 인간, 인간은 정신적인 좁음과 정신적인 넓음과의 중간 영역에만이 생존할 수 있는 것으로서, 너무나 지식이 적어도 살 수 없고, 너무나 지식이 많아도 살 수 없다. 그런고로 노인은 살기가 매우 어려운 것이다. ── 게오르크 지멜

■ 하느님은 닷새 동안에 당신께서 하신 일을 찬양받기 위해 인간을 지으셨다. ── 크리스토퍼 몰리

■ 좋아졌다, 싫어졌다. 그뿐인 것을 두고 인간을 나무라는 것은 어리석다. ── 안톤 체호프

■ 인간만이 인간 자신의 행복을 만들어 낸다. ── 안톤 체호프

■ 인간에게 있어서 가장 놀랄 만한 특성의 하나는 마이너스를 플러스로 바꾸는 힘이다. ── 알프레트 아들러

■ 인간은 조물주가 만든 걸작이다. 하지만 누가 그렇게 말하는가── 인간이 그렇게 말한다. ── 피에트로 카발리니

■ 인간이란 창조하는 것에 의해서만 자기를 방비할 수가 있다.

— 앙드레 말로

■ 인간이 할 수 있는 것은 이 대지에 상흔(傷痕)을 남기는 것이다.
— 앙드레 말로

■ 인간은 그들의 여러 가지 표상(表象), 여러 가지 관념의 생산자이
다. — 프리드리히 엥겔스

■ 인간은 무한히 잔악할 수 있는 힘을 가지고 있다고 생각한다.
— 아널드 토인비

■ 인간은 우주의 불량소년이다. — J. 오펜하이머

■ 인간에게는 증오와 불쾌를 잊어버리게 하는 성질이 있다.
— 찰리 채플린

■ 인간은 단순히 인고할 뿐만 아니라 이길 것입니다. 그는 죽지 않습
니다. 모든 피조물 중에서 그만이 무한한 음성을 가지고 있다고 해
서가 아니라, 그가 영혼을 가지고 있기 때문입니다. 동정과 희생과
인내를 할 수 있는 정신을 가지고 있기 때문입니다. 나는 인간의 종
말을 믿지 않습니다. 인간은 계속될 뿐 아니라 승리할 것이라고 믿
습니다. 인간은 불후의 것입니다. 왜냐하면 그는 동정과 희생과 인
내를 할 줄 아는 영혼이요, 정신이기 때문입니다. 작가의 의무란 이
런 것에 대해서 쓰는 일입니다. (노벨상문학상 수상 연설)
— 윌리엄 포크너

■ 인간은 세 종류로 대별할 수 있다. 죽도록 청구서를 안기는 자, 죽
도록 신경성인 자, 그리고 죽도록 지긋지긋해 하는 자이다.
— 윈스턴 처칠

■ 인간은 그가 갖고 있는 총화(總和)가 아니며 그가 아직 갖고 있지 않는 것, 그가 가질 수 있는 것의 전체인 것이다.

― 장 폴 사르트르

■ 인간은 자유이며, 항상 자기 자신의 선택에 의해서 행동해야 한다.

― 장 폴 사르트르

■ 나는 흔히 인간 속에 인간의 모습을 찾지 못한다.

― 비트겐슈타인

■ 인간은 존재의 목동(牧童)이다. ……인간은 존재의 이웃이다. 언어는 존재의 집이다. ― 마르틴 하이데거

■ 사람은 던져진 존재일 뿐이다. ― 마르틴 하이데거

■ 모든 인간은 무엇인가에 대해서 속물이다. ― 올더스 헉슬리

■ 사람에게는 에너지를 급격히 소모하는 이도 있고, 그와 반대도 있다. 마치 사탕을 빨리 먹어치우는 아이도 있고, 껍질을 천천히 까는 아이도 있듯이. ― 존 스타인벡

■ 인간은 때로는 오류를 범하면서도 다리를 떨고, 비틀거리면서도 전진한다. ― 존 스타인벡

■ 인간은 자연을 지배하고 있는 것이 아니라 자연의 법칙과 비밀에 대한 얼마간의 지식에 기초하여 이러한 지식을 갖지 못한 다른 생물들의 주인으로서의 지위에 오르게 된 것이다.

― 아돌프 히틀러

■ 모든 인간은 스스로가 사색하는 세계관에 의하여 성실한 인격을

지녀야 할 사명을 가지고 있다.　　　　　　— 알베르트 슈바이처

■ 생물학적으로 고찰할 때 인간은……육식동물 중에서도 가장 사나운 동물이다. 사실에 있어 동족을 조직적으로 잡아먹는 것은 인간뿐이다.　　　　　　— 윌리엄 제임스

■ 인간이 우주에게 말했다. 『저는 존재합니다!』 『그러나』 하고 우주는 대답하였다. 『그렇다는 사실이 나에게 하등의 책임감을 지워주지는 못했어』　　　　　　— 스티븐 크레인

■ 인간에게는 증오나 불안을 잊어버리게 하는 성질이 있다.
　　　　　　— 찰리 채플린

■ 내 영혼이 일러주었네, 나는 난장이보다 더 크지 않고 거인보다 더 작지 않음을. 나는 모든 사람이 만들어지던 똑같은 재료로 만들어졌음을.　　　　　　— 칼릴 지브란

■ 사람은 궁극적으로 위대한 것, 지나친 평가란 있을 수 없다.
　　　　　　— 칼릴 지브란

■ 모든 인간은 우주의 주인으로서 창조되었다. 하느님은 개개의 인간을 한 존재, 불멸의 존재로 만들었다. 개개의 인간은 모두 하나의 소우주이다. 한 『개인』 은 다른 무엇을 주고도 대체시킬 수 없는 절대적인 존귀한 존재이다. 우리는 기계제품처럼 대량으로 생산된 물품이 아니다. 하나하나가 특별한 배려에 의하여 창조된, 영혼을 가진 존재인 것이다.　　　　　　— C. V. 게오르규

■ 인간은 그의 마음과 언어에 의해서만 가치가 주어지는 그런 존재다. 그것들을 빼면 인간에게는 피에 젖은 보잘것없는 육체의 성(城)

밖에 남는 것이 없다.   — C. V. 게오르규

■ 사람은 부호(符號)가 아닌 부부호(否符號)의 부호로 생활하며 사물을 파악하고 확증하고 감지하고 실험하는 일이 없다.

           — 헨리 아미엘

■ 인간은 정신의 성숙, 양심의 성숙, 신과 이웃과의 관계의 성숙을 통하여 한 사람 몫을 합니다.   — 요한 바오로 2세

■ 인간은 물적 가치의 세계와 영적 가치의 세계에 살고 있습니다.

           — 요한 바오로 2세

■ 이 세상에서 인간만큼 흉악한 동물은 없다. 이리는 서로 잡아먹지 않지만, 인간은 인간을 산채로 삼킨다.   — 프세볼로트 가르신

■ 인간은 서두르지만 신은 그렇지 않다. 그렇기 때문에 인간의 작품은 불확실하고 불완전하지만, 신의 작품은 결점이 없고 확실하다.

           — 니코스 카잔차키스

■ 인간은 완강하게 태어난 것—그가 그의 생명을 돌보지 않기 때문에 스스로 약해진 것이다.   — 바츨라프 니진스키

■ 만일 내가 나 자신을 위해 존재하는 것이 아니라면 누가 나를 위해 존재할 것인가? 만일 내가 오로지 나 자신만을 위해 존재하는 것이라면 나는 도대체 무엇을 하는 존재인가? 만일 지금이 그런 때가 아니라면—그런 때는 과연 언제인가?   — 에리히 프롬

■ 인간은 하느님과 닮았다는 점에서 모두 평등하며 형제와 같다.

           — 에리히 프롬

▣ 마조히즘적 인간을 정신분석학적으로 또는 경험적으로 관찰하면, 그들은 고독감과 무력감이라는 공포로 충만되어 있다.
— 에리히 프롬

▣ 인간이라는 말은 사물성(事物性)을 초월했다는 뜻이다.
— 에리히 프롬

▣ 인간은 타인을 도울 때를 제외하고는 완전히 고독하다.
— 에리히 프롬

▣ 인간은 『나』라고 말할 수 있는 동물, 즉 그 자신을 독립된 개체로서 인식할 수 있는 동물이라고 정의할 수 있다.
— 에리히 프롬

▣ 사람은 어쩌면 우주를 알고 있을지도 모른다. 그러나 자기는 모른다. 자기는 어떤 별보다도 멀다.
— 길버트 체스터튼

▣ 사람은 자기 자신을 위해서 사는 것보다 남을 위하여 살 때에 더 큰 만족을 느낀다.
— 헤르만 헤세

▣ 인간은 삶에 결코 만족해하지 않는다.
— 호르바트

▣ 사람은 태어나서 괴로워하고 그리고 죽는다.
— 서머셋 몸

▣ 인간은 모두 어두운 숲이다.
— 서머셋 몸

▣ 사람들은 잔인해도 인간은 친절하다.
— R. 타고르

▣ 사람은 파괴할 줄 알고, 약탈할 줄 알고, 벌고 저축할 줄 알고, 발명과 발견의 능력이 있다. 그러나 인간이 위대한 이유는 인간의 영혼이 전체를 이해하는 데 있는 것이다. ……본질적으로 인간은 자

기 자신의 노예도 아니요, 또한 세계의 노예도 아니다. 사람은 사랑하는 자다. ― R. 타고르

■ 인간은 자기 자신 이외에는 어느 누구도 생각해서는 안 되고, 무한한 자기 책임의 한복판에서 도와주는 사람 없는 이 세상에 버림받은 외톨이며, 스스로 설정한 목적이 아니면 아무런 목적도 없으며, 이 세상에서 자기 혼자 힘으로 만드는 운명 이외에는 다른 어떤 운명도 있을 수 없다는 것을 먼저 이해하지 않고서는 인간은 어떤 것도 꾀할 수 없다. ― 장 폴 사르트르

■ 인간은 육체와 정신의 이중적 존재이면서도 하나의 영적 존재이다. 인간은 그의 내적 생명과 외적 생명 모두를 보존하지 않으면 안 된다. ― 마하트마 간디

■ 신은 이야기를 좋아하기 때문에 인간을 창조했다. ― 엘리 뷔젤

■ 어떤 사람들은 우리의 인생에 왔다가 금방 가버린다. 반면에 어떤 사람들은 잠시 동안 머물면서 우리의 가슴에 발자국을 새겨 놓는다. 그러면 우리는 결코 전과 같지 않은 사람이 된다. ― 미상

■ 내가 독재자를 싫어하는 것은 그들이 비인간적이기 때문이다. 비인간적인 자는 어쨌든 좋지 못하다. 비인간적인 종교는 종교가 아니다. 비인간적인 정치는 우열(愚劣)한 정치다. 비인간적인 예술은 열등의 예술에 지나지 않으며, 비인간적인 생활법은 금수(禽獸)의 생활법이다. 이 인간성의 시련은 보편적인 것이며, 생활의 모든 면 또는 모든 체계의 사상에 적용할 수가 있다. 인간이 바랄 수 있는 최대의 이상은 도덕의 진열장이 된다는 것이 아니라, 온화하고 호

감을 가질 수 있고 분별력이 있는 인간이 된다는 것이다.

— 임어당

▣ 일체의 문제는 모두 사람이 만들어 놓은 것이기에, 문제의 해결은 전적으로 사람들의 심정과 태도에 달려 있다는 점을 알아야 한다.

— 장기윤

▣ 사람이라는 것은 어진 것이다. 어진 것은 천지가 물(物)을 내는 이 치이고 사람이 그것을 얻어 가지고 태어나서 마음을 삼는 것이다. 그러므로 사람은 만물의 영(靈)이 되고 어진 것은 중선(衆善)의 장(長)이 되니 합하여 말하면 도(道)이다. 성인(聖人)은 지극히 진실하여 도가 하늘과 같고 군자는 능히 공경하여 그 도를 닦고 중인(衆人)은 욕심으로 희미하여서 오직 악한 것만 따른다. 그러므로 사람이란 것은 그 이(理)는 하나이나 품수(稟受)한 바탕과 행하는 일이 선악의 같지 않음이 있는 것이다.

— 권근(權近)

▣ 오직 사람이 그 수(秀)를 얻어서 가장 영(靈)하니 형상이 이미 생기고 신(神)이 지(知)를 발하는지라 오성(五性)이 느끼어 동하여 선악이 나뉘고 만사가 나오는 것이다.

— 유숭조(柳崇祖)

▣ 사람이라 칭하는 동물은 천연 체구는 심히 연약하나, 지혜는 만물에 특월(特越)하며, 군거를 좋아하여 동류를 상호(相護)하며, 지술(智術)로 수예(手藝)를 익혀서 금석·초목·수화(水火)를 치용(治用)하여 생활을 강구하매, 각종 맹수 및 기타 수륙 일반 동물을 제압하여 먹을 수 있는 것은 먹고 쓸 수 있는 것은 이용하여, 천하에 제일 강성하는 동물은 사람이라 칭하는 동물이라.

— 주시경

■ 문지방을 걸쳐서 엉거주춤하고 서 있는 사람처럼 남의 명령이나 요구에 의해서는 오히려 반대방향으로 가려 하는 고약한 심리를 가진 것이 인간이라는 동물이라고 보아야 할 것이다.　　— 이희승

■ 사람은 우주를 배경으로 삼지 않고 위대해질 수도 없고, 하느님과 하나 되지 않고 아름다울 수도 없다.　　— 함석헌

■ 사람들은 모두 일종의 사회기행(社會紀行)을 하고 있는 나그네들이다.　　— 오소백

■ 다만 인간은 누구나 어떤 사명을 띠고 이 세상에 태어났다는 사실만은 부정할 수 없을 것이다. 그러나 인간은 울면서 태어나서 불평을 말하면서 살다가 실망하고 죽는 경우가 많은 것 같다. 그리고 죽은 다음에도 무덤 속에서 후손들에게 한 가닥 희망을 걸어 본다.
　　— 김정진

■ 사람이란 몹시 똑똑한 체하는 동물이다. 또한 몹시 어리석은 일을 하는 동물이다.　　— 나도향

■ 인간을 만물의 영장이라 한다. 그러나 만물의 장이 아니라 인간은 신과 만물과의 중간에 위치하고 있는 존재이다.　　— 유치환

■ 인간이란 향기보다도 악취를 더 많이 풍기는 일종의 공해 동물이다.　　— 김소운

■ 사람은 사람 사이에서 그야말로 인간이 되고, 인간이라는 말을 풀이하면 인간관계가 되는 것이다. 그것은, 인간은 사회적인 동물이라거나 그런 소박한 해석을 초월하여 우리가 운명이라고 불리는 것도 행복이라 불리는 것도 인간관계에서 빚어지는 것이며, 우리들이

생활이라 부르는 것도 그 구체적인 바탕을 인간관계에 두고 있다.
— 박목월

■ 엄격히 말해서 인간은 객체(客體)이고 인생은 객관(客觀)이다.
— 유주현

■ 인간은 그가 신을 원했을 때 신을 보았다. 그리하여 동물을 원했을 때 또한 동물이 되었다.
— 김동리

■ 인간은 왜 이 대자연의 품속에서 배추나 뽕나무처럼 자유롭게 살찌지 못하는가? 태양을 맞이할 때 꽃처럼 웃지 못하는가? 비를 맞을 때 배추처럼 싱싱해지지 못하는가?
— 김송

■ 삶이란 인간 이상의 것인가. 살기 위해서는 인간을 버려도 좋다는 말인가. 그런데 그 인간은 또 삶을 초개처럼 버린다. 인간은 어디까지나 『인간=삶』이어야 한다. 그런데 실제에 있어서는 『인간(삶)』이 아니면 『삶(인간)』이다. 결국 인간이란 이 세 식의 합계라는 말이 된다. 이 무슨 잡탕인가……
— 장용학

■ 인간은 하나의 반어(反語). 모든 『인간적』은 『인간』에게서의 퇴거증명서에 지나지 않았다. 암호가 인간이 아니라 삶이 인간이었다.
— 장용학

■ 인간에 의해 비로소 우주도 생동하게 됨을 나는 느낀다. 우주에 생명을 부어 주고 그 곳에 미(美)를 이룩하는 존재가 바로 무력하고 초라해 보이는 인간인 것이다.
— 박이문

■ 사람이란 자기가 총애하고 자기가 사랑하는 것을 닮아 가기보다 자기가 싫어하고 미워하는 것을 닮아 가기 쉽다.
— 선우휘

■ 한 말로 인간의 만남에는 인간의 예측을 불허하는 신비로운 점이 있다. ― 이창배

■ 사람은 사람이기에 완전하지도 못하고 절대적이지도 못하다. ― 전봉건

■ 인간의 길이란 무엇보다도 어떻게 하면 인간답게 내면적으로 풍요하게 사느냐 하는 데 있다. ― 김수환

■ 나 자신의 인간 가치를 결정짓는 것은 내가 얼마나 높은 사회적 지위나 명예 또는 얼마나 많은 재산을 갖고 있는가가 아니라, 나 자신의 영혼과 얼마나 일치되어 있는가이다. ― 법정

■ 인간이란 흥행적 가치는 충분한지도 모른다. 그러나 묵상하기에는 너무도 지저분한 대상이다. 인간이란 본시부터 신과는 거리가 있어야 할지 모른다. ― 이어령

■ 인류는 무지를 근거로 발전을 도모하고, 발전을 근거로 멸망을 재촉하는 역사를 반복하고 있다. ― 이외수

■ 하루살이는 하루를 살더라도 먹이 때문에 땅바닥에 배를 끌고 기어 다니지 않는다. 하물며 하루살이도 이러할 진대 만물의 영장인 우리 진실로 인간답게 살고 싶다면 지금부터라도 의식의 날개를 가지기 위해 부단한 노력이 필요할 것 같습니다. ― 이외수

■ 돈이든 기술이든 그 무엇이든 그것이 사람 위에 존재해서는 안 된다. ― 안철수

【속담 · 격언】

■ 고운사람 미운 데 없고 미운사람 고운 데 없다(愛人無可憎 憎人無可愛 : 한 번 좋게 본 사람은 모든 것이 다 좋게만 보이고, 한 번 밉게 본 사람은 하는 일이 다 밉게 만 보인다).　　　— 한국

■ 사람 새끼는 서울로 보내고, 마소 새끼는 시골로 보내라. (사람의 자식은 넓고 큰 곳에서 자라야 견문도 넓어지고 출세할 기회도 많고, 말이나 소는 시골로 보내서 길을 들여야 한다)　　　— 한국

■ 귀신보다 사람이 더 무섭다. (사람의 증오와 음모와 살벌이 가장 무섭다)　　　— 한국

■ 하늘 밑의 벌레다. (사람도 하늘 아래서는 한갓 벌레에 지나지 않는다)　　　— 한국

■ 똥 친 막대기(打糞杖 : 아무짝에도 쓸모없는 사람).　　　— 한국

■ 사람 살 곳은 골골이 있다(活人之佛 洞洞有之 : 아무리 야박한 세상이라도 착한 사람을 도와주는 미풍은 어디든지 있다)　　　— 한국

■ 사람 위에 사람 없고 사람 밑에 사람 없다. (사람은 본시 태어날 때부터 평등하여 자유와 권리를 향유할 수 있다)　　　— 한국

■ 사람은 잡기(雜技)를 하여 보아야 그 마음을 안다. (노름이나 장기 등을 두어 보면 그 사람의 본성을 알 수 있다)　　　— 한국

■ 사람의 마음은 하루에도 열두 번 변한다. (사람의 마음은 믿을 수가 없다)　　　— 한국

■ 사람이면 다 사람인가 사람노릇을 해야 사람이지. (도리에 어긋나

는 짓을 하면 사람이라고 할 수 없다)   ─ 한국

■ 사람은 죽으면 이름을 남기고, 범은 죽으면 가죽을 남긴다. (인생의 목적은 좋은 일을 하여 명예로운 이름을 후세에 남기는 데 있다)
     ─ 한국

■ 사람은 키 큰 덕(德)을 입어도 나무는 키 큰 덕을 못 입는다. (사람은 잘난 사람의 덕을 보지만, 나무는 큰 나무가 있으면 작은 나무가 오히려 자라지 못한다)   ─ 한국

■ 사람은 누구나 주위의 빛깔에 물든다.   ─ 중국

■ 사람은 가난하면 할수록 악마를 만난다.   ─ 중국

■ 고기를 잡는 사람과 그저 물을 더럽히는 사람이 있다.   ─ 중국

■ 목숨 이상 가는 보물은 없다.   ─ 일본

■ 태어나는 것은 쉽지만 사람이 되는 것은 어렵다.   ─ 필리핀

■ 만약 당신이 사랑하고, 희구하고, 또 괴로움 속에 있다면, 그러함으로써 당신은 인간인 것이다.   ─ 인도

■ 사람들 중에는 자갈 같은 인간도 있고, 보석 같은 인간도 있다.
     ─ 인도

■ 인간은 자기 자신의 악마다.   ─ 힌두족

■ 인간은 일반적으로 개와 비슷하다. 멀리서 다른 개가 짖는 것을 듣고 자기도 짖는다.   ─ 서양속담

■ 사람은 무엇이든지 다 알 수 있다고는 할 수 없다.   ─ 영국

▣ 사람은 능력 이상의 것은 할 수 없다. ― 영국

▣ 물고기는 낚싯바늘로 잡고, 사람은 말로써 잡는다. ― 독일

▣ 일을 보고 그 사람을 안다. ― 프랑스

▣ 사람은 가까이 있는 사람으로부터는 배반당할 따름이다.
― 프랑스

▣ 새는 날도록 태어났고, 사람은 고생하도록 태어났다.
― 네덜란드

▣ 사람은 모든 사람을 믿어야 하며, 또한 자기 자신도 믿어야 한다.
― 노르웨이

▣ 인간은 거품과 같은 것. ― 그리스

▣ 사람은 여행한다. 여행을 한 다음에는 집으로 돌아온다. 사람은 산
다. 살고 난 다음에는 대지로 돌아온다. ― 에티오피아

▣ 인간은 달걀보다 깨지기 쉽고 바위보다 탄탄하다. ― 세르비아

▣ 사람 뒤를 쫓아다니는 사람은 귀찮지만, 아무도 따르지 않는 사람
은 더 곤란하다. ― 세르비아

▣ 사람의 마음과 바다 속은 재 볼 길이 없다. ― 이스라엘

▣ 인간이란 사람들이 말하는 것보다는 낮고, 사람이 생각하는 것보
다는 높다. ― 유태인

【시 · 문장】

말세인물(末世人物)이라 한들
상고인물(上古人物) 다를런가
편방인물(偏邦人物)이라 한들
중국인물(中國人物) 다를런가
어즈버 천생인물(天生人物)이라
고금중외(古今中外) 분간(分揀) 알게.
　　　　　　　　　　― 황윤석 / 목주잡가(木州雜歌)

요순(堯舜)도 우리 사람 우리도 요순 사람
저 사람 이 사람이 한가지 사람이라
우리도 한가지 사람이니 한가진가 하노라
　　　　　　　　　　　　　　　― 무명씨

죽음이 인간을 따라오고
그의 생명은 죽음으로부터 샘솟는다
인간의 죽음으로부터.
　　　　　　　　　　― 랜덜 재럴 / 피난민들

인간과 세계 사이에 대하여 올려진 거부의 손들
복수와 회한(悔恨)의 투명한 손들
폭군이 그의 나약한 손가락 사이로 그의 손 사이에 흐르는
우주의 수백만 인간을 쳐다볼 때
세계에 대한 지울 수 없는 증오……

나는 바로 그런 인간이다.

       — 피에르 에마뉘엘 / 나는 나를 찾았다

햇빛으로 얼굴을 씻은 뒤
인간은 살고 싶어 한다.
살아가게 하기를 원한다.
그리하여 사랑으로 단결한다.
미래를 향하여 단결한다.

       — 폴 엘뤼아르 / 평화의 얼굴

사람들이여, 자기를 형성하라.
스스로의 빛, 땅 위의 길한 징조를 위하여
안팎의 근(根), 목숨, 힘을
문화 가운데 모두 융합하라.

       — S. 판트 / 눈부신 은빛

그것은 사람들의 뜨거운 법칙이다.
포도열매로 술을 빚고
석탄으론 불을 피우고
입맞춤으로 사람들을 만든다.

       — 폴 엘뤼아르 / 善한 정의

나는 안으로 실상(實相)을 온전케 하고 밖으로는 연경(緣境)에 얽매이
지 않기 때문에 물에 얽매이기도 하고, 물에 무심하기 때문에 사람에

끌리기도 하고, 사람에게 아무 거리낌이 없기 때문에 흔들면 움직이
고 부르면 가고 행할 만하면 행하고 그칠 만하면 그치니, 가(可)한 것
도 가하지 않은 것도 없다. 너는 빈 배를 보지 않았는가. 나는 이 빈
배와 같은 유(類)인데 네가 어찌 나를 힐난하느냐.

— 이규보 /《동국이상국집》

【중국의 고사】

■ **별유천지비인간**(別有天地非人間) : 경험하지 못한 새로운 세계를
체험하거나, 그런 세계에 왔을 때 쓰는 표현. 『별유천지비인간(別
有天地非人間)』은 『따로 세상이 있지만 인간세상은 아니다』라
는 말로, 경험해 보지 못한 새로운 세상을 체험하거나 그런 세상이
왔을 때 쓰는 표현이다. 이백(李白, 701～762)의 『산중문답(山中
問答)』에 나오는 구절이다.

『왜 푸른 산에 사느냐고 묻는다면(問余何事栖碧山) / 그저 웃을
뿐 대답은 안해도 마음은 절로 한가롭네(笑以不答心自閑). / 복숭
아꽃이 물 따라 두둥실 떠가는 곳(桃花流水杳然去) / 따로 세상이
있지만 인간세상은 아니로세(別有天地非人間).』이 작품은 원래
자연에 묻혀 사는 즐거움에 대해 노래한 소박한 자연시다. 그런데
작품이 담고 있는 시상(詩想)이나 심상(心想)이 대단히 선취(仙趣)
가 넘쳐흐르면서 도가적(道家的) 풍류가 스며 있어 오랜 기간 음유
되어 왔다.

유언(有言)의 물음에 대해 무언(無言)의 대답을 함으로써 마음속
에 깃들여 있는 운치를 다 토로하는 것이다. 특히 셋째, 넷째 구절
에서 보여주는 독특한 정취는 무릉도원(武陵桃源)의 신비로운 경

관을 그대로 재연한 부분으로 색다른 정취를 느끼게 한다.

— 이백 / 산중문답

■ **인비목석**(人非木石) : 사람은 목석이 아니다. 곧 사람은 감정을 가진 동물이다. 『사람은 감정을 가지고 있다』는 뜻으로 쓰이고 있다. 이 『인비목석』은 《사기》의 저자 사마천의 편지에 있는 『신비목석(身非木石)』이란 말과 육조시대의 포조(鮑照)가 지은 『의행로난(義行路難)』이란 시에 있는 『심비목석(心非木石)』이란 말에서 온 것이라 볼 수 있다.

사마천은 한무제의 노여움을 사 항변할 여지도 없이 궁형(宮刑)이란 치욕의 형벌을 받기 위해 하옥되었을 때의 일을, 임소경(任少卿)에게 보낸 편지 가운데서 이렇게 말하고 있다.

『집이 가난해서 돈으로 죄를 대신할 수도 없고, 사귄 친구들도 구해 주려 하는 사람이 없으며, 좌우에 있는 친근한 사람들도 말 한마디 해주는 사람이 없다. 몸이 목석이 아니거늘, 홀로 옥리들과 짝을 지어 깊이 감옥 속에 갇히게 되었다.』여기에서 말한 『몸이 목석이 아닌데』란 말은, 생명이 있는 인간으로서의 견디기 어려운 고통을 말한 것이다. 그러나 보통 『목석이 아니다』란 말은 사마천의 경우와는 달리 감정을 말하게 된다.

위에 말한 포조의 『의행로난』은 열여덟 수로 되어 있는데, 그 중 한 수에 『심비목석』이란 말이 나온다. 『물을 쏟아 평지에 두면(瀉水置平地) / 각기 스스로 동서남북으로 흐른다(各自東西南北流). / 인생 또한 운명이 있거늘(人生亦有命) / 어찌 능히 다니며 탄식하고 앉아서 수심하리오(安能行歎復坐愁). / 술을 부어 스스로 위로하며(酌酒以自寬) / 잔을 들어 삶의 길이 험하다고 노래를 끊으리라(擧杯斷絕歌路難). / 마음이 목석이 아닌데, 어찌 느낌이 없으리오(心非木石豈無感) / 소리를 머금고 우두커니 서서 감히 말을 못하누나(吞聲躑躅不敢言).』

　여기서는 분명히 『목석이 아닌 마음이 어찌 감정이 없겠느냐(心非木石豈無感)』고 말하고 있다. 우리들이 쓰고 있는 『인비목석』이란 말은 이 『심비목석』에 가까운 뜻으로 쓰고 있다. 몸과 마음을 합친 것이 사람이므로 『인비목석』이란 말이 우리에게 더 정답게 느껴진다. 『목석같은 사나이』란 뜻으로 『목석인』이란 말도 쓰이고 있다.
　　　　　　　　　　　　　　　　　　　— 포조 / 의행로난

■ **창해일속**(滄海一粟) : 『푸른 바다에 좁쌀 한 톨』이라는 뜻으로, 아주 작고 보잘것없음을 비유한 말이다. 소식(蘇軾, 호는 東坡)의 《적벽부》에서 처음 이 표현을 사용하였다. 소식은 북송(北宋)의 문인으로서, 당송팔대가의 한 사람이다.

　《적벽부》를 사람들은 천하 명문(名文)의 하나로 꼽는다. 두 편으로 된 이 부는 소식이 황주(黃州)로 귀양 가 있을 때 지은 것으로, 인간의 세상사에 미련을 두지 않으려는 자신의 생활을 신선(神仙)에 빗대어 나타냈다.

　한여름 어느 날, 소동파는 벗과 함께 적벽을 유람하였다. 때마침 날씨는 맑고 바람마저 잔잔하였다. 달빛은 일렁이는 물결에 부서졌다 모이고 하며, 적벽의 주변 풍광은 마치 선경(仙境)과도 같았다. 술잔을 주고받으며 시를 읊조리던 중에, 소동파는 문득 그 옛날 조조와 주유가 이곳에서 천하를 두고 건곤일척(乾坤一擲) 한판 승부를 펼쳤던 적벽의 싸움(赤壁大戰)을 떠올렸다. 자신도 모르게 소동파는 이렇게 중얼거렸다.

달이 밝고 별은 드문데, 까막까치가 남쪽으로 날아간다는 것은 조맹덕(조조)의 시(詩)가 아닌가? 서로 하구(夏口)를 바라보고 동으로 무창(武昌)을 바라보니, 산천이 서로 엉겨 울창하다. 이는 조맹덕이 주랑(주유)에게 곤경에 처했던 곳이 아닌가. 그가 형주를 격파하고 강릉으로 내려와 물결을 따라 동으로 나아갈 때, 전함은 천 리에 뻗어 있고 깃발이 하늘을 가렸다. 술을 걸러 강에 임하고 창을 비껴들고 시를 읊노니,

실로 일세의 영웅이었는데
지금은 어디에 있는가?
하물며 그대와 나는 강가에서 고기 잡고 나무 하면서
물고기, 새우들과 짝하고, 고라니, 사슴들과 벗하고 있다.
작은 배를 타고 술바가지와 술동이를 들어 서로 권하니
우리 인생은 천지간에 하루살이처럼 짧고
우리의 몸은 푸른 바다에 한 톨 좁쌀과도 같구나.
정말, 너무나 짧구나. 슬프도다! 우리 인생 잠깐인 것이.
어찌 장강처럼 다함이 없는가? 장강의 무궁함이 부럽구나.

固一世之雄也 而今安在哉　고일세지웅야 이금안재재
況吾與子 漁樵於江渚之上　황오여자 어초어강저지상
侶魚蝦而友麋鹿　려어하이우미록
駕一葉之扁舟 擧匏樽以相屬　가일엽지편주 거포준이상촉
寄蜉蝣與天地 渺滄海之一粟　기부유여천지 묘창해지일속

哀吾生之須臾 羨長江之無窮　애오생지수유 선장강지무궁

여기서 『창해일속』이라는 말이 나왔다. 무한한 우주 속에 미미한 존재일 수밖에 없는 인간에 대한 무상함이 깔려 있다.

― 소식(蘇軾) / 《적벽부(赤壁賦)》

■ **인면수심**(人面獸心) : 사람의 얼굴을 하고 있으나 마음은 짐승과 같다는 뜻으로, 마음이나 행동이 몹시 흉악함을 이르는 말이다. 그러나 「인면수심」의 원래의 뜻은 이와 다르다. 후한(後漢)의 역사가 반고(班固)가 지은 《한서》 흉노전에 있는 이야기다.

흉노는 몽골고원 만리장성 일대를 중심으로 활동한 유목 기마민족(騎馬民族)과 그들이 형성한 국가들의 총칭이다. 주(周)나라 때부터 계속 중국 북방을 침입해 중국인들은 북방 오랑캐라는 뜻으로 이들을 흉노로 불렀다. 반고는 흉노전에서 이들을 가리켜 이렇게 표현했다.

『오랑캐들은 머리를 풀어헤치고 옷깃을 왼쪽으로 여미며, 사람의 얼굴을 하였으되 마음은 짐승과 같다(夷狄之人 被髮左衽 人面獸心).』

이 글을 통해 반고가 말한 인면수심은 본래 미개한 종족으로서의 북쪽 오랑캐, 즉 흉노를 일컫는 말임을 알 수 있다.

「머리를 풀어 헤치고 옷깃을 왼쪽으로 여민다(被髮左衽)」는 말은, 중국 한족(漢族)의 풍습과는 다른 미개한 종족의 풍속을 일컫는 말로, 역시 오랑캐의 풍속을 가리킨다.

따라서 남의 은혜를 모르거나, 마음이 몹시 흉악한 사람을 가리킬 때의 「인면수심」은 뒤에 덧붙인 것임을 알 수 있다.

　「인면수심」과 비슷한 말로는 「의관을 갖춘 짐승」곧 횡포하고 무례한 관리를 비난하는 말로「의관금수(衣冠禽獸)」가 있다.

— 《한서(漢書)》 흉노전(匈奴傳)

■ **인무원려필유근우(人無遠慮必有近憂)** : 사람이 멀리까지 내다보고 깊이 생각하지 않으면 반드시 가까이에 근심이 생긴다.《논어》위령공편에서 공자가 한 말이다.

　『사람이 멀리 내다보지 않으면 반드시 가까운 데서 근심거리가 생긴다.』

　도가(道家)와 불가(佛家)의 영향을 많이 받았던 소식(蘇軾)은, 장자(莊子)와 장자의 친구이자, 명실(名實), 즉 개념과 실제의 문제를 중시하는 학파인 명가(名家)의 대표적 학자 혜시(惠施, BC 370?~BC 310)의 다음 대화를 인용하고 있다. 혜시가 장자에게 말했다.

　『자네의 말은 쓸데가 없네.』

　장자가 말했다.

　『쓸데가 없음을 알아야 비로소 쓸 곳을 이야기할 수 있네. 무릇 땅은 넓고 크지만 사람들이 쓰는 것은 걸을 때 발을 딛는 부분뿐이네. 그러나 발에 맞춰 재어서 나머지는 황천까지 깎아버린다면 사람들이 쓸 수가 있겠는가?』

　혜시가 말했다.

　『쓸 수 없지.』

　장자가 말했다.

『그렇다면 쓸모없는 것이 쓸모가 있음은 또한 분명하네.』

소식은 이 대화에 근거해 이렇게 풀이하고 있다.

『사람이 걸을 때 발을 딛는 곳 외에는 모두 필요 없는 땅이지만 버릴 수는 없는 것이다. 그러므로 생각이 천 리 밖에 있지 않으면, 우환이 안석(安席) 밑에 있다(慮不在千里之外 則患在几席之下矣).』

대만의 신유가(新儒家) 서복관(徐復觀, 1903~1982)은 중국철학의 특징 중 하나로 우환의식(憂患意識)을 제시했다. 우환의식은 자신의 개인적 이해, 영욕 등을 초월해 사회, 국가, 세계와 인류가 맞닥뜨릴 수 있는 위기와 곤경에 대해 늘 경각심을 가지고 걱정하고 대비하는 마음을 가리킨다.

조선의 정약용은 「遠」은 먼 미래, 「近」은 이미 닥친 급박함이라고 풀었다. 대부분의 사람들이 눈앞의 이익에 급급해 장차 닥칠 일을 생각하지 않는다. 이런 사람은 한 순간의 영예(榮譽)밖에는 누릴 것이 없다. 따라서 당장 손해를 보더라도 멀리 크고 넓게 봐야 한다는 것이다.

특히 성공했다고 자만하지 말고 실패했다고 좌절할 필요도 없는, 멀리 보면서 차근차근 자신의 미래를 가꿔 나가야 한다는 의미가 있다. 이 말은 또 안중근 의사가 이토 히로부미를 저격한 후 옥중에 갇혀 있을 때 국경과 이념을 초월하여 자신에게 존경과 호의를 베풀어 준 일본인 교도관에게 직접 써준 휘호로도 유명하다.

— 《논어(論語)》 위령공(衛靈公)

■ 인비목석(人非木石) : 사람은 목석이 아니다. 곧 사람은 감정을

가진 동물이다.

「사람은 감정을 가지고 있다」는 뜻으로 쓰이고 있다. 이 「인비목석」은 《사기》의 저자 사마천의 편지에 있는 「신비목석(身非木石)」이란 말과 육조시대의 포조가 지은 「의행로난」이란 시에 있는 「심비목석(心非木石)」이란 말에서 온 것이라 볼 수 있다.

사마천은 한무제의 노여움을 사 항변할 여지도 없이 궁형(宮刑)이란 치욕의 형벌을 받기 위해 하옥되었을 때의 일을, 임소경(任少卿)에게 보내는 편지 가운데서 이렇게 말하고 있다.

『집이 가난해서 돈으로 죄를 대신할 수도 없고, 사귄 친구들도 구해 주려 하는 사람이 없으며, 좌우에 있는 친근한 사람들도 말 한마디 해주는 사람이 없다. 몸이 목석이 아니거늘, 홀로 옥리들과 짝을 지어 깊이 감옥 속에 갇히게 되었다.』

여기에서 말한 「몸이 목석이 아닌데」란 말은, 생명이 있는 인간으로서의 견디기 어려운 고통을 말한 것이다. 그러나 보통 「목석이 아니다」란 말은 사마천의 경우와는 달리 감정을 말하게 된다. 위에 말한 포조의 「의행로난」은 열여덟 수로 되어 있는데, 그 중 한 수에 「심비목석」이란 말이 나온다.

물을 쏟아 평지에 두면
각기 스스로 동서남북으로 흐른다.
인생 또한 운명이 있거늘
어찌 능히 다니며 탄식하고 앉아서 수심하리오.
술을 부어 스스로 위로하며

잔을 들어 삶의 길이 험하다고 노래를 끊으리라.
마음이 목석이 아닌데, 어찌 느낌이 없으리오
소리를 머금고 우두커니 서서 감히 말을 못하누나.

瀉水置平地 各自東西南北流　사수치평지 각자동서남북류
人生亦有命 安能行歎復坐愁　인생역유명 안능행탄복좌수
酌酒以自寬 擧杯斷絶歌路難　작주이자관 거배단절가로난
心非木石豈無感 呑聲躑躅不敢言　심비목석개무감 탄성척촉불감언

여기서는 분명히 「목석이 아닌 마음이 어찌 감정이 없겠느냐(心非木石豈無感)」고 말하고 있다. 우리들이 쓰고 있는 「인비목석」이란 말은 이 「심비목석」에 가까운 뜻으로 쓰고 있다. 몸과 마음을 합친 것이 사람이므로 「인비목석」이란 말이 우리에게 더 정답게 느껴진다. 「목석같은 사나이」란 뜻으로 「목석인(木石人)」이란 말도 쓰이고 있다.

— 포조(鮑照) / 「의행로난(義行路難)」

■ **인사유명**(人死留名) : 사람은 죽어서 이름을 남긴다는 뜻으로, 사람의 삶이 헛되지 않으면 그 이름이 길이 남음을 이르는 말.

구양수(歐陽修)는 그가 쓴 《신오대사(新五代史)》 열전 사절전(死節傳)에서 세 사람의 충절을 기록하고 있는데, 이 중에서 특히 왕언장을 높이 평가하고 있다.

당나라 애제 4년(907), 선무군(宣武軍) 절도사 주전충(朱全忠)은 황제를 협박하여 제위를 양도받고 스스로 황제가 되어 국호를 양

(梁)이라 칭했다. 그 후 약 반 세기는 그야말로 《수호전(水滸傳)》이 말하는 「분분(紛紛)한 오대난리(五代亂離)의 세상」이었다. 군웅은 각지에 웅거하며 서로 싸웠고 왕조는 눈이 어지럽게 일어났다가는 또 망하고 하였으며 골육상잔이 계속되었다. 그 오대(五代) 시대에서 살아남은 사람의 이야기다.

양(梁)나라의 용장으로 왕언장(王彦章)이라는 사람이 있었다. 젊어서부터 주전충의 부하가 되어 주전충이 각지로 전전할 때에는 언제나 그 곁에 있었다. 전장에는 한 쌍의 철창(鐵槍)을 가지고 간다. 무게는 각각 백 근, 그 하나는 안장에다 걸고 나머지 하나를 휘두르며 적진에 뛰어들면 그 앞을 막는 자가 없었다고 한다. 사람들은 그를 왕철창(王鐵槍)이라 불렀다.

후량이 멸망했을 때, 그는 겨우 오백의 기병을 거느리고 수도를 지키며 싸우다가 무거운 상처를 입고 적의 포로가 되었다. 후당의 장종(莊宗) 이존욱(李存勗 : 독안룡 이극용의 아들)은 그의 무용을 가상히 여겨 그를 자기 부하에 두려 했다. 그러나 그는 이렇게 말했다.

『이 몸은 폐하와 적이 되어 피나는 싸움을 10여 년이나 계속한 나머지 이제 힘이 다해 패하고 말았습니다. 죽음 외에 또 무엇을 바라겠습니까. 또 이 사람은 양(梁)나라의 은혜를 입은 몸으로 죽음이 아니면 무엇으로 그 은혜를 갚겠습니까. 또 아침에 양나라를 섬기던 몸이 저녁에 진(晋 : 후당)나라를 섬길 수 있겠습니까. 이제 살아서 무슨 면목으로 세상 사람들을 대하겠습니까?』

그리고 그는 죽음의 길을 택했다.

그는 글을 배우지 못해 책을 읽지 못했다. 글을 아는 사람이 책에 있는 문자를 쓰는 것을 그는 민간에 전해 오는 속담으로 대신 바꿔

쓰곤 했다. 그런데 그가 입버릇처럼 잘 쓰는 속담이 있었다.

『표범이 죽으면 가죽을 남기고, 사람이 죽으면 이름을 남긴다(豹死留皮 人死留名).』

앞의 「표사유피」는 「인사유명」이란 말을 하기 위한 전제다. 그래서 보통 「표사유피」란 말 하나로 「인사유명」이란 뜻까지 겸하게 된다. 누구나 한 번 죽는 몸이니 구차하게 살다가 추한 이름을 남기기보다는 깨끗하게 죽어 좋은 이름을 남기라는 뜻이다. 특히 표범의 가죽을 든 것은 표범의 가죽이 가장 귀중히 여겨진 때문이다.　　　　　　　　　　　　　― 《신오대사》 왕언장전(王彦章傳)

■ **인생감의기**(人生感意氣) : 인생을 살면서 의기(意氣)를 느낀다.

당(唐)나라 초엽, 아직 천하가 완전히 평정되지 못했을 때의 일이다. 당시 위징(魏徵, 580~648)은 남에게 알려질 만한 인물은 아니었으나, 무슨 일이든 한번 공업(功業)을 세워 보아야겠다고 생각하고 있었다. 후에 위징은 당태종을 보좌하는 명신이 되었고, 정관(貞觀) 17년에 나이 64세로 세상을 떠났을 때, 태종이,

『남을 거울삼으면 자기의 행동의 정당 여부를 알 수 있는데, 나는 진심으로 거울삼을 사람을 잃었다.』고 하며 개탄한 이야기는 유명하다. 그러나 당시는 아직 당(唐)에 벼슬한 지 얼마 되지 않아 그리 이름이 알려지지 않았다.

위징은 이미 나이 40 고개를 넘고 있었다. 그는 큰 뜻을 품고 산동(山東)의 적(敵) 서세적을 설복하여 이름을 떨쳐보려고 생각했다. 그래서 그 뜻을 자원하자 고조는 그것을 인정해 주었으므로, 그는 용약 동관(潼關)을 출발했다.

《당시선》의 권두를 장식하는 위징의 「술회」라는 시는 이때의 심정을 노래한 것이다. 자기의 마음을 이해해 준 군은(君恩)에 보답하고, 옛 절의가 있는 사람과 같은 위업을 세우려는 정열에 찬 시이지만 다소 공명욕의 냄새를 풍기지 않는 것도 아니었다.

시는 「중원환축록(中原還逐鹿)」으로 시작되어 이하 다음과 같은 내용을 노래한다.

『수(隋)나라 말기의 천하는 난마(亂麻)와 같이 어지럽고 군웅이 할거하며 중원의 제위를 쟁탈하는 각축전이 벌어지고 있었다. 그리하여 나도 반초(班超)처럼 붓을 내던지고 군진(軍陣) 간에 몸을 내맡겼다. 그동안 나도 소진·장의의 합종연횡 같은 계략을 부리는 둥 여러 모로 계획을 세웠으나 그 결과는 도저히 뜻대로 되지 않았으나 난세를 구하려는 기개는 마음에 불타고 있다.

후한의 등우(鄧禹)가 광무제를 만나 「공명을 죽백에 드리운다(功名垂竹帛)」라고 결심한 바와 같이 나도 천자를 뵙고 그 허락을 받았다. 이제 산동을 진압시키기 위해 동관을 출발함에 있어 평소의 소회를 말하고자 한다. 전한의 종군(終軍)은 고조에게서 긴 끈(纓)을 받아 남월왕을 결박 지어 오겠다던 것과 같이 나도 산동지방을 모두 항복받고 싶으며, 또 역이기(酈食其)가 역시 고조 때 수레에서 내리지 않고 제왕(齊王)을 설득했던 일을 생각하고 나도 그들을 본받아 역사에 이름을 남기고 싶다.

그러나 나의 앞길은 험하다. 구불구불 언덕길 천리의 대평원, 고목에는 으스스하게 새가 울고, 산중에서는 슬픈 듯 한 야원(野猿)의 울부짖음, 이 험난함을 생각하면 정말 겁이 나지만, 감히 발걸음을 내딛는 까닭은 천자가 나를 국사(國士)로서 대우해 주는 그 은혜를 생각하기 때문이다.

> 계포에 이낙(二諾)이 없고
> 후영은 일언을 중히 여긴다.
> 인생을 살면서 의기를 느끼노니
> 공명을 누가 또 논하랴.

> 季布無二諾　侯嬴重一言　계포무이낙 후영중일언
> 人生感意氣　功名誰復論　인생감의기 공명수부론』

한나라 초엽의 초나라 사람으로, 임협(任俠)한 계포(季布)나, 전국시대 말(BC 257) 위(魏)의 신릉군(信陵君)이 조(趙)를 구하려고 할 때, 노령으로 종군할 수 없으므로 혼백이 되어 따르겠다고 신릉군과 약속하고 그 한 마디의 약속을 지켜 스스로 목숨을 끊은 절의의 선비 후영(侯嬴)과 같이 폐하께 맹서한 이상, 자기도 산동을 평정하지 않을 수가 없다. 인간은 필경 마음이 통하는 것을 바라고 있는 것으로, 자기도 천하의 지우(知遇)에 감격했다. 이젠 공명 같은 것은 논외다.

작자가 강조하고 있는 것은 「인생을 살면서 의기를 느낀다」로서 「공명 누가 또 논하랴(功名誰復論)」라고는 하지만, 그 근본에 「공명욕」이 있음을 부정하지 못한다. 여기서는 「공명」을 위해 「생사를 누가 또 논하랴」의 뜻일 것이다.

— 《당시선(唐詩選)》「술회(述懷)」

■ **인지장사기언야선**(人之將死其言也善) : 전략은 활용하는 것이 중

함. 《논어》에 있는 증자(曾子)의 말이다.

증자가 오래 병으로 누워 있을 때 노나라 대부 맹경자(孟敬子)가 문병을 왔다. 그러자 증자는 그에게 이런 말을 했다.

『새가 장차 죽으려면 그 울음소리가 슬프고, 사람이 장차 죽으려면 그 말이 착한 법이다(鳥之將死 其鳴也哀 人之將死 其言也善). 군자로서 지켜야 할 도(道)에는 세 가지가 있습니다. 몸을 움직임에는 사납고 거만함을 멀리하고, 얼굴빛을 바르게 함에는 믿음직하게 하고, 말을 함에는 비루하고 어긋남을 멀리할 것이니, 그 밖에 제사를 차리는 것 같은 소소한 일은 유사가 있어야 할 것입니다.』

증자가 한 이 말은, 증자가 새로 만들어 낸 말이 아니고 예부터 전해 내려오는 말이었을 것이다. 즉 죽을 임시에 하는 내 말이니 착한 말로알고 깊이 명심해서 실천하라고 한 것이다.

평소에 악한 사람도 죽을 임시에서는 착한 마음으로 돌아와 착한 말을 하게 되는 것이 보통이다. 자기가 죽는다는 것을 의식하지 않고도 어떤 영감이 떠오르게 되는 것이다.

이것을 두고 주자(朱子)는 다음과 같이 해석하였다.

『새는 죽기를 두려워하기 때문에 우는 것이 슬프고, 사람은 마치면 근본에 돌아가기 때문에 착한 것을 말한다. 이것은 증자의 겸손한 말씀이니, 맹경자에게 그 말한 바가 착한 것임을 알게 하여 기억하도록 함이다.』　　　　　　　— 《논어》 태백편(泰伯篇)

【우리나라 고사】

■ **홍익인간**(弘益人間) : 널리 인간세계를 이롭게 한다는 뜻이다. 국조(國祖) 단군(檀君)의 건국이념으로, 고조선의 개국 이래 우리나

라 정치 교육의 기본 정신이 되어 왔다. 이 말은 《삼국유사》 기이 제일(紀異第一) 고조선(古朝鮮) 건국 전설에 나오는 말이다. 『《위서(魏書)》에 말하기를, 지금으로부터 2천 년 전에 단군 왕검(王儉)이란 사람이 있어서 도읍을 아사달에 세우고, 나라를 처음 만들어 이름을 조선이라 불렀다(乃往二千載 有檀君王儉 立都阿斯達 開國號朝鮮)……』라고 했다.

『고기(古記)에는 말하기를, 옛날 환인(桓因 : 하느님이란 뜻)의 서자 환웅(桓雄)이 자주 천하에 뜻을 두고 인간 세상을 탐내어 찾았다. 아버지가 아들의 뜻을 알고, 아래로 삼위태백(三危太伯)을 굽어보니 인간을 널리 유익하게 할 수 있었다(昔有桓因庶子桓雄 數意天下 貪求人世 父知子意 下視三危太伯 可以弘益人間). 그래서 천부인(天符印) 세 개를 주어 그리로 보내 가서 다스리게 했다. 환웅은 부하 3천 명을 거느리고 태백산 꼭대기의 신단나무 아래로 내려와 이름하여 신시(神市)라 했다. 이를 일러 환웅천왕(桓雄天王)이라 한다고 했다.』고 나와 있다.

아사달(阿斯達)이 어디고, 삼위태백(三危太伯)이 어디며, 또 태백산(太伯山)은 어떤 산을 말한 것인지에 대해서는 학자들 사이에 많은 다른 의견들을 보이고 있다. 《삼국유사》의 편찬자인 일연선사(一然禪師)는, 아사달이 백주(白州)에 있는 백악(白岳)이라고도 하고, 또 개성 동쪽이라고도 한다고 다른 책에 있는 기록을 인용하고 있다. 또 태백산에 대해서는 지금의 묘향산(妙香山)을 말한다고 했다. 이 환웅천왕과 곰(熊)의 딸과의 결혼에 의해 태어난 아들이 『단군』이었다고 하는 전설도 같은 항목에 나오는 이야기인데, 신(神)과 동물과의 결합에 의해 생겨난 것이 인간이었다고 하는 인간 창조설은 퍽 흥미있는 이야기가 아닐 수 없다.

— 《삼국유사(三國遺事)》

【신화】

■ 그리스인의 조상인 헬렌의 아버지 데우칼리온은 프로메테우스의 아들이라고도 하는데, 그의 동생 에피메테우스와 판도라 사이의 딸 피라를 아내로 삼아 선정을 베풀고 신도 잘 섬겼다. 그런데 인간들의 타락은 제우스 대신의 노여움을 사게 되어 홍수를 지게 했다. 다만 데우칼리온 부부만은 프로메테우스의 예언에 따라 통나무배를 마련하였기에 정직한 그들만이 살아난 셈이다.

인류의 재건에 대한 신탁을 물었더니, 테미스 여신의 대답이, 『수건으로 얼굴을 가리고 허리띠를 풀고 걸어가면서 등 뒤로 너희 어머니 뼈를 던져라.』 라는 것이었다. 어머니의 뼈를 던지라는 무서운 소리를 듣고 생각 끝에 데우칼리온 부부는 길에 굴러 있는 돌을 집어 등 뒤로 던졌더니, 데우칼리온이 던진 돌은 남자, 피라가 던진 돌은 여자가 되었다. 그래서 그 후의 인간들은 돌의 성질이 그대로 남아 있어서 힘든 일도 견디고 무정 잔인해질 수도 있다는 것이다. 그리고 그들 부부 사이에서도 아기가 태어났는데, 장남이 그리스인의 조상 헬렌이다.

■ 어느 날, 먹구름 천둥과 함께 비가 쏟아지는데, 한 사나이가 찾아온 뇌공(雷公)을 쇠꽂이로 찔러 철롱(鐵籠)에 가두어버렸다. 사나이는 뇌공을 죽여 소금에 절여 반찬을 하고자 거리에 향료를 사러 나갔다. 사나이에게는 아들과 딸이 있었는데, 아버지가 집을 비우

자 뇌공이 사정하는 바람에 아버지의 말을 어기고 어린 딸이 뇌공에게 물 한 모금을 주고 말았다. 뇌공은 고마운 인사를 하며 잠시 밖에 나가 있으라고 하고는 천둥소리 요란하게 철롱을 부수고 자유의 몸이 되었다. 뇌공은 이빨 하나를 뽑아 남매에게 주면서, 『이것은 땅에 묻어라. 재난을 당하거든 이 과일 속에 숨도록 하라.』는 말을 남기고는 하늘로 올라가버렸다.

사나이가 집에 돌아와 이 사실을 알자 곧 화가 있을 것을 예상하고 서둘러 철갑선을 만들었다. 남매는 뇌공이 준 이빨을 땅에 묻었더니 어느새 싹이 돋고 꽃이 피더니 커다란 호리병박이 열렸다. 비가 3일 동안 억수같이 쏟아져 홍수가 졌다. 사나이는 준비한 철갑선을 타고 남매는 호리병박 속에 들어가 표류했다. 비바람이 그치고 갑자기 물이 빠지는 바람에 철갑선은 곤두박질해 땅에 떨어져 박살이 나고, 남매가 숨은 호리병박은 가벼워 무사했다.

이제 세상에서 살아남은 것은 이 남매뿐이었다. 남매는 성을 복희(伏羲)로 하였는데, 이는 곧 호로(葫蘆)의 뜻이다. 남자는 복희형(伏羲兄), 여자는 복희매(伏羲妹)라 불렀다. 남매는 결혼을 하고 육괴(肉塊)를 낳았다. 이 육괴를 잘게 썰어 종이에 쌌는데, 바람이 불자 산산이 흩어져 사람이 되었다. 나뭇잎에 떨어진 것은 성을 섭(葉)이라 하고, 나뭇가지에 떨어진 것은 성을 목이라 했다. 세상에는 다시 많은 인간이 살게 되었다.

【에피소드】
■ 부처님은 코사라 국의 왕 바세나디의 방문을 받고 그를 위하여 다음과 같은 이야기를 하였다.

『대왕이시여, 이 세상에는 네 종류의 인간들이 있습니다. 어둠에서 어둠으로 가는 인간들, 어둠에서 빛으로 가는 인간들, 빛에서 어둠으로 가는 인간들, 빛에서 빛으로 가는 인간들이 그것입니다.

그러면 대왕이여, 어둠에서 어둠으로 가는 인간은 어떠한 인간일까요? 대왕이여, 여기에 한 사람이 있어 천한 집안에 태어나 가난한 생활을 하고 나쁜 행동을 하고 입으로는 더러운 말만 하고 나쁜 마음을 품고 있다면 어떻게 되겠습니까?

그는 이 세상에서는 나쁜 업을 지니고 죽은 후에도 나쁜 곳에 가야 합니다. 이러한 사람은 어둠에서 어둠으로 가는 것이라 할 수 있지요.

다음에 대왕이여, 어둠에서 빛으로 가는 사람은 어떠한 사람일까요? 대왕이여, 여기에 한 사람이 있어 천한 집안에 태어나 가난한 생활을 하고 있으나, 그는 좋은 일을 하고 좋은 말을 하고 좋은 마음을 품는다면 어떻게 됩니까?

그는 이 세상에 있어서는 좋은 업을 계속하고 죽은 후에는 좋은 곳에 태어나겠지요. 어둠에서 빛으로 간다는 것은 이러한 사람을 말하는 것입니다.

또 대왕이여, 빛에서 어둠으로 간다는 것은 이런 것입니다. 여기에 한 사람이 있어 고귀한 집안에 태어나 부유하고 행복한 생활을 하지만 몸, 입, 마음의 세 가지 업에 있어서 그릇된 일을 하지요. 그는 이 세상에서는 악업을 계속하고 죽어서는 나쁜 곳에 떨어지게 됩니다. 빛에서 어둠으로 간다는 것은 이러한 사람을 가리켜서 하는 말입니다.

또 대왕이여, 빛에서 빛으로 간다는 것은 이러한 것입니다. 여기에 한 인간이 있어 고귀한 집안에 태어나 부유하고 행복한 생활을 하며 몸, 입, 마음의 세 가지 업에 있어서 좋은 일을 합니다. 그는 이 세상에서는 좋은 업을 쌓고 죽어서도 선한 곳에 갑니다. 빛에서 빛으로 간다는 것은 이러한 사람을 말하는 것입니다.』

— 《잡아함경(雜阿含經)》

■ 드골은 인간의 가치에 대해서 어딘지 모르게 비관적인 견해를 지니고 있었다. 그는 인간이란 연약한 것이며, 인간의 본성이란 가냘프기 짝이 없고, 가장 뛰어난 인간이라 해도 기대하는 바를 충분히 이루어 나갈 수가 없다고 생각하고 있는 까닭에 자기 스스로를 남에게 드러내 허교(許交)하기를 주저한다고 했다. 따라서 인간의 본성을 전적으로 믿지 않고 자기 주위의 사람들에게도 무조건 신임을 두지 않는 것이 더 좋다는 결론을 내리고 있는 셈이다.

■ 대사직에 있는 어느 유명한 사람이 역시 유명한 워싱턴의 어느 여류명사에게 장난기가 섞인 질문을 한 일이 있었다. 『루스벨트를 찢어 놓으면 무엇이 나올 것 같습니까?』 종이인형을 찢어 놓으면 뭐가 나오겠어요? 아무것도 안 나오죠.』 이것이 대답이었다.

【명작】

■ 인간의 굴레(Of Human Bondage) : 영국의 작가 서머셋 몸(William Somerset Maugham, 1874~1965)의 1915년에 발표한 대표적 장편소설. 자전적 색채가 짙어 주인공 필립 케어리에게서는 작자 자신의 모습을 다분히 찾아볼 수 있다. 주인공은 어려서

양친을 잃고 콤플렉스 속에 성장하여 하이델베르크와 파리에서 공부하면서 인생의 의의를 탐구한다. 한편 그는 드센 여자와의 연애로 생활이 파괴된다. 결국, 그가 발견한 것은 인생은 무의미하고 연애 등에 집착하는 것이 인간의 불행의 원천이라는 사실이었다. 결국 평범한 아가씨와의 결혼으로 이 작품은 끝난다. 교양소설의 한 전형으로서 제명은 네덜란드의 철학자 스피노자의 《에티카》 1장의 제목을 땄다.

【成句】

■ 영장(靈長) : 신묘하고 인지(人知)를 초월하며, 헤아릴 수 없는 힘을 지닌 가장 뛰어난 것. 만물의 우두머리란 뜻으로, 인류·인간을 말한다. 원래는 물을 가리킨다. / 곽박(郭璞)《강부(江賦)》

■ 인물지생(人物之生) : 사람들.

■ 갑남을녀(甲男乙女) : 갑이란 남자와 을이란 여자의 뜻으로, 그저 평범한 사람들.

■ 거이기양이체(居移氣養移體) : 머무는 곳에 따라 기상이 달라지고, 음식과 의복은 몸을 변하게 한다는 뜻으로, 물질적인 조건과 처해진 사회적 형편이 인간을 변화시킨다는 말. /《맹자》

■ 경천애인(敬天愛人) : 하늘을 공경하고 사람을 사랑한다. 『도(道)는 천지자연(天地自然) 자체라면, 강학(講學)의 도는 『경천애인』을 목적으로 하고 『수신극기(修身克己)』로써 시종(始終)한다』라는 유명한 말이다. 인간이 아무리 힘이 있다고 하더라도 자연의

섭리나 조화에는 따를 수 없다. 항상 하늘을 경외(敬畏)하고 사람을 쉽게 사랑하는 심경(心境)에 도달하는 것이 필요하다는 의미. 경천애민(敬天愛民), 외천애민(畏天愛民)과 같은 말로 하늘의 명을 공경히 받들고 백성을 아끼고 보호한다는 뜻이다. 백성을 나라의 근본으로 여기는 군주의 자세로서 백성을 자기 자식처럼 사랑한다는 뜻의 애민여자(愛民如子)와도 상통한다. 경천(敬天)과 애민(愛民)은 조선의 왕이 따라야 할 중요한 조목이기도 했다. 1745년(영조21)에 영조가 선왕의 덕을 선양하고 후대 왕을 경계하기 위해 지은 훈서(訓書)인 《어제상훈(御製常訓)》은 다음의 여덟 가지 조목, 경천(敬天)・법조(法祖 : 선왕을 본받을 것)・애민(愛民)・돈친(敦親 : 친족과 돈독할 것)・조제(調劑 : 여러 이견을 조정하여 화해시킬 것)・숭검(崇儉 : 검약을 숭상할 것)・여정(勵精 : 정신을 가다듬을 것)・근학(勤學 : 학문을 부지런히 할 것)으로 되어 있다. 이처럼 경천애인은 백성 위에 군림하는 군주가 아닌 백성을 위해 힘쓰는 군주로서의 도리를 요약한 말이다. / 《남주유훈(南洲遺訓)》

■ 원두방족(圓頭方足) : 둥근 머리에 모진 발이란 뜻으로, 사람을 이름. / 《회남자》

■ 화발다풍우(花發多風雨) 꽃이 피어 있을 무렵엔 비바람이 많아 모처럼 핀 꽃도 허무하게 떨어지고 만다는 뜻으로, 인간세상의 만사가 뜻대로 되지 않음을 이르는 말. / 우무릉(于武陵) 《권주(勸酒)》

■ 장삼이사(張三李四) : 장씨의 삼남(三男)과 이씨의 사남(四男)이란

뜻으로, 평범한 사람들을 이름. /《전등록》

▣ 세간여자(世間餘子) : 세상의 나머지 사람.

▣ 가이인이불여조호(可以人而不如鳥乎) : 사람으로 태어나서 새만도 못하다면 수치스러움이 심하다는 것. /《대학》

▣ 두초소인(斗筲小人) : 변변치 못한 사람.

▣ 인지생야여우구생(人之生也與憂俱生) : 사람은 나면서부터 이미 근심과 고통을 갖게 되었다는 뜻. 사람은 처음 땅에 떨어지자 고고 (呱呱)의 소리를 내는데, 이것은 즉 근심, 고통과 함께 이 세상에 나왔다는 징조라는 것. /《장자》지락편.

▣ 풍설야귀인(風雪夜歸人) : 바람이 불고 눈이 내리는 밤에 돌아온 사람.

▣ 만물지령(萬物之靈) : 만물의 영장(靈長), 즉 사람을 이름. /《서 경》

신 god 神
(하늘)

【어록】

■ 천지는 만물을 싸안는 자루이고, 주합(宙合)은 하늘과 땅을 넣는 자루다{天地 萬物之橐 宙合有橐天地 : 만물은 모두 하늘과 땅이라는 자루 속에 들어 있다. 그래서 하늘과 땅은 만물을 넣는 자루라 할 수 있다. 하늘과 땅 이외에 우주라는 것이 있다. 이것은 하늘과 땅을 넣는 자루이다. 주합(宙合)은 위로는 하늘 위에 통하고, 아래로는 땅 아래 깊이 처하며, 밖으로는 사해의 바깥으로 나가게 되니, 천지를 둘러싸서 하나의 큰 포용을 이룬다는 말이다}.

— 《관자》

■ 하늘이 높다 이르지만, 서면 허리 굽혀야 하고, 땅이 두텁다 이르지만, 걸으면 잔걸음 쳐야 하리(謂天蓋高 不敢不局 謂地蓋厚 不敢不).

— 《시경》 소아

■ 하늘은 남는 것을 깎고 모자라는 것은 보충시켜 준다(天之道 損有餘 而補不足 : 사람은 남는 것에는 힘을 더 쓰고 부족한 것은 점점

더 깎으려 든다). ─《노자》77장

■ 하늘이 하는 일에는 사사로운 친소(親疎)가 없다. 오직 착한 사람
과 함께할 뿐이다(天道無親 常與善人). ─《노자》79장

■ 하늘의 법망은 눈이 성긴 것 같지만, 결코 그 그물을 빠져나가지는
못한다(天網恢恢 疏而不失 : 하늘의 그물은 넓고 광대하여 그 그물
의 눈이 성글지만 선악의 응보는 반드시 내리고 절대로 실패하는
일이 없다는 뜻). ─《노자》73장

■ 하늘이 무슨 말을 하더냐? 사시가 운행하고 만물이 생겨나지만 하
늘이 무슨 말을 하더냐(天何言哉 四時行焉 百物生)?
─《논어》양화

■ 죽고 사는 것은 천명(天命)에 있고, 부귀(富貴)는 하늘에 달려 있
다(死生有命 富貴在天). ─《논어》안연

■ 쉰 살에는 하늘의 명을 깨달아 이해하게 되었다(五十而知天命 : 사
람이 조우하는 길흉화복─그것은 피할 수 없다는 것을 나(孔子)는
쉰 살에 깨달았다. 따라서 나는 이 세상을 구제할 사명을 하늘에서
받은 것을 깨닫게 되었다. 지명(知命)은 50세. 사실 공자는 50세를
고비로 수양의 시기에서 실질적인 사회활동을 하게 된다).
─《논어》위정

■ 하늘에는 두 개의 태양이 뜰 수 없고, 땅에는 두 명의 제왕이 있을
수 없다(天無二日 土無二王). ─《장자》

■ 하늘이 그 사람에게 큰일을 맡기려 하면 꼭 먼저 그의 마음을 괴롭
히고, 그의 근력을 피로하게 하고, 그의 배를 곯게 하고, 그의 몸을

곤핍하게 하고, 그가 한 일을 어지럽게 한다(天將降大任於是人也
必先苦其心志 勞其筋骨 餓其體膚空乏其身 行拂亂其所爲).

— 《맹자》

■ 하늘은 우리 백성들을 통해서 보고, 하늘이 듣는 것은 우리 백성들
을 통해서 듣는다(天視自我民視 天聽自我民聽).　　— 《맹자》

■ 하늘이 백성들을 내놓을 때, 먼저 안 사람들로 하여금 뒤에 안 사
람들을 깨우치게 했고, 먼저 깨달은 사람들로 하여금 뒤에 깨달은
사람들을 깨우치게 했다(天之生此民也 使先知覺後知 使先覺覺後
覺也).　　— 《맹자》

■ 하늘은 사람이 추위를 싫어한다고 하여 겨울을 없애지 않고, 땅은
사람이 먼 것을 싫어한다고 하여 먼 거리를 없애지 않고, 군자는
소인들이 떠든다고 하여 하던 바를 멈추지 않는다(天不爲人之惡寒
也 輟冬 地不爲人之惡遼遠也 輟廣 君子不爲小人匈匈也 輟行).

— 《순자》

■ 하늘이 바라는 바를 하지 않고 하늘의 바라지 않는 바를 하면, 즉
하늘도 또한 사람의 바라는 바를 하지 않고 바라지 않는 바를 한
다.　　— 《묵자》

■ 하늘은 높으면서 낮은 것을 듣는다(하늘은 높이 있어도 下界의 것
을 비판하고 성패를 부여한다).　　— 사마천

■ 하늘이 알고 땅이 알고 네가 알고 내가 안다(天知 地知 子知 我知
: 세상에 비밀은 없다는 것을 우회적으로 표현).　　— 《후한서》

■ 훌륭한 의원도 다한 목숨을 구할 수 없듯이, 아무리 강하다 해도

하늘과 다툴 수는 없다(良醫不能救無命 强梁不能與天爭).
— 《후한서》

■ 우물 안에서 하늘이 작다 하지만, 하늘이 작은 것이 아니다(坐井而
觀天 日天小者 非天小也). — 한유(韓愈)

■ 술 취해 동산에 올라 누울라 치면 하늘은 이불이요 땅은 베개로다
(醉來臥東山 天地既衾枕). — 이백(李白)

■ 하늘이 말하지 않아도 사계절은 움직이고, 땅이 말 안 해도 백 가
지 사물이 절로 나네(天不言而四時行 地不語而百物生). — 이백

■ 하늘이 그에게 주고자 하면 꼭 먼저 그를 괴롭히고, 하늘이 그를
망치려 하면 꼭 먼저 그를 피로하게 한다(天將與之 必先苦之 天將
毀之 必先累之). — 《설원(說苑)》

■ 하늘이 할 수 있는 것은 만물이 자라게 하는 것이고, 사람이 할 수
있는 것은 만물을 다스릴 수 있는 것이다(天之所能者 生萬物也 人
之所能者 治萬物也). — 유우석(劉禹錫)

■ 하늘이 만약 정이 있다면 하늘도 늙으리라{天若有情天亦老 : 정
(情)을 가진 것은 노쇠하고, 정이 없는 것은 노쇠하지 않는다. 하늘
은 본래 정이 없는 것이지만, 만일 정이 있다면 사람과 같이 노쇠
할 것이라는 뜻}. — 이하(李賀)

■ 하늘은 공평하여, 이빨을 준 자에게는 뿔은 주지 않는다(天下萬一
平 豫之齒者 去其角 : 하늘은 두 가지를 다 주지 않는다. 이빨을
준 자에게는 뿔은 주지 않았으며, 날개를 준 자에게는 발은 두 개
만 주었다). — 《한서》

■ 하늘이 하는 일은 소리도 없고 냄새도 없다{上天之載 無聲無臭 : 하늘은 아무것도 하지 않고 있는 것 같지만, 그 무위(無爲)한 중에서도 가장 큰 일을 하고 있다}.　　　　　　　　―《중용(中庸)》

■ 하늘이 명하신 것을 성(性)이라 하고, 성(性)에 따름을 도(道)라 하고, 도(道)를 닦는 것을 교(敎)라 한다{天命之謂性 率性之謂道 修道之謂敎 :《중용(中庸)》첫 구절이다. 하늘은 생각이 있고 목적이 있다. 그래서 그 목적에서 명령을 내어 이렇게 되어야 한다고 사람에게 내린 것이 성(性)이다. 그 성에 따라서 행하는 것이 도(道)이다. 그 도를 닦는 것이 인간의 교육이고《중용》전체를 관철하는 사상이다}.　　　　　　　　　　　　　　―《중용》

■ 하늘은 한 사람의 어진 이를 내어 뭇 사람의 어리석음을 가르쳐주게 하였거늘, 세상에서는 도리어 잘난 것을 뽐냄으로써 남의 모자라는 것만 들춰내고 있다. 하늘은 한 사람에게 부(富)를 주어 여러 사람의 곤(困)함을 구제하려 하였거늘, 세상에서는 도리어 저 있는 바를 믿고 사람의 가난함을 깔보나니, 진실로 하늘의 처벌을 받을진저.　　　　　　　　　　　　　　　―《채근담》

■ 신들은 일러둔 바를 잊지 않고 있을 것을 항상 바란다.
　　　　　　　　　　　　　　　　　　― 호메로스

■ 신들의 주사위에는 항상 좋은 숫자가 나온다.　　― 소포클레스

■ 신을 공경하는 마음은 인간의 죽음과 함께 멸하지 않는다. 인간의 생사(生死)에 아랑곳없이 그것은 불멸이다.　　　　― 소포클레스

■ 신들과 인간들을 통해서 가장 위대한 하나인 신은 그 모습, 그 마

음에 있어 인간과는 닮으려야 닮을 수 없는 것이다.

— 크세노파네스

■ 속중(俗衆)의 신들을 부정하는 것이 모독이 아니고, 속중의 견해를 신들에게 적용하는 것이 모독이다. — 플라톤

■ 진실로 착하고 행복스런 존재는 하느님에게만 속하며, 현명한 인간은 하느님의 그림자이며 닮음에 지나지 않는다. — 에피쿠로스

■ 당신은 문을 닫고 실내를 캄캄하게 했을 때, 당신 혼자만이 있는 것이 아니라는 것을 기억하라. 당신은 혼자만이 아닌 것이다. 당신의 곁에는 신의 수호가 있는 것이다. — 에픽테토스

■ 신들의 노여움은 완만하지만 무섭다. — 유베날리스

■ 신이 총애하는 자는 요절한다. — 플라우투스

■ 그대는 인간의 마음이란 것을 구경하지 못한 것과 같이 신도 보지 못했을 것이다. 그러나 그대는 신의 모든 창조물을 통해서 그 속에 신을 볼 수 있을 것이다. 그리고 그대는 자기 마음속에 있는 신의 힘을 무시할 수도 없다. 그 힘은 마음의 창조적인 능력 속에 나타난다. 기억의 능력과 완성에 향하여 영원히 전진하는 능력 속에 나타난다. — L. A. 세네카

■ 신이 존재한다고 생각하지 않는 사람은 자기를 속이는 것이다. 가령 그러한 것을 끊임없이 확언하더라도 밤낮으로 불안하기 때문에 그런 것이다. — L. A. 세네카

■ 하느님은 자기 스스로 만물을 만지시는 일 없이 만물을 창조하셨

다. 거룩하시고 지혜로우신 하느님은 부정하고 혼잡스러운 물질을 만질 수 없었기 때문에 이데아라 부르는 형태 없는 힘을 사용하여 만물을 지으시고 각기 적당한 형태를 갖게 하셨다.　　── 필론

■ 이상하고 신기한 행동을 할 때에 신의 계시에 따라 움직이는 것으로 보인다. 그러나 신은 인간의 의사를 꺾지는 않고 그 방향을 가리켜 주는 것으로 보인다. 그리고 또 신은 직접 어떤 결정을 지어주는 것이 아니라 결정에 도움이 되는 생각을 인간에게 넣어준다.
──《플루타르크 영웅전》

■ 신은 하늘과 땅을 창조한 것이다. 신은 너희가 어디를 가든 함께 있으며, 알라는 너희의 마음속을 본다.　　　　　　──《코란》

■ 신은 부당한 압박으로 희생되고 있는 경우가 아니라면 악을 들추어내는 것을 좋아하지 않는다.　　　　　　　　──《코란》

■ 하늘은 우리가 범한 죄에 대하여 분노한다. 그러나 속세는 우리가 행한 덕에 대하여 분노하는 것이다.　　　　　──《탈무드》

■ 신의 계율(戒律)을 지키지 않으면 안되는 것은 신에 대한 사랑에 의해서이지 신에 대한 두려움에서는 아니다.　　──《탈무드》

■ 신은 하나인데 온갖 이름으로 불리고 있다.　　──《리그베다》

■ 한 처음에 하느님께서 하늘과 땅을 지어 내셨다.　　── 창세기

■ 야훼 하느님께서 아담을 깊이 잠들게 하신 다음, 아담의 갈빗대를 하나 뽑고 그 자리를 살로 메우시고는 그 갈빗대로 여자를 만드신 다음, 아담에게 데려오시자 아담은 이렇게 외쳤다. 『드디어 나타났구나! 내 뼈에서 나온 뼈요, 내 살에서 나온 살이로구나. 지아비

에게서 나왔으니 지어미라고 부르리라!』 이리하여 남자는 어버이
를 떠나 아내와 어울려 한 몸이 되게 되었다. 아담 내외는 알몸이
면서도 서로 부끄러운 줄을 몰랐다.　　　　　　　— 창세기

■ 남들은 하나님도 많고 주님도 많아서 소위 신이라는 것들이 하늘
에도 있고 땅에도 있다고들 하지만, 우리에게는 아버지가 되시는
하나님 한 분이 계실 뿐입니다. 그분은 만물을 창조하신 분이며 우
리는 그분을 위해서 있습니다.　　　　　　　— 고린도전서

■ 신은 모든 인간 안에 살지만, 모든 인간은 신 속에 살지 않는다.
　　　　　　　— 바라문 경전

■ 불 없이 램프가 켜지지 않듯이, 인간은 신 없이는 살아갈 수 없다.
　　　　　　　— 바라문 경전

■ 바르게 생각할 때 우리는 하느님에 거한다. 바르게 살 때 하느님께
서 우리 안에 거하신다.　　　　　　　— 아우구스티누스

■ 하느님은 부르는 소리보다 흐느낌을 먼저 들으신다.
　　　　　　　— 아우구스티누스

■ 신은 인간의 본질을 천사와 짐승의 중간에 존재하는 것으로 만들
어 주었다.　　　　　　　— 아우구스티누스

■ 우리들은 신을 믿음으로써 악 속에서 선을, 암흑 속에서 빛을, 절
망에서 희망을 찾아낼 수 있다.　　　　　　　— 에라스무스

■ 무릇 존재하는 것은 하느님 속에 있다. 하느님 없이는 아무것도 존
재하지 않으며, 또 이해되지 않는다.　　　　　　　— 스피노자

■ 인간에 대한 신의 섭리의 올바름을 입증하자.　　　— 존 밀턴

■ 하느님의 힘만이 괴로움의 무거운 짐을 견디게 하고 우리를 굳건히 서게 할 것이다.　　　— 장 칼뱅

■ 신은 우리들의 성벽이다.　　　— 마르틴 루터

■ 하느님만이 하느님에 대하여 잘 말씀하신다.　　　— 파스칼

■ 하느님의 인식으로부터 하느님을 사랑하기까지는 그 얼마나 먼 것인가.　　　— 파스칼

■ 신을 안다는 것과 신을 사랑하는 것과는 참으로 거리가 먼 일이다.　　　— 파스칼

■ 하느님이 안 계시다면 하느님을 만들어야 할 것이다. — 볼테르

■ 하늘은 아마도 이 세상에 대한 신의 감정이리라.　　　— J. A. 라르센

■ 남보다 더욱 신(神)에게 가까이하고 신의 영광(榮光)을 인류 세계에 널리 알려주는 일 이외에 더 고귀한 사명은 없다. — 베토벤

■ 신은 인간의 가슴 속에 스스로의 모습을 비춘다.　　　— 알렉산더 포프

■ 인간은 신이 되려고 하고, 신은 천사가 되려 하고 있다.　　　— 알렉산더 포프

■ 하느님은 악인을 용서하시지만, 영원히 용서하는 것은 아니다.　　　— 세르반테스

■ 신이란 믿는 사람에 따라 다르다. 그러니까 신은 그다지도 여러 번 조소의 대상이 되었다.   — 괴테

■ 하느님은 주말마다 우리들 때문에 계산하시지는 않는다. — 괴테

■ 신과 자연을 떠난 행동은 곤란하며 위험한 일이다. 왜냐하면 우리 는 자연을 통해서만 신을 인식하기 때문이다.   — 괴테

■ 단순히 외부로부터 세계를 움직일 수 있는 신이란 무엇인가. 그 손 끝으로 우주를 회전시키는 신이란 무엇인가. 세계를 내부로부터 움직임으로써 참 신(神)이다. 자연을 자기 속에 지니고 자기를 자 연 속에 포함시키고, 그 속에 생동하고 존재하는 전부가 그의 힘을 나타내고 그의 정신을 마음에 새겨 지킴으로써 참 신이다.
    — 괴테

■ 인간이 계획하고 신이 처리한다.   — 토마스 아 켐피스

■ 하느님이 다스리시니 모든 것이 순조로워라.   — 올리버 홈스

■ 나는 신에 도전한다.   — 로맹 롤랑

■ 인간은 자기의 모습을 닮은 신을 창조했다.   — 퐁트넬

■ 하느님의 빛을 보기 위하여 너희들의 조그마한 촛불을 꺼라.
    — T. 풀러

■ 하느님만이 영원히 우리의 관심을 모은다. 다른 모든 것들은 우리 가 그 깊이를 가늠할 수 있지만, 하느님은 항상 우리의 생각을 초 월하고 계셔서 우리는 설명할 수도 논파할 수도 없다.
    — 아이작 뉴턴

■ 신을 비웃는 자는 어리석은 사람이다. ― 나폴레옹 1세

■ 신은 위대한 작자이며, 인간은 그 연출자에 지나지 않는다.
　　　　　　　　　　　　　　　　　　　　　　　　　― 발자크

■ 인간이 하느님의 사랑일진대, 인간은 하느님과 똑같이 영원한 하나이며, 진리이며, 불멸의 존재이며, 나아가서는 하느님 그대로인 것이다. ― J. G. 피히테

■ 신의 분노는 일시적인 것이며, 신의 자비는 영원한 것이다.
　　　　　　　　　　　　　　　　　　　　　　　　　― 조제프 주베르

■ 어떤 일에도 동요하지 말라. 어떤 일에도 겁먹지 말라. 모든 일에도 겁먹지 말라. 모든 일은 과거가 된다. 그러나 하느님은 변치 않는다. ― 헨리 롱펠로

■ 마음 반짝거리고 소박한 사람은 신과 자연을 믿는 법이다.
　　　　　　　　　　　　　　　　　　　　　　　　　― 헨리 롱펠로

■ 인간은 부정하나 하느님은 정의로우시어, 결국은 정의가 승리를 거둔다. ― 헨리 롱펠로

■ 사랑이 있는 곳에 신의 은총이 있다. ― H. B. 스토우

■ 신(神)에 관한 이야기는 오직 자연스럽게 해야만 한다.
　　　　　　　　　　　　　　　　　　　　　　　　　― 앙드레 지드

■ 사람은 하느님 곁에서 멀리 떠났을 때 불안하다. 하느님의 품안에서만이 자기를 편안하게 할 수 있다. 왜냐하면 하느님은 결코 변하지 않으니까. ― 앙드레 지드

▣ 하느님은 하느님이기 위해 현실을 초월해야 하고 이상실현의 창조
자가 되어야 한다. 　　　　　　　　　　　　　 ― L. M. 존스

▣ 나의 자매인 새들이여, 하느님께서는 너희들이 마음대로 날 수 있
는 자유를 주었으며, 뿌리고 거두지 않고도 너희들은 먹을 것을 얻
을 수 있고 샘물과 시냇물을 마실 수 있다. 하느님은 너희들에게
산과 계곡을 은거지로 주셨으며 높은 나무를 너희들의 둥우리를
위해 주셨으며, 너희들이 짜고 기울 줄을 모르기 때문에 하느님은
너희들과 너희들 새끼를 위하여 옷을 주셨다. 그런 고로 나의 자매
여, 마음속에 새겨두어 은혜를 잊는 죄를 짓지 말고 언제나 하느님
을 찬미하라. 　　　　　　　　　　　　　　　 ― 프란체스코

▣ 신은 인간의 필요에 의하여 만들어진 인간의 피조물이다.
　　　　　　　　　　　　　　　　　　　　　 ― 포이에르바하

▣ 불행할 때 하느님의 도움으로 위로를 받는 사람들보다도 행복할
때에 하느님의 도움을 필요로 하는 사람을 나는 한층 더 존경한다.
　　　　　　　　　　　　　　　　　　　　　 ― 포이에르바하

▣ 신이 존재하지 않는다면 내가 신이다. 　　　　 ― 도스토예프스키

▣ 신이 창조한 전체를 사랑하라. 신의 한 알의 모래, 신의 하나의 잎,
신의 한 줄기의 광선까지도 모두 사랑하라. 초목을 사랑하라. 모든
것을 사랑하라. 　　　　　　　　　　　　　　 ― 도스토예프스키

▣ 나의 믿음은 이렇다. 나는 우주의 창조자이신 유일한 하느님을 믿
는다. 그는 우주를 당신의 섭리로 지배하신다. 하느님은 숭배되어
야 하며, 그에게 보답하는 길은 하느님의 자녀인 모든 인간에게 선

을 행하는 일이다. 인간의 영혼은 영원하며 이 세상에서의 행실에 따라 저 세상에서 재판을 받는다는 것을 나는 믿는다.

― 벤저민 프랭클린

■ 신을 부인하는 사실, 그 사실 속에 신의 의식이 있다.

― 에밀 브루너

■ 하느님의 선하심이라고 하지만, 나는 내 주변에 그 증거를 거의 보지 못한다. 오히려 매일의 그의 행하심을 볼 때 나는 그가 가장 어리석고 잔인하고 악랄한 사람으로 규정지어져야 하지 않을까 느껴진다.

― 헨리 L. 멩컨

■ 신의 존재를 입증하려는 온갖 시험은 이미 신에 대한 모독이다.

― 주세페 마치니

■ 신은 본질이 아니고 실존이다. 우리들은 신에 대해서는 영적인 체험에 바탕을 둔 상징적인 말에 의해서밖에는 말할 수가 없다.

― 니콜라이 베르자예프

■ 신이야말로 다스리기 위해서 굳이 존재할 필요조차도 없는 유일한 존재자이다.

― 보들레르

■ 신은 하나의 수치이다. 하지만 무엇인가 살리는 수치이다.

― 보들레르

■ 나는 밝은 길을 혼자서 가는 것보다 어둠 속을 하느님과 함께 걷겠다.

― M. G. 브레이나드

■ 어느 곳에서든지 신을 본 사람은 없다. 그러나 만약 우리들이 서로

사랑한다면, 신은 우리들의 가슴에 머물 것이다.

— 레프 톨스토이

■ 신의 존재를 믿는다는 것, 인간의 행복은 이 한 마디로 다한다.

— 레프 톨스토이

■ 신은 진실을 보이지만, 그렇다고 빨리는 보이지 않는다.

— 레프 톨스토이

■ 신은 만물의 창조자이며, 천복(天福)을 내리는 자 그 자체이다.

— 레프 톨스토이

■ 신의 실재를 입증할 수는 없다. 왜냐하면 그들 기적 그 자체가 역시 나의 상상이며, 게다가 지극히 불합리한 상상이기 때문이다.

— 레프 톨스토이

■ 그리스도밖에는 하느님을 알거나 이해하지 못한다. 그리스도 없이는 아무도 하느님을 알지 못하고 용서와 은총을 받지 못하며 아버지께 오지 못한다. — 마르틴 루터

■ 신을 버리는 사람은, 종이로 만든 등(燈)을 가지고 계속 걷기 위해서 태양의 빛을 지우는 것과 같은 것이다. — 모르겐슈테른

■ 신을 가정하는 것은 그것을 부정하는 것이다. — 피에르 프루동

■ 만물을 만드는 하느님의 손에서 나올 때 모든 것은 선하지만, 인간의 손에 건네지면 모든 것은 타락한다. — 장 자크 루소

■ 전능하신 하느님께서 먹기만 하고 일은 하지 말아야 하는 부류의 인간을 지으셨다면 그 인간은 입만 있고 손은 없었을 것입니다. 그

리고 또 다른 부류로, 일만 해야 하고 먹지는 못하게 되어 있는 인
간을 지으실 의도가 계셨다면 그 인간은 손만 있고 입은 없었을 것
입니다.   ― 에이브러햄 링컨

■ 신은 죽었다. (『신(神)』으로 대표되는 당시 유럽 사회의 모든 비
이성적이고 비합리적인 것들(종교적 / 관습적)과 이 세상의 모든
것을 이해할 수 있다고 믿는『오만한 이성』을 배척한다는 의미에
서 한 말)   ― 프리드리히 니체

■ 인간은 신의 실패작에 지나지 않는가?   ― 프리드리히 니체

■ 하느님이란 말은 하느님의 이름이다. 내 이름이 스티븐인 것처럼
Dieu는 하느님이라는 프랑스 말이며, 그것도 하느님의 이름이다.
그러므로 하느님에게 기도하는 사람이 Dieu라고 부르면 기도하는
사람이 프랑스 사람이라는 것을 하느님은 곧 아신다. 그러나 세상
의 온갖 말로 하느님의 이름이 서로 다르고, 그리고 하느님은 온갖
말로 기도하는 사람들의 뜻을 아시지만, 그래도 하느님은 역시 하
느님이시며 하느님의 정말 이름은 하느님이다. ― 제임스 조이스

■ 우리들은 늘 신을 우리들 자신과 같은 것으로 믿고 있다. 따라서
관대한 인간은 신을 관대한 것으로 말하고, 원한에 사무친 사람들
은 신을 무서운 것으로 말한다.   ― 주벳

■ 하느님 하시는 모든 일이 훌륭하시다.   ― 라퐁텐

■ 사람이 이리저리 분주하여도 그를 인도하심은 하느님이시다.
            ― 페스롱

■ 신의 본체는 사랑과 영지(英智)이다.   ― 에마누엘 스베덴보리

▣ 신학자들은 늘, 인간에 대한 하느님의 길을 정당화하는 것이 매우 어렵다는 것을 알고 있다. 그들은 그 일이 불가능하다는 것을 알고 있다. 왜냐하면 하느님의 길은 인간적인 의미로는 정당화될 수 없기 때문이다. ― 올더스 헉슬리

▣ 인간이 자유를 누리기 위해서는 신이 있어서는 안 된다.
― 프리드리히 셸링

▣ 신은 스스로 돕는 자를 돕는다. ― 필립 시드니

▣ 너희는 너희의 주, 너희의 신을 그저 심장을 갖고 심혼의 한도를 다하여 너희가 온갖 감각을 다 바쳐 사랑해 받들지 않으면 안 된다. ― 키르케고르

▣ 어떤 인간의 내부에도 굳게 얽혀진 신과 야수가 살고 있다.
― D. S. 메레즈코프스키

▣ 하느님은 전용 문을 통해서 모인 개인의 마음속으로 들어간다.
― 랠프 에머슨

▣ 새가 나뭇가지에 앉았다, 또 하늘 높이 나는 것처럼 하느님의 생각도 어느 한 형태로 오래 머물러 있지 않는다. ― 랠프 에머슨

▣ 존재한다는 것은 하느님과 함께 산다는 것이다. ― 랠프 에머슨

▣ 우리가 말하는 소위 섭리의 작용이란 무엇인가? 묵묵한 그것, 그것은 우리와 함께 있고, 모든 곳에 편재하고 있다. 그와 대화가 이루어질 때마다 우리는 그 경험을 언어로 표현한다. ― 랠프 에머슨

▣ 사람들의 마음에서 버려진 사람을 때로는 하느님의 따스함이 맞아

들인다.　　　　　　　　　　　　　　　　　— 존 로널드 로얼

▣ 그리고 마음속에 하느님을 맞으려면 아침 일찍 일어나야 한다.
　　　　　　　　　　　　　　　　　　　— 존 로널드 로얼

▣ 암흑은 강하다. 죄악 또한 그렇다. 그러나 하느님은 당연히, 영원토
록 이겨 내신다.　　　　　　　　　　　— 존 로널드 로얼

▣ 하늘은 스스로 돕는 자는 돕지 않는다. 그럴 필요가 없기에.
　　　　　　　　　　　　　　　　　　— 벤저민 프랭클린

▣ 신은 영원한 휴식이 아니라 영원한 생명인 것입니다.
　　　　　　　　　　　　　　　　　　— 프리드리히 뮐러

▣ 무엇을 하느님에게 맡겨도 하느님은 맡아 주시고 우리를 축복해
주신다.　　　　　　　　　　　　　　　　— 헨리 소로

▣ 신을 두려워하라. 그리고 다른 누구도 두려워하지 말라.
　　　　　　　　　　　　　　　　　　　— 비스마르크

▣ 하느님의 가장 훌륭한 속성(屬性), 그것은 용서이지, 노여움이 아
니다.　　　　　　　　　　　　　　　　— B. 테일러

▣ 인간이 서로 애정을 표시하는 곳에 신은 가까이 있다.
　　　　　　　　　　　　　　　　　　　— 페스탈로치

▣ 인간의 죄를 대신 뒤집어쓰는 속죄양들이 많다. 그러나 그 중에서
도 가장 흔하게 쓰이는 것이 신의 섭리다.　　— 마크 트웨인

▣ 하느님은 이론이 아니다. 그것은 하나의 경험이다. 신격에 관해서
공부할 수는 없는 노릇이다.　　　　　　— 오쇼 라즈니쉬

▣ 하느님은 사물도 아니요, 어디엔가 숨어 있는 사람도 아니다. 하느님은 그대의 가장 깊은 내면에서 꽃피는 상태이다.
― 오쇼 라즈니쉬

▣ 우리들이 신의 일부분일 뿐 아니라 신도 우리들의 일부분이다.
― 오쇼 라즈니쉬

▣ 『신』이라는 어휘는 신이 아니다.　　　　　　　　― 오쇼 라즈니쉬

▣ 신이란 폭풍 속의 무지개와 같이 오색이 찬란해야만 된다. 사람은 자기 형상에 맞추어서 신을 창조한다. 그리고 신을 만든 사람들과 더불어 신을 창조한다.　　　　　　　　　　― D. H. 로렌스

▣ 나는 신을 믿는다. 인간은 이 우주 안에서 최고의 존재는 아니다. 인간은 만물의 영장도 아니다. 우리가 마치 자기가 최고의 존재인 것처럼 행동한다면 우리는 가장 비참한 처지에 떨어질 것이다. 반대의 관점에서 보면 인간보다 훨씬 높은 영적인 존재가 이 우주 안에는 반드시 있다고 믿는다.　　　　　　　　― 아널드 토인비

▣ 신의 섭리는 뜻밖의 물건을 통하여 나타난다. 트로이는 목마를 이용하여 황폐시켰고, 세계에는 한 입 먹은 사과로 죄악을 번지게 하였다.　　　　　　　　　　　　　　　　― 제임스 캐벌

▣ 만일 신이 있다면, 신의 사랑은 인간을 신 없는 세계에서보다 더욱 더 나아지게 할 수 있을 거라고 인정한다.　　　― 버트런드 러셀

▣ 침묵이 금이다. 부재(不在)가 신이다. 그러므로 신이란 인간의 고독함이다. 나밖에는 아무도 없었던 것이다.　　― 장 폴 사르트르

▣ 우주의 왕좌에 앉아 계시는 우리의 위대하신 하느님은 과거에도 그랬거니와 지금도 그리고 미래에도 서두르지 아니하신다.

— J. G. 홀랜드

▣ 도대체가 신이란 이미 존재하지 않는지도 모릅니다. 그도 그럴 것이, 신은 모든 것을 감수하고 어떤 일이라도 반대를 하지 않으니 말입니다.

— 호르바트

▣ 신은 세상에서 가장 무서운 존재입니다.

— 호르바트

▣ 신은 변함없이 영원토록 자신을 억제하며 자신 외에는 아무런 대상도 갖지 않는다.

— 시몬 베유

▣ 우리는 악마까지도 자기 내부에 품고 있는 하느님을 만들어야 한다. 이 세상에서 가장 자연적인 일이 일어나더라도 그 앞에서 눈을 감을 필요가 없는 하느님을 만들지 않으면 안 된다.

— 헤르만 헤세

▣ 신은 인간이 출현하게 되자 갑작스러운 창조의 용기를 과시하였다.

— R. 타고르

▣ 신이 갖고 있는 카드를 훔쳐보는 것은 어려울지 모릅니다. 그러나 양자역학에서 생각하는 것처럼 신이 주사위를 던지거나 텔레파시를 사용했다는 것은 조금도 믿을 수 없습니다. 차라리 신은 자연의 법칙이 전혀 존재하지 않는 세계를 만들었다고 한다면 믿을 수 있을 것 같습니다. 그러나 확률적인 법칙이 있다는 것, 다시 말하면 신이 그때그때 주사위를 던지지 않으면 안된다는 것을 나는 결코 믿을 수 없습니다.

— 알베르트 아인슈타인

■ 신은 주사위를 던지지 않는다. (God never casts dice. : 세상에 이유 없이 임의로 되는 일은 없다. 아인슈타인은 세상에 random 은 없고, 언젠가는 우리 인간이 세상의 모든 기능과 일을 완벽하게 분석해서 이해하는 날이 올 거라고 믿었다)

— 알베르트 아인슈타인

■ 신은 항상 실성한 사람이나 연애하는 사람이나 술 취한 사람에게 조력을 한다.   — 마르그리트 드 나바르

■ 신은 절대로 군중이나 집단을 상대로 이야기하지 않는다.

— C. V. 게오르규

■ 하느님의 가장 숭엄한 모습은 항상 인간의 형상으로 그려져 있다.

— C. V. 게오르규

■ 후세에 이르는 사람은 그림을 보는 것이 아니고 그 그림의 소위 신화를 보는 것이다. 결국 그 그림이 창조한 신화가 보이는 것이다. 그러므로 그림의 생명이 오래 계속될 것인지는 문제가 되지 않는다. 누군가가 언젠가는 보수(補修)하게 될 것이다. 그림은 그 신화가 생명이며, 다른 요소에서 생명이 생기는 것은 아니다.

— 피카소

■ 우리는 『신』 이라는 말(다시 말해서 그 용법)을 어떻게 해서 배우게 되는가. 우리는 『신』 이라는 말에 관한 문법을 상세하게 기술하지는 못한다. 그러나 그 기술에 공헌할 수는 있다. 거기에 대해선 적잖이 말할 줄도 알고, 시간이 있으면 일종의 용례집(用例集)을 편집할 수도 있을 것이다.   — 비트겐슈타인

■ 새로운 종교는 옛날 종교의 신들에게 악마라는 낙인을 찍는다는 말이 흔히 일컬어진다. 그러나 실제론 낙인을 찍히기 전에 신들은 이미 악마가 되어 있지 않는가.　　　　　　― 비트겐슈타인

■ 사람이 『신』이라는 말을 할 때, 그 말에서 밝혀지는 것은 『그 사람이 누구를 생각하고 있는가』가 아니라 오히려 『그 사람이 무엇을 생각하고 있는가』하는 점이다.　　　　　― 비트겐슈타인

■ 신이 지니는 고유한 의미는 인간에게 가장 바람직한 선(善)이 무엇이냐에 달려 있다. 따라서 신의 개념의 이해는, 신을 숭배하는 인간의 성격 구조의 분석에서 출발하여야 한다.　　　― 에리히 프롬

■ 신의 존재에는 어떠한 사람도 신이 될 수 없고, 어떠한 사람도 전지전능할 수 없다는 뜻이 포함되어 있다. 따라서 신의 존재는 사람의 자기우상화에 분명한 한계를 설정한다.　　　　― 에리히 프롬

■ 19세기에 있어서는 『신은 죽었다』라는 것이 문제였으나, 20세기에서는 『인간이 죽었다』라는 것이 문제 된다.　― 에리히 프롬

■ 신은 사람을 구원할 수 없다. 신이 할 수 있는 일은 단지 사람으로 하여금 삶이냐 죽음이냐 하는 근본적 양자택일에 직면하게 하고― 삶을 선택하도록 사람을 격려하는 것뿐이다.　　― 에리히 프롬

■ 신은 이름을 가져서는 안 된다. 즉 신에 대해서는 어떠한 이미지도 만들어져서는 안 된다.　　　　　　　　　― 에리히 프롬

■ 『하늘』은 인간보다 우월한 것이니, 그 까닭은 다행스럽게도 우리 인간은 인간을 속일 수 있지만 하늘은 결코 매수할 수 없기 때문이다.　　　　　　　　　　　　　　　― 아돌프 히틀러

■ 신과 그의 법은 하나다. 그 법이 곧 신이다. 그에게 속한 어떤 것도 단순한 부속물은 아니다. 그가 곧 부속물 자체이다. 그는 진리요, 사랑이요, 법일 뿐만 아니라 인간의 재간으로 이름 붙여 부를 수 있는 백만 가지 것들이다. — 마하트마 간디

■ 나의 주변의 모든 것이 끊임없이 변하여 죽어가고 있기는 하지만 모든 그러한 변화의 밑바닥에는 변함이 없고, 모든 것을 잡아두고 창조하며 그것을 없앴다가 다시 창조하는 살아 있는 힘이 있음을 나는 알고 있다. 그러한 활기를 불어넣어 주는 힘과 정신이 즉 신(神)이다. ……나는 죽음 가운데서도 삶이 끈덕지게 이어져 나가고 있고, 허위 가운데에 진리가 존재하며, 어둠 속에 광명이 있는 것으로 보아 하느님은 정말 자비심이 깊은 것으로 생각한다. 그러므로 하느님이란 삶이요, 진리요, 광명이라고 나는 생각한다. 그는 최고의 선(善)이다. — 마하트마 간디

■ 당신은 곧 우리의 필요입니다. 우리에게 당신 자신을 주시고 더 주시기 위하여 당신은 만물을 우리에게 주셨습니다.
— 칼릴 지브란

■ 생명, 사랑, 아름다움은 자유롭고 테두리가 없는 하나의 자아(自我) 속의 세 형제, 사랑과 사랑이 낳는 모든 것과, 반항과 반항이 낳는 모든 것과, 자유와 자유가 낳는 모든 것—이 세 가지가 신의 천성이었습니다. 신은 유한한 의식세계의 무한한 마음이었습니다.
— 칼릴 지브란

■ 군이 신화를 필요로 하는 사람들은 가엾은 사람들이다.
— 알베르 카뮈

▣ 신들과 같이 어깨를 나란히 하는 데는 단 한 가지 방법밖에는 없다. 그것은 신들처럼 잔혹해지는 일이다.　　　— 알베르 카뮈

▣ 구전으로 전승된 신화의 특성은 그것들이 거듭해서 되풀이되었다는 점입니다. 신화들의 생명력은 그것들의 확고함과 맞먹으며, 또 그것들은 본질적으로 변하지 않습니다. 신화들의 생동력의 내용이 무엇인지는 개별적인 경우에 한해서만 알아볼 수 있을 것입니다.　　　— 엘리아스 카네티

▣ 인간은 신의 일부이니까 때로는 신을 이해한다. 나는 신인 동시에 인간이다. 나는 선량하며 짐승이 아니다. 나는 마음을 지닌 동물이다. 나는 육체이지만 그것은 육체로부터 나온 것이다. 육체는 신이 만들었다. 나는 신이다, 나는 신이다……. — 바츨라프 니진스키

▣ 나는 하느님에 대해서도 두려움을 느꼈다. 하느님의 사랑은 믿어지지 않고 하느님의 벌만이 믿어지는 것이었다. 신앙, 그것은 오직 하느님의 채찍을 받기 위하여 고개를 떨어뜨리고 심판대로 향하는 일인 것 같았다. 지옥은 믿을 수 있으나, 천국의 존재는 아무래도 믿어지지 않는다.　　　— 다자이 오사무(太宰治)

▣ 진실로 자기 존재를 인식하는 사람이면 그가 신을 거부하고 배격하는 사람이라도 신과 한 번은, 아니 끊임없이 대결해야 한다.
　　　— 구상

▣ 신은 존재한다. 무한한 유(有)의 극한으로서 존재한다. 따라서 신은 무한한 가능성으로서 존재한다.　　　— 김동리

▣ 하느님은 스스로 나오는 이, 스스로 폭발하는 이, 그러기 위해 스

스로 맞서고 뻗대고 겨루어대는 이다. 스스로 노여워하는 이다. 영
원의 미완성이다.   ─ 함석헌

■ 신화는 있었던 일이 아니요, 있어야 할 일이다. 신화를 잃어버린
  20세기 문명은 참혹한 병신이다. 신화는 이상(理想)이다. 이상이
  므로 처음부터 있었을 것이다.   ─ 함석헌

■ 지금까지 『하느님은 모든 것의 생명이니라』고 하던 신념이 『생
  명은 곧 하느님이다』고 하는 신념으로 변하였다.   ─ 김경탁

■ 신화의 형식으로 모든 것을 설명하는 종교가 소멸해 가기보다는
  오히려 현대는 그와 반대로 많은 신화들이 부활하는 시대라고 볼
  수 있는 데에 문제가 있다.   ─ 강원룡

■ 기독이 어떠한 악인도 끝까지 벌하지 않는 것은 오직 그 죄인의
  위에 있는 더 높으신 분의 권위와 존엄을 욕되게 하지 않으려 함이
  아니겠습니까?   ─ 유치환

■ 『우주의 영원한 침묵이 나를 몸서리치게 한다.』 일찍이 파스칼이
  절규한 이 말, 우주의 영원한 침묵! 이것이 곧 신의 자세인 것이다.
                                                        ─ 유치환

■ 그의 신(神)은 개인의 행동이나 운명을 다루는 신이 아니요, 우주
  의 모든 것이 법칙 있는 조화를 이루게 하는 신이다.   ─ 피천득

■ 영(靈)이니 신이니 하는 이들은 영리하여 모든 존재 중에 신통력이
  많을 뿐 사물(邪物)이다. 그러므로 신을 구원의 대상으로 삼는 자
  는 어리석음을 면하지 못하고, 부인하는 자는 무지인(無智人)임을
  알아야 한다.   ─ 김일엽

■ 우리 민족에겐 신화가 없다. 내적 생활이 빈곤하고 주체의식이 결여되었을 때 영원히 신화는 탄생되지 못한다. 한 민족이 창조한 신화는 그 민족의 자유로운 자아의 표현이며, 그들 자신의 독특한 생활방식을 의미하는 것이다.　　　　　　　　　　　— 이어령

【속담·격언】

■ 봉사님 마누라는 하느님이 점지한다. (사람이 결연하는 것은 우연히 되는 것이 아니다)　　　　　　　　　　　　　　— 한국

■ 신선놀음에 도끼자루 썩는 줄 모른다. (중국 晉나라 왕질이라는 농부가 석보산에서 나무하러 갔다가 신선이 바둑 두는 것을 구경하고 있는 동안 도끼자루가 썩었다는 설화에서 나온 말로, 일하는 사람이 놀음에 반해서는 안된다는 말)　　　　　　— 한국

■ 신주 모시듯 한다. (아주 소중하게 모신다)　　　　　— 한국

■ 중이 얼음 위를 건널 때는 나무아미타불 하다가도 얼음이 깨질 땐 하느님 한다. (사람은 누구나 가장 위험을 느꼈을 때는 체면도 격식도 다 털어버리고 제 본모습으로 돌아가 구원을 청한다)
　　　　　　　　　　　　　　　　　　　　　　— 한국

■ 하느님은 정직한 자의 머리에 거(居)하신다.　　　— 일본

■ 사람이 계획하고, 신은 성패를 정한다. (Man proposes, God disposes.)　　　　　　　　　　　　　　　　— 영국

■ 신은 자애 그 자체이다. {God is love(or charity).}　　— 영국

■ 신의 도움을 받는 자는 무서울 것이 없다.　　　　— 영국

■ 신은 새에게 먹이를 준다. 그러나 새는 그것을 얻기 위하여 날지 않으면 안 된다. — 영국

■ 신을 잃지 않는 자는 모든 것을 잃지 않는다. — 영국

■ 신은 두 손으로 때리지 않는다. (God does not smite with both hands. : 한 손으로는 벌하지만, 다른 한 손으로는 구원의 손길을 내민다) — 영국

■ 하늘은 스스로를 돕는 자를 돕는다. (Heaven helps those who help themselves.) — 영국

■ 작은 잎 하나하나에도 신은 명백히 머문다. — 영국

■ 속담은 민중의 소리, 따라서 하느님의 소리. — 영국

■ 신의 노함은 달(計量)지만, 자비(慈悲)는 달지 않는다. — 영국

■ 신은 벨을 누르지 않고 찾아온다. — 영국

■ 신은 옷을 준 후에 추위를 보낸다. (God sends cold after clothes.) — 영국

■ 하느님의 나라가 아무리 가깝더라도 너의 가정이 더 가깝다. — 아일랜드

■ 하느님은 남자에게 아내를 내리면서 인내심도 함께 내리신다. — 독일

■ 하느님이 사람을 만들고 악마가 부부를 만든다. — 프랑스

■ 신에게 복수하는 자는 그 후에 서서히 복수 당한다. — 프랑스

■ 작은 집에서는 신의 역할이 크다.　　　　　　　　― 프랑스

■ 하느님을 계산에 넣을 줄 모르는 사람은 헤아릴 줄을 모른다.

　　　　　　　　　　　　　　　　　　　　　　　― 이탈리아

■ 신은 병을 치료하고 돈은 의사가 받는다.　　　　　― 벨기에

■ 하느님은 자기 날개를 쓰는 새를 키우신다.　　　　― 덴마크

■ 신은 매주 지불하지 않지만, 끝에 가서는 지불한다.　― 덴마크

■ 신은 곧은 것을 곡선으로 그린다.　　　　　　　　― 포르투갈

■ 부부 사이를 심판할 수 있는 것은 하느님뿐이다.　　― 러시아

■ 부자는 호주머니 속에 신(神)을 챙기려고 하지만, 가난한 사람은
　마음속에 신(神)을 챙기려고 한다.　　　　　　　　― 유태인

■ 사람이 죽어서 하느님 앞에 나설 때 가지고 갈 수 없는 것이 있다.
　첫째로 돈이며, 그 다음이 친구이고 친척이고 가족이다. 그러나 착
　한 일은 가지고 갈 수가 있다.　　　　　　　　　　― 유태인

■ 하느님은 자선을 할 수 있도록 인간의 손을 만들었다.

　　　　　　　　　　　　　　　　　　　　　　　― 아라비아

■ 미모는 하느님의 불완전한 은혜요, 지성은 하느님의 베푸심이다.

　　　　　　　　　　　　　　　　　　　　　　　― 아라비아

■ 하느님이 너를 뿌려 주신 데서 꽃을 피우라.　　　― 루마니아

■ 사람은 사람의 얼굴을 보지만, 신은 사람의 마음을 본다. ― 터키

■ 최상의 설교자는 마음이요, 최상의 스승은 시간이고, 최상의 책은

세계이며, 최상의 친구는 하느님이다.   — 이집트

▣ 하느님을 믿으라. 하느님은 석양(夕陽)처럼 모든 집에 찾아든다.
    — 마다가스카르

▣ 하느님의 베푸심도 자고 있는 인간을 깨우지는 않는다.
    — 니그리치아

【시 · 문장】
죽음이 좋다면 왜
신(神)들은 죽지 않았을까요
삶이 나쁘다면 왜
신들은 오래 살까요?
사랑이 무상하다면 왜
신들은 그대로 사랑을 할까요?
사랑을 모두 하면
사람들 사랑은 제쳐놓고 무엇을 하나요?
    — 사포 / 神

하느님이 그 슬기로운 손끝으로 내 밤들의 밑창에다
끊임없는 온갖 모양의 악몽을 그려낸다.
    — C. P. 보들레르 / 深淵

사랑이란 이런 것, 네 마음 무디어지기 전에
하느님의 영광으로 네 법열(法悅)을 불붙일지니.

　　　　　　　　　　　— C. P. 보들레르 / 반역자

하느님, 망각의 짐을 지고 여명에 동결되고
미래에 사용될 사면 위에 심어진 정말 하느님이 있다.
　　　　　　　　　　　— J. S. 오디베르티 / 流産

신(神)—영원한 부정(不正)과 부재(不在)의 괴물.
　　　　　　　　　　　— 에마뉘엘 / 성 금요일의 랩소디

신들은 나의 어둠 속에 모습을 이루고는 또다시 해체(解體)한다.
　　　　　　　　　　　— K. 레인 / 무녀(巫女)

거룩한 신은 곳곳에 있습니다
빛 속에도 암흑 속에도.
모든 것 속에 신은 있습니다
물론 우리들 키스 속에도.
　　　　　　　　　　　— 하인리히 하이네 / 십인십색

내 속에는 신이 없다고
그것은 아마 참말일 것이다
나에겐 신을 둘 장소가 없다
나는 사원(寺院)이 아니고
내 자신이 신이기 때문에
　　　　　　　　　　　— 무라노시로(村野四郎) / 無神論

【중국의 고사】

■ **천도시비**(天道是非) : 하늘이 가진 공명정대함을, 한편으로 의심하
면서 한편으로 확신하는 심정 사이의 갈등. 하늘의 뜻이 과연 옳은
지, 그른지? 이는 곧 옳은 사람이 고난을 겪고, 그른 자가 벌을 받
지 않는 것을 보면서 과연 하늘의 뜻이 옳은가, 그른가 하고 의심
해 보는 말이다. 《노자》 제70장에,

『하늘의 도는 친함이 없어서 항상 선한 사람의 편을 든다(天道
無親 常與善人).』는 말이 있다. 이 말은 아무리 악당과 악행이 판
을 치는 세상이라 해도 진정한 승리는 하늘이 항상 선한 사람의 손
을 들어 준다는 뜻이다. 물론 이것은 일정 정도 정당한 논리이지
만, 현실 속에서는 그렇지 못한 것을 우리는 비일비재하게 보아 왔
다.

《사기》를 쓴 사마천은 한나라 무제 때 인물이다. 그는 태사령
으로 있던 당시 장수 이능(李陵)을 홀로 변호했다가 화를 입어 궁
형(宮刑 : 거세당하는 형벌)에 처해졌다. 『이능의 화(禍)』라고
하는데, 전말은 이렇다.

이능은 용감한 장군으로, 5천 명의 병력을 이끌고 흉노족을 정벌
하다가 중과부적(衆寡不敵)으로 부대는 전멸하고 자신은 포로가
되었다. 그러자 조정의 중신들은 황제를 위시해서 너나없이 이능
을 배반자라며 비난했다. 그때 사마천은 이능의 억울함을 알고 분
연히 일어나 그를 변호하였다. 이 일로 해서 사마천은 투옥되고 사
내로서는 가장 치욕적인 형벌인 궁형을 당했던 것이다. 그러나 사
마천은 여기에 좌절하지 않고 치욕을 씹어가며 스스로 올바른 역
사서를 쓰리라고 결심하였다. 그리하여 마침내 완성한 130권에 달

하는 방대한 역사서가 《사기》이다.

　그는 《사기》 속에서, 옳은 일을 주장하다가 억울하게 형을 받게 된 자신의 울분을 호소해 놓았는데, 이것이 바로 백이숙제열전에 보이는 유명한 명제 곧 『천도는 과연 옳은가, 그른가(天道是耶非耶)』이다. 그는 이렇게 말한다.

　『흔히 「하늘은 정실(情實)이 없으며 착한 사람의 편이다.」라고 말한다. 그러나 이는 인간이 부질없이 하늘에 기대를 거는 이야기에 지나지 않는다. 이 말대로 진정 하늘이 착한 사람의 편이라면 이 세상에서 선인은 항상 영화를 누려야 할 것이다. 그러나 실상은 그렇지가 않으니 어쩐 일인가?』 이렇게 말한 그는 다음과 같은 예를 들었다.

　『백이 숙제가 어질며 곧은 행실을 했던 인물임은 세상이 다 아는 일이다. 그런데 그들은 수양산에 들어가 먹을 것이 없어 끝내는 굶어죽고 말았다. 공자의 70제자 중에서 공자가 가장 아꼈던 안연(顔淵)은 항상 가난에 쪼들려 쌀겨조차 배불리 먹지 못하다가 결국 젊은 나이에 죽고 말았다. 이런데도 하늘이 선인의 편이었다고 할 수 있는가. 한편 도척은 무고한 백성을 죽이고 온갖 잔인한 짓을 저질렀건만, 풍족하게 살면서 장수하고 편안하게 죽었다. 그가 무슨 덕을 쌓았기에 이런 복을 누린 것인가.』

　이렇게 역사 속에서 억울하게 죽어간 사람들의 이야기를 하고 나서 사마천은 그 처절한 마지막 질문을 던진다.

　『과연 천도(天道)는 시(是)인가, 비(非)인가?』

　과연 인과응보(因果應報)란 있는 것인가? 사마천이 궁형을 당한 덕택에 결국 《사기》라는 대 저술을 남기게 됨으로써 역사에 이

름을 남기게 되었으니, 그것이 하늘이 그에게 보답을 한 것이라고
말할 수 있을까?　　　　　　　　　—《사기》백이숙제열전

■ **천하언재**(天何言哉) : 『하늘이 무슨 말을 하겠느냐』라는 뜻이다.
이 말은 여러 가지 의미로 쓰일 수 있다.

『하늘이 어떻게 말을 할 수 있겠느냐. 귀로 들으려 하지 말고
마음으로 생각해서 알아라.』하는 뜻도 될 수 있고, 『하늘이 무슨
말을 하더냐. 그래도 다 할 일을 하고 있다.』라는 뜻도 될 수 있으
며, 또 그 밖에도 달리 해석될 수 있다.

이것은 공자가 한 말이다. 《논어》양화편에 보면 공자가 하루는
자공이 듣는 앞에서, 『나는 이제 말을 하지 말았으면 한다(子欲無
言).』하고 혼잣말처럼 했다. 자공이 가만있을 리 만무했다.

『선생님께서 말씀을 하지 않으시면 저희들이 무엇을 배울 수 있
습니까?』하고 묻자 공자는, 『하늘이 어디 말을 하더냐. 사시(四
時)가 제대로 운행되고 온갖 물건들이 다 생겨나지만, 하늘이 어디
말을 하더냐(天何言哉 四時行焉 百物生焉 天何言哉).』하고 대답
했다.

자공의 공부가 이제 말 없는 가운데 진리를 깨달아야 할 단계에
이르렀기 때문에 공자는 이 같은 말을 했을 것이다. 그러나 한편
공자의 이 말은 하늘과 같은 경지에 있는 자신의 심경을 말한 것으
로도 볼 수 있다.　　　　　　　　—《논어》양화편(陽貨篇)

■ **천망회회**(天網恢恢) : 언젠가는 자기가 저지른 죗값을 치르게 된
다.

「천망회회 소이불루(疏而不漏)」에서 나온 말이다. 이 말은 하늘이 친 그물은 하도 커서 얼른 보기에는 엉성해 보이지만, 이 그물에서 빠져나가지 못한다는 뜻이다. 즉 악한 사람이 악한 일을 해도 금방 벌을 받고 화를 입는 일은 없지만, 결국 언젠가는 자기가 저지른 죄의 값을 치르게 된다는 말이다.

이 말은 《노자》73장에 나오는 말인데, 원문에는 「소이불루」가 아닌 「소이불실(疏而不失)」로 되어 있다. 즉, 『……하늘이 미워하는 바를 누가 그 까닭을 알리요. 이러므로 성인도 오히려 어려워한다. 하늘의 도는 다투지 않고도 잘 이기며, 말하지 않고도 잘 대답하며, 부르지 않고도 스스로 오게 하며, 느직하면서도 잘 꾀한다. 하늘의 그물은 크고 커서 성긴 듯하지만 빠뜨리지 않는다(疏而不失).』라고 되어 있다.

이 「소이불실」이란 말이 「소이불루」로 된 것은 《위서(魏書)》임성왕전에서 볼 수 있다. 즉, 『노담이 말하기를 「그 정치가 찰찰(察察)하면 그 백성이 결결(決決)하다고 하고, 또 말하기를, 하늘 그물이 크고 커서 성기어도 새지 않는다」고 했다.』라고 했다. 찰찰은 너무 세밀하게 살피는 것을 말하고, 결결은 다칠까봐 조마조마한 것을 말한다.

결국 악한 사람들이 악한 일로 한때 세도를 부리고 영화를 누리는 것처럼 보이지만, 결국 언젠가 하늘이 그물을 끌어올리는 날은 도망치지 못하고 잡힌다는 뜻이다.　 ―《노자(老子)》73장

■ **천의무봉**(天衣無縫) : 시문 등이 매우 자연스러워 조금도 꾸밈이 없음. 완전무결하여 흠이 없음.

「천의무봉(天衣無縫)」은 하늘에 있는 선녀들이 입는 옷으로, 바늘이나 실로 꿰매 만드는 것이 아니고, 전체가 처음부터 생긴 그대로 만들어져 있다는 전설에서 나온 말이다.

보통 시나 글이나 혹은 예술품 같은 것이, 전혀 사람의 기교가 주어지지 않은 자연 그대로의 극치를 이루었다는 뜻으로 인용되곤 하는데, 때로는 타고난 재질이 극히 아름답다는 뜻으로도 쓰인다.

이 말은 《태평광기》에 있는 이야기다.

여름이 한창인 때였다. 곽한(郭翰)이라는 사나이가 방에서 뜰로 내려가 납량(納凉)을 하면서 자고 있었는데, 하늘 일각에서 뭔가 둥실둥실 날아오는 것이었다. 점점 가까이 다가오는 것을 보니, 그것은 아름다운 여인이었다. 곽한은 망연히 홀려서 바라보고 있다가,

『당신은 대체 누구십니까?』라고 묻자, 그 아름다운 여자는,

『저는 천상에 있는 직녀(織女)이온데, 남편과 오래 떨어져 있어 울화병이 생긴지라 상제의 허락을 받아 요양차 내려왔습니다.』하면서 여자는 곽한에게 잠자리를 같이할 것을 요구했다.

비몽사몽간에 곽한은 여자와 하룻밤을 보냈다. 그리고 새벽 일찍 구름을 타고 하늘로 올라간 그녀는 매일 밤 찾아왔다. 이윽고 7월 칠석이 돌아오자, 그날 밤부터 나타나지 않더니 며칠이 지나서 다시 나타났다.

『남편과 재미가 좋았소?』

곽한이 여자에게 빈정거리듯 물었다. 그러자 여자는, 『천상에서의 사랑은 지상과는 다르옵니다. 마음과 마음이 서로 통할 뿐

다른 일은 없습니다. 그렇게 질투까지 할 것은 없습니다.』하고
대답했다.

『하지만 꽤 여러 날 되지 않았소?』

『원래 하늘 위의 하룻밤은 땅에서의 닷새에 해당하니까요.』

그리고 조용히 그녀의 옷을 살펴보니 바느질한 곳이 전연 없었
다. 곽한이 이상해서 물었더니, 『하늘의 옷은 원래 바늘이나 실로
꿰매는 것이 아닙니다.』하고 대답했다. 그리고 그녀가 벗은 옷은
그녀가 돌아갈 때면 저절로 가서 그녀의 몸을 덮는 것이었다.

1년쯤 되던 어느 날 밤, 그녀는 곽한의 손을 잡고, 상제가 허락
한 기한이 오늘로 끝난다면서 흐느껴 울었다. 그 뒤 1년쯤 지나
그녀를 따라다니던 시녀가 소식을 전해 왔을 뿐 다시는 영영 소
식이 없었다. 그 뒤로 곽한은 세상 그 어느 여자를 보아도 마음이
동하지 않았다. 자식을 낳기 위해 장가를 들었으나 도무지 사랑
을 느낄 수 없었고, 그로 인해 자식도 얻지 못한 채 일생을 마쳤
다는 것이다.

이 천녀(天女)의 옷에 바느질 자국이 없다는 점에서 시문(詩
文)이나, 그림에서 잔재주를 피우지 않고 자연스럽고 훌륭하게
된 것을 「천의무봉」이라고 말하게 되었다. 하늘에서 유배된 선
인(仙人)이라고 하는 당(唐)의 이백(李白) 등은 천의무봉의 시재
(詩才)라고 할 수 있다.

비행접시를 목격하고 그 내부를 정확히 묘사해서 화제가 되었
던 미국의 아담스키는 그의 저서 《비행접시의 정체》에서 별나
라 사람의 옷도 역시 「천의무봉」이었다고 쓰고 있다.

― 《태평광기(太平廣記)》

■ **천지자만물지역려**(天地者萬物之逆旅) : 세상이란 만물이 잠시 머물렀다 가는 여관과 같다.

이태백(李太白)의 「춘야연도리원서」에 나오는 글귀다.

『대개 하늘과 땅이란 것은 모든 것이 와서 묵어가는 여관과 같은 것이고, 세월이란 것은 끝없이 뒤를 이어 지나가는 나그네와 같은 것이다(夫天地者 萬物之逆旅 光陰者 百代之過客).』

역려의 역(逆)은 맞이한다는 뜻이다. 나그네를 맞이한다는 뜻에서 손님을 재워 보내는 여관을 「역려」라고도 말한다. 하늘과 땅은 공간을 말한다. 공간 속에서 모든 것은 나타났다 사라졌다 하고 있다. 그것은 마치 나그네가 와서 묵어가고 또 와서 묵어가는 것과 마찬가지다.

빛과 그늘, 즉 광음(光陰)이란, 날이 밝았다 밤이 어두웠다 하는 시간의 연속이다. 그것은 한이 없이 되풀이된다. 백 대, 천 대, 만 대로 영원히 쉬지 않고 지나가기만 하는 나그네처럼 다시 돌아올 줄을 모르는 것이다.

그래서 이태백은 아름다운 봄경치가 그의 시흥을 불러일으키는 대로 우주가 빌려준 문장을 마음껏 휘두르기도 하고, 꽃자리에 앉아 달빛을 바라보며 술잔을 기울인다는 것이다. 우주를 여관으로 자연과 호흡을 같이하는 이태백의 탈속된 모습을 이 글귀에서 찾아볼 수 있을 것 같다.

　　　　　— 이백(李白) / 「춘야연도리원서(春夜宴桃李園序)」

■ **천상천하유아독존**(天上天下唯我獨尊) : 모든 생명의 존엄성과 인간의 존귀함.

『하늘 위와 하늘 아래에서 오직 내가 홀로 존귀하다.』라는 뜻으로, 석가가 어머니 뱃속에서 태어나자마자 외쳤다는 탄생게(誕生偈)이다.

이 말은 경전에 따라 다소 차이가 있는데, 《전등록(傳燈錄)》에는, 『석가모니불이 태어나자마자 한 손은 하늘을, 한 손은 땅을 가리키고 사방으로 일곱 걸음을 걸으며 사방을 둘러보며 하늘 위와 하늘 아래 오직 내가 홀로 존귀하다고 말하였다(釋迦牟尼佛初生 一手指天 一手指地 周行七步 目顧四方曰 天上天下唯我獨尊).』라고 기록되어 있다.

또 《수행본기경(修行本起經)》에는, 『하늘 위와 하늘 아래 오직 내가 홀로 존귀하다. 삼계가 모두 고통이니, 내 마땅히 이를 편안케 하리라(天上天下 唯我獨尊 三界皆苦 我當安之).』라고 하였고,

《서응경(瑞應經)》에는, 『하늘 위와 하늘 아래 오직 내가 홀로 존귀하다. 삼계가 모두 괴로움뿐인데 무엇이 즐겁겠는가(天上天下 唯我獨尊 三界皆苦 何可樂者)?』라고 하였으며,

《방광대장엄경(方廣大莊嚴經)》의 전법륜품(轉法輪品)에는, 『하늘 위와 하늘 아래 오직 내가 가장 뛰어나다(天上天下 唯我最勝)』라고 기록되어 있다.

모두가 표현의 차이를 보이지만 의미는 같다.

삼계(三界)란 천상·인간·지옥계를 말하며, 일곱 걸음을 걸어갔다는 것은 지옥도·아귀도·축생도·수라도·인간도·천상도 등 육도(六道)의 윤회에서 벗어났음을 뜻한다.

「유아독존」의 「나(我)」는 석가 개인을 가리키는 것이 아니

라 「천상천하」에 있는 모든 개개의 존재를 가리키는 것으로서, 모든 생명의 존엄성과 인간의 존귀한 실존성을 상징한다.

석가가 이 땅에 온 뜻은 바로 이를 깨우쳐 고통 속에 헤매는 중생을 구제하고 인간 본래의 성품인 「참된 나(眞我)」를 실현할 수 있도록 하기 위함이다.　　　　　—《전등록(傳燈錄)》

■ **천여불취반수기앙**(天與不取反受其殃) : 기회를 포착하는 것이 성공의 핵심이 됨.

이 말은 《사기》 회음후열전에 나오는 말로, 옛날부터 이런 말이 전해지고 있는 것을 괴통(蒯通)이 한신(韓信)을 달래기 위해 인용한 것이다.

한신이 조나라를 깨뜨린 다음 다시 동으로 향해 제나라 전체를 평정하고 제나라 왕이 되자, 전세가 차츰 불리해진 것을 느낀 항우는 사람을 보내 한신에게 중립을 지키는 것이 유리한 점을 설득시키고자 했다.

그러나 한신은 한왕(漢王)을 배신까지 해가며 자기 이익만을 꾀할 생각은 없었다. 한신의 오늘의 성공은 모두 한왕이 준 것이기 때문이다.

항우의 사신이 떠나간 뒤에 제나라 변사 괴통이 한신을 찾아갔다. 천하대세가 한신의 손에 의해 좌우될 수 있다는 것을 알았기 때문이다. 괴통은 먼저 상법(相法)으로 한신의 마음을 움직일 생각이었다.

『이 사람은 일찍이 상법을 배운 일이 있습니다.』

『상을 어떻게 보십니까?.』

『귀천은 뼈에 있고, 근심과 기쁨은 얼굴빛에 있고, 성패는 결단에 달려 있습니다.』

『그럼 과인은 어떻습니까?』

『얼굴을 보면 봉후(封侯)에 지나지 않고 또 위험이 따라 있으나, 등을 보면 귀한 것을 이루 다 말할 수 없습니다.』

『무슨 말씀이신지?』

그래서 괴통은, 항우와 유방이 맞붙어 싸우고 있는 현시점에서는 한신이 어느 쪽에 가담하느냐에 따라 승부가 결정되고 만다는 점과, 그러므로 어느 쪽에도 가담하지 말고 천하를 셋으로 나눠 각각 차지하고 있는 것이 한신에게 유리하다는 점, 그리고 한나라초나라 양쪽에 대해 서로 싸움을 중지할 것을 요구하면, 그것은 전쟁에 시달리고 있는 백성들의 공통된 소망으로 아무도 이를 반대할 사람이 없을 것이며, 온 천하의 기대와 여망이 다 제나라 왕인 한신에게로 모이게 될 것이라는 것을 강조한 다음, 끝으로 이렇게 결론을 내린다.

『대저 말하기를, 「하늘이 주는 것을 받지 않으면 도리어 그 꾸중을 받고, 때가 이르러도 행하지 않으면 도리어 그 화를 받는다(天與不取 反受其咎 時至不行 反受其殃)」고 합니다. 바라건대 깊이 생각하십시오.』

결국 「천여불취 반수기앙」이란 문자는 이 말 전체의 처음과 끝을 합친 것으로, 시기가 왔는데도 실행하지 않는 것까지를 포함해서 하나로 묶은 듯한 느낌을 준다. 그러나 시기가 왔다는 것이 곧 하늘이 준다는 뜻이므로 같은 내용을 달리 표현한 데 지나지 않는다.

현재의 어감으로는 「시지불행 반수기앙(時至不行 反受其殃)」
이란 말이 더 적합한 말일 것 같다. 아무튼 시기를 놓치지 않는다
는 것, 즉 기회를 포착하는 것이 성공의 핵심이 되는 것만은 틀림
없는 사실이다.　　　　　　　　　 ─《사기》회음후(淮陰侯)열전

【신화】

■ **개천벽지(開天闢地)** : 반고씨(盤古氏) 천지개벽 신화에서 나온 성
구로서 그 신화의 내용은 대략 다음과 같다. 세상은 처음에 하늘과
땅의 분별이 없이 커다란 알과 같았는데 만물의 창조자인 반고(즉
반고씨)가 바로 그 속에서 태아처럼 성장하다가 약 1만 8천 년이
지난 뒤에 그 알을 깨고 나왔다. 그때 알 속에서 나온 가볍고 밝은
기체는 하늘이 되고 무겁고 혼탁한 잡물은 땅이 되었다.

그런데 처음에는 하늘과 땅 사이가 너무 낮았기 때문에 반고는
허리도 펴지 못하였다. 그리하여 반고는 땅을 딛고 하늘을 짊어져
서 하늘과 땅이 맞붙지 못하게 했는데, 이때부터 날마다 하늘은 한
길씩 높아 가고 땅은 한 길씩 두터워져 반고의 키도 하루에 한 길
씩 커갔다. 이렇게 또 1만 8천여 년이 지나자 하늘과 땅 사이는 9
만 리가 되고 반고의 키도 마찬가지로 9만 리가 되었다. 이렇게 해
서 하늘과 땅이 맞붙을 우려가 없어지자 천지개벽의 사명을 완수
한 반고는 죽었다.

그때 그의 숨결은 바람과 구름이 되고 그가 남긴 소리는 우렛소
리가 되었으며, 왼쪽 눈은 해가 되고 오른쪽 눈은 달이 되었다. 손
발과 체구는 대지의 4극과 5방의 명산이 되고, 피는 강이 되고 근
맥은 길이 되고, 살은 밭이 되고 뼈는 금속이 되고, 눈물과 침 따위

는 전부 비나 감로수가 되었다는 것이다.

　이상이 바로 반고씨의 천지개벽 신화인데 우주와 천지만물의 창조에 대해 옛사람들은 어떤 생각을 가졌는지를 이 신화를 통해 이해할 수 있다. 성구 개천벽지는 바로 이 신화에서 나온 것으로서 반고의 천지개벽과 같은 위대한 사건이나 어려운 위기를 극복하고 창업에 성공한 경우를 비유할 때 쓰이고 있다.

【에피소드】

■ 프랑스의 곤충학자 파브르를 붙들고 학생들이 물었다. 『선생님 같은 과학자가 어째서 하느님의 존재 따위를 믿으십니까?』 『나는 하느님의 존재를 믿지는 않아.』 깜짝 놀란 학생들이, 『그럼 왜 매주일 교회에 나가서 예배를 드립니까?』 그러자, 『믿는다는 것은 눈에 보이지 않는 것을 말함이지. 내게 있어서 하느님은 신앙의 대상으로만이 아니라, 눈에 잘 띄지 않는 조그만 곤충을 통해 눈으로 보고 손으로 만지고 있으니까.』

■ 히틀러가 하느님에 대해서 원한을 품고 있는 이유 가운데 하나는 예수가 유태인이라는 사실에 연유한다. 그는 이것 때문에 기독교인이나 유태인을 용서할 수가 없는 것이다. 그런데도 수많은 나치스들은 예수가 곧 유태인이었다는 것을 부인한다. 또 한 가지 원한은 근본적으로 민족주의적인 것이다. 나치혁명의 근거는 1차 세계대전에 있어서의 독일의 패배에 있다. 그러므로 프랑스나 다른 『열등』 민족으로 하여금 전쟁에 이기게 한 하느님이란, 독일에 대해서 만족한 하느님이 될 수 없는 것이기 때문에 종교란 나치화

되어야만 하는 것이었다.

【成句】

■ 신(神)의 다른 이름 : •하나님(기독교) •엘로힘(Elohim : 하느 님을 지칭하는 히브리어) •엘샤다이(El Shadai : 능력 있는 자, 전능하다는 뜻의 히브리어) •여호와(Jehovah : 히브리어의 『있 다』라는 뜻의 『하야』의 반과거동사와 결합하여 형상적 존재를 뜻하다가 구원자, 조력자라는 뜻의 『야훼』로 발전) •한울님(천 도교) •한얼님(대종교) •천신(天神) •옥황상제 •상천(上天) • 상제(上帝) •천공(天公) •천제(天帝) •황천(皇天).

■ 걸인연천(乞人憐天) : 집 없는 거지가 하늘을 불쌍히 여긴다는 말.

■ 경천애인(敬天愛人) : 하늘을 공경하고 사람을 사랑한다. 「도(道) 는 천지자연(天地自然) 자체라면, 강학(講學)의 도는 『경천애인』 을 목적으로 하고 『수신극기(修身克己)』로써 시종(始終)한다」라 는 유명한 말이다. 인간이 아무리 힘이 있다고 하더라도 자연의 섭 리나 조화에는 따를 수 없다. 항상 하늘을 경외(敬畏)하고 사람을 쉽게 사랑하는 심경(心境)에 도달하는 것이 필요하다는 의미. / 《남주유훈(南洲遺訓)》

■ 건제십이신(建除十二神) : 길 흉일을 맡은 12신으로 건(建)•제(除)•만(滿)•평(平)•정(定)•보(報)•파(破)•색(色)•성(成)• 수(收)•개(開)•폐(閉). 그 중 제•색•정•보•성•개 여섯이 길 (吉)이고 나머지는 흉임.

- ■ 신불향비례(神不享非禮) : 신은 제사 지내서 안될 사람의 제사는 받지 않는다는 것. /《논어》팔일편

- ■ 거령(巨靈) : 하신(河神)의 이름. 전설에 의하면 이 신이 손발로 중국 화산(華山)을 둘로 나누어 하수(河水)를 통하게 하였다 함. / 반고지구변(盤古之九變)

- ■ 검뢰(黔雷) : 천신(天神)의 이름. 또는 수신(水神)의 이름이라고도 함. / 사마상여.

- ■ 검영(黔嬴) : 조화신(造化神)의 이름. /《초사(楚辭)》

- ■ 귀자모(鬼子母) : 신(神)의 이름.

- ■ 마두랑(馬頭娘) : 잠신(蠶神)을 이름.

【그리스(로마) 신】

12신

- ■ 제우스(Zeus, Jupiter) : 하늘을 관장한 최고의 신.

- ■ 헤라(Hera, Juno) : 올림포스의 최고의 여신(女神).

- ■ 아폴론(Apollon, Apollo) : 태양을 관장함.

- ■ 아르테미스(Artemis, Diana) : 처녀의 수호신으로 순결의 상징.

- ■ 디오니소스(Dionysos, Bacchus) : 술의 신.

- ■ 아프로디테(Aphrodite, Venus) : 사랑과 미의 여신.

- ■ 데메테르(Demeter, Ceres) : 곡물과 대지의 여신으로 풍요의 상징.

- ■ 포세이돈(Poseidon, Neptunus) : 바다의 신.

- ■ 아테네(Athene, Minerva) : 전쟁과 지혜의 여신.
- ■ 아레스(Ares, Mars) : 군신(軍神).
- ■ 헤르메스(Hermes, Mercurius) : 사자(使者)의 신.
- ■ 헤파이스토스(Hephaistos, Vulcanus) : 불과 대장간의 신.

그 밖의 신

- ■ 아틀라스(Atlas) : 거인(巨人). 천계(天界)를 혼란하게 한 죄로 하늘을 떠받침.
- ■ 헤라클레스(Heracles) : 가장 힘이 세고 또 가장 유명한 영웅.
- ■ 큐피드(Cupid, Eros) : 사랑의 신.
- ■ 키벨레(Cybele, Rhea) : 대지의 여신.
- ■ 야누스(Janus) : 앞뒤로 두 개의 얼굴을 가짐.
- ■ 켄타우로스(Kentauros) : 원시적 야수성의 상징.
- ■ 에라토(Erato, Muse) : 서정시(연애시)의 여신.
- ■ 키마이라(Chimaira) : 영어로는 키메라(Chimera)라고 하며, 반인 반수(半人半獸)의 괴물.
- ■ 헬리오스(Helios) : 태양의 신.
- ■ 헤카테(Hekate) : 달의 여신.
- ■ 헤베(Hebe) : 청춘의 여신.
- ■ 니케(Nike, Victoria) : 승리의 여신. 영어로 나이키.
- ■ 티케(Tyche, Fortuna) : 행운과 운명의 여신.

- ■ 하데스(Hades, Pluto) : 명부(冥府)의 신.

- ■ 헤스티아(Hestia, Vesta) : 가정과 행복의 여신.

- ■ 제피로스(Zephyros) : 서풍(西風)의 신.

- ■ 페르세우스(Perseus) : 메두사의 목을 자르고 안드로메다를 구출한 영웅.

- ■ 메두사(Medousa) : 괴녀.

- ■ 안드로메다(Andromeda) : 에티오피아 왕 케페우스와 왕비 카시오페이아의 딸.

- ■ 니오베(Niobe) : 리디아의 왕 탄탈로스의 딸로 테베의 왕 암피온의 아내.

- ■ 유니콘(Unicorn) : 유럽 중세의 동물지(動物誌)에 나오는 전설적인 동물.

- ■ 사티로스(Satyros, Faunus) : 반은 사람이고 반은 짐승인 괴물.

- ■ 그리핀(Griffin) : 사자 몸통에 독수리 머리와 날개와 앞발을 가진 전설의 동물.

- ■ 페가수스(Pegasus) : 날개가 달린 천마(天馬).

믿음 confidence 信
(종교)

【어록】

■ 애비 없인 누굴 믿고 어미 없인 누굴 믿나(無你何怙 無母何恃).
　　　　　　　　　　　　　　　　　—《시경(詩經)》소아(小雅)

■ 참된 말은 소박하지만, 번지르르한 말은 믿음성이 없다(信言不美 美言不信).　　　　　　　　　　—《노자(老子)》제81장

■ 믿을 만한 것을 믿는 것이 신(信)이요, 의심할 만한 것을 의심하는 것 또한 신(信)이다(信信 信也 疑疑亦信也).　　—《순자(荀子)》

■ 알면서 하지 않으면 모르니 만 못하고, 친하면서 못 믿으면 안 친하기만 못하다(知而弗爲 莫如勿知 親而弗信 莫如勿親).
　　　　　　　　　　　　　　　　　—《공자가어(孔子家語)》

■ 부자 사이엔 화목이 있고, 군신 사이엔 의리가 있고, 부부 사이엔 분별이 있고, 장유 사이엔 차례가 있고, 친우 사이엔 믿음이 있어야 한다(父子有親 君臣有義 夫婦有別 長幼有序 朋友有信).
　　　　　　　　　　　　　　　　　—《맹자》

■ 군주로서 아내를 너무 믿으면 간신이 처를 이용하여 사욕을 이룬다(爲人主而大信其妻 則奸臣乘於妻以成其私).　　　—《한비자》

■ 교만한 군주에게는 충실한 신하가 없으며, 말재간이 있는 사람에게서는 믿음성이 없다(驕溢之君無忠臣 口慧之人無必信).

　　　—《회남자》

■ 나라는 작더라도 업신여길 수 없고, 사람이 많더라도 방비가 없으면 믿을 수 없다(國無小 不可易也 無備雖眾 不可恃也).

　　　—《좌전(左傳)》

■ 덕을 믿는 자는 창성하고, 힘을 믿는 자는 망한다(恃德者昌 恃力者亡).　　　—《사기》상군열전

■ 사람은 궁하면 하늘을 찾는다.　　　—《사기》

■ 현명한 이는 백성이 믿고 살아간다. 그런 이가 매몰되면 백성의 살길이 끊어진다(賢者 民之所以生也 而蔽之 是絕民也)

　　　— 소식(蘇軾)

■ 믿지도 않는데 간언을 하는 것은 성인도 찬성하지 않을 것이고, 정분이 옅으면서 말이 지나친 것은 군자들이 삼가는 바이다(未信而諫 聖人不與 交淺言深 君子所戒).　　　— 소식

■ 쇠폐하는 세월에는 귀신 믿기를 좋아하고, 미련한 사람은 복 구하기를 잘한다(衰世好信鬼 愚人好求福).　　　—《논형(論衡)》

■ 가락이 묘하나 사람들이 다 좋아할 수 없고, 말이 옳으나 사람들이 다 믿을 수는 없다(曲妙人不能盡和 言是人不能皆信 : 지금 세상은

다양성의 세상으로 어떤 노래가 좋다고 한들 모든 사람들이 좋아할 수는 없으며, 아무리 그 말이 옳다고 하더라도 다 믿게 할 수는 없다. 다 자기가 생각하는 수준으로 모든 걸 바라보며 그렇게 생각하고 그 범위를 벗어나기 힘들다).　　　　　　　　—《논형》

■ 올곧다고 하는 자의 말 믿지를 말고, 어질다고 하는 자의 악한 짓 경계하라(莫信直中直　須防仁不仁).　　　　—《수호전(水滸傳)》

■ 거짓말하는 자들의 입이 합쳐지면 저자에 범이 있다는 말도 믿게 되고, 간교한 자들이 떠들어대면 모기들이 모여 우렛소리를 이루듯 한다(讒口交加 市中可信有虎　衆奸鼓譽　聚蚊可以成雷).　　　　　　　　　　—《유학경림(幼學瓊林)》

■ 사람을 믿는다는 것은 사람이 반드시 모두 성실하지 못할지라도 저만은 홀로 성실하기 때문이요, 사람을 의심한다는 것은 사람이 반드시 모두 속이는 게 아닐지라도 저는 먼저 속이기 때문이다.　　　　　　　　　　—《채근담》

■ 아무리 여러 사람의 반대가 있어도 너의 양심에 옳다고 느껴지거든 단연코 하라! 남이 반대한다고 자기의 신념을 꺾지는 말라! 때로는 그와 같은 의지와 용기가 필요한 것이다. 그러나 또 자기의 의견과 같지 않다고 남의 생각을 함부로 물리쳐서는 안 된다. 옳은 말은 누구의 말이고 귀를 기울이며 그 의견을 채택할 만한 아량이 있어야 한다. 그리고 자기에게 올 이익이나 은혜를 미끼삼아 대의명분과 커다란 이익을 희생해서는 안 된다. 또 여론을 이용해서 자기의 감정이나 기분을 만족시키는 방향으로 기울어지지 말아야 한다.　　　　　　　　　—《채근담》

■ 정성들여 부지런히 땅에 씨 뿌리는 자가 수천 번 기도하여 얻는 것보다 더 풍성한 종교적 결실을 얻는다.　　　— 조로아스터

■ 서로의 신뢰와 부조(扶助)로써 위대한 행위는 행해지고, 위대한 발견이 이루어진다.　　　— 호메로스

■ 사람은 믿고 싶은 것을 믿는다.　　　— 데모스테네스

■ 자기 자신을 신뢰하는 자는 군중을 지도하고 그리고 지배한다.
　　　— 호라티우스

■ 신념이 고통이 되는 경우에는 여간해 믿지 않으려고 한다.
　　　— 오비디우스

■ 사랑은 거짓이라도 오만한 얼굴을 해서는 안 된다. 그러나 자기가 가장 훌륭한 것이라고 믿는 것은 신으로부터의 명령으로 생각하고 고집하여야 한다. 그리하여 그것을 견고하게 지킨다면 이전에 그를 조소한 사람들도 나중에는 그를 칭찬할 것이다.
　　　— 에픽테토스

■ 눈에 보인다고 모든 것을 믿지 말라.　　　— M. T. 키케로

■ 사람은 알지 못하는 것을 쉽게 믿는다.　　　— 타키투스

■ 인간은 본성으로 은비(隱秘)한 사물들을 즐겨 신빙한다.
　　　— 타키투스

■ 믿는 것도 믿지 않는 것도 마찬가지로 다 위험하다.
　　　—《파이드로스》

■ 나는 이해하기 위해서 믿는다.　　　— 아우구스티누스

▣ 믿음은 우리가 바라는 것들을 보증해 주고 볼 수 없는 것들을 확증
　해 줍니다. — 히브리서

▣ 옛날에는 종교 자체가 범죄적인 불경건한 행위를 조성하는 일이
　빈번하였다. — 루크레티우스

▣ 우리들은 신을 믿음으로써 악 속에서 선을, 암흑 속에서 빛을, 절
　망에서 희망을 찾아낼 수 있다. — 에라스무스

▣ 신이 있다면 죽는 것도 즐겁지만, 신이 없다면 살기도 슬프다.
　　　　　　　　　　　　　　　　　　 — 마르쿠스 아우렐리우스

▣ 신념은 인간으로서 가장 중요한 것이다. 그러나 아무리 굳은 신념
　이 있더라도, 다만 침묵으로써 가슴 속에 품고만 있으면 아무 소용
　이 없다. 여하한 대상(代償)을 치르더라도, 죽음을 걸고서라도 반
　드시 자신의 신념을 발표하고 실행한다는 용기가 필요한 것이다.
　여기에 처음으로 그가 가지고 있는 신념이 생명을 띠는 것이다.
　　　　　　　　　　　　　　　　　　　　　　 — 토스카니니

▣ 가령 악마의 수가 많다 하더라도 나는 갈 것이다.
　　　　　　　　　　　　　　　　　　　　　 — 마르틴 루터

▣ 신념이 강하면 사치한 회의에 빠질 수 있다. — 프리드리히 니체

▣ 그대의 길을 가라. 남들은 뭐라고 하든 내버려두어라.
　　　　　　　　　　　　　　　　　　　　　　 — A. 단테

▣ 모든 종교는 도덕률을 그 전제로 한다. — 임마누엘 칸트

▣ 도덕은 종교에서 독립하지 못한다. 왜냐하면 도덕은 종교의 결과

이기 때문이다. 도덕이란 언제나 앞으로만 나아가는 것이다. 그리
고 그것은 언제든지 새로 다시 출발하는 것이다.

— 임마누엘 칸트

■ 종교는 모든 사람에게 이해될 수 있는 철학이며, 철학은 또한 종교
를 증명한다. 나는 무엇보다도 먼저 아무런 증명도 요구하지 않는
다음의 기초적인 명제를 받아들인다. 그것은 착한 생활 이외에 있
어서 인간이 신께 적응함을 완성할 수 있다고 생각하는 것은 종교
상의 큰 실책이며, 또한 신께 대한 거짓 봉사란 그 점이다.

— 임마누엘 칸트

■ 종교는 우리들의 의무의 모든 것을 신의 명령으로 받아들인다.

— 임마누엘 칸트

■ 종교는 환상이며, 그것이 우리의 본능적 욕망과 일치한다는 사실
로부터 그 힘이 생긴다. — 지그문트 프로이트

■ 종교는 인류 일반의 강박신경증이다. — 지그문트 프로이트

■ 종교를 사랑하고 그것을 지켜 가기 위해서는 그것을 지키지 않는
사람을 미워하거나 박해할 필요가 없다. — 몽테스키외

■ 많은 종교가 서로 상반해 있음을 본다. 그러므로 하나를 제하고 다
른 것은 모두 허위다. 어떠한 종교도, 그 자신의 권위에 바탕을 두
고 믿어질 것을 바라고, 신앙이 없는 사람을 위협한다.

— 파스칼

■ 사람들은 종교를 경멸한다. 그들은 종교를 혐오하고, 종교가 진실
인 것을 두려워한다. 그것을 바로잡는 데는 우선 종교가 이성에 반

하는 것이 아님을 보여줘야 한다.   — 파스칼

▣ 믿는 데는 세 가지 방법이 있다. 곧 이성과 습관과 영감이다.

     — 파스칼

▣ 나에게도 신념을 가지기 위한 거점이 없다.   — 보들레르

▣ 사랑은 만인에게, 신뢰는 소수에게.   — 셰익스피어

▣ 알지 못하는 것만큼 굳게 믿어지는 것도 없다.   — 몽테뉴

▣ 자기 자리에 앉으라. 그러면 아무도 너를 일어서게 만들지 않을 것 이다.   — 세르반테스

▣ 만일 이 세상에 신이 존재하지 않았다면 신을 창조할 필요가 있다.

     — 볼테르

▣ 우리는 종교를 구한다. 그것은 가장 잘 하느님에게 합당하고 또 우 리를 위한 종교라야 한다. 한마디로 말하면 우리는 하느님과 인간 을 섬기고 싶은 것이다.   — 볼테르

▣ 마음은 물건보다 강하다. 마음은 물건의 창조자로서 형성자이다. 이 세상의 왕자는 물력(物力)이 아니고, 다만 신념과 신앙이다.

     — 토머스 칼라일

▣ 인생이란 단지 기쁨도 아니고 슬픔도 아니며, 그 두 가지를 지양하 고 종합해 나가는 과정에서 파악되어야 할 것이다. 커다란 기쁨도 커다란 슬픔을 불러올 것이며, 또 깊은 슬픔은 깊은 기쁨으로 통하 고 있다. 자기의 할 일을 발견하고 자기의 하는 일에 신념을 가진 자는 행복하다.   — 토머스 칼라일

■ 인간은 믿도록 태어났다. 나무가 과일을 맺듯이 인간은 믿음을 지
닌다.   ― 토머스 칼라일

■ 학문과 예술을 가지고 있는 자는 동시에 종교도 가지고 있다. 학문
과 예술을 가지고 있지 않는 자는 종교를 가져라.   ― 괴테

■ 모든 선한 도덕, 철학은 종교의 시녀에 불과하다.
                                                          ― 프랜시스 베이컨

■ 사람이 신을 늑대에 비교하지 않고 인간에 비교하는 것은 옳다고
봐야 한다.   ― 프랜시스 베이컨

■ 종교는 생활의 부패를 막는 향료다.   ― 프랜시스 베이컨

■ 인간 사이에 있어서 가장 큰 변천은 종파와 종교의 변천이다. 왜냐
하면 인간의 마음속에 있는 이러한 궤도(軌道)가 가장 크게 사람을
지배하기 때문이다. 진정한 종교는 반석 위에 세워진 것이지만, 나
머지 종교들은 시간이라는 파도 위에서 흔들리고 있다.
                                                          ― 프랜시스 베이컨

■ 모든 예술 중에서 순수하게 종교적인 것은 음악뿐이다.
                                                          ― 제르멘 드 스탈

■ 종교생활이란 하나의 투쟁이지 찬송가가 아니다.
                                                          ― 제르멘 드 스탈

■ 종교적 박해는 종교를 심는 서투르고 옳지 못한 방법이다.
                                                          ― 토머스 브라운

■ 인종(忍從)이라든가, 겸양을 의무로 하는 모든 종교는 시민에 대해

서 소극적인 용기 외에는 고취하지 않는다.　　　― 마키아벨리

▣ 신의 본체는 사랑과 예지이다.　　　　　　　― 스웨덴보르그

▣ 신의 노여움은 일시적인 것이며, 신의 자비는 영원한 것이다.
　　　　　　　　　　　　　　　　　　　　　　― 조제프 주베르

▣ 우리가 의지하는 신은 우리가 필요하고 살 수 있는 것이다.
　　　　　　　　　　　　　　　　　　　　　　― 윌리엄 제임스

▣ 신은 시인이고, 인간은 배우에 불과하다.　　　　　― 발자크

▣ 스콜라학파의 인간들이 믿음과 소망보다 사랑이 첫째라고 말하는
것은 병적(病的)인 상상력의 단순한 망상에 불과하다.
　　　　　　　　　　　　　　　　　　　　　　　　― 장 칼뱅

▣ 식인종의 신은 식인종이고, 십자군의 신은 십자군이며, 상인의 신
은 상인이다.　　　　　　　　　　　　　　　　― 랠프 에머슨

▣ 한 시대의 종교는 언제나 다음 시대의 시가 된다.
　　　　　　　　　　　　　　　　　　　　　　― 랠프 에머슨

▣ 이른바 종교는 사람을 나약하게 만들고, 사기를 저상(沮喪)시킨다.
　　　　　　　　　　　　　　　　　　　　　　― 랠프 에머슨

▣ 하느님은 우리의 마음속 교회와 종교의 폐허 위에 당신의 성전을
지으신다.　　　　　　　　　　　　　　　　　― 랠프 에머슨

▣ 언제이건 시작하라. 멀지 않아 우리는 곧 십계명을 외게 될 것이다.
　　　　　　　　　　　　　　　　　　　　　　― 랠프 에머슨

■ 우리가 거짓이라고 부르는 종교도 한때는 진리였다.

― 랠프 에머슨

■ 사리를 알고 양심적인 사람은 세계 어디에 있으나 모두가 같은 종
교임을 나는 안다. ― 랠프 에머슨

■ 사람을 문명화시키는 힘을 척도로 우리는 모든 종교를 가늠한다.

― 랠프 에머슨

■ 하느님을 섬기는 마음을 잃는 것만큼 한 나라에 내려지는 큰 재난
은 없을 것이다. ― 랠프 에머슨

■ 신을 믿는 것은 상식이나 논리나 논(論)의 문제가 아니라 감정의
문제이다. 신의 존재를 입증하는 것은 그것을 반증하는 것과 마찬
가지로 불가능하다. ― 서머셋 몸

■ 거짓은 노예와 군주의 종교이다. ― 막심 고리키

■ 자선은 종교의 극치요, 장식이다. ― 조지프 애디슨

■ 종교는 많이 있지만 도덕은 하나뿐이다. ― 존 러스킨

■ 종교는―인민(人民)들의 아편이다. ― 카를 마르크스

■ 종교는 개똥벌레와 같은 것으로서, 반짝이기 위해서는 어둠을 필
요로 한다. ― 쇼펜하우어

■ 종교는 무지의 자식으로서, 그 어머니보다 오래 살아갈 수가 없다.

― 쇼펜하우어

■ 참된 종교란, 인간이 그들을 둘러싼 무한의 큰 생명에 대하여, 그

들의 생활을 이 큰 무한에 결합시켜, 그것에 의해서 자기의 행위를
지도한다는 관계를 확립한다는 사실이다.　　　　— 레프 톨스토이

■ 고금을 통하여 종교 없는 나라는 없었다. 장래에 있어서도 결코 없
을 것이다.　　　　　　　　　　　　　　— 조지 바이런

■ 종교는 생명의 소금이요, 힘이다.　　　　　— 카를 힐티

■ 나는 종교에 대해서는 종교를 갖고 있다.　　　— 빅토르 위고

■ 종교는 지성의 파괴력에 대한 자연의 방어적 반작용이다.
　　　　　　　　　　　　　　　— 앙리 베르그송

■ 이 세상 잡다한 문젯거리에서 인간은 믿음이 있어서가 아니라 믿
음이 없었던 데에서 구원을 받는다.　　　— 벤저민 프랭클린

■ 세계의 사상(事象)을 모두 신의 역사로 표상(表象) 하는 것, 이것
이 종교다.　　　　　　　— 프리드리히 슐라이어마허

■ 종교란 절대귀의(絕對歸依)의 감정이다.
　　　　　　　　　　— 프리드리히 슐라이어마허

■ 종교의 번영을 저해하는 것은 이지적 인간과 실제적 인간이다.
　　　　　　　　　　— 프리드리히 슐라이어마허

■ 종교의 본질은 사유도 행위도 아니고, 직관과 감정이다.
　　　　　　　　　　— 프리드리히 슐라이어마허

■ 신이 존재하지 않는다 해도 역시 종교는 신성하며, 신성을 갖추고
있다 할 것이다.　　　　　　　　　— 보들레르

■ 종교는 간접적으로나 직접적으로나, 교의로서나 비유로서나 아직

한 번도 하나의 진리를 내포한 일은 없다. 그것은 어떠한 종교도 불안과 욕구에서 나온 것이므로. ― 프리드리히 니체

■ 나는 인간은 아니다. 나는 다이너마이트다. ……종교 따위는 천민의 일이다. 나는 종교적인 사람과 접촉한 뒤에는 손을 씻지 않으면 못 견딘다. ― 프리드리히 니체

■ 인생이 있는 한 뭔가를 믿어야만 하는 가혹한 필요성이 있다고 하여 그것이 어느 특정된 믿음을 정당화시키지는 못한다.
― 조지 산타야나

■ 신념은 정신의 양심이다. ― S. 샹포르

■ 믿음은 증거 없는 확신이다. 믿음은 감성이다. 희망이기 때문이다. 믿음은 본능이다. 모든 외부의 가르침에 앞서기 때문이다.
― 헨리 F. 아미엘

■ 신뢰는 거울의 유리 같은 것이다. 금이 가면 원래대로 하나로는 안 된다. ― 헨리 F. 아미엘

■ 살찐 돼지가 되기보다는 야윈 소크라테스가 되어라. (인간은 자기의 신념을 버리고 평온한 생활에 자만한다면 가령 생활이 궁해도 신념을 관철시키는 편이 보다 인간적이다) ― 존 스튜어트 밀

■ 위세도 당당하게 두려움을 이기는 믿음. ― 헨리 롱펠로

■ 서로 친구라고 해도 그것을 믿는 것은 바보다. 이것만큼 세상에 흔한 것은 없고, 실상 이것만큼 천하에 드문 것은 없다. ― 라퐁텐

■ 종교란 『희망』과 『공포』를 양친으로 하고, 『무지에 대해서 불

가치한 것』의 본질을 설명하는 딸이다.　　　— 앰브로즈 비어스

■ 신을 부인하려는 생각 속에는 역시 신의 의식이 있다.
　　　　　　　　　　　　　　　　　　　　— 에밀 브룬너

■ 참된 종교의 목적은, 윤리의 원칙을 영혼의 구석 깊이 처박아 두는
　것이지 않으면 안 된다.　　　　　　　　— G. 라이프니츠

■ 종교는 세상에서 가장 좋은 갑옷이며, 한편 가장 나쁜 외투이다.
　　　　　　　　　　　　　　　　　　　　— T. 풀러

■ 종교가 없는 인간은 환경의 창조물이다.　　　— 토머스 하디

■ 종교는 신을 찾으려는 인간성의 반응이다.
　　　　　　　　　　　　　　　— 앨프레드 화이트헤드

■ 종교와 종교적인 것과는 서로 다르다.　　　　— 존 듀이

■ 종교는 인간 도야의 근본이다.　　　　　— 페스탈로치

■ 인간적 행위의 자유가 없는 곳에는 어떠한 종교도 존재하지 않는
　다.　　　　　　　　　　　　　　　— 새뮤얼 클라크

■ 종교는 흡수될는지도 모르지만 결코 논박되지는 않는다.
　　　　　　　　　　　　　　　　　　— 오스카 와일드

■ 종교란 것을 생각한다면, 나는 믿을 수 없는 무리들을 위하여 하나
　의 종교를 열고 싶다. 그것을 『불신자의 교단』이라 불러도 좋다.
　　　　　　　　　　　　　　　　　　— 오스카 와일드

■ 종교는 그것이 진실이라는 것이 입증될 때에는 끝난다. 과학은 죽

은 종교의 기록이다.　　　　　　　　　　— 오스카 와일드

▣ 진실한 것이면 무엇이거나 종교가 되지 않아서는 안 된다.
　　　　　　　　　　　　　　　　　　　— 오스카 와일드

▣ 마르크스가 종교에 붙인 민중의 아편이란 명칭은, 종교가 자기의
진리에 배치할 때 비로소 어울리는 명칭이 된다. 그러나 이 명칭은
본질적으로는 혁명에 적합하다. 혁명의 희망은 항상 마취제다.
　　　　　　　　　　　　　　　　　　　— 시몬 베유

▣ 종교는, 일상생활에서는 그처럼 크게 부풀어나던 좌절과 곤궁의
상태로부터 아주 동떨어진, 성경 속의 예루살렘과 에덴처럼, 인간
문명의 도시와 정원과 같은 형태를 지닌 영원무궁한 하늘 혹은 천
국의 비전을 우리에게 제시해 줍니다.　　— N. 프라이

▣ 대부분의 위대한 종교와 모든 예술은 이 세상이 훌륭하다는 것을,
혹은 이 세상이 훌륭하지 않다 하더라도 적어도 이 우주는 훌륭하
다는 것을 우리에게 확신시키는 것을 목적으로 한다고 말할 수도
있다.　　　　　　　　　　　　　　　　— 로버트 린드

▣ 종교는 성(性)이 없는 하늘에는 보다 좁은 미래가 있다는 희망을
가져옴으로써 체념을 정당화시키고 있다.　　— 시몬 드 보봐르

▣ 사막에서는 모든 신앙이 마치 마음속의 송악(松嶽)처럼 장성하게
움트고 자라 신이 거처하는 하늘 높이에까지 고양된다. 식물과는
반대로 모든 종교는 사막에서 싹이 트고 풍요하게 꽃을 피운다.
　　　　　　　　　　　　　　　　　　　— C. V. 게오르규

▣ 종교는 비법(秘法)의 베일에 싸여 은폐되어 있으며, 그 베일은 오

직 선택된 자만이 들추어 볼 수 있다.　　　— 스테판 말라르메

■ 종교는 생명이고 철학은 사상이다. 종교는 우러러보고 우정은 자기의 마음을 살핀다. 우리는 생명과 사상 둘 다 필요할 뿐만 아니라 양자가 조화를 이루고 있어야 한다.　　　— 제임스 클라크

■ 우리는 너무나 많이 알고 있고, 확신을 가지는 것은 너무나 적다. 우리의 문학은 종교의 대리이고, 종교 역시 그러하다.
　　　　　　　　　　　　　　　　　　　— T. S. 엘리엇

■ 어떤 행동이나 즐거움이 그 자체로서 선하고 만족스러울 때, 그것을 종교적으로 좋지 않게 생각하는 것은, 우리 자신에게 대해 공평하지 못함은 물론 하늘의 성스러움을 너무나 천하게 보는 것이다.
　　　　　　　　　　　　　　　　　　— 너대니얼 호손

■ 종교의 영원한 가치는 그것이 소망에 대한 도전을 이끌어 주고, 사람의 마음에 희망을 안겨주는 데 있다.　　　— 제라드 홉킨스

■ 기쁨이 없는 종교—그것은 종교가 아니다.　　— 시어도어 파커

■ 천당을 구름 속에서 따와 우리가 사는 바로 이 땅 위에 옮겨 심어서 모든 사람이 조금씩 얻어 가질 수 있기를 소원하는 종교를 나는 가지고 있다.　　　　　　　　　　　　　— 어윈 쇼

■ 나는 나의 종교에 관해서 남에게 얘기한 적이 없고, 남의 종교를 따져 본 일도 없다. 남을 귀의시키려 해본 일도 없고, 남의 신앙을 바꾸려 해본 일도 없다. 나는 언제나 사람들의 생활에서 그 사람의 종교를 판단하려고 해 왔다. ……종교는 그 사람의 말이 아니라 그 사람의 생활에서 판단이 되어야 하기 때문이다. — 토머스 제퍼슨

■ 인간이 처해 있는 상태와 현황의 세계에서 볼 때 가장 좋기로는, 국가와 교회가 서로 상대방을 정복할 수 없을 만큼 강하긴 하되 어느 쪽도 무제한의 지배를 누리게 되리만큼 강하게는 되지 못하는 것이다. ― 월터 리프먼

■ 저는 유엔에 하느님을 공개적으로 소리 내어 불러 모시자고 제안하는 바입니다. 그것은 회원국의 어느 종교이든지 그 믿음에 의거합시다. 이 제안은 하느님의 도움 없이 유엔이 하느님의 평화를 실현시킬 수 있는 수단이 될 수 없으며, 하느님의 도움이 있을 때 우리는 거기에 실패할 수가 없다는 확신에서 우러나온 것입니다. (각국 유엔 대표들에게 보낸 편지) ― 헨리 로지

■ 말없이 하느님을 경배할 수 있다는 것을 배우라! ― 존 로널드 로얼

■ 모든 종교는 사람에게 선하라고 가르치는 선이다. ― 토머스 페인

■ 나의 조국이 나의 세계이며, 나의 종교는 선을 행하는 것이다. ― 토머스 페인

■ 과학의 다음의 큰일은 인류를 위한 종교를 창조하는 일에 있다. ― 크리스토퍼 몰리

■ 종교란 초인간의 현실을 인간의 말로 암시해 보이려는 고귀한 시도이다. ― 크리스토퍼 몰리

■ 겸손하고 온유하며, 자비롭고 정의로우며, 경건하고 믿음이 깊은 사람은 어느 종교에서든지 각처에 흩어져 있다. 그리고 죽음이 그

들의 가면을 벗길 때 그들은 서로를 알아본다. 이 세상에선 갖가지 옷차림 때문에 서로 낯설기만 하였지만.　　　　　— 윌리엄 펜

■ 나는 항상 공정한 양심의 자유가 인간의 당연한 권리라고 이해해 왔습니다. ……양심의 자유는 종교를 가지게 되는 첫 단계입니다.
　　　　　— 윌리엄 펜

■ 국가의 멸망은, 많은 경우 도덕의 퇴폐와 종교의 경모(輕侮)로부터 이루어진다.　　　　　— 조나단 스위프트

■ 종교가 없는 도덕률은 방향을 찾지 못하는 항해와 같다. 구름에 별이 보이지 않는 바다에서 선박의 위치를 알려고 하는 노력과 같다.
　　　　　— 헨리 롱펠로

■ 종교는 성자(聖者)가 그것을 말했다고 해서 진리라는 것은 아니다. 진리이니까 성자는 그것을 말한 것이다.　　　　　— 고트홀드 레싱

■ 종교는 우리들 속에 새로운 능력을 창조해 내지는 못하지만, 이미 가지고 있는 능력을 행사할 수 있게 한다.　　　　　— P. 클로델

■ 종교가 없는 교육은 오직 현명한 악마를 만드는 데 지나지 않는다.
　　　　　— 아서 웰링턴

■ 인간이 종교의 시작이요, 인간이 종교의 중심점이며, 인간이 종교의 끝이다.　　　　　— 포이에르바흐

■ 신학의 비밀은 인간학이다.　　　　　— 포이에르바흐

■ 종교에 있어서는 신성한 것만이 진실이다. 철학에 있어서는 진실한 것만이 신성이다.　　　　　— 포이에르바흐

■ 내세의 약속 따위는, 이유도 모르고 구원된 사람들에게 주는 구실
이다.   — 알랭

■ 인류사는 기호(記號)의 역사, 다시 말해서 종교의 역사이다.
                                                            — 알랭

■ 불사불멸이란 희망은 어떠한 종교에 의해서도 이루어지는 것은 아
닌데, 태반의 종교는 그 희망에서 출발하고 있다.   — 잉거솔

■ 정의의 보상을 받고 지복(至福)이 이룩될 내세(來世), 또는 다른
어떤 기적이 베풀어질 내세를 믿는 것은 형이상학적·종교적 행위
이다. 그러나 이와 반대로 지상의 죽음이 절대적, 본질적, 전체적,
형이상학적, 종교적이며 존재를 완전히 말살해 버리는 가치를 가
지고 있다고 믿는 것도 역시 하나의 행위이다. 또 그 밖에도 형이
상학적이고 종교적인 숱한 행위가 있다.   — 샤를 페기

■ 종교의 과제는 신성(神性)과 공감하는 데 있다.   — 노발리스

■ 왕국의 최대의 자유는 종교이다. 우리는 그것에 의해 정신적인 해
악으로부터 해방된다. 정신에 가해진 부담보다 더 괴로운 것은 없
다. 그 다음으로 중요한 자유는 정의다. 우리는 그것에 의해 우리
의 신체나 재산에 가해지는 위해로부터 보호된다.   — 존 핌

■ 진리는 종교와 마찬가지로 두 개의 적을 가지고 있다. 너무 많다는
것과 너무 적다는 것이다.   — 새뮤얼 버틀러

■ 종교는 인간성의 영원히 파괴할 수 없는 형이상학적인 요구의 표
현이다.   — 야코프 부르크하르트

■ 평화의 종교를 갖는 인간에게 있어서 그 최고의 가치는 사랑이다. 전쟁의 종교를 갖는 인간에게 있어서 그 최고의 가치는 투쟁이다.
— 에밀리 디킨슨

■ 인간의 의지는 말하자면 하느님과 악마 사이에 있는 짐승과 같다.
— 마르틴 루터

■ 모든 종교는 그것이 참으로 유치하고 또한 미숙하더라도 항상 인간존재의 변신론(變神論)밖에 아니다. — 알렉산더 코헨

■ 나의 위대한 종교는 피와 살 쪽이 지성보다도 현명하다고 하는 신앙이다. — D. H. 로렌스

■ 신은 남자를 위해서, 종교는 여자를 위해서 존재한다.
— 조셉 콘래드

■ 종교는 위대한 힘이다—이 세상에서 유일의 진실 된 원동력이다.
— 조지 버나드 쇼

■ 고독한 종교, 그것은 아직 진짜는 아니다. 종교는 공통의 것이 되지 않으면 안 된다. 종교는 예배와 도취, 축제와 비법을 갖지 않으면 안 된다. — 헤르만 헤세

■ 종교와 예술은 우주에 인간성을 부여하는 시도처럼 보인다.—물론 인간의 인간성 부여부터 시작하는 것이지만, 만일 어떤 완고한 사실이 인간의 의식을 남기기를 거부한다면 종교나 예술은 그 사실을 고려할 때까지는 누구에게도 충분히 어필될 수 없을 것이다. 그러므로 모든 종교는 하나의 성취이며, 승리이며, 비록 인간은 무력하나 그의 이념은 그렇지 않다는 확신이다. 종교는 사실을 고려하

면 할수록 그 승리는 더 커지며, 이것이 바로 얕은 종교가 청교도
적인 기질에 어필하는 까닭이다.　　　　　　　— 버트런드 러셀

■ 종교―가장 심오한 인간 경험의 소리이다.　　　— 매슈 아널드

■ 당장 종교에 대해서 무관심할 수가 없다. 왜냐하면 종교란 과학에
반대되는 존재이기 때문이다.　　　　　　　— 이오시프 스탈린

■ 종교, 즉 선악의 관념을 갖지 못하는 국민은 일찍이 존재한 적이
없었다. 모든 국민은 독자적인 선악의 관념과 자기들의 고유한 선
악을 지니고 있다.　　　　　　　　　　　— 도스토예프스키

■ 모든 종교가 도움이 된다는 의미에서 진실하다. 그리고 종교는 도
움이 되지 않을 때는 진실하지 못하게 된다.　— 오쇼 라즈니쉬

■ 종교는 논리가 아니라 시(詩)라는 것을 기억하라. 그것은 철학도
아니요, 예술이다.　　　　　　　　　　　— 오쇼 라즈니쉬

■ 새로운 종교는 자아(自我)에 대한 시험을 요구하고 있다.
　　　　　　　　　　　　　　　　　　　　　— 폴 발레리

■ 종교는 이를테면 가장 깊은 곳에 있는 조용한 해저이다. 해면은 아
무리 물결이 높고 험하더라도 그 해저는 조용한 채로 있다.
　　　　　　　　　　　　　　　　　　　　— 비트겐슈타인

■ 『지혜는 회색』그러나 삶과 종교는 색채가 풍부하다.
　　　　　　　　　　　　　　　　　　　　— 비트겐슈타인

■ 새로운 종교는 옛날 종교의 신들에게 악마라는 낙인을 찍는다는
말이 흔히 일컬어진다. 그러나 실제론 낙인을 찍히기 전에 신들은

이미 악마가 되어 있지 않는가.　　　　　　— 비트겐슈타인

▣ 사물은 우리 눈앞에 직접 펼쳐져 있다. 사물은 어떠한 베일도 쓰고
있지 않다. 이 점에 있어서 종교와 예술이 갈라진다.
　　　　　　　　　　　　　　　　　　— 비트겐슈타인

▣ 『잃어버린 웃음』에서 유콘도스는 이런 말을 하고 있다. 『나에게
있어 종교라는 것은 요컨대 나의 운명이—지금은 잘 되어 가고 있
더라도—나빠질 수도 있다는 것을 인식해 두고 있는 것을 말한
다.』 사실 이 말은, 『주님이 주셨다, 주님이 가지고 가셨다.』라고
하는 말과 손색이 없을 만큼 종교적인 표현이다.
　　　　　　　　　　　　　　　　　　— 비트겐슈타인

▣ 종교의 경우 종교성(믿음의 깊이)의 단계에 따라서 각각 거기에 어
울리는 표현이 있다고 생각된다. 어떤 표현은 한 단계 낮은 종교성
에 대해 무의미한 것이 된다. 높은 단계에 뜻이 있는 교리도 낮은
단계의 사람에게는 그것이 없는 것이나 마찬가지다. 설사 그 교리
를 이해하였다 하여도 그것은 그릇된 해석밖에 되지 않는다. 낮은
단계의 사람에게 그 교리의 가르침은 하등의 소용이 없다.
　　　　　　　　　　　　　　　　　　— 비트겐슈타인

▣ 어떠한 종파도 형이상학적 표현을 오용했다고 해서 수학에서의 형
이상학적 표현의 오용의 경우처럼 책망을 받는 일은 없었다.
　　　　　　　　　　　　　　　　　　— 비트겐슈타인

▣ 종교가 인간 존재의 문제에 대한 해답을 구하려는 시도라고 한다
면, 그런 의미에서 모든 문화는 종교적이며 모든 신경증은 사적(私

的) 형태의 종교이다.   — 에리히 프롬

▣ 종교와 민족주의도 불합리하고 품격이 없는 관습이나 신앙과 마찬
가지로, 만일 그것이 각 개인을 다른 사람들과 결합시키기만 한다
면, 사람이 가장 두려워하는 것, 즉 고독으로부터의 피난처가 된다.
       — 에리히 프롬

▣ 과오를 개혁하려는 자에게 순교의 횃불을 들어주는 점에서 정치는
종교와 같다.   — 토머스 제퍼슨

▣ 궁극적 신념이란, 우리가 그것이 허구(虛構)임을 알고 있는 허구를
믿는 것이고 그 밖에는 아무것도 없다. 정치(精緻)한 진리가 있다
면 그것이 허구임을 알고 그것을 기꺼이 믿고 있음을 아는 일이다.
       — 월리스 스티븐스

▣ 신념은 우리 정신의 소산이다. 그러나 우리는 우리의 기호에 따라
그것을 자유로이 수정(修正)하지 못한다. 신념은 우리가 만들어낼
것이다. 그러면서 우리는 그것을 알지 못한다. 신념은 인간적인 것
이면서도 우리는 신을 신봉한다. 또 그것은 우리들의 힘의 소산이
지만, 또한 우리들보다 힘센 것이다.   — F. 드쿠랑주

▣ 인생에 있어서 믿음보다 더 신비로운 것은 없다. 그것은 한 개의
커다란 유동력으로서 저울에 달아 볼 수도 없고, 도가니에다 시험
해 볼 수도 없는 것이다.   — 윌리엄 오슬러

▣ 사람들은 재주나 수단을 찾지만, 가장 중요한 재주와 수단이 신념
이란 것을 모르고 있다. 신념이 강하면 그것으로 충분한 것이다.
       — 노먼 빈센트 필

■ 그러나 하느님, 저에게 진리를 분별하는 눈을 주시옵소서. 영원히 옳은 것을 볼 줄 아는 시각, 자비와 부드러운 연민의 정으로 가득 찬 마음, 어둠을 밝혀 주는 사나이다운 믿음을 주시옵소서.
— 시어도어 파커

■ 사람과 사람이 접촉함에 있어서 가장 큰 신뢰는 충고를 주고받는 신뢰이다.　　　　　　　　　— 프랜시스 베이컨

■ 건전한 판단은 지성의 승리이고, 믿음은 마음의 승리이다.
— J. 숄더

■ 우리들은, 우리들이 잘 모르는 사람들을 더 믿기 쉽다. 그 까닭은 그들은 우리들을 결코 속이지 않기 때문이다.　— 새뮤얼 존슨

■ 왜소한 마음에는 믿어야 할 큰 것은 보이지 않고, 그러한 믿지 못할 것만 눈에 띈다.　　　　　　　　— 올리버 홈스

■ 가볍게 믿는 것은 어른의 약점이지만, 아이에게 있어서는 힘이다.
— 찰스 램

■ 사람을 믿지 않으면 속아도 속은 것이 옳다는 얘기가 된다.
— 라로슈푸코

■ 사랑하는 것은 전부를 믿는 것이다.　　　　— 빅토르 위고

■ 믿음이란, 큰 뜻을 이루어 보려는 마음이 깃들어 있는 사랑이다.
— 윌리엄 채닝

■ 사랑과 신뢰는 만인의 마음에 있어 유일한 모유(母乳)이다.
— 존 러스킨

■ 사람이 꿈을 꾸면 꿀수록, 믿는 것이 적어진다. ─ 헨리 L. 멩컨

■ 장래를 이룩하기 위해서는 용기가 필요하다 노력을 해야 한다. 그러나 신념도 필요한 것이다. ─ 피터 드러커

■ 가난한 자가 말하면 진실도 믿지 않지만, 부자와 악당이 말하면 거짓말이라도 믿는다. ─ 프리드리히 뤼케르트

■ 고귀한 인류의 역사를 회고해 본다면, 신념은 그것이 경험에서 배운 것보다 훨씬 많은 것을 경험에 가르쳐 왔다는 것을 우리는 알게 될 것이다. ─ 로버트 린드

■ 종교들은 심지어는 죽음의 문을 통해서까지 영의 세계, 불멸의 세계에로 다시 태어나는 길을 가리키고 있는 것입니다.
─ 마하트마 간디

■ 모든 종교는 상호 반대되는 힘들이 우리에게 작용하며, 인간의 노력은 일련의 영원한 거부와 수용 속에서 있다는 것을 가르쳐 준다.
─ 마하트마 간디

■ 내가 비난을 받을까 두려워서 나와 가장 가깝고 친한 사람들이 수난을 당하고 있을 때, 공개적으로 나의 신념을 천명하지 않는다면 나는 진실하지 못하고 비겁한 사람이 되어버릴 것이다.
─ 마하트마 간디

■ 나에게 가장 고귀한 사랑의 믿음을 주소서. 이것이 나의 기도이옵니다. 죽음으로써 산다는 믿음, 짐으로써 이긴다는 믿음, 연약해 보이는 아름다움 속에 강한 힘이 감추어져 있다는 믿음, 해를 입고도 원수 갚기를 싫어하여 겪는 고통의 존엄한 가치에 대한 믿음을

주옵소서.   — 마하트마 간디

■ 인생에 대해서는 분명하고 단호한 신념을 가질 것이 필요하다. 모순된 여러 관념에 사로잡히고 지배되어서는 안 된다. 현대인의 하나의 습성은 합리적인 것을 상식적이라고 배격하는 경향에 있는데, 합리적인 생활이 이 사회와 자기를 조화시키는 길이며, 또 이 조화를 벗어나서는 행복이란 얻기 어려운 것이다.

         — 버트런드 러셀

■ 우리들의 신념은 수의 무게에 압도되어 버리는 경우가 많다. 많은 사람의 반대에 부딪치면 우리들은 확실한 자기의 판단력을 가지고 있으면서도, 자신을 잃든가 아니면 자신 부족에 떨어진다.

         — 데일 카네기

■ 신조(信條)라는 것은 우리들이 자신의 생활과 행동을 그 위에 쌓아 올리지 않는 한 전연 아무런 값어치도 없다.   — 데일 카네기

■ 종교는 모든 행동, 모든 반성인 동시에 혼 속에서 끊임없이 일어나는, 다만 감격과 그리움.   — 칼릴 지브란

■ 하느님에 대한 생각은 모든 사람마다 다르다. 누구도 그 자신의 종교를 다른 사람에게 줄 수 없다.   — 칼릴 지브란

■ 종교 없는 과학은 절름발이며, 과학 없는 종교는 장님이다.

         — 알베르트 아인슈타인

■ 세상의 종교적 경험은 과학 연구 배후에 있는 가장 강하고, 가장 고결한 고무적인 힘이다.   — 알베르트 아인슈타인

■ 종교, 그것은 흥을 죽이는 것이다. — 자와할랄 네루

■ 아도나 그 밖에 모든 곳의 종교라고 불리는 구경거리, 또는 조직적인 종교는 나를 전율케 한다. 나는 빈번히 이를 규탄하고 그것을 완전히 일소해 버리기를 원한다. — 자와할랄 네루

■ 나는 종교의 근본이나 파괴는 본질적으로 국가의 근본이나 파괴보다 중요하다고 생각한다. — 아돌프 히틀러

■ 교회란 정책, 프로그램, 예배, 그리고 사람들로 구성되는 공식적인 조직일 뿐이므로 교회 자체만으로는 인간에게 어떤 심오하고, 항구적인 안정감이나 본질적인 가치의식을 줄 수 없다. 다시 말하면 교회에서 가르치는 원칙들에 충실하게 살면 이것이 가능할 수 있지만, 교회라는 조직 자체가 그렇게 할 수는 없다. — 스티븐 코비

■ 종교란 항상 개인적인 자기만의 것이다. 사람은 모두가 자기의 종교관(宗敎觀)을 수립하지 않으면 안 된다. — 임어당

■ 종교의 타락은, 종교가 이론 그것에 떨어지는 데서 시작하는 것은 아닌가. — 임어당

■ 신(信)이라는 것은 임금의 큰 보배이니, 나라는 백성에게서 보존되고 백성은 믿음에서 보존됩니다. — 정몽주

■ 믿지 않다가 속으나 믿다가 속으나 속기는 마찬가지면 믿다가 속는 편이 일층 더 인격적이 아니냐. 비장하지 않으냐. — 변영로

■ 각 사람의 신념이 강하고 약한 것은 그 신념을 세우는 데 들인 노력이 많고 적음에 의해 다른 것이다. — 백낙준

▣ 생명은 지속(持續)이다. 끊이지 않고, 끊어졌다가도 다시 잇는 것
이 생명이다. 지지 않는 것이 이김이다. 져도 졌다 하지 않는 것이
이김이다. 놓지 않는 것이 이김이다. 놓지 않는 것이 믿음이다. 살
려니 되려니 믿음이다. 없어도 믿는 것, 없으면 만들기라도 하자는
것이 믿음이요, 그 믿음이 생명이다.   — 함석헌

▣ 참 믿음은 제 속에서 일어나는 것이지, 남에게서 가르침을 받아 얻
는 것이 아니다.   — 함석헌

▣ 아마 과거에 언제나 그랬던 것같이 기성 종교는 그대로 화석이 되
어 역사의 지층 속에 남고 말 것이다. 그들은 돌같이 굳어진 신조
만을 주장하고, 경전의 해석은 기계적이 되어 생명을 자라나게는
못하고 도리어 얽매는 줄이 된다.   — 함석헌

▣ 신념이 없는 위정자는 머리털을 깎인 삼손처럼 불쌍하다.
                                        — 김동명

▣ 자기가 확고한 소신을 가졌으면 그 소신을 위해서 생명을 버려가
며 싸워도 좋을 일이다.   — 손우성

▣ 일반 고상한 종교들은 모두 한 개의 광명한 원경(遠景)이 있어서
그것을 우리들 앞에 펴놓고 사람들로 하여금 그것을 생각하고 부
러워하고, 그리로 향하여 나아가게 함으로써 아직 한 개의 이상적
경지에까지 이르지 못한 중도에 있어서는 부단히 자기를 개조하고
향상하기에 힘을 쓰게 하는 것이니, 그것이 곧 종교를 믿는 진실한
이익이다.   — 권상로

▣ 우리의 순정한 이성이 종교를 받아들이는 한계는 어린이 세계의

동화와 마찬가지로서, 그 가지가지 천국과 지옥의 가공(架空)의 이야기는 인간의 향선성(向善性)의 한갓 추상으로 인정하는 데 그치는 것이며, 우리의 교양이 한 종교에 귀의할 수 있음은 오직 인간의 사유조차 초월하여 만유를 무한 시공에 거느리고 있는 절대자에 대한 숭경(崇敬)과 인간의 겸허심의 발로에 인한 것이다.

─ 유치환

■ 생각하면 종교가 인간에게 있는 사명이란, 종교가 인간에게 있어 필수한 점이란 허무비정하기까지 한 신의 앞에 마지막 안심입명(安心立命)하고 인간이 자기를 반환하는 길을 닦는 데 있을 따름인 것입니다. ─ 유치환

■ 개인의 종교 신앙은 그가 태어날 당시의 시대와 사회와 가정의 여건으로 결정될 수밖에 없는 것이다. ─ 유달영

■ 종교는 세력이 커질수록 타락하는 것이다. ─ 유달영

■ 내 자신이 짐승과 같다는 것을 발견하는 것은 종교의 마지막 단계일 것이다. 내 자신이 신과 같은 것을 발견하는 것은 종교의 마지막 단계일 것이다. 인생의 길은 짐승 같은 자신을 발견하고 비명을 울리기도 하고, 신과 같은 내 모습을 발견하고 환호를 울리기도 하면서 걸어가는 여정인 것이다. ─ 유달영

■ 모든 종교를 하나로 통일하는 것은 불가능하지만, 그 다양성을 조화시키는 일은 필요하다고 생각한다. ─ 이항녕

■ N. 하르트만이 인간의 존엄성을 위하여 무신론을 요청한 입장, 사르트르가 실존주의는 휴머니즘이며, 휴머니즘은 『무신론을 전제

로 한다』는 뜻도 족히 짐작이 간다. 그러므로 어떻게 보든지 종교는 휴머니즘은 아니다. 휴머니즘으로 만족하는 종교가 있다면 그것은 모럴로 자족하는 신앙과 같아서 종교 본래의 사명을 상실한 입장이다. 그러나 모든 종교는 머티어리얼리즘에 비하여서는 언제나 휴머니즘 편을 택한다. ― 김형석

■ 위대한 종교가는 시대와 민족에 수순(隨順)한다. 그것이 곧 세간법(世間法)을 바로잡기 위한 방편이다. ― 조지훈

■ 종교는 언제나 독단을 가져온다. ― 안병무

■ 신화의 형식으로 모든 것을 설명하는 종교가 소멸해 가기보다는 오히려 현대는 그와 반대로 많은 신화들이 부활하는 시대라고 볼 수 있는 데 문제가 있다. ― 강원룡

■ 종교―인간에 대한 신의 문책, 차라리 분명하게 고백할 수 있는 죄라도 가지고 있었더라면…… ― 이어령

■ 결국 종교는 인간의 필요성에 따라 인간이 만든 허상일 뿐이다. 특히 신이라는 개념. 신이 나는 뭔지 모르지만. 신이 무엇인지 속 시원하게 설명을 들었으면 좋겠다. 알아야 믿든 말든 할 것을…… ― 법정

■ 모든 종교적 이론은 도그마틱스(dogmatics, 교리 · 독단 · 독선)다. 불교나 유교도 예외는 아니다. ― 김용옥

【불교】
■ 불교가 만약 인간사회의 이익의 증진을 위하여 가장 이상적인 종

교의 가르침을 지닌 것이라면, 선(禪)은 마침내 인간정신의 최고의 소의처(所依處)가 될 만한 근거를 지녔다고 할 수 있다.

— 이청담

■ 내가 불교인이니 그것은 불교 밖에 없는가, 하고 혹 볼 수도 있겠지만, 지금까지 살아오면서 내 견문이 그리 넓지는 않지만, 더러 책도 읽어 모았는데, 불교가 가장 수승한 것 같습니다. 그래서 지금도 불교를 그대로 하고 있고 앞으로도 이렇게 살 것입니다. 만약에 앞으로라도 불교 이상의 진리가 있다는 것이 확실하면 이 옷을 벗겠습니다. 나는 진리를 위해서 불교를 택한 것이지, 불교를 위해서 진리를 택한 것이 아닙니다. 그러면 내 기본자세를 알 수 있을 것입니다. 그러니 언제든지 진리를 위해서 산다는 이 근본 자세는 조금도 변동이 없다는 것입니다. — 성철스님

■ 나(부처)는 살아 있는 모든 것의 아버지며, 구세주다. 모든 생명이 있는 자는 나의 아들이다. —《법화경》

■ 부처도 중생이며, 깨달으면 중생도 부처다. —《금강반야경》

■ 달과 함께 구름을 걱정하고, 책과 함께 좀벌레를 걱정하며, 꽃과 함께 폭풍우를 걱정하고, 재사(才士)와 여인과 함께 가혹한 운명을 걱정하는 것은 부처님의 자비심을 지닌 자이다. — 임어당

■ 나는 부처님이 찬탄하시던 숲속으로 홀로 들어가리라. 그곳은 혼자서 골똘히 도(道)를 닦는 수행자가 즐기는 곳이기 때문이다. 꽃이 만발한 서늘한 숲에, 또는 서늘한 산굴 속에 손과 발 고이 씻고 나 홀로 갔다가 돌아오리라. 서늘한 산비탈에서 꽃으로 뒤덮인 숲

속에서 모든 인생의 번뇌에서 벗어나 안락한 법열(法悅) 속에 나는
살리라.　　　　　　　　　　　　　　　　　　 ―《테라가타》

▣ 불심(佛心)이란 대자비가 그것이다. 무연(無緣)의 자비로움으로 모
든 중생을 포섭해야 한다.　　　　　　　　 ―《관무수량수경》

▣ 너희들은 자기 자신을 등불로 삼고 자기 자신을 의지하는 것이 좋
다. 다른 것을 의지해서는 안 된다. 진리를 의지하는 것이 좋다. 다
른 것을 의지하지 말 것이다.　　　　　　　 ― 마하파리니바나

▣ 모든 악한 짓을 하지 않고 착한 일을 하며, 자기의 마음을 밝게 하
는 것, 이것이 모든 불타의 가르침이다.　　　　　 ― 답마파다

【기독교】

▣ 기독교는 계획적인 정치혁명이지만, 그것에 실패한 뒤로는 도의적
인 것으로 되었다.　　　　　　　　　　　　　　　　 ― 괴테

▣ 어떠한 법률이나 종파나 학설도 기독교의 가르침만큼 선을 중시한
것은 없었다.　　　　　　　　　　　　　　　 ― 프랜시스 베이컨

▣ 성경은 신앙의 책이요. 교회의 책이요, 도덕의 책이요, 종교의 책이
요, 신으로부터 특별히 보내진 묵시의 책이지만, 인간 자신의 개인
적 책임, 인간 자신의 존엄성, 동포와의 평등을 가르치는 책이기도
하다.　　　　　　　　　　　　　　　　　　　　 ― 다니엘 웹스터

▣ 모든 종교 가운데서 기독교는 의심할 나위 없이 가장 관용을 주장
해온 종교이다. 그런데 지금껏 기독교도는 모든 인간 중에서 가장
불관용한 사람들이었다.　　　　　　　　　　　　　　 ― 볼테르

■ 자연법칙은 그리스도를 기만 속에서 살게 하였고, 그리스도를 기만 때문에 죽게 만들었다 　　　　　　　— 도스토예프스키

■ 여성이 성경을 그녀의 권리의 후원으로 생각하는 한 여성은 남성의 노예이다. 성경은 여성에 의해서 쓰인 것이 아니다.

　　　　　　　　　　　　　　　　　　　　— 잉거솔

■ 성경의 영감은 그것을 읽는 신사의 무지에 의존한다. — 잉거솔

■ 그리스도는 사랑으로써 혼자 천국을 건설했지만, 오늘날까지 그리스도를 위하여 얼마나 많은 사람이 죽었는가?　— 나폴레옹 1세

■ 성경은 교리가 아니라 문학이다. 　　　　　　— 산타야나

■ 내세(來世)가 없다고 하면 기독교의 교리는 영원히 남는 세계의 기만이다. 　　　　　　　　　　　　　　— 월터 스콧

■ 기독교의 신앙은 선량한 사람들을 포학무도한 자들의 먹이가 되게 만들었다. 　　　　　　　　　　　　— 마키아벨리

■ 기독교 도덕은 노예의 도덕, 약자의 도덕이다. 생(生)의 확대를 막고, 본능의 발휘를 억제하고, 인간을 위축시키고 퇴화시키는 도덕이다. 　　　　　　　　　　　　　— 프리드리히 니체

■ 기독교의 신앙은 두 가지 진리, 즉 인간의 자연성의 타락과 예수 그리스도의 속죄를 양립시키는 데 있다. 　　　— 파스칼

■ 기독교는 황제를 멸망시켰으나 인민을 구했다. — 알프레드 뮈세

■ 기독교인은 모든 것 위에 선 자유스런 주인이며, 그 누구에게도 연속되지 않는다. 기독교인은 모든 것에 봉사하는 종이며, 누구에게

나 종속한다.　　　　　　　　　　　　　　　― 마르틴 루터

【속담 · 격언】

■ 예수만 믿으면 천당 가나, 마음이 고와야 천당 가지. (양심적으로 높은 자리에 있어야 할 텐데, 그렇지 못한 종교인을 보고)
　　　　　　　　　　　　　　　　　　　　　　　― 한국

■ 믿는 도끼에 발등 찍힌다.　　　　　　　　　　― 한국

■ 소경의 월수(月收)를 내서라도. (돈이 정 없을 땐 구차한 돈이라도 돌려서 급한 데 모면을 한다)　　　　　　　　― 한국

■ 거짓말을 하지 않으면 부처가 될 수 없다.　　― 일본

■ 사람의 일념(一念)이 하늘로 통한다.　　　　― 일본

■ 일념(一念)은 이어가도 이념(二念)을 일으키지 말라. (한 가지 일을 시작하면 다른 생각은 하지 말라)　　　　　― 일본

■ 유비(劉備)가 한중(漢中) 믿듯. (매사를 굳게 신뢰하여 의심하지 않음)　　　　　　　　　　　　　　　　　　― 중국

■ 맹상군(孟嘗君)의 호백구(狐白裘) 믿듯. (조금도 의심치 않고 사람이나 물건을 믿음)　　　　　　　　　　　― 중국

■ 조물주는 실수를 했다. ― 더욱이 두 번이나 실수를 했다. 한 번은 돈을 만들고, 두 번째는 여자를 만들었다.　　― 인도

■ 여자의 마음은 갈대 같은 것. (A woman is a weathercock. : weather+cock, 즉『날씨 닭』이란 서양의 가옥 지붕 위에 풍향을

알기 위해 장치한 닭 모양의 풍향계를 뜻한다. 이 풍향계는 사소한 바람의 방향에 따라 수시로 방향을 바꾸므로 믿음성 없는 사람을 비유하는 말로 쓰이기도 한다)　　　　　　　　　　　　　─ 영국

■ 신념은 산도 움직이게 된다. (Faith will move mountain.)

　　　　　　　　　　　　　　　　　　　　　　　　─ 영국

■ 종교는 모든 문명의 어머니다.　　　　　　　　　　─ 영국

■ 종교는 말이 아니고 실행이다.　　　　　　　　　　─ 영국

■ 교회에 접근하는 것만큼 신에게서 멀어진다.　　　─ 독일

■ 새로운 친구와 오래 된 적은 믿지 말라.　　　─ 스코틀랜드

■ 신뢰는 원한의 어머니다.　　　　　　　　　　　─ 프랑스

■ 사람은 모든 사람을 신뢰해야 하며 누구보다도 자기 자신을 신뢰해야 한다.　　　　　　　　　　　　　　　　─ 노르웨이

■ 성서는 교회보다 오래 됐다.　　　　　　　　─ 스웨덴 속담

■ 나무좀이 예수의 십자가 상(像)을 좀먹는다. (맹신자는 종교의 해가 된다)　　　　　　　　　　　　　　　　　─ 이탈리아

■ 신도 인간이었을 때는 죽음을 두려워했다.　　　─ 이탈리아

■ 신은 도둑을 사랑한다. 그러나 신은 도둑맞은 사람까지도 사랑한다.　　　　　　　　　　　　　　　　　　　─ 그리스

■ 호랑이를 만들었다고 신을 비난하지 마라. 호랑이에게 날개를 안 준 것을 신에게 감사하라.　　　　　　　　　─ 에티오피아

【시·문장】

구슬이 아즐가
구슬이 바위에 떨어진들
끈이야 아즐가
끈이야 끊어지리까.
즈믄 해를 아즐가
즈믄 해를 외오곰 녀신들
믿음이야 아즐가 믿음이야 그치리이까.

— 무명씨 / 서경별곡

님을 믿을 것가 못 믿을손 님이시라
믿어 온 시절도 못 믿을 줄 알았어라
믿기야 어려우랴마는 아니 믿고 어이리.

— 이정귀

오저(奧底)에 들어가서 사고(思考)하면 종교 역시 예술과 같이 어느 보이지 않는 비인격적 애인에게 대한 심령의 연소다. 절도(竊盜)하지 아니할 것, 음란하지 아니할 것, 거짓되지 아니할 것, 살인하지 아니할 것, 이웃을 헐뜯지 아니할 것은 그 신성연인(神性戀人)에게 바치는 꽃묶음인 것뿐이다. 그러므로 이상 모든 계율이 종교에 대한 훈계가 되는 동시에 예술에 대한 훈계도 되는 것이다. 어느 깊은 의미에 있어서 엄격하고 경건한 금욕적 인물이 아니고는, 종교와 예술의 신엄(神嚴)한 전당에 들어갈 수 없는 것이다. 알아듣기 쉽게 말하면, 종교가는 『영혼(靈魂)』의 수도승이 되는 것같이 예술가는 심정의 수도승이

되어야 할 것이다.   ― 변영로 / 토막생각

【중국의 고사】

■ **백문불여일견**(百聞不如一見) : 무엇이든지 실제로 경험해 봐야 믿을 수 있다는 말이다. 글자 그대로 백 번 듣는 것이 한 번 보는 것만 못하다는 말이다. 우리 속담에 『귀 장사 말고 눈 장사하라.』는 말이 있다. 소문만 듣고 쫓아다니지 말고 눈으로 직접 보고 나서 행동하라는 뜻이다.

한나라 선제(宣帝) 신작 원년에 강(羌)이라는 티벳 계통의 유목 민족이 반란을 일으켰다. 선제는 어사대부 병길(丙吉)을 후장군(後將軍) 조충국(趙充國)에게 보내, 누가 장군으로 적임자인가를 물었다.

그러자 조충국은, 『내 비록 늙었지만, 나보다 나은 사람은 없습니다.』하고 대답했다. 그는 한무제 당시 흉노와 싸워 많은 공을 세운 장수였다. 그 해 이미 그의 나이 벌써 70이 넘었지만 아직 원기 왕성했다.

선제는 병길의 보고를 듣고는 곧 조충국을 불러들여 물었다. 『반란군 진압에 장군은 어떤 군략을 쓸 것인가, 또 병력은 어느 정도 필요하고?』그러자 조충국은 대답했다.

『백 번 듣는 것이 한 번 보는 것만 같지 못합니다(百聞不如一見). 군사 일이란 멀리 떨어져 있어서는 계획을 짜기 어렵습니다. 신은 급히 금성(金城)으로 달려가 현지 도면을 놓고 방안을 짜기를 바라고 있습니다.』

선제는 웃으며 이를 승낙했다. 이리하여 조충국은 금성으로 달려

가 현지답사로서 정세를 파악한 다음 둔전책(屯田策)을 세웠다. 즉 보병 약 만 명을 각지에 배치시켜 농사일을 해가면서 군무에 종사하게 했다. 그 자신도 그곳에서 1년을 함께 있으며 마침내 반란을 진압하게 되었다. ─《한서》 조충국전

■ **질풍경초(疾風勁草)** : 모진 바람이 불면 강한 풀을 알 수 있다는 뜻으로, 어려운 처지에서도 뜻을 꺾거나 굽히지 않는 절개 있는 사람을 비유해 이르는 말. 역경을 겪어야 비로소 그 사람의 굳은 절개나 진가를 알 수 있다는 말이다. 「질풍지경초(疾風知勁草)」라고 한다.

전한 말, 왕망(王莽)은 한(漢) 왕조로부터 황제의 자리를 **빼앗아** 신(新)을 세웠다. 그러나 갈수록 악정이 계속되자 민중에서는 이를 원망하고 탄식하는 소리가 점차 높아지면서 녹림군(綠林軍)이 각지에서 봉기했다. 그리고 마침내 한나라의 왕족인 유수(劉秀)도 원현에서 군사를 일으켰다.

유수의 부대가 영양(潁陽)에 이르렀을 때, 그 지방의 왕패라는 자가 무리들과 함께 참가하였다. 이윽고 40여 만 명의 왕망 군과 1만여 명의 유수 군이 곤양(昆陽)에서 격돌하였다. 여기서 놀랍게도 유수 군이 대승을 거두었다. 이때 왕패도 참전하여 큰 공을 세웠다. 마침내 유수 군은 갱시제(更始帝)를 옹립하였다.

그러나 얼마 후 황제의 견제로 신변의 위협을 느낀 유수는 자청하여 하북지방의 평정을 지원하였다. 갱시제가 이를 허락하고 왕패도 유수를 따라 종군하였다. 그러나 이 원정은 고난의 연속이었다. 고난을 견디지 못해 이탈하는 병사가 속출하였다. 유수는 주변

의 낯익은 병사가 줄어든 것을 보고 왕패에게 말하였다.

『끝까지 나를 따르는 사람은 너 하나뿐이구나. 모진 바람이 불어야 비로소 강한 풀을 알 수 있다고 하더니(疾風知勁草).』

얼마 뒤 유수가 산동(山東)의 호족 왕랑군(王郞軍)에게 사로잡힐 위기에 처했을 때, 왕패는 죽음을 무릅쓰고 유수를 구출하였다. 훗날 유수는 후한의 황제가 되어서 왕패를 더 한층 신임하였으며 상곡(上谷) 태수에 임명하였다.　　　　　　　　—《후한서》 왕패전

■ **도원결의**(桃園結義) : 의기투합해서 함께 사업이나 일을 추진함의 비유.

소설 치고 《삼국지연의》처럼 많이 읽힌 책은 없을 것이다. 그 《삼국지연의》맨 첫머리에 나오는 제목이 「도원결의」다.

전한(前漢)은 외척에 의해 망했고, 후한은 환관에 의해 망했다고 한다. 그러나 후한의 직접적인 붕괴를 가져오게 한 것은 황건적의 봉기였다. 어지러워진 국정에 거듭되는 흉년으로 당장 먹을 것이 없어 굶주린 백성들은 태평도(太平道)의 교조 장각(張角)의 깃발 아래로 모여들어 누런 두건을 머리에 두르고 황건적이 되었다. 그래서 삽시간에 그 세력은 50만으로 불어났다.

이를 진압하기 위한 관군은 이들 난민들 앞에서는 너무도 무력했다. 당황한 정부에서는 각 지방장관에게 용병을 모집해서 이를 진압하라는 지시를 내렸다.

유주(幽州) 탁현에 의용군 모집의 방이 높이 나붙었을 때의 이야기다. 맨 먼저 이 방 앞에 발길을 멈춘 청년은 바로 현덕 유비였다. 유비는 나라 일을 걱정하며 길게 한숨을 내쉬었다. 이때,

『왜 나라를 위해 싸울 생각은 않고 한숨만 쉬고 있는 거요?』

유비를 책망한 사람은 다름 아닌 익덕(翼德) 장비(張飛)였다. 두 사람은 서로 인사를 교환한 다음 함께 나라 일을 걱정했다. 가까운 술집으로 들어가 이야기를 하고 있는데, 한 거한이 들어왔다. 그가 바로 운장(雲長) 관우(關羽)였다. 이들 셋은 자리를 같이하고 술을 나누며 이야기하는 동안 서로 뜻이 맞아 함께 천하를 위해 손잡고 일하기로 결심을 했다.

이리하여 장비의 제안으로, 그의 집 후원 복숭아밭에서 세 사람이 형제의 의를 맺고, 힘을 합쳐 천하를 위해 일하기로 맹세를 했다. 이 때에 맹세한 내용을 원문에 있는 그대로 옮기면 이렇다.

『유비·관우·장비는 비록 성은 다르지만 이미 의를 맺어 형제가 되었으니, 곧 마음을 같이하고 힘을 합해 괴로운 것을 건지고 위태로운 것을 붙들어 위로는 국가에 보답하고 아래로는 만백성을 편안케 하리라. 같은 해 같은 달 같은 날 나기를 구할 수는 없지만, 다만 같은 해 같은 달 같은 날 죽기를 원한다. 천지신명은 실로 이 마음을 굽어 살피소서. 의리를 저버리고 은혜를 잊는 일이 있으면 하늘과 사람이 함께 죽이리라.』

이리하여 세 사람은 지방의 3백여 명 젊은이들을 이끌고 황건적 토벌에 가담하게 되었고, 뒤에 제갈공명을 유현덕이 삼고초려(三顧草廬)로 맞아들임으로써 조조(曹操)·손권(孫權)과 함께 천하를 셋으로 나누어 삼국시대를 이루게 된 것은 너무도 잘 알려진 사실이다.

물론 위에 말한 도원결의는 작가의 머리로 만들어낸 이야기다. 그러나 이 소설이 끼친 영향은 너무도 커서, 중국 민중들 사이에는 이 도원결의가 의형제를 맺을 때의 서약의 모범으로 되고 있다.
— 《삼국지연의(三國志演義)》

■ **감탄고토**(甘吞苦吐) : 사리(私利)를 채우려고 믿음과 의리를 저버림.

우리 속담에 『달면 삼키고 쓰면 뱉는다』 라는 말이 있는데 그 말의 한자 표현이다. 이해관계에 따라 이로우면 붙기도 하였다가 이롭지 않으면 돌아서기도 하여 서로 믿음이 없는 행위를 가리킨다. 사사로운 이익의 옳고 그름을 판단하지 않고 사리사욕(私利私慾)을 꾀하여 유리한 경우에는 함께하고 불리한 경우에는 배척하는 이기주의적 태도를 이르는 말이다.

「감탄고토」 에 얽힌 나무 이야기를 예로 들어본다.

나무의 친구로는 바람과 새, 달이 있는데 바람은 마음 내킬 때마다 찾아왔다가 때로는 살짝 스쳐 지나가거나 때로는 세차게 불어와 흔들고 가는 변덕스런 친구이다. 새도 마음 내킬 때 찾아와 둥지를 틀었다가도 어느새 날아가 버리는 믿음직스럽지 못한 친구이다.

달은 한결같이 때를 어기지 않고 찾아와 함께 지내는 의리 있는 친구이다. 그러나 나무는 달·바람·새를 모두 친구로 대한다.

나무에서 얻는 교훈과 같이 이로울 때만 가까이하고 필요하지 않으면 멀리하는 이기적인 사귐이 아니라 인륜의 실천덕목으로 오륜(五倫)의 하나인 붕우유신(朋友有信)처럼 어떤 친구든 벗과의 사귐에는 믿음이 밑바탕을 이루어야 한다.

달면 삼키고 쓰면 뱉듯이, 사리를 채우려고 믿음과 의리를 저버

리는 각박한 세태를 일컫는 말이다.　　　— 《동언해(東言解)》

■ **거경지신**(巨卿之信) : 거경의 신의라는 뜻으로, 약속을 굳게 지키
는 성실한 인품을 나타내는 말이다.

　후한(後漢) 때, 범식(范式)이라는 사람이 있었는데 자는 거경(巨
卿)이고, 산양 금향 사람이다. 그는 어려서부터 태학(太學)에서 학
문을 하는 유생(儒生)이 되었다. 그곳에서 여남 출신의 장소(張劭)
라는 사람과 친구가 되었다. 장소의 자는 원백(元伯)이다.

　어느 날, 두 사람은 함께 고향으로 돌아가기 위해 서로 이별을 하
게 되었다. 범식이 장소에게 말했다.

　『2년 후에 고향으로 돌아갈 때에는 먼저 자네 부모님께 절을 하
겠네.』

　그리고는 기일을 약속하고 헤어졌다.

　2년이 지나 그 약속한 날이 다가오자, 장소는 어머니에게 그를
위해 음식을 준비해 줄 것을 부탁했다. 이에 장소의 어머니는,

　『2년 동안 천 리나 되는 먼 곳에 떨어져 있으면서 약속을 하였
으니, 어찌 서로 약속을 지킬 수 있다고 하겠느냐?』 하고 말했다.

　『거경은 신의 있는 선비(巨卿之信)입니다. 반드시 약속을 어기
지 않을 것입니다.』

　이에 어머니는 『그렇다면 당연히 술을 준비해야지.』 하고 말했
다.

　그날이 되자, 거경은 과연 도착하였는데, 먼저 당(堂)에 올라 원
백의 부모님께 절을 하고 나서 함께 술을 마시고 한껏 회포를 푼
뒤에 헤어졌다.

그로부터 얼마 뒤 장소가 갑자기 병이 들어 죽을 날만 기다리는 신세가 되고 말았다. 장소는 죽음에 임박해서 길게 한숨을 내쉬면서 말했다.

『범식을 다시 보지 못하고 죽는 것이 한스럽구나!』

그가 죽은 그날 밤에 범식은 꿈에서 장소를 보았다. 장소는 범식에게 자신은 이미 죽었으며, 곧 장례를 치르려고 하니 한번 다녀가라고 말하는 것이었다.

놀라 잠에서 깬 범식은 황급히 태수에게 휴가를 청해서 장소의 집으로 달려갔다. 한편 그가 친구의 상복을 입고 꿈에 장소가 말한 곳으로 달려가고 있을 때, 장지에서는 갑자기 관이 움직이지 않아 하관을 못하고 애쓰고 있던 중이었다. 이때 장소의 어머니는 흰 말이 끄는 흰 수레(素車白馬)가 급히 달려오는 것을 보고는 통곡을 하며 뛰어가 그를 맞았다. 그녀는 아들의 말을 들어 그가 범식이라는 것을 알았던 것이다.

범식이 장지에 도착하여 곡을 하고 나니 비로소 관이 움직여 장사를 지낼 수 있었다. 이를 본 사람들은 두 사람의 우정과 신의에 감탄하지 않는 이가 없었다.

여기서 「흰 수레와 흰 말」이라는 뜻의 「소거백마(素車白馬)」라는 성어도 생겨났다.　　　　　— 《후한서》독행열전(獨行列傳)

■ **무신불립**(無信不立) : 믿음이 없으면 설 수 없다는 뜻으로, 사람에게 믿음이 없으면 살아갈 수 없다. 사람이 살아가는 데 가장 중요한 미덕은 역시 신뢰라는 말이다.

제자 자공(子貢)이 정치(政治)에 관해 스승 공자에게 묻자, 공자가 대답했다.

『식량을 풍족하게 하고(足食), 군대를 충분히 하고(足兵), 백성의 믿음을 얻는 일이다(民信).』

자공이 다시 물었다.

『어쩔 수 없이 한 가지를 포기해야 한다면 무엇을 먼저 해야 합니까?』

공자는 군대를 포기해야 한다고 답했다. 자공이 다시 나머지 두 가지 가운데 또 하나를 포기해야 한다면 무엇을 포기해야 하는지 묻자 공자는 식량을 포기해야 한다며 이렇게 말했다.

『예로부터 사람은 누구나 죽음을 피할 수 없지만, 백성의 믿음이 없이는 (나라가) 서지 못한다(自古皆有死 民無信不立).』

여기에서 정치나 개인의 관계에서 믿음의 중요성을 강조하는 말로 「무신불립(無信不立)」이라는 표현이 쓰이기 시작하였다.

《삼국지(三國志)》에도 「무신불립」에 대한 이야기가 전해진다.

후한(後漢) 말 학자이며 정치가인 북해태수 공융(孔融)은 조조의 공격을 받은 서주자사 도겸(陶謙)을 구하기 위해 유비에게 공손찬(公孫瓚)의 군사를 빌려 도겸을 도와주게 하였다. 공융은 군사를 가지면 유비의 마음이 변할지도 모른다는 생각에 유비에게 신의를 잃지 말도록 당부하였다.

그러자 유비는 이렇게 대답했다.

『성인은 「예부터 내려오면서 누구든지 죽지만 사람은 믿음이 없으면 살아갈 수 없다(自古皆有死 民無信不立)」고 하였습니다. 저는 군대를 빌릴지라도 이곳으로 꼭 돌아올 것입니다.』

이렇듯 「무신불립」은 믿음이 없으면 개인이나 국가가 존립하기 어려우므로 신의를 지켜 서로 믿고 의지할 수 있어야 한다는 뜻을 나타낸다.　　　　　　　　　　　　—《논어(論語)》 안연편(顏淵篇)

■ **미생지신**(尾生之信) : 너무 고지식하기만 한 것을 가리켜 『미생지신』이라고 한다. 미생이란 사람의 옛이야기에서 생긴 말이다.

《사기》 소진열전에 보면, 소진(蘇秦)이 연(燕)나라 왕의 의심을 풀기 위해 하는 이야기 가운데 이런 것이 나온다.

소진은 연왕을 보고 말했다.

『왕께서 나를 믿지 않는 것은 필시 누가 중상하는 사람이 있기 때문일 것입니다. 실상 나는 증삼(曾參) 같은 효도도 없고, 백이 같은 청렴도 없고, 미생(尾生) 같은 신의도 없습니다. 그러나 왕께선 증삼 같은 효도와 백이 같은 청렴과 미생 같은 신의가 있는 사람을 얻어 왕을 섬기도록 하면 어떻겠습니까?』

『만족합니다.』

『그렇지 않습니다. 효도가 증삼 같으면 하룻밤도 부모를 떠나 밖에 자지 않을 텐데, 왕께서 어떻게 그를 걸어서 천릿길을 오게 할 수 있겠습니까? 백이는 무왕의 신하가 되는 것이 싫어 수양산에서 굶어죽고 말았는데 어떻게 그런 사람을 천 리의 제나라 길을 달려가게 할 수 있겠습니까. 신의가 미생 같다면, 그가 여자와 다리 밑에서 만나기로 약속을 해두고 기다렸으나, 여자는 오지 않고 물이 불어 오르는지라 다리 기둥을 안고 죽었으니, 이런 사람을 왕께서 천 리를 달려가 제나라의 강한 군사를 물리치게 할 수 있겠습니까? 나를 불효하고 청렴하지 못하고 신의가 없다고 중상하는 사람이 있지만, 그렇기 때문에 나는 부모를 버리고 여기까지 와서 약한 연나라를 도와 제나라를 달래서 **빼앗긴** 성을 다시 바치게 한 것이 아니겠습니까?』

대충 이런 내용으로 연왕의 의심을 풀고 다시 후대를 받게 되었다는 이야기인데, 미생이란 사람은 다리 밑에서 만나기로 약속한 그것만을 지키느라 물이 불어 오르는데도 그대로 자리를 지키다가 죽었으니 얼마나 고지식하고 변통을 모르는 바보 같은 사람인가.

다리 밑이면 어떻고 다리 위면 무슨 상관이 있겠는가. 결국 「미생지신」은 하나만 알고 둘은 모르는 바보 같은 신의를 말한다.

《전국책(戰國策)》에서는 미생과 같은 신의는 단지 사람을 속이지 않는 데 불과할 따름이라고 하고, 《회남자(淮南子)》에서도 미생의 신의는 차라리 상대방을 속여 순간의 위험을 피하고 후일을 기하는 것만 같지 못하다고 하였다.

「송양지인(宋襄之仁)」과도 일맥상통하는 말로, 겉으로 꾸밈이 많은 오늘날 미생과 같은 행동은 참다운 삶의 도리를 알고 인간 본성으로 돌아가기에는 너무 고지식하고 융통성이 없는 행동이라고 할 수 있다.　　　　　　　　　　　　— 《사기》 소진열전(蘇秦列傳)

■ **백년해로(百年偕老)** : 부부의 인연을 맺어 평생을 같이 즐겁게 지낸다는 말.

《시경(詩經)》 격고(擊鼓)에 나오는 이야기이다. 「격고」는 고향을 떠나 멀리 떨어진 전장에서 아내를 그리워하는 한 병사가 읊은 애달픈 심정을 노래한 시다.

죽거나 살거나 함께 고생하자던
그대와 굳게 언약하였지
섬섬옥수 고운 손 힘주어 잡고
단둘이 오순도순 백년해로하자고

死生契闊 與子成說　사생계활 여자성설
執子之手 與子偕老　집자지수 여자해로

언제 죽을지 모르고 고향에 돌아갈 날만 손꼽아 기다리는 병사의 심정을 그대로 그린 시다. 전장에서 처량한 신세를 한탄하면서 하염없이 남편이 오기만을 기다리는 아내를 생각하니 억장이 무너지며, 생이별을 참고 견디어야 하는 병사의 심정이다.

우리 속담에 「검은 머리가 파뿌리가 되도록」이라는 말이 있듯이, 부부가 한번 인연을 맺으면 죽을 때까지 같이 사는 것을 행복한 삶으로 간주한다.

백년해로에 대해서는 또 다른 표현도 있다.

《시경》왕풍(王風) 「대거(大車)」란 시는 이루기 어려운 사랑 속에서 여자가 진정을 맹세하는 노래로 보아서 좋은 시다. 3장으로 된 마지막 장에 「동혈」이란 말이 나온다.

살아서는 방을 같이 쓰고
죽어서는 무덤을 같이 쓰네
나를 참되지 않다지만
저 해를 두고 맹세하리
生則同室 死則同穴　생즉동실 사즉동혈

謂子不信 有如皦日　위여불신 유여교일

「유여교일(有如皦日)」은 자기 마음이 맑은 해처럼 분명하다고
해석되는데, 해를 두고 맹세할 때도 흔히 쓰는 말로, 만일 거짓이
있으면 저 해처럼 없어지고 만다는 뜻으로 풀이되기도 한다. 하여
간 거짓이 없다는 뜻임에는 틀림이 없다.

— 《시경(詩經)》 격고(擊鼓)

【에피소드】

■ 독일의 시인 하이네가 영국을 여행하였을 때, 그의 친구들에게 종
교와 정치관에 관하여 영국과 독일인을 비교하여 다음과 같이 말했
다.『종교에 관해서는 최고의 영국인이 최저급의 독일인만 못하나,
정치에 이르러서는 최고의 독일인이라 하더라도 저급한 영국인보
다도 못하다.』

■ 히틀러는 날 때부터 로마가톨릭교도였고 또 그렇게 자랐다. 그러
나 그는 일찍이 종교에 대한 신앙을 잃었고, 아무런 종교적 모임에
도 나가지 않았다. 가톨릭 교리는 그에게 있어서는 아무런 의미도
없다. 그는 신앙고백의 위안에 대해서도 무감각하다. 그의 정부는
조직되자마자 즉시 가톨릭, 신교, 유태교 등을 상대로 하는 치열한
종교전을 시작했다.　　　　　　　　　　　　　 — 존 건서

■ 아톤왕의 종교개혁 : 이집트 제18왕조의 아멘 헤테프 4세(재위 BC
1377~1358)는 당시 수도인 테바이의 시신(市神) 아몬(고대 왕국

시대에는 작은 사당에 모셔졌지만, 제11왕조가 테바이에서 융흥하기 시작하여 제21왕조까지 테바이 시가 전국적인 수도로 됐으므로, 아몬 신도 모든 신의 왕의 지위에 올라 태양신 라와 동일시되어 아몬 라로서 신앙되었고, 그의 神官의 세속적인 세력도 왕의 권력을 능가하게 되었다.

현재 카르나크에 이의 대표적인 호화 웅장한 신전이 남아 있다고 한다)에 대신하여, 태양신 아톤(전 세계와 전 인류에게 골고루 빛을 나누어 주는 신)을 믿게 하는 일신교적인 종교개혁을 단행하였고, 자기 스스로를 이크 은 아톤(아톤 신의 총아라는 뜻)으로 이름을 고치는 한편 테바이 수도를 북쪽 150마일 지점에 있는 지금의 엘 아마르나인 아케트 아톤으로 옮겼다. 이것은 종교개혁이라기보다도 왕권(王權)에 도전하리만큼 절대적인 권력을 휘두르던 아멘 신관(神官)들의 횡포를 막기 위한 정치적 조치였다.

그러나 신관들의 전통적인 권력이 강했고, 또 왕이 종교개혁을 단행하고 있는 기간 중에 해외에서의 이집트의 세력이 쇠퇴하면서 소아시아 지역의 여러 도시가 점차 이반하였다. 그의 왕위를 계승한 조카이자 셋째 사위이기도 한 투트 안크 아멘(Tut-anh-Amen, BC 1358~1349 재위, 원래는 Tut-anh-Aton인데 태양신 아톤을 폐지하고 원래의 市神 아몬의 신앙으로 되돌아가면서 개명한 것, 새로 태어난 아몬의 神像이라는 뜻)은 아멘 신관들의 압력에 못이겨 아톤 신을 버리고 아몬 신을 믿는 것으로 되돌아감으로써 아멘헤테프 4세의 종교개혁은 실패로 끝났다. 그러나 이것은 세계 최초의 종교개혁이었다.

【成句】

■ 경낙과신(輕諾寡信) : 무슨 일에나 승낙을 잘하는 사람은 믿음성이 적어 위약(違約)하기 쉽다는 말. /《노자》

■ 도모시용(道謀是用) : 길가에 집을 짓는데, 길 가는 사람과 어떻게 짓는 것이 좋은가 상의하면 그들의 생각이 구구하여 일치되지 않아, 집을 지을 수 없다는 뜻으로, 일정한 주견이 없이 타인의 말만 좇아서는 성사(成事)할 수 없음을 비유한 말. /《시경》 소아.

■ 신급돈어(信及豚魚) : 돼지는 미련하고 물고기는 완명(頑冥)하여 모두 다 감화되기 어려운 동물인데, 믿음이 이들에게 미쳤다는 뜻으로, 신의가 지극함을 비유한 말. /《역경》

■ 강류석부전(江流石不轉) : 흐르는 물속에서도 돌은 움직이지 않는다는 말로, 유행이나 대세에 좀처럼 휩쓸리지 않는다는 뜻.

■ 차신차의(且信且疑) : 믿음직하기도 하고 의심스럽기도 함.

■ 의인물용용인물의(疑人勿用用人勿疑) : 믿지 못할 사람은 쓰지 말 것이며, 일단 쓴 사람은 의심하지 말라. /《송사(宋史)》

■ 반신반의(半信半疑) : 거짓인지 참인지 갈피를 잡지 못하다. 믿음과 의심이 반반이어서 진위(眞僞)를 결정하지 못하는 것.

■ 나무(南無) : 【불교】 범어로 Namas(돌아가 의지함). 부처나 경문(經文) 이름 앞에 붙여 절대적인 믿음을 표시하는 말.

■ 불부요(不膚撓) : 타인으로부터 비록 내 몸을 칼로 찔릴망정 그 때문에 조금도 굴하여 흔들리지 않음을 이름. /《맹자》 공손추상.

남자 man 男子
(사나이)

【어록】

■ 부귀를 가지고도 그의 마음을 어지럽게 만들 수 없고, 가난과 천대로 그의 마음을 바꿔 놓지는 못하며, 위세나 폭력으로도 그의 지조를 꺾지는 못한다. 이런 사람을 가리켜 대장부라고 한다(富貴不能淫 貧賤不能移 威武不能屈 此之謂大丈夫 : 범인이 보는 대장부와 철인이 보는 대장부와는 이처럼 많은 차이가 있다. 과연 어느 쪽이 참다운 『대장부』이겠는가).　　　　　　　　　　　—《맹자》

■ 사나이 중에 참 사나이다(男子中眞男子).　　　　—《십팔사략》

■ 남자란 천도(天道)를 책임지고 만물을 키워 나가는 자이기 때문에 해야 할 바를 알아야 하고 하지 못할 바도 알아야 하며, 말할 바도 알아야 하고 말하지 못할 바도 알아야 하며, 행할 바도 알아야 하고 행하지 못할 바도 알아야 한다.　　　　　　　—《공자가어》

■ 장부는 뜻과 기개를 중하게 여기거늘, 어찌 돈 따위를 위해 써버리는가(男兒重意氣 何用錢刀爲).　　　　　　　—《고시원(古詩源)》

■ 남아대장부라면 세상살이에 마땅히 천하 영웅을 사귀어야 하리(大
丈夫處世 當交四海英雄).　　　　　　　　　　　　―《삼국지》

■ 승패란 병가에서 기약할 수 없는 일이니, 부끄러움을 안고 참을 줄
아는 것이 사나이라네. 강동의 젊은이 중에는 준재가 많으니, 땅을
말 듯이 흙먼지 일으키며 다시 쳐들어왔다면 어찌 되었을까(勝敗兵
家事不期 包羞忍恥是男兒 江東子弟多才俊 捲土重來未可知).
　　　　　　　　　　　　　　　　　　　　　　　― 두목(杜牧)

■ 대장부 나라에 몸 바치리라 맹세했거니, 어찌 따로 원한이 있으리
오(丈夫誓許國 憤惋複何有).　　　　　　　　　　― 두보(杜甫)

■ 힘으로 천하를 얻을 수는 있지만, 한 사나이나 한 아낙네의 마음은
얻지 못한다(力可以得天下 不可以得匹夫匹婦之心).　― 소식(蘇軾)

■ 장부에게 눈물이 없는 것은 아니나, 이별할 때는 눈물을 흘리지 않
는다(丈夫非無淚 不灑離別間).　　　　　　　　― 육구몽(陸龜蒙)

■ 청산 어디에나 대장부의 뼈 묻을 수 있나니, 백발머리 사람 만나
허리 굽히길 부끄러워하누나(青山是處可埋骨 白髮向人羞折腰).
　　　　　　　　　　　　　　　　　　　　　　　― 육유(陸遊)

■ 죽어 말가죽에 싸여 돌아온 영웅, 죽어서도 내내 청사에 길이 빛나
리(裹屍馬革英雄事 縱死終令汗竹香 : 사나이는 마땅히 변경 싸움터
에서 죽어야만 한다. 죽어 말가죽에 싸여 돌아와 장사를 지낼 뿐이
다)　　　　　　　　　　　　　　　　　　　　― 장가옥(張家玉)

■ 여자를 믿는 남자는 도적을 믿는 무리와 같다.　― 헤시오도스

■ 남자는 미덕보다는 영광에 굶주리고 있다.　　　― 유베날리스

■ 남자가 여자의 일생에서 기쁨을 느끼는 날이 이틀 있다. 하나는 그
  녀와 결혼하는 날이요, 또 하나는 그녀의 장례식 날이다.
  　　　　　　　　　　　　　　　　　　　　　　　　— 히포낙스

■ 처음에 하느님이 만든 남자는 양성을 겸하고 있었다. 그러므로 남
  자 중에도 여성호르몬이 있고 여성 중에도 남성호르몬이 있다.
  　　　　　　　　　　　　　　　　　　　　　　　　—《탈무드》

■ 남자가 여자에게 끌리는 것은, 남자로부터 늑골을 빼앗아 여자를
  만들었으므로 남자는 잃은 것을 되찾으려 하기 때문이다.
  　　　　　　　　　　　　　　　　　　　　　　　　—《탈무드》

■ 남자가 여자에게 치근대는 것은 당연하지만 여자가 남자에게 치근
  대는 것은 옳지 않다. 남자는 자기가 잃은 것을 되찾으려 하기 때문
  이다.　　　　　　　　　　　　　　　　　　　　　—《탈무드》

■ 남자의 집은 아내다.　　　　　　　　　　　　　　—《탈무드》

■ 결혼한 남자들은 슬픔과 근심 속에 산다.　　　　— 제프리 초서

■ 준수함이 남자의 유일한 아름다움이다.　　　　　　— 몽테뉴

■ 남자들의 맹세는 여인들을 꾀는 미끼가 되었다가 여인을 배반한다.
  　　　　　　　　　　　　　　　　　　　　　　　　— 셰익스피어

■ 잔소리가 적은 남자가 가장 좋은 남자다.　　　— 셰익스피어

■ 남자라는 것은 늘 자기 집에서 떨어져 있을 때가 가장 기분이 좋
  다.　　　　　　　　　　　　　　　　　　　　　— 셰익스피어

■ 남자는 건설해야 할 일이나 파괴해야 할 일이 없어지면 몹시 불행

을 느낀다.   ─ 알랭

▣ 남자는 40세가 지나면 자기 습관과 결혼해 버린다.
                                    ─ 조지 메러디스

▣ 남자란 청혼하고 있을 동안은 꿈을 꾸지만, 일단 결혼하고 나면 깬다.
                                    ─ 알렉산더 포프

▣ 인생에는 싫은 일이 수없이 많다. 그 중에서도 가장 싫은 것은 남자끼리의 만찬이다.   ─ 벤저민 디즈레일리

▣ 매력이란 미묘한 센스 있는 남자라면 누구나 빠지고 싶어 하는 함정이다.   ─ 오스카 와일드

▣ 남자는 지루함 때문에 결혼한다. 여자는 호기심에서 결혼한다. 그리고 양쪽 다 실망한다.   ─ 오스카 와일드

▣ 남자란 일단 여자를 사랑하게 되는 날엔 그 여자를 위해서라면 무엇이든지 해주지만, 단 한 가지, 언제까지고 계속해서 사랑해 주지는 않는다.   ─ 오스카 와일드

▣ 남자는 그 눈길로 욕정을 느끼고, 여자는 그 눈길로 몸을 맡긴다.
                                    ─ 알퐁스 칼

▣ 우리 남자는 개개의 여자에 대해서 여자를 사랑하지만, 여자 쪽에서는 개인으로서의 남자, 유일하고 특별한 사람만을 사랑한다.
                                    ─ 헨리 F. 아미엘

▣ 남자는 자기가 알고 있는 오직 한 사람인 그의 아내를 통해서 여자의 세계 전체를 멋대로 판단한다.   ─ 펄 벅

■ 남자는 일하고 생각하지만, 여자는 느낀다.
— 크리스티나 로세티

■ 남자는 사랑을 하는 데서 시작하여 여자를 사랑함으로써 끝난다. 여자는 남자를 사랑하는 데서 시작하여 사랑을 사랑함으로써 끝난다.
— 구르몽

■ 남성은 일을 하지 않으면 안되고, 여성은 울지 않으면 안된다. 그리고 그것이 끝나기 무섭게 잠들어 버린다.
— 킹즐리

■ 남성은 작품을 만든다. 그러나 여성은 남성을 만든다.
— 로맹 롤랑

■ 모든 법률은 노인과 남자에 의해서 만들어졌다. 젊은이와 여자는 예외를 좋아하고, 노인은 규칙을 좋아한다.
— 괴테

■ 남자는 여자의 마음을 모르는 동안에는 얼굴에 대해 생각할 틈이 없다.
— 스탕달

■ 남자의 얼굴은 자연의 작품, 여자의 얼굴은 예술작품.
— 앙드레 프레보

■ 용감한 남자는 자기 자신의 일을 최후에 생각한다.
— 프리드리히 실러

■ 신은 남자를 위해 있고, 종교는 여자를 위해 있다.
— 조셉 콘래드

■ 종종 기질이 남자를 용감하게 하고, 여자를 정숙하게 한다.
— 라로슈푸코

■ 남자는 미친 사람처럼 사랑에 미쳐버릴 때가 있다. 그러나 바보같이 사랑하는 일은 없다.   — 라로슈푸코

■ 어머니는 20년 걸려서 소년을 한 사람의 사나이로 만든다. 그러면 딴 여자가 20분 걸려서 그 사나이를 바보로 만들어 버린다.
     — 로버트 프로스트

■ 토론은 남성적이며, 회화는 여성적이다.   — 에이머스 올컷

■ 남자는 해부학(解剖學)을 배워 적어도 한 여자를 해부한 후가 아니면 결혼할 수가 없다.   — 발자크

■ 여자의 욕망을 불러일으킬 만한 말을 갖고 있지 않은 남자는 성생활을 즐길 자격이 없다.   — 발자크

■ 바이올리니스트가 같은 음악을 연주하는 데 몇 개의 바이올린을 필요로 하는 것과 같이, 남자는 하루 종일 한 여자를 사랑할 수 없는 것도 당연한 일이다.   — 발자크

■ 이 여자 저 여자를 좇는 남자도 있지만, 단지 한 사람의 여성 속에서 여성 전체를 이상화하고, 그 여성 속에 우주를 요약하는 남자도 있다.   — 발자크

■ 남자는 나이를 먹으면 이미 줄 것이 없어진다. 다만 받을 뿐이다. 연인을 사랑하는 데도, 연인의 이면에 있는 자기를 사랑한다. 그에 반하여 젊었을 때는 자기의 이면에 있는 연인을 사랑한다.
     — 발자크

■ 남자는 망각(忘却)에 의해 살아가고, 여자는 기억을 양식(糧食)으

로 살아간다.   — T. S. 엘리엇

■ 남성은 성욕을 소유하고 있지만, 여성은 성욕에 소유되어 있다.
      — 오토 바이닝거

■ 남자란 정말 어리석고 하찮은 존재다. 그들은 친절한 마음을 갖고 있다. 그러나 그들은 비상한 두뇌를 갖고 있다. 그들은 또한 허영에 들뜬 귀여운 존재다.   — 서머셋 몸

■ 남자는 여자에게 거짓말하는 것만 가르치고, 그리고 여자에 대해서는 거짓말만 한다.   — G. 플로베르

■ 자기 아내밖에 모른다 하더라도, 그녀를 사랑한 남자는 천 사람의 여자를 알고 있는 것보다 여자에게 대하여 더욱 상세하게 알고 있다.   — 레프 톨스토이

■ 사랑을 받는 남자는, 여자에게 있어 서는 실은 사랑을 거는 못(釘) 정도의 가치밖에 안 된다.   — 앙드레 지드

■ 내가 여자보다 남자 쪽이 마음에 드는 것은, 그들이 남자이기 때문이 아니고 그들이 여자가 아니기 때문이다.   — 크리스티나 여왕

■ 남자의 의무와 책임은, 아이를 위하여 빵을 구하는 일로 시종한다. 여자에게 있어서 남자는 아이를 만들어 기르기 위한 수단에 지나지 않는다.   — 조지 버나드 쇼

■ 처자를 거느린 남자는 운명을 인질로 잡아 둔 것과 같다.
      — 프랜시스 베이컨

■ 만약 이 세상에 여자가 없다면 남자는 사납고 거칠며 고독하리라.

그리하여 우아한 것은 알지도 못하리라.　　　　　　— 샤토브리앙

■ 남자다움이란 친절과 자애이지, 육체적인 의지에 있지 않다.
　　　　　　　　　　　　　　　　　　　　　— M. 사디

■ 남자는 연애로부터 시작하여 야심으로 끝난다.
　　　　　　　　　　　　　　　　　— 프랑수아 라블레

■ 아내와 자식이 없는 남자는 서적과 세상에서 가정의 신비를 천년 동안 연구하려고 해도 그 신비에 대해서 아무것도 모를 것이다.
　　　　　　　　　　　　　　　　　　　　— 쥘 미슐레

■ 남성은 그 감각이 만족을 얻었을 때에는 여성에게 흥미를 갖지 않는다. 여성이 이 사실을 처음으로 안 날이야말로 그녀의 생애에 있어서의 비극은 시작된다.　　　　　　　　　— 몽테를랑

■ 나는 내가 남자가 아니라는 걸 다행이라 생각합니다. 남자라면 나는 여자하고 결혼해야 하잖아요.　　　　　— 제르멘 드 스탈

■ 연애란 남자의 생애에서는 하나의 삽화(挿畵)에 지나지 않지만, 여자의 생애에서는 역사 그 자체다.　　　　— 제르멘 드 스탈

■ 남자의 침대는 그의 요람이지만, 여자의 침대는 종종 그녀의 고문대이다.　　　　　　　　　　　　　　— 제임스 더버

■ 사랑하는 남자는 자기의 능력 이상으로 사랑받기를 원하는 인간이다. 그것이 연애하는 모든 남자를 우습게 보이게 하는 이유이다.
　　　　　　　　　　　　　　　　　　　　— S. 샹포르

■ 남자의 성욕은 저절로 눈뜨고, 여자의 그것은 눈뜰 때까지 잠자고

있다.　　　　　　　　　　　　　　　　　　　　— 브루노 슐츠

■ 남자가 있는 정을 다 쏟아 부어 사랑하는 여자라 해서, 그러한 여자가 반드시 가장 사랑했으면 하는 여자는 아니다.
　　　　　　　　　　　　　　　　　　　　　— 헨리 레니에

■ 남성은 부도덕의 모든 책임을 여자에게 지운다. 신사들이 살고 있는 화려하고 건전한 궁전에 하수구의 역할을 하는 것은 창녀만이 아니라 여자들 모두가 그렇다고 생각하는 것이다.
　　　　　　　　　　　　　　　　　　　　　— 시몬 드 보봐르

■ 남자는 여자에게 모든 것을 바치라고 요구한다. 그러나 여자가 모든 것을 바쳐 생애를 다하여 헌신하면, 남자는 그 무게에 고통을 받는다.　　　　　　　　　　　　　　— 시몬 드 보봐르

■ 남자는 내버려두어도 남자가 되지만, 여자는 남자로부터 포옹을 당하고 키스를 받음으로써 점점 여자가 되어 간다.
　　　　　　　　　　　　　　　　　　　　　— 헨리 엘리스

■ 나는 천국에서 사나이끼리 살기보다는 이 세상에서 사랑하는 여자와 괴로워하며 살겠다.　　　　　　　　　— 잉거솔

■ 남자들 중에서 사랑을 할 수 있는 소수는 영혼과 지성과 여성적인 섬세한 신중을 지닌 형으로 언제나 정신이 우월한 까닭에 행동은 위축되어 버린 자세와도 같은 남자이다.　　　　— 루이제 린저

■ 남자는 계단에서 발이 걸려 넘어지듯 사고로 사랑에 빠진다.
　　　　　　　　　　　　　　　　　　　　　— 로버트 사우디

■ 남성에게 가장 동경의 대상은 여성이 아니다.　— D. H. 로렌스

■ 남자—나야말로 돈 후안이라고 여기고 있는 많은 야수들.
— W. 에센바흐

■ 겸양한 사나이는 자기 자신에 관해서 결코 말하지 않는다.
— 라브뤼예르

■ 정열가보다도 냉담한 남자 쪽이 간단히 여자에게 홀린다.
— 이반 투르게네프

■ 남자가 밤만큼 더 간절하게 생각하는 일이란 드물다.
— 새뮤얼 존슨

■ 남자는 대체로 자기 아내가 그리스어를 지껄이고 있는 것보다 자기 식탁에 맛있는 요리를 놓아 주는 것을 더 좋아한다.
— 새뮤얼 존슨

■ 조물주는 세상에서 가장 아름다운 피조물을 흙으로 만들었다. 그것이 남자다.
— C. V. 게오르규

■ 남성의 여성 지배는 최초의 정복행위였으며, 힘을 최초로 착취에 사용한 것이기도 했다. 남성이 승리를 거둔 이후에 모든 가부장적 사회에서는 이 원리들이 남성 성격의 토대가 되었다.
— 에리히 프롬

■ 남자가 만들어 내지 않는 한 이 세상에는 선도 악도 존재치 않을 것이다.
— 장 폴 사르트르

■ 정열에 쫓기는 사나이는 미친 말을 타고 이리저리 뛴다.
— 벤저민 프랭클린

■ 영원히 여성적인 것을 남자는 원한다. 이것이 남자의 보헤미안적 요소인지 모른다.　　　　　　　　　　　　　　　　─ 전혜린

■ 남자에게 있어서 사랑이란 인생 그 자체일 수는 없고, 다만 많은 가치 속의 한 가치에 불과하며, 남자는 여자 속에서 자기의 실존을 포기하려고 하지 않고, 반대로 자기의 실존 속에 여자를 일체화하고 부속시키려고 할 뿐이다.　　　　　　　　　─ 전혜린

■ 현대의 남성들은 끝없이 방황하면서도 체념하지 않는다. 그들은 타성의 벽을 무너뜨린다.　　　　　　　　　　　　　　─ 모윤숙

【속담 · 격언】

■ 개구멍서방. (떳떳치 못하게 남 몰래 드나들면서 계집질하는 남자)
　　　　　　　　　　　　　　　　　　　　　　　　　─ 한국

■ 사내가 바가지로 물을 마시면 수염이 나지 않는다. (사내가 부엌에 드나들면 남자답지 못하다)　　　　　　　　　　　　─ 한국

■ 남자는 배짱, 여자는 절개.　　　　　　　　　　　　　─ 한국

■ 남자가 죽어도 싸움터에 가서 죽어라. (개죽음을 하지 마라)
　　　　　　　　　　　　　　　　　　　　　　　　　─ 한국

■ 계집 둘 가진 남자의 창자는 호랑이도 안 먹는다. (마음 편할 날이 없다)　　　　　　　　　　　　　　　　　　　　　─ 한국

■ 남자는 집 밖에서 눈에 비치는 대로 평가받고, 집 안에서는 있는 사실 그대로 평가받는다.　　　　　　　　　　　　　　─ 중국

▣ 백 사람의 남자가 한 개의 여인숙을 만들 수 있지만, 하나의 가정을 이루기 위해서는 한 사람의 여자가 필요하다. ── 중국

▣ 남자가 입이 크면 천하를 차지하고, 여자가 입이 크면 남편 덕에 먹고 산다. ── 중국

▣ 어느 봉황인들 오동나무에서 쉬려하지 않겠는가? (모든 남자는 좋은 여자에게 장가가려 한다) ── 중국

▣ 콧대는 곧고 입은 반듯하다. (남자다운 용모) ── 중국

▣ 남자는 직업을 잘못 고를까, 여자는 남편을 잘못 고를까 걱정한다. (남자는 직업이, 여자는 남편이 가장 중요하다) ── 중국

▣ 남자에게는 재물이 외모지만, 여자는 미모가 재산이다. ── 중국

▣ 하늘은 배신한 남자를 돕지 않는다. ── 중국

▣ 남자에게 학식은 덕보다 낮다. 하지만 여자에게 덕이란 학식을 버리는 일이다. ── 중국

▣ 짚으로 만든 남자라도 황으로 만든 여자보다 가치가 있다. ── 영국

▣ 남자의 행·불행은 여자 하나에 달렸다. ── 영국

▣ 다음 세 종류의 남자는 여자를 이해하는 데 도움이 되지 않는다. 즉 청년과 중년의 남자와 노인. ── 아일랜드

▣ 신이 남자가 되었을 때, 악마는 먼저 여자가 되어 있다. ── 스페인

■ 자신을 지배할 수 있는 자가 남자다.   — 독일

■ 아내가 없는 남자는 잎이 없는 나무다.   — 이탈리아

■ 어떤 남자든 여자가 잘해 줄 여지는 있다.   — 스웨덴

■ 남자는 누구나 여자의 아들.   — 러시아

■ 미남자를 보고 있으면 기분은 좋지만 재기(才氣) 있는 남자하고 사
는 편이 마음 편하다.   — 러시아

■ 여인과 토지는 남자를 바쁘게 만든다.   — 오스트레일리아

■ 남성이 여성과 관계를 갖고 기뻐하거나 슬퍼하거나 할 수 있으면
그것은 남자가 젊다는 증거다. 중년이 되면 어떤 여성하고도 즐긴
다. 그리고 여성과 만나 즐거움도 슬픔도 없어진다면 노년에 접어
든 증거다.   — 유태인

■ 남자의 어리석음은 여자의 어리석음만큼 알려지지 않는다.
   — 카메룬

■ 여자는 남자와 결혼하지만, 남자는 일과 결혼한다.   — 편잡

【시】

장부(丈夫)로 삼겨 나서 입신양명(立身揚名) 못할지면
차라리 다 떨치고 일 없이 늙으리라
이 밖에 녹록(碌碌)한 영위(營爲)에 거리낄 줄 있으랴.
   — 김유기(金裕器)

백두산 돌을 칼을 갈아 다하고,
두만강 물은 말 먹여 없애리.
사나이 스물에 나라를 평정치 못하면,
후세에 누가 대장부라 하리오.

白頭山石磨刀盡 頭滿江水飮馬無　백두산석마도진 두만강수음마무
男兒二十未平國 後世誰稱大丈夫　남아이십미평국 후세수칭대장부
　　　　　　　　　— 남이(南怡) / 북정가(北征歌)

삭풍(朔風)은 나무 끝에 불고 명월(明月)은 눈 속에 찬데
만리변성(萬里邊城)에 일장검 짚고 서서
긴 바람 큰 한소리에 거칠 것이 없어라.
　　　　　　　　　　　　　　— 김종서

장백산에 기(旗)를 꽂고 두만강에 말 씻기니
썩은 저 선비야, 우리 아니 사나이냐
엇더타 능연각상(凌烟閣上)에 뉘 얼굴을 그릴꼬.
　　　　　　　　　　　　　　— 김종서

【중국의 고사】

■ 대장부(大丈夫) : 사내답고 씩씩한 남자를 이르는 말이다. 경춘(景
春)이란 사람이 맹자를 찾아와 이런 말을 했다. 『공손연(公孫衍)과
장의(張儀)는 어찌 참으로 대장부가 아니겠는가. 그들이 한번 성을
내면 제후들이 행여나 싶어 겁을 먹고, 그들이 조용히 있으면 온 천

하가 다 조용하다.』

공손연과 장의는 역사적으로 너무도 유명한 맹자시대의 변사들이다. 경춘의 말처럼 그들이 한번 반감을 가지면 상대는 잠을 편히 자지 못하고, 그들이 조용히 있으면 천하도 따라 조용한 형편이었다. 출세가 사나이의 전부라고 한다면 그들이야말로 사나이 중의 사나이라 할 수 있다. 그러나 맹자가 보는 눈은 달랐다.

『이들이 어떻게 대장부일 수 있겠는가. 그대는 예(禮)를 배우지 않았던가. 장부가 갓을 처음 쓰게 될 때는 아버지가 교훈을 주고, 여자가 시집을 가면 어머니가 교훈을 주는데, 어머니는 대문 앞에서 딸을 보내며 이렇게 말한다.『너희 집에 가거든 공경하고 조심하여 남편에게 어기는 일이 없게 해라.』남에게 순종함으로써 정당함을 삼는 것은 첩이나 아내가 하는 길이다.』

이것은 공손연과 장의가 집권층의 비위에 맞게 갖은 아부와 교묘한 말재주로 상대의 마음을 낚아 자기 목적을 달성하는 것이 마치 교활한 첩이나 영리한 아내가 남편에게 하는 그런 수법과 다를 것이 없다는 것을 통렬히 비난한 것이다. 그리고 맹자는 그가 생각하고 있는 대장부의 정의에 대해서 이렇게 말했다.

『천하의 넓은 곳에 몸을 두고, 천하의 바른 위치에 서 있으며, 천하의 큰 길을 걷는다. 뜻을 얻었을 때는 백성들과 함께 그 길을 가고, 뜻을 얻지 못했을 때는 혼자 그 길을 간다. 부귀를 가지고도 그의 마음을 어지럽게 만들 수 없고, 가난과 천대로 그의 마음을 바꿔 놓지는 못하며, 위세나 폭력으로도 그의 지조를 꺾지는 못한다. 이런 사람을 가리켜 대장부라고 한다.』범인이 보는 대장부와, 철인이 보는 대장부와는 이처럼 많은 차이가 있다. 과연 어느 쪽이 참

다운 『대장부』이겠는가.   ─《맹자》등문공하(藤文公下)

■ **투필종융**(投筆從戎) : 시대가 필요로 할 때에는 문필을 버리고 군인이 되어 나라를 지킨다는 말이다. 동한 초년에 안릉(安陵) 지방에 한 서생(書生)이 있었는데 뒤에 유명한 역사의 인물이 되었다. 그가 바로 서역 (西域)에서 큰 공을 세워 정원후(定遠侯)로 책봉을 받은 반초(班超)다. 반초는 《한서(漢書)》의 저자 반고(班固)의 동생으로 어려서부터 헤아릴 수 없이 많은 책을 읽어 큰 뜻을 간직하게 되었다. 평소에는 가사에 부지런히 종사하면서도 고달프다고 원망 한 마디 없이 지냈고, 구변이 유창하여 웅변에 능했고 남을 설득시키는 신력이 있었다.

한명제(漢明帝) 영평(永平) 5년에 반고가 명을 받들어 도성 낙양에 내려가 교서랑(校書郎)이란 직책을 맡아 보게 되어 그도 어머니를 모시고 형을 따라 같이 임지로 내려갔다. 자고이래로 문인의 생활은 모두가 청빈한 것으로 반초의 가정도 예외는 아니었다. 반고가 박봉 수입이라 일상생활이 두드러지게 곤란하였다. 그러므로 반초가 관청에서 글 베껴 쓰는 일을 맡아 날마다 고생을 하며 박봉으로 형을 도와 생계를 유지해 나갔다. 서적을 베껴 쓴다는 일은 어려울 뿐만 아니라 기계적이고 무미건조했다. 끊임없이 책상머리에 엎드려 있어야 하니 반초로서는 지겹고 견디기 힘들었다. 그는 본래 원대한 포부를 간직하고 자기의 이상이 있었음인지라 귀중한 세월을 아무 뜻 없이 책 베껴 쓰는 일에 헛되이 보내기를 원치 않았던 것이다.

어느 날, 반초는 더 견딜 수가 없어 붓을 내던지고는 깊은 한숨을 내쉬면서 말했다. 『대장부가 비록 별 뜻을 지니지 않았더라도 부개자(傅介子)나 장건(張騫)같이 이역(異域)에서 공을 세워 장차 봉후(封侯)의 지위를 얻어야지, 어찌 오랜 세월을 책상머리에만 앉아 필묵 사이에 파묻혀 있어야 하는가?』

이로부터 반초는 문필을 버리고 무예에 종사했다. 명제 때 명을 받고 서역(西域)으로 출사(出使)하여 서역에서 31년간 지내면서 온갖 고초와 괴로움을 극복하고 그의 최대의 지혜와 용감함을 발휘하여 서역의 50여 나라로 하여금 모두 한나라에 예속시켜 납공(納貢)토록 했다. 그 뒤 조정에서는 그의 공훈을 보답하여 정원후(定遠侯)로 봉하였다.   ―《후한서》 반초전

■ **대장부당웅비**(大丈夫當雄飛) : 사나이는 마땅히 수컷답게 날아야 한다. 남자다운 의기를 나타낼 때 즐겨 쓰이는 말이다. 간단히 줄여 웅비(雄飛)라고도 한다. 조전(趙典)은 후한 말기 때의 사람인데, 그는 젊었을 때부터 강단 있는 행동으로 이름이 알려져 있었다. 아울러 경전에도 박식했기 때문에 각지에서 찾아온 제자들로 항상 북적거렸다. 그는 명성에 걸맞게 여러 관직을 역임했는데, 그때마다 강직하고 올곧은 충언으로 일관해서 의로운 기상을 떨쳤다.

한번은 환제가 궁궐 안에 화려한 연못을 만들려고 하자, 시중(侍中)으로 있던 조전이 나서서 만류하였다. 『임금 된 사람은 검소하게 생활해서 백성들에게 이로움을 주어야 합니다. 이같이 사치스런 연못은 마음을 어지럽힐 수 있습니다.』 또 한번은 그가 외홍로(外鴻臚 : 외국의 사신들을 접대하는 관리)로 있을 때 환제(桓帝)가 봉지(封地)를 하사하는데, 공로도 없는 사람들에게까지 혜택이 돌아

가 조정의 불만이 컸다. 이때도 그는 황제 앞으로 나아가 말했다. 『공로도 없는 사람에게 상을 주면 진정으로 나라를 위해 몸을 바치는 사람들이 의욕을 잃을 것입니다. 그러면 세상은 어지러워질 것이고 백성들에게도 이롭지 못한 결과를 낳을 것입니다.』

이렇게 그는 어떤 자리에 있건 황제가 잘못된 일을 처결할 때마다 용감하게 나서서 간언을 올렸다. 이런 조전의 기질은 그의 조카인 조온(趙溫)이 고스란히 물려받았다. 조온이 경조(京兆)의 승상으로 있을 때 정치가 원활하지 못한 것을 보고는, 『대장부가 마땅히 힘껏 날아올라 활약을 해야지 어찌 암컷처럼 웅크리고 있겠는가? (大丈夫當雄飛 安能雌伏)』라면서 사직하고 말았다. 그는 또 기근이 심하게 들자, 그 동안 저축해 두었던 식량을 모조리 풀어 1만 명이 넘는 사람들을 아사지경에서 구하기도 했다.

　　　　　　　　　　　　　　　　　　　　　　— 《후한서》 조전전

■ **계포일낙**(季布一諾) : 절대로 틀림없는 승낙. 《사기》 계포전에 있는 이야기다.

초(楚)나라 사람인 계포는 젊었을 적부터 협객(俠客)으로 알려져 한번 약속을 한 이상은 그 약속을 반드시 지켰다. 뒷날 서초(西楚)의 패왕 항우가 한(漢)나라의 유방과 천하를 걸고 싸웠을 때, 초나라 대장으로서 유방을 여러 차례에 걸쳐 괴롭혔으나, 항우가 망하고 유방이 천하를 통일하자 목에 천금의 현상금이 걸려 쫓기는 몸이 되었다.

그러나 그를 아는 자는 감히 그를 팔려고 하지 않았으며, 도리어 그를 고조(高祖 : 유방)에게 천거해 주었다. 덕택으로 사면이 되어

낭중(郎中 : 중앙관청의 과장급)의 벼슬에 있다가 이듬해 혜제(惠帝) 때에는 중랑장(中郞將 : 근위여단장)이 되었다. 권모술수가 소용돌이치는 궁중의 사람이어도 그는 시(是)를 시(是)라 하고 비(非)를 비(非)라 주장하는 성심(誠心)을 흐리게 하는 일이 없어, 더욱 더 사람들로부터 존중받았다. 그러한 그의 에피소드를 하나 소개하겠다.

흉노의 추장 선우(單于)가 권력을 한손에 쥐고 있던 여태후(呂太后)를 깔보는 불손하기 짝이 없는 편지를 조정에 보내온 적이 있었다.

『버릇없는 고약한 놈, 어떻게 처리를 해 줄까!』하고 격노한 여후(呂后)는 곧 장군들을 불러 모아 어전회의를 소집했다. 먼저 나선 것은 상장군 번쾌(樊噲)였다.

『제가 10만 병력을 이끌고 나가 단숨에 무찔러 버리겠습니다.』

여씨 일문(呂氏一門)이 아니면 숨도 크게 못 쉬는 시절이었지만, 번쾌는 이 일문의 딸과 결혼까지 해서 여태후의 총애를 받고 있는 장군이었다. 여태후의 안색만을 살피고 있는 겁쟁이 무장들이 모두 한목소리로, 『그게 좋을 줄로 생각됩니다.』하고 맞장구를 친 것도 무리는 아니다. 그 때였다. 『번쾌의 목을 자르라!』하고 대갈하는 자가 있었다. 모두가 돌아보니 계포였다.

『고조 황제께서도 40만이란 대군을 거느리시고서도, 평성(平城)에서 그들에게 포위당하신 적이 있지 않았는가. 그런데 지금 번쾌가 말하기를, 10만으로 요절을 내겠다고? 이거 정말 호언장담도 이만저만이 아니로구나. 모두들 눈먼 장님인 줄 아는가. 도대체

진(秦)이 망한 것은 오랑캐와 시비를 벌인 데서 진승(陳勝) 등이 그 허점을 노리고 일어섰기 때문이다. 그들에게서 입은 상처는 오늘까지도 아직 다 아물지 않고 있는데, 번쾌는 위에 아첨을 하여 천하의 동요를 초래하려 한다고 밖에는 볼 수 없다.』

일동의 얼굴은 새파랗게 질렸다. 계포의 목숨도 이제 끝장났다고 생각했다. 허나 여태후는 화를 내지 않았다. 폐회를 명하자, 그후 다시는 흉노 토벌을 입에 담지 않았다.

당시 초나라 사람으로 조구(曹丘)라는 자가 있었다. 대단히 아첨을 잘하는 사람이었는데, 권세욕과 금전욕이 강한 사나이로 조정에서 은연중 세력을 잡고 있는 내시 조담(趙談)과도 줄을 대고 또 경제(景帝)의 외가 쪽 숙부인 두장군(竇將軍)의 집에도 연신 드나들고 있었다. 이 말을 들은 계포는 두장군에게 편지를 써서, 『조구는 하찮은 인간이라고 듣고 있습니다. 교제를 끊으십시오.』하고 친절히 충고해 주었다.

때마침 조구는 타처에 나가 있었으나, 귀경하자 두장군에게 계포를 만나려고 하는데 소개장을 써 달라고 말했다. 두장군이,

『계장군은 자네를 좋아하지 않는 모양이야. 가지 않는 편이 좋지 않을까.』라고 말했으나 그는 억지로 졸라 소개장을 얻은 다음 우선 편지로 찾아가 뵙겠다는 점을 알려 놓고 방문했다. 계포는 화가 잔뜩 나서 기다리고 있을 때, 찾아간 조구는 인사가 끝나자 입을 열었다.

『초(楚)나라 사람들은 『황금 백 근을 얻는 것은 계포의 일낙(一諾)을 얻는 것만 못하다』고 떠들며, 그 말이 이미 전설처럼 되어 있는데, 도대체 어떻게 해서 그렇게 유명하게 되셨습니까.

어디 그것을 말씀해 주시지 않겠습니까. 원래 우리는 동향인이기
도 하므로 제가 장군의 일을 천하에 선전하고 다니면 어떻게 될지
아십니까. 지금은 겨우 양(梁)과 초(楚)나라 정도밖에 알려지지 않
고 있습니다만, 제가 한 바퀴 돌면, 아마도 당신의 이름은 천하에
울려 퍼질 것입니다.』

그렇듯 못된 사람으로 취급하던 계포도 아주 좋아서 조구를 빈
객으로서 자기 집에 수개월 동안이나 머물게 하고 있는 힘을 다하
여 극진히 대접을 했다. 이 조구의 혀로 인해 계포의 이름은 더욱
더 천하에 알려지게 되었다.　　　　　— 《사기》 계포전(季布傳)

■ **구우일모**(九牛一毛) : 다수 속의 극소수.

사마천이 이능(李陵)을 변호했다는 일로 해서 궁형(宮刑 : 거세
형)을 받게 된 데는 다음과 같은 사정이 있었다.

천한(天漢) 2년(BC 99), 이능은 이사장군(二師將軍) 이광리(李
廣利)의 별동대가 되어 흉노를 정벌하게 되었다. 그는 변방 여러
나라에 이름을 날린 이광(李廣)의 손자다.

이능은 겨우 5천의 군사를 이끌고 게다가 기마(騎馬)는 무제
(武帝)가 내주지 않았다. 그럼에도 불구하고 적의 주력과 맞붙어
몇 십 배가 되는 적군과 10여 일에 걸쳐 연전(連戰)했다. 이능으
로부터 싸움에 이기고 있다는 사자가 오면 도읍에서는 천자를 비
롯하여 모두들 축배를 들며 기뻐했다. 그러나 그가 패배했다는
소식은 천자나 대신들을 더 없이 슬프게 했다.

그 이듬해의 일이다. 죽은 줄 알았던 이능이 흉노에게 항복하고
두터운 대우를 받고 있다는 것이 뚜렷해졌다. 한무제는 이 소식

을 듣자 노발대발 이능의 일족을 몰살하려고 했다. 군신(君臣)은 일신의 안전과 이익을 위해 무제의 안색을 살피며 아무도 이능을 위해 말하는 자가 없었다.

만년(晚年)의 무제의 조정에는 점차 암운이 드리우기 시작하고 있었다. 이 때 단 한 사람, 이능을 변호한 사람이 사마천이다. 사마천은 전부터 『이능이란 사나이는 생명을 돌보지 않고 국난과 맞서는 국사(國士)다.』라고 생각하고 있었다. 그는 역사가로서의 엄한 눈으로 일의 진상을 꿰뚫어 보고 대담하고 솔직하게 말하지 않고는 배기지 못하는 성격이었다.

『감히 말씀드리겠습니다. 이능은 얼마 안되는 군사로 억만의 적과 싸워 오랑캐의 왕을 떨게 했습니다. 그러나 원군은 오지 않고 아군에는 배반자가 나와 부득이했다고 생각합니다. 그렇지만 이능은 병졸들과 신고를 같이하고 인간으로서 극한의 힘을 발휘한 명장이라고 해도 과언은 아닙니다. 그가 흉노에게 항복한 것도 어쩌면 뒷날 한나라에 보답할 의도가 있었기 때문일 것입니다. 이때를 기해 이능의 공을 크게 천하에 나타내게 해 주십시오.』

이 말을 들은 무제는 분연히 『천(遷)은 이광리의 공을 가로막고 이능을 위한다.』고 사추(邪推)하고 사마천을 투옥했을 뿐 아니라 나중에는 궁형에 처하고 말았다. 궁형이란 남자를 거세시켜 수염이 떨어지고 얼굴이 희멀개지며 성격까지 변한다는 형벌이다. 사마천 자신도 「최하등의 치욕」이라고 말하고 있다.

또 그는 세인(世人)은 『내가 형을 받은 것쯤은 구우(九牛)가 일모(一毛)를 잃은 정도로밖에 느끼지 않을 것이다.』라고 말하고 있다.

그러나 사마천은 어째서 그 수모를 무릅쓰고 살아야 했을까? 하물며 노비라 해도 자해(自害)하는 수가 있는데, 어째서 목숨을 끊지 않았는가?

그것은 《사기》를 완성하기 위해서였다. 그의 아버지 사마담(司馬談)은 원수(元狩) 원년(BC 122) 태산에서 거행되는 봉선(封禪 : 천자가 하늘에 제사 지내는 의식)에 태사령이란 직책(제사를 관장함)에 있음에도 병으로 말미암아 참석하지 못한 것을 자책하여 죽었다고 하는데, 그때, 『통사(通史)를 기록하라.』 하고 아들인 천(遷)에게 유언했다.

사마천으로서는 《사기》를 완성하지 않고서는 죽으려고 해도 죽지도 못했다. 아버지의 노여움과 아들의 노여움이 결합해서 사마천의 집념이 되었다. 그는 설사 세인의 조소 대상이 될지라도, 혹은 「하루에도 창자가 아홉 번씩 뒤틀리는」 것 같은 괴로움을 맛보면서도 쓰고 또 썼다. 속배(俗輩)들이 이해 못할 고즙(苦汁)을 맛보면서 《사기》 120권을 완성시켰던 것이다.

이상은 사마천의 「임안(任安)에게 보(報)하는 서(書)」(《문통》과 《한서》에 있다)에 의하나, 「구우일모(九牛一毛)」는 글자 그대로, 아홉 마리의 쇠털 중의 한 올로 「다수 속의 극소수」를 말한다. 또 같은 책에서 『죽음을 무겁게 보고 가벼이 죽을 수 없는 때도 있고 가볍게 보고 한 목숨을 버리는 때도 있다. 어떤 때 죽는가 하는 것이 문제다.』 라고 말하고 있다.

— 《문통(文通)》, 《한서(漢書)》

■ **권토중래**(捲土重來) : 한 번 실패에 굴하지 않고 몇 번이고 다시 일어남. 패한 자가 세력을 되찾아 다시 쳐들어옴. 한번 싸움에 패하였다가 다시 힘을 길러 쳐들어오는 일, 또는 어떤 일에 실패한 뒤 다시 힘을 쌓아 그 일에 재차 착수하는 일을 비유하는 말이다. 만당(晩唐)의 대표적 시인이며, 두보에 대하여 소두(小杜)라고 불리던 두목(杜牧)의 칠언절구 「오강정시」에 있는 말이다.

> 승패는 병가도 기약할 수 없다.
> 부끄러움을 안고 참는 이것이 사나이.
> 강동의 자제는 호걸이 많다.
> 땅을 말아 거듭 오면 알 수도 없었을 것을.

> 勝敗兵家不可期　包羞忍恥是男兒
> 승패병가불가기　포수인치시남아
> 江東子弟多豪傑　捲土重來未可知
> 강동자제다호걸　권토중래미가지

오강은 지금의 안휘성 화현 동북쪽, 양자강 오른쪽 언덕에 있다. 이 시는 이 곳을 지나가던 두목이, 옛날 여기에서 스스로 목을 쳐 죽은 초패왕 항우를 생각하며 읊은 것이다. 항우를 모신 사당이 있어 「오강묘(烏江廟)의 시」라고도 한다.

항우는 해하(垓下)에서 한고조 유방과 최후의 접전에서 패해 이 곳으로 혼자 도망쳐 왔다. 이때 오강을 지키던 정장(亭長)은 배를 기슭에 대놓고 항우가 오기를 기다려 이렇게 말했다. 정장은 파출소장과 비슷한 소임이다.

『강동 땅이 비록 작기는 하지만, 그래도 수십만 인구가 살고 있으므로 충분히 나라를 이룰 수 있습니다. 어서 배를 타십시오. 소인이 모시고 건너겠습니다.』

강동은 양자강 하류로 강남이라고도 하는데, 항우가 처음 군사를 일으킨 곳이기도 하다. 정장은 항우를 옛 고장으로 되돌아가도록 권한 것이다. 그러나 항우는, 『옛날 내가 강동의 8천 젊은이들을 데리고 강을 건너 서쪽으로 향했는데, 지금 한 사람도 남아 있지 않다. 내 무슨 면목으로 그들 부형을 대한단 말인가?』 했다.

항우는 타고 온 말에서 내리자, 그 말은 죽일 수 없다면서 이를 정장에게 주었다. 그리고는 뒤쫓아 온 한나라 군사를 맞아 잠시 그의 용맹을 보여준 뒤 스스로 목을 쳐 죽었다. 이때 항우의 나이 겨우 서른, 그가 처음 일어난 것이 스물넷이었으니까, 7년을 천하를 휩쓸고 다니던 그의 최후가 너무도 덧없고 비참했다. 두목은 그의 덧없이 죽어간 젊음과 비참한 최후가 안타까워 이 시를 읊었던 것이다.

『항우여, 그대가 비록 패하기는 했지만, 승패라는 것은 아무도 얘기할 수 없는 것이다. 한때의 치욕을 참고 견디는 것, 그것이 사나이가 아니겠는가. 더구나 강동의 젊은이들에게는 호걸이 많다. 왜 이왕이면 강동으로 건너가 힘을 기른 다음 다시 한 번 땅을 휘말 듯한 기세로 유방을 반격하지 않았던가. 그랬으면 승패는 아직도 알 수 없었을 터인데……』 하는 뜻이다.

— 두목(杜牧) / 「오강정시(烏江亭詩)」

■ **마혁과시**(馬革裹屍) : 말의 가죽으로 시체를 쌈. 곧 전사(戰死)

함.

「마혁과시」는 전쟁터에 나가 적과 싸우다가 죽고 말겠다는 용장의 각오를 가리켜 한 말이다.

마원은 후한 광무제 때 복파장군(伏波將軍)으로 지금의 월남인 교지(交趾)를 평정하고 돌아온 용맹과 인격이 뛰어난 명장이었다.

교지에서 돌아온 그는 신식후(新息侯)로 3천 호의 영지를 받았으나, 다시 계속해서 남부지방 일대를 평정하고, 건무 20년(44년) 가을 수도 낙양으로 개선해 돌아왔다.

이때 마원을 환영하기 위해 많은 사람들이 성 밖으로 멀리까지 나와 그를 맞이했는데, 그 가운데에는 지모가 뛰어나기로 유명했던 맹익(孟翼)도 있었다. 맹익은 많은 사람들 사이에 판에 박은 축하의 인사만을 건넸다.

그러자 마원은 맹익을 보고 이렇게 말했다.

『나는 그대가 가슴에 사무치는 충고의 말을 해줄 것으로 기대하고 있었다. 겨우 남과 똑같은 인사만을 한단 말인가. 옛날 복파장군 노박덕(路博德 : 한무제 때 사람)은 남월(南越)을 평정하여 일곱 군(郡)을 새로 만드는 큰 공을 세우고도 겨우 수백 호의 작은 영토를 받았다. 그런데 지금 나는 하잘것없는 공을 세우고도 큰 고을을 봉읍으로 받게 되었다. 공에 비해 은상이 너무 크다. 도저히 이대로 오래 영광을 누릴 수는 없을 것 같다. 그대에게 무슨 좋은 생각은 없는가?』

맹익이 좋은 생각이 나지 않는다고 대답했다.

그러자 마원은 다시 말했다.

『지금 흉노와 오환(烏桓 : 東胡의 일종)이 북쪽 변경을 시끄럽게 하고 있다. 이들을 정벌할 것을 청하리라. 사나이는 마땅히 변경 싸움터에서 죽어야만 한다. 말가죽으로 시체를 싸서 돌아와 장사를 지낼 뿐이다(以馬革裹屍 還葬耳). 어찌 침대 위에 누워 여자의 시중을 받으며 죽을 수 있겠는가?』

마원이 남방에서 개선해 돌아온 지 한 달 남짓 되어, 때마침 흉노와 오환이 부풍군(扶風郡 : 섬서성)으로 쳐들어왔다. 마원은 기다린 듯이 나가 싸울 것을 청했다.

허락을 받은 그는 9월에 일단 낙양으로 돌아왔다가 3월에 다시 싸움터로 나가게 되었는데, 이때 광무제는 백관들에게 조서를 내려 마원을 다 같이 환송하도록 명했다고 한다. 이 뒤로 『말가죽에 싸여 돌아와 장사를 지낼 뿐이다.』란 말이 싸움터에 나가는 장수의 참뜻을 가리키는 말이 되었다고 한다.

— 《후한서》 마원전(馬援傳)

【成句】

■ 상호봉시(桑弧蓬矢) : 뽕나무로 만든 활과 쑥대로 만든 살. 옛날 중국에서 사내아이를 낳으면 이것으로 천지사방에 쏘아 큰 뜻을 이루기를 빌던 풍속이 있었음. 전(轉)하여 남자가 뜻을 세움. 상봉지지(桑蓬之志). /《예기》

■ 청산가매골(靑山可埋骨) : 대장부는 어디를 가더라도 뼈를 묻을 각오가 되어 있다는 뜻. 청산(靑山)은 나무가 푸르게 무성한 산으로, 여기서는 무덤의 뜻으로 쓰인다.

▣ 남중일색(男中一色) : 남자로서 얼굴이 아름답고 잘생긴 사람.

▣ 미목수려(眉目秀麗) : 미목(眉目)은 눈썹과 눈. 얼굴 생김새가 우아하고 아름다운 것. 대부분의 경우 미남자를 가리켜 말한다. 물론 여성에 대해서도 사용된다.

▣ 백수건달(白手乾達) : 돈 한 푼 없이 빈둥빈둥 놀고먹는 건달.

▣ 부인지성(婦人之性) : 사나이로서 여자처럼 편벽(偏僻)되고 좁은 성질.

▣ 삼두육비(三頭六臂) : 머리가 셋, 팔이 여섯이란 뜻으로, 힘이 매우 센 사람을 가리키는 말.

▣ 파락호(破落戶) : 행세하는 집의 자손으로서 난봉이 나서 결딴난 사람. 전(轉)하여 경우 없이 마구잡이로 노는 건달이나 불량배를 지칭하는 말.

여자 woman 女子

【어록】

■ 여자에게 긴 혀가 있음은 화의 근본이다. ─《시경》

■ 여자와 소인은 다루기 어렵다(女子與小人 爲難養夜).
　　　　　　　　　　　　　　　　　　　　　　　─《논어》양화

■ 선비는 자기를 알아주는 사람을 위해 죽고, 여자는 자기를 사랑해
주는 사람을 위해 화장을 한다(士爲知己者用 女爲說己者容).
　　　　　　　　　　　─ 사마천(司馬遷) 『보임소경서(報任少卿書)』

■ 여자가 글씨를 안다는 것부터가 걱정을 낳게 한 근본 원인이다(女
子識字憂患). ─《삼국지》

■ 여자는 재능이 없는 것이 덕이다(女子無才便是德).
　　　　　　　　　　　　　　　　　　　　　　　─ 석성금(石成金)

■ 남자들이 재능을 자랑하면 덕이 없게 되고, 여자들이 용모를 자랑
하면 방탕해진다(士矜才則德薄 女色則情放). ─《경세통언》

■ 여자란 너희들의 경작지다. 그러므로 너희들이 생각하는 대로 손

대는 것이 좋다. —《코란》

■ 반항적이기 쉬운 여자는 잘 타이르고, 잠자리에 쫓아 넣어 두들겨라. 그것으로 말을 들으면 그 이상 손대지 마라. —《코란》

■ 여자의 충고에 따르는 자는 지옥에 떨어진다. —《탈무드》

■ 여자에게는 바다와 같이 변하기 쉬운 성질이 있다.
— 시모니데스

■ 여자에게 부채질 받아서 지옥에 떨어진 남자가 많다.
— 시모니데스

■ 여자는 현실보다도 자신의 소원에 대해 박수를 보낸다.
— 아이스킬로스

■ 여자에게 있어 침묵은 패물이 된다. — 소포클레스

■ 여자의 수치심은 옷과 함께 벗겨진다. — 헤로도토스

■ 사랑에 병들었을 때 여자는 남자보다 고통을 겪지만 그것을 잘 감출 줄 안다. — 에우리피데스

■ 여자는 고결한 행위에 남자만큼 마음이 끌리지 않지만, 수치스러운 행위에는 남자보다 훨씬 매혹을 당한다. — 에우리피데스

■ 여자는 남자의 생활의 기쁨이요 또 화근이다. — 에우리피데스

■ 남자를 매혹하는 것은 미모가 아니라 기품이다. — 에우리피데스

■ 여자의 눈물을 믿지 말라. 마음대로 되지 않을 때에 우는 것은 여자의 천성이기 때문이다. — 소크라테스

■ 남자가 짐 지워 주면 여자도 무거운 짐을 질 수 있다.

　　　　　　　　　　　　　　　　　　　── 아리스토파네스

■ 여자를 정복하기란 사나운 짐승을 길들이기보다도 어렵다.

　　　　　　　　　　　　　　　　　　　── 아리스토파네스

■ 여자를 아름답게 하는 것은 방정한 품행이지 값비싼 장신구는 아
　니다.　　　　　　　　　　　　　　　　── 메난드로스

■ 여자는 남자에게 있어 즐거운 화근이다.　　　── 메난드로스

■ 입 다물고 있는 여자가 지껄이는 여자보다 낫다.　── 플라우투스

■ 아무런 향기를 풍기지 않는 여성이 가장 향기가 있다.

　　　　　　　　　　　　　　　　　　　　── 플라우투스

■ 여자란 스스로 즐겨 보드라운 언동과 상냥한 몸가짐, 간결한 치장
　으로 쉽게 남자의 마음에 들도록 만든다.　　── 루크레티우스

■ 여자란 변하기 쉽고 변덕스러운 것.　　　　── 베르길리우스

■ 촛불이 꺼졌을 때는 어떤 여자도 아름답다.　── 플루타르코스

■ 여자는 지옥으로 가는 문이다 .　　　　　── 테르툴리아누스

■ 여자보다 더 복수에서 기쁨을 얻는 사람은 없다.　── 유베날리스

■ 여자는 사랑하거나 싫어하거나 한다. 제삼의 방법은 없다.

　　　　　　　　　　　　　　　　　── 푸블릴리우스 시루스

■ 육체의 접촉이 없으면 여자는 소유하지 못한다.

　　　　　　　　　　　　　　　　　　　── 아우구스티누스

■ 아름다운 여자가 다른 여자의 아름다움을 찬미했다고 하면 칭찬받은 여자보다 칭찬한 여자 쪽이 더욱 아름답다고 우리는 결론내릴 수 있다.　　　　　　　　　　　　　　— 아우구스티누스

■ 여성이 술을 한 잔 마시는 것은 퍽 좋은 일이다. 두 잔 마시면 품위를 떨어뜨린다. 석 잔째는 부도덕해지고 넉 잔째는 자멸한다.
　　　　　　　　　　　　　　　　　　　— 《탈무드》

■ 여자는 불합리한 신앙에 말려들기 쉽다.　　　　　— 《탈무드》

■ 여자는 자기 외모를 가장 중히 여긴다.　　　　　— 《탈무드》

■ 여자의 질투심은 하나의 원인밖에 없다.　　　　— 《탈무드》

■ 말하지 않는 보석이 살아 있는 인간의 말보다도 어쨌든 여심(女心)을 움직인다.　　　　　　　　　　　　　— 셰익스피어

■ 약한 자여, 그대 이름은 여자이니라.　　　　　— 셰익스피어

■ 여자는 결코 자기의 자연의 모습을 보이지 않는다. 왜냐하면 여자는 자연으로부터 태어난 그대로라도 반드시 사람들로부터 호감을 살 수 있다고 느끼는 남자와 같은 자만심이 없기 때문이다.
　　　　　　　　　　　　　　　　　　　　— 괴테

■ 여성을 굳세게 보호할 수 있는 자만이 사랑을 받을 가치가 있다.
　　　　　　　　　　　　　　　　　　　　— 괴테

■ 아름다움의 극치는 한 여인에게만 있는 것이 아니다. 모든 여인에게 있다. 그녀들은 그것을 모르지만 모두가 이 아름다움에 도달한다. 마치 과일이 익듯이.　　　　　　　— 오귀스트 로댕

■ 여성의 전 생애는 애정의 역사다.   — 어빙

■ 여성이, 성경을 그녀의 권리의 후원으로 생각하는 한 여성은 남성의 노예다. 성경은 여성에 의해서 써진 것이 아니다.   — 잉거솔

■ 젊은 여자는 아름답다. 그러나 늙은 여자는 더욱 아름답다.

             — 월터 휘트먼

■ 인간의 사회에는 무엇 하나 자연스러운 것은 없다. 그 중에서도 여자는 문명이 정성껏 만들어낸 것이다.   — 시몬 드 보봐르

■ 사람은 여자로 태어나지 않는다. 여자가 되는 것이다. 인간의 암컷이 사회 속에서 취하는 형태는 생리적·심리적·경제적 숙명이 이를 결정하는 것이 아니다. 문명 전체가 수컷과 거세체(去勢體)와의 중간물을 만들고 그것에 여성이라는 이름을 붙였을 뿐이다.

             — 시몬 드 보봐르

■ 여자끼리의 우정은 언제나 제3의 여인에 대한 음모에 불과하다.

             — 알퐁스 칼

■ 여자는 항상 뒤돌아보며 걸어온 길의 길이를 재고 있기 때문에 약진력(躍進力)이 떨어진다.   — 시몬 드 보봐르

■ 여자! 이 살아 있는 수수께끼를 풀기 위해서는 그것을 사랑하지 않으면 안 된다.   — 헨리 F. 아미엘

■ 여성이 민법적 평등이나 경제적 평등 이상의 것을 요구하는 것은 큰 도박을 벌이는 일이다.   — 헨리 F. 아미엘

■ 여자가 처음으로 사랑할 때는 연인을 사랑하고 두 번째 사랑을 할

때는 사랑 자체를 사랑한다.   — 라로슈푸코

▣ 여자에게는 사랑 이외의 인생의 즐거움은 없다.

         — 엘리자베스 브라우닝

▣ 여자는 처음 마음을 둔 남자를 언제까지나 잡아 두고자 한다. 두 번째의 여인이 생기기 전에는.   — 라로슈푸코

▣ 재능이 미모보다 오래 가는 여성은 흔치 않다.   — 라로슈푸코

▣ 무릇 위대한 일의 기원에는 여자가 있다.   — 마르티스

▣ 여자들이 인류 최초의 교사이다.   — 프리드리히 헵벨

▣ 비밀은 무기이며 벗이다. 인간은 신의 비밀이며, 힘은 인간의 비밀이요, 성(性)은 여자의 비밀이다.   — 조셉 스테펀스

▣ 용맹이 여자를 꺾듯이 겸손도 여자를 사로잡는다.

         — 앨프레드 테니슨

▣ 복수와 사랑에 있어서는 여자가 남자보다 훨씬 잔인하다.

         — 프리드리히 니체

▣ 아름다운 옷을 입고 치장할 수 있는 여자는 감기 걸리는 일이 없다.   — 프리드리히 니체

▣ 신이 여자를 창조하였다. 그리고 정말로 그 순간부터 지루함이 끝났으나 다른 여러 가지도 똑같이 끝났다! 여자는 신의 두 번째 실수다.   — 프리드리히 니체

▣ 먼지보다 가벼운 것은 무엇이냐? 바람이다. 바람보다 더 가벼운 것

은 무엇이냐? 여자다.　　　　　　　　　　　　　　— 프리드리히 니체

▣ 사람들은 여자를 깊다고 생각한다.—왜? 여자는 밑바닥까지 갈 수
　　없기 때문이다. 여자는 얕은 것도 아닌 것이다.

　　　　　　　　　　　　　　　　　　　　　　— 프리드리히 니체

▣ 사랑보다도 허영심 쪽이 더 많이 여자를 타락시킨다.

　　　　　　　　　　　　　　　　　　　　　　　　— 데팡 부인

▣ 유혹을 당해 보지 않은 여자는 자기의 정조를 뽐낼 수 없다.

　　　　　　　　　　　　　　　　　　　　　　　　　— 몽테뉴

▣ 여자란 아무리 연구를 계속해도 항상 완전히 새로운 존재다.

　　　　　　　　　　　　　　　　　　　　　　　— 레프 톨스토이

▣ 아내란 다루기 힘들다. 그러나 아내가 아닌 여자는 더 다루기 나쁘
　　다.　　　　　　　　　　　　　　　　　　　　— 레프 톨스토이

▣ 여자란 화롯가에서 일어나는 데도 77번 생각한다.

　　　　　　　　　　　　　　　　　　　　　　　— 레프 톨스토이

▣ 세 가지 일이 강하게 여자를 움직인다. 이해와 쾌락과 허영심이다.

　　　　　　　　　　　　　　　　　　　　　　　　— 드니 디드로

▣ 대중은 늙은 여자다. 그 여자가 주절대도 주절거리게 하라.

　　　　　　　　　　　　　　　　　　　　　　　— 토머스 칼라일

▣ 남자의 얼굴은 자연의 작품, 여자의 얼굴은 예술작품.

　　　　　　　　　　　　　　　　　　　　　　　— 앙드레 프레보

▣ 여자는 자신의 장점 때문에 사랑을 받게 되는 경우에는 때로는 동

의도 하지만 언제나 바라는 것은 자신의 결점을 사랑해주는 사람이다.
— 앙드레 프레보

▣ 여자의 허영심—그것은 여성을 매력적으로 하는 신의 선물이다.
— 벤저민 디즈레일리

▣ 신은 남자를 위해 있고, 종교는 여자를 위해 있다.
— 조셉 콘래드

▣ 여자의 육체는 굳게 지켜진 비밀이며, 긴 역사다.
— 자크 샤르돈느

▣ 어차피 여자의 매력은 절반이 속임수다.　　— 윌리엄 윌리엄스

▣ 여자를, 털가죽은 없지만 그 가죽이 퍽 소중해지는 동물이라고 부르라.
— 쥘 르나르

▣ 여자가 서른 살이 넘어 가장 잘 잊는 것은 자기 나이이며, 40이 되면 나이 따위는 완전히 잊고 산다.　　— 랑그론

▣ 말은 여자와 달라 배신하는 일도, 사람을 속이는 일도 없다.
— 미하일 레르몬토프

▣ 보통의 윤리—이 사람은 나를 사랑하고 있다. 그러나 나에게는 남편이 있다. 따라서 그를 사랑해서는 안 된다. 여성의 윤리— 내게는 남편이 있으므로 그를 사랑해서는 안 된다. 그러나 이 사람은 나를 사랑하고 있다.　　— 미하일 레르몬토프

▣ 여자는 바람개비 같아서 녹이 슬어야 비로소 움직이지 않게 된다.
— 볼테르

■ 처음으로 미인을 물에 비유한 사람은 천재이지만, 두 번째에 같은 말을 한 인간은 바보다. — 볼테르

■ 여자의 명예란 남들에게 좋은 말 듣는 일이다. — 세르반테스

■ 우리가 사랑할 때는 사랑하지 않고, 우리가 사랑하지 않고 있을 때는 사랑한다. ……이것이 여자의 본성이다. — 세르반테스

■ 여자의 명예는 숨겨진 과오보다 남들 앞에서의 경솔로 멍이 든다. — 세르반테스

■ 여자의 의견은 그다지 값어치가 없지만, 그것을 채택하지 않는 사람은 바보다. — 세르반테스

■ 여자는 냄비로서 쓰지 못하게 되면 뚜껑으로 쓸 수 있게 된다.—여자는 사람에 대한 사랑에 몰두한다. — 세르반테스

■ 유혹당하는 여자와 정복당하는 여자는 똑같다.

— 피에르 드 마리보

■ 여성은 자기를 구하는 사람을 구하지 않는다. 어쩌면 약간 냉담한 태도를 취하는 사람을 구한다. — 카를 힐티

■ 여자가 인간이라고? 여자는 휴식이요, 여행이다. — 앙드레 말로

■ 세상에는 연인이라든지 정부(情婦)로서는 통용되지만 그 밖에는 아무런 쓸모가 없는 여자가 있다. — 도스토예프스키

■ 가사에 종사하고 있는 여인은 이 세상에서 가장 아름다운 것 가운데 하나다. — 오귀스트 로댕

■ 여자는 약한 남자를 지배하기보다 강한 남자에게 지배받기를 원한

다.   — 아돌프 히틀러

■ 여자의 입에서 나오는 『No.』는 부정이 아니다. — 필립 시드니

■ 사랑하는 사람을 위하여 식사준비를 하고 있는 여자의 자태처럼 사람을 감동시키는 것은 없다.   — 토머스 울프

■ 여자의 조국은 젊음이다. 젊을 때만 여자는 행복하다.
         — C. V. 게오르규

■ 온 우주의 모든 현란함과 아름다움이 여자의 육체 속에 수렴되어 있다. 황량한 사막의 불모지에 나타난 아가적(雅歌的)인 영상이 여자다.   — C. V. 게오르규

■ 여자는 대지와 흡사해서 상처받는 남자들은 모두 거기서 안식을 얻는다.   — C. V. 게오르규

■ 여자는 마치 대기와 같아서 때로는 유해하고 때로는 정화시킨다.
         — C. V. 게오르규

■ 여자들은 마치 레이더처럼 시간의 장애물을 건너뛰어 장차 닥칠 일을 예견하는 능력을 가지고 있다.   — C. V. 게오르규

■ 머리가 좋은 여자란, 함께 있을 때 이쪽이 만족해 할 만큼 짐승이 될 수 있는 여자를 말한다.   — 폴 발레리

■ 자기 얼굴을 감추는 것은 몹시 미운 여자이든가, 아니면 매우 예쁜 여자이다.   — 오스카 와일드

■ 여자—비밀이 없는 스핑크스.   — 오스카 와일드

■ 우리는 여성을 해방하지만, 여자 쪽은 여전히 주인을 찾고 있는 노예다.   — 오스카 와일드

■ 여자가 남자의 친구가 되는 순서는 정해져 있다. 우선 처음에는 친구, 그로부터 연인, 그리고 최후에 간신히 보통의 친구가 되는 것이다.   — 안톤 체호프

■ 여성의 쾌활성은 지성의 대신이다.   — 몽테스키외

■ 여자들은 자기 얼굴 이외의 일이면 무엇이든 허용한다.   — 조지 바이런

■ 귀찮게도 우리는 여자들과 함께 살 수 없으려니와 여자 없이 살 수도 없다.   — 조지 바이런

■ 나는 남자가 아니어서 좋았다. 왜냐하면 남자는 여자와 결혼을 해야 하니까.   — 제르멘 드 스탈

■ 여자란 어디까지가 천사이고 어디부터가 악마인지 분명히 알 수 없는 존재이다.   — 하인리히 하이네

■ 여자는 혀를 쉴 때가 없다.   — 아델베르트 폰 샤미소

■ 지적인 여자가 빠지기 쉬운 함정은 비지성적인 인간들의 자연 그대로 조화되어 있는 탄력과 힘으로 구성된 아름다움과 생을 간단하게 두 손으로 직접 잡을 줄 아는 박력이다.   — 루이제 린저

■ 바람 속의 깃털처럼 변하기 쉬운 것이 여자의 마음이다.   — 주세페 베르디

■ 욕망과 갈망의 대상으로서의 여성, 도구요 장식인 여성, 쾌락과 상

식의 기구인 여성.   — 폴 발레리

▣ 새털보다 가벼운 것은? 먼지다. 먼지보다 가벼운 것은? 바람이다.
바람보다 가벼운 것은? 여자다. 여자보다 가벼운 것은? 아무것도
없다.   — 알프레드 뮈세

▣ 여성의 본질은 헌신이며, 그 형식은 저항이다.   — 키르케고르

▣ 여자의 행복이란 다름 아닌 유혹자를 만나는 일이다.
        — 키르케고르

▣ 자연은 사자에게는 날카로운 이빨과 발톱을, 그리고 여자에게는
거짓말하는 능력을 주었다.   — 쇼펜하우어

▣ 여자는 개체가 아니라 종속이다. 종속의 번식을 위해 존재한다.
        — 쇼펜하우어

▣ 여자들은 꾀가 많지만, 항상 주관적이기 때문에 진정한 천재는 나
올 수 없다.   — 쇼펜하우어

▣ 여자가 없었다면 남자는 신(神)처럼 살아갈 것이다.
        — 토머스 데커

▣ 여자를 아름답게 만드는 것은 신이요, 여자를 매혹적으로 만드는
것은 악마다.   — 빅토르 위고

▣ 신은, 인간에 적합한 것을 알고, 하늘을 멀리, 바로 옆에 여자를
두었다.   — 빅토르 위고

▣ 세상에는 사랑스러운 여성이 허다하지만 완전한 여성은 한 사람도
없다.   — 빅토르 위고

■ 그대는 가난한 사람을 사랑하는 여자를 본 일이 있습니까?

— 마르셀 파뇰

■ 여자를 좋게 말하는 사람은 여자를 충분히 모르는 사람이며, 여자를 항상 나쁘게 말하는 사람은 여자를 전연 모르는 사람이다.

— 모리스 르블랑

■ 여자가 옷을 몸에 걸치는 것은 그것을 벗기 위해서다.

— 조지 에드워드 무어

■ 남자의 첫사랑을 만족시키는 것은 여자의 마지막 사랑뿐이다.

— 발자크

■ 마흔이 지나면 여자는 마법(魔法)의 서적이 된다. 늙은 여자를 꿰뚫어 볼 수 있는 것은 이제는 늙은 여자뿐이다.   — 발자크

■ 여자는 훌륭한 남자를 만드는 천재이어야 한다.   — 발자크

■ 여자란 자기의 몸에 붙은 불결의 의혹에는 참을 수가 없다.

— 조지 버나드 쇼

■ 첫사랑이란 약간의 어리석음과 넘치는 호기심에 불과하다.

— 조지 버나드 쇼

■ 사람이 마음으로부터 사랑하는 것은 단 한 번밖에 없다. 그것이 첫사랑이다.

— 라브뤼예르

■ 변덕스러운 여자란, 벌써 사랑하고 있지 않은 여자다. 들뜬 여자란, 벌써 다른 남자를 사랑하고 있는 여자다. 바람둥이 여자란, 과연 자기가 사랑받고 있는지, 혹은 누구를 사랑하고 있는지 자기도 잘 모

르는 여자다. 무관심한 여자란 누구도 사랑하지 않는 여자다.
— 라브뤼예르

◼ 여자들은 극단이다. 남자보다 양질인지, 악질인지 어느 한쪽이다.
— 라브뤼예르

◼ 첫사랑은 남자의 일생을 좌우한다. — 앙드레 모루아

◼ 돈 후안은 그 최초의 정부들을 택한다. 그리고 나서 이번에는 그
자신이 『여자들』로부터 택함을 받는다. — 앙드레 모루아

◼ 냉정한 여자라면 현명한 남자를 다룰 수 있지만, 어리석은 남자를
다룰 수 있는 것은 현명한 여자다. — 조지프 키플링

◼ 여자는 남자에게 있어 여신이거나 아니면 암늑대이다.
— 존 웹스터

◼ 아름다운 여성은 눈을 즐겁게 하고, 선량한 여성은 마음을 즐겁게
한다. 전자는 보석이요, 후자는 보고(寶庫)이다. — 나폴레옹 1세

◼ 남으로부터 사랑을 받지 않으면 자기 자신을 사랑하는 일도 없습
니다. — 제르멘 드 스탈

◼ 여성은 자신의 아름다움 때문에 사랑을 받는 것에 때로는 동의하
지만, 그러나 그녀가 항상 바라는 것은 자신의 결점 때문에 사랑해
주는 사람이다. — 앙드레 프레보

◼ 남자의 얼굴은 자연의 작품, 여자의 얼굴은 예술작품.
— 앙드레 프레보

◼ 총명한 여성은 나면서부터 수백만의 적을 갖고 있지만, 그것은 모

두 바보 같은 남자들이다.   ― W. 에센바흐

■ 여성이 남성을 자유스럽게 한다는 것은, 그것 자체만으로는 해악이 아니다. 이것은 여성이 인류의 행복을 위해서 자연으로부터 하사된 것이다.   ― 장 자크 루소

■ 여자에게 있어 속박은 면할 수 없는 운명으로서, 여자가 이 속박에서 떠나려고 하면 한층 심한 고통을 만난다.   ― 장 자크 루소

■ 나는 부인들과 함께 있기를 좋아한다. 나는 그들의 아름다움을 좋아한다. 나는 그들의 섬세함을 좋아한다. 나는 그들의 쾌활함을 좋아한다. 그리고 나는 그들의 침묵을 좋아하고 싶다.

      ― 새뮤얼 존슨

■ 남성 전체를 욕하고 그들의 결점을 샅샅이 들더라도 그것에 항의를 하는 남성은 없지만, 여성에 대해서 조금이라도 비꼬면 모든 여성은 일제히 일어나서 항의한다. 여성이란 한 국민 한 종파를 형성하고 있다.   ― 알렉산드르 푸슈킨

■ 여자가 여자인 것은 단지 어머니가 되기 위함뿐이다. 여자는 쾌락에 의해서 덕성으로 행한다.   ― 조제프 주베르

■ 여성의 참다운 미가 갖는 힘이란 지상의 어떤 것도 상대가 되지 않는다.   ― 니콜라우스 레나우

■ 남자들 사이에는 하늘과 땅만큼의 차이가 있지만, 여자들 사이에선 천당과 지옥만큼의 차이가 있다.   ― 엘프레드 테니슨

■ 여자의 마음은 아무리 슬픔에 가득 차 있다 하더라도 알랑거리는

말이나 사랑을 받아들일 수 있는 구석이 어딘가에 남아 있다.
　　　　　　　　　　　　　　　　　　　　　　— 보들레르

■ 그리운 어머니여, 가장 사랑하는 연인이여, 그대 내 기쁨의 전부,
　그대 내 끊을 수 없는 은혜의 전부!　　　　　— 보들레르

■ 여자는 항상 여자이며, 어머니며, 누나이다. 그 머리는 아무리 차가
　워도 배는 따뜻하다. 그 배는 남자의 모든 정열에 대하여 떨며 공감
　한다. 머리가 지탱하기 어려울 정도로 무거울 때는 거기에 머리를
　얹어 놓을 수가 있다.　　　　　　　　　　　— 로맹 롤랑

■ 여자는 왜 그렇게 고독한 것일까? 아이 이외에는 여자를 지탱하는
　것은 아무것도 없다. 그리고 아이조차도 여자를 항상 지탱하기엔
　부족하다.　　　　　　　　　　　　　　　　— 로맹 롤랑

■ 여성의 운명은 그 사랑받는 양의 여하에 달려 있다.
　　　　　　　　　　　　　　　　　　　— T. S. 엘리엇

■ 행복한 여자에게는 행복한 나라처럼 역사가 없다.
　　　　　　　　　　　　　　　　　　　　— 조지 엘리엇

■ 여인은 남자가 자기에게 끼친 해로움에 대해선 남자를 용서할 수
　있지만, 그녀 때문에 남자가 바치는 희생에 대해선 결코 그를 용서
　할 수 없다.　　　　　　　　　　　　　　　— 서머셋 몸

■ 여자는 남자에 의해서 문명화되는 최후의 것이 되려고 한다.
　　　　　　　　　　　　　　　　　　　— 조지 메러디스

■ 여자는 항상 사랑의 속삭임을 듣고자 한다. 설사 그것이 욕정에 넘
　치는 소리라 할지라도.　　　　　　　　　　— 헨리 레니에

■ 우리들 인간의 혼에 가장 순수한 소금을 이 지상에서 보존하고 있
  는 것은 여성이다. ― 모리스 메테를링크

■ 여성은 맑은 거울과 같아서 조금만 입김을 쐬어도 흐려져 버린다.
  ― F. 헤벨

■ 세계의 운명, 그것은 여자들을 창조하는 일이다.
  ― 가스통 바슐라르

■ 이 세상 개벽 이래 하느님이 여성에 대해 베푸신 은혜와 영예를
  돌이켜볼 때 우리는 여성의 창조 그것이 이미 어느 정도 우월성을
  지니고 있다는 것을 인정치 않을 수 없다. 왜냐하면 남성은 낙원 밖
  에서 창조된 데 대해 여성은 낙원 속에서 창조되었기 때문이다. 따
  라서 여성은 낙원이 자기들이 태어난 고향일 것을, 또 자기들은 낙
  원의 순결 속에 이와 통하는 생애를 보내지 않으면 안 된다는 것을
  특히 경고 받고 있다. ― 피에르 아벨라르

■ 여성은 힘의 우위에 복종하지만, 그들 자신의 무기로써 반격해 온
  다. 남성을 조롱하는 것이 그들의 주된 무기다. ― 에리히 프롬

■ 후세 사가(史家)들은 20세기의 가장 혁명적인 사건은 여성해방의
  시작과 남성 우위의 붕괴라고 기술할 것이다. ― 에리히 프롬

■ 죽은 여인보다도 더 불쌍한 여인은 잊혀진 여인입니다.
  ― 마리 로랑생

■ 여성의 직관은 때로 남성의 오만한 지식의 자부심을 능가한다.
  ― 마하트마 간디

▣ 늙은 여자란 존재하지 않는다. 모든 여성은, 나이가 얼마가 되든 간에, 만약 연애를 한다면, 만약 상냥할 수만 있다면 남자에게 무한의 순간을 준다.　　　　　　　　　　　　　　— 쥘 미슐레

▣ 욕망과 갈망의 대상으로서의 여성, 도구이며 또한 장식품인 여성, 쾌락과 생식의 기구인 여성.　　　　　　　　　　— 폴 발레리

▣ 여자는 육체다. 그리고 남자를 매개로 하여 모든 육체를 낳는다. 그러나 그 남자를 낳는 것 또한 여자다.　　　　— D. H. 로렌스

▣ 여인은 사랑해 주기를 바랄 뿐 이해해 주기를 바라지 않는다.
　　　　　　　　　　　　　　　　　　　　— 팔만대장경

▣ 여인은 진리보다 애정에 산다.　　　　　　　　— 팔만대장경

▣ 여성은 나무그늘 같다.　　　　　　　　　　　　　— 서정주

▣ 어떤 점을 붙잡아 한 여인을 믿어야 옳을 것인가. 나는 대체 종잡을 수가 없었다. 하나같이 내 눈에 비치는 여인이라는 것이 그저 끝없이 경조부박(輕佻浮薄)한 음란한 요물에 지나지 않는 것이었다.
　　　　　　　　　　　　　　　　　　　　　　— 이상

▣ 세상의 하고많은 여인이 본질적으로 이미 미망인(未亡人) 아닌 이가 있으리까? 아니! 여인의 전부가 그 일상에 있어서 개개『미망인』이라는 내 논리가 뜻밖에도 여성에 대한 모독이 되오?
　　　　　　　　　　　　　　　　　　　　　　— 이상

▣ 여성의 가장 큰 본질적 약점은 사치의 광적 추구와 같은 생에 대한 비본연성(非本然性)인 것 같다.　　　　　　　　　— 전혜린

■ 여성은 고와야 한다는 법이 있나 봅니다. — 유치환

■ 여자는 사회를 직접 지배하지는 못하더라도 남편을 통해 사회를 간접적으로 지배할 수 있는 위력을 가지고 있다. — 정비석

■ 여성은 일반적으로 비경제적·비정치적 경향이 있다. — 송건호

■ 숙명의 창문을 열어 놓고 있는 슬픈 가옥(家屋) 같은 사랑.
— 김남조

■ 여자는 풀무요 용광로다. — 함석헌

■ 여자를 대하는 가장 현명한 처세술은 너무 가까이 가지 아니함이다. 이 한 마디를 토로한 사람은 남자가 발견한 사실 중 가장 불행한 사실의 하나를 체험한 사람이다. — 김태길

■ 여왕은 우아와 자혜의 상징으로 아름다운 동화를 실현한 느낌을 준다. — 피천득

■ 여인은 현실처럼 생각되지 않는다. 이성(異性)은 내 성경의 슬픈 첫 구절이었다. — 이어령

■ 천사와 악마가 공존하는 완벽한 모순……이것이 여성이다.
— 이어령

【속담·격언】

■ 여인은 돌면 버리고 기구는 빌리면 깨진다. (여자가 너무 밖으로 나다니면 잘못되기 쉽다) — 한국

■ 여자는 사흘을 안 때리면 여우가 된다. (여자는 간사한 짓을 부리

기 쉽다)
— 한국

■ 꽃은 꽃이라도 호박꽃이다.
— 한국

■ 계집 때린 날 장모 온다. (난처한 일이 겹쳐 온다)
— 한국

■ 산(山) 놈의 계집은 범도 안 물어 간다. (산 속에서만 사는 여자는
버릇이 없고 만만치 않다)
— 한국

■ 계집은 상을 들고 문지방을 넘으며 열두 가지 생각을 한다.
— 한국

■ 계집의 얼굴은 눈의 안경. (여자의 얼굴은 보기 나름) — 한국

■ 계집 입 싼 것. (여자는 입이 가벼워 화를 일으키는 일이 많다)
— 한국

■ 계집 바뀐 건 모르고 젓가락 바뀐 건 안다. (큰 변화는 모르고 지내
면서 작은 변화에만 민감하다)
— 한국

■ 계집이 늙으면 여우가 된다.
— 한국

■ 계집의 매도 너무 맞으면 아프다. (작은 일도 오래 반복하면 큰일
이 된다)
— 한국

■ 숟갈 한 단 못 세는 사람이 살림은 잘한다. (여자는 좀 미련해야
살림을 잘한다)
— 한국

■ 달빛이 아무리 밝아도 곡식을 말릴 수 없고, 여자가 아무리 좋아도
밥 대신 먹을 수 없다.
— 중국

■ 남자가 입이 크면 천하를 차지하고, 여자가 입이 크면 남편 덕에

먹고 산다.   — 중국

■ 남자에게 학식은 덕보다 낫다. 하지만 여자에게 덕이란 학식을 버리는 일이다.   — 중국

■ 남자는 사흘을 굶을 수 있고, 여자는 이레를 굶을 수 있다.   — 중국

■ 좋은 여자가 가난하고 나쁜 집에 시집간다.   — 중국

■ 백 명의 남자가 하나의 여인숙을 만들 수는 있지만, 하나의 가정을 꾸리기 위해서는 한 여자가 필요하다.   — 중국

■ 여자 열 명 중 아홉은 바람기가 있다.   — 중국

■ 여자는 남을 헐뜯지 않고 칭찬하는 일이 없다.   — 중국

■ 여자의 머리는 길지만, 식견은 짧다.   — 중국

■ 여자의 두뇌는 수은(水銀), 그녀의 마음은 초(酢).   — 중국

■ 여자는 재주가 없는 것이 바로 덕(德)이다.   — 중국

■ 칭찬받는 여자는 남들 소문에 오르지 않는 여자다.   — 중국

■ 여자의 미덕은 깊이가 없지만, 여자의 노여움은 밑바닥이 없다.   — 중국

■ 여자의 아름다움은 3할은 고유의 것이고 7할은 장신구에 의한 것이다.   — 중국

■ 여자의 혀는 그의 무기다. 그리고 여자는 이것을 녹슬게 하지 않는다.   — 일본

■ 조물주는 실수를 했다.―더욱이 두 번이나 실수를 했다. 한 번은 돈을 만들고, 두 번째는 여자를 만들었다. ― 인도

■ 천 명의 남성은 서로 조화를 이루어 살아갈 수 있으나, 여성은 셋도 그렇지 못하다. 비록 그들이 자매간이라 할지라도. ― 인도

■ 물과 꽃과 여성의 아름다움은 마음에 생기를 소생시키고 비애(悲哀)로부터 해방시켜 준다. ― 인도

■ 여자의 입은 악담의 소굴이다. ― 몽고

■ 여자의 마음은 연꽃잎을 구르는 물방울처럼 데구루루 옮겨진다. ― 태국

■ 여인과 토지는 남자를 바쁘게 만든다. ― 오스트레일리아

■ 여자는 열 살 때는 천사, 열다섯 살 때는 성자, 마흔 살 때는 악마, 여든 살 때는 마녀. ― 서양 속담

■ 암탉이 수탉보다 소리 높이 우는 집은 불길하다. ― 영국

■ 휘파람 부는 여자와 때를 알리는 암탉은, 신에게나 남자에게 호감을 못 산다. ― 영국

■ 세 사람의 여자와 세 마리의 거위와 세 마리의 개구리가 하나의 시장을 연다. ― 영국

■ 여우가 전신이 꼬리인 것과 같이 여자라는 것은 전신이 혀로 되어 있다고 해도 좋다. ― 영국

■ 여자의 모발은 길다. 그 혀는 더욱 길다. ― 영국

■ 여자는 자기도 모르는 것을 조언한다.   — 영국

■ 침묵은 여자의 가장 아름다운 보석인데도 그것을 몸에 지니는 일
은 좀처럼 없다.   — 영국

■ 돼지와 여자와 꿀벌은 금방 방향을 바꾸지 못한다. (여자는 고집쟁
이다)   — 영국

■ 땅굴집이 없는 토끼도, 핑계 없는 여자도 없다.   — 영국

■ 여자는 고양이와 마찬가지로 아홉 개의 목숨을 가졌다.
    — 영국

■ 여자와 말(馬)과 칼은 보여도 좋지만 빌려주어서는 안 된다.
    — 영국

■ 남자는 집을 만들고 여자는 가정을 만든다.   — 영국

■ 아름다운 여성은 지갑을 가지고 있지 않다―동반하는 남자가 반드
시 지불을 한다.   — 영국

■ 여자 셋이면 저자를 이룬다.   — 영국

■ 여자가 두 남자 중에 누구를 택할지 하는 결정은 바람보다 빠르다.
    — 아일랜드

■ 여자는 교회에서는 성녀, 마을에서는 천사, 집에서는 악마.
    — 프랑스

■ 물은 술을, 차량은 길을, 여자는 남자를 망쳐 버린다.
    — 프랑스

■ 침묵을 좋아하는 처녀는 총명하다.　　　　　　　— 프랑스

■ 여자는 악마도 생각이 미치지 못하는 책략을 알고 있다.
　　　　　　　　　　　　　　　　　　　　　　— 프랑스

■ 여자는 예쁜 옷으로 치장하면 슬픔이 사라진다.　　— 프랑스

■ 산토끼는 개로, 어리석은 자는 찬사로, 여자는 돈으로 잡는다.
　　　　　　　　　　　　　　　　　　　　　　— 독일

■ 여름철의 파종과 여자의 의견은 7년에 한 번밖에 성공하지 않는다.
　　　　　　　　　　　　　　　　　　　　　　— 독일

■ 사람들은 여자의 성실성과 기적은 금방 믿으려 하지 않는다.
　　　　　　　　　　　　　　　　　　　　　　— 독일

■ 여자는 달과 마찬가지로 빌려온 빛으로 밝아진다.　— 독일

■ 여자의 사랑과 장미꽃잎은 4월의 날씨처럼 변한다.　— 독일

■ 여자는 오래 신고 있으면 슬리퍼가 된다.　　　　　— 독일

■ 산울림과 무지개와 여성미는 잠시 동안의 것이다.　— 독일

■ 하늘의 아름다움은 별에 있고, 여인의 아름다움은 머리에 있다.
　　　　　　　　　　　　　　　　　　　　　— 이탈리아

■ 너무도 많은 구혼자를 가진 여자는, 흔히 가장 나쁜 사나이를 고르
　는 법이다.　　　　　　　　　　　　　　　　— 이탈리아

■ 여자와 배는 늘 뒤집히지 않을까 걱정스럽다.　　— 이탈리아

■ 여자는 순간적으로 말할 때 머리가 좋지만 생각을 깊이 할 적에는

종잡을 수가 없다.　　　　　　　　　　　　　　　　　— 이탈리아

▣ 신이 남자가 되었을 때, 악마는 먼저 여자가 되어 있다.

　　　　　　　　　　　　　　　　　　　　　　　　— 스페인

▣ 여자의 말을 믿는 것은 뱀장어의 꼬리를 잡는 것과 같다.

　　　　　　　　　　　　　　　　　　　　　　　　— 스페인

▣ 벽안(碧眼)의 여자는 『사랑해 주지 않으면 죽는다』고 말하고,
　흑안(黑眼)의 여자는 『사랑해 주지 않으면 죽인다』고 말한다.

　　　　　　　　　　　　　　　　　　　　　　　　— 스페인

▣ 여자와 포도주는 남자의 판단력을 망친다.　　　　— 스페인

▣ 여자와 암노새는 쓸어 주면 얌전해진다.　　　　　— 스페인

▣ 여자는 달걀과 같아서 잘 섞으면 맛이 좋아진다.　　— 스페인

▣ 여자에게는 산양처럼 긴 줄이 필요하다.　　　　　— 스페인

▣ 현자는 여자와 유리를 시험해 보지 않는다.　　　— 스페인

▣ 나쁜 여자로부터는 단단히 네 몸을 지켜라. 좋은 여자도 신용을 하
　지 마라.　　　　　　　　　　　　　　　　　　　　— 스페인

▣ 여자와 암양은 날 어둡기 전에 돌아와야 한다.　　— 포르투갈

▣ 처녀가 세 명의 구혼자에게 싫다고 했을 때는 스스로 찾아가 구혼
　해야 한다.　　　　　　　　　　　　　　　　　　　— 스웨덴

▣ 여자와 수프는 기다리게 해서는 안 된다. 그렇지 않으면 식어 버린
　다.　　　　　　　　　　　　　　　　　　　　　　— 스웨덴

■ 촛불을 꺼버리면 여자는 모두 마찬가지.   — 로마

■ 남자의 악의는 남자를 악마로 만들고, 여자의 악의는 여자를 지옥
  으로 만든다.   — 덴마크

■ 말을 칭찬하려면 한 달, 여자를 칭찬하려면 일 년을 기다려라.
                                                        — 체코

■ 악마조차 여자하고 맞서면 지고 만다.   — 폴란드

■ 물주기와 여자는 남자가 만드는 길을 따라간다.   — 세르비아

■ 남편이 없는 여자는 고삐 없는 말이다.   — 세르비아

■ 악마가 무력할 때는 여자를 사자(使者)로 보낸다.   — 러시아

■ 남자는 누구나 여인의 아들.   — 러시아

■ 여자에게 비밀을 털어놓는 것은 구멍 난 배로 항해하는 것보다 더
  위험하다.   — 러시아

■ 여자의 말과 포도밭은 건장한 주인이 필요하다.   — 터키

■ 말은 기수에게 달렸고 여자는 남자에게 달렸다.   — 터키

■ 남자의 어리석음은 여자의 어리석음만큼 알려지지 않는다.
                                                        — 카메룬

■ 여자는 남자와 결혼하지만, 남자는 일과 결혼한다.   — 펀잡

■ 추녀(醜女)를 비춰 낸 거울은 없다.   — 카스틸랴

■ 여자는 성채(城砦)이고, 남자는 거기 갇힌 포로다.   — 쿠르드

■ 여자는 남자를 죽이는 차가운 물이고, 남자를 빠지게 하는 깊은 물

이다.   ― 니그리치아

■ 여자의 판단력은 젖가슴에서 위로 올라가지 않는다.

       ― 니그리치아

■ 여자는 고양이와 같아서 높은 곳에서 떨어져도 발로 선다.

       ― 페르시아

■ 여자란 머리털이 길고 지혜가 짧은 동물이다.   ― 中世 라틴

■ 여자가 욕심내는 것은 신도 원한다.   ― 中世 라틴

■ 설령 네가 사탄의 딸일지라도 남자보다 못하다고 깨닫게 될 것이다.   ― 아라비아

■ 아름다운 처녀의 한숨은 사자의 포효보다 멀리 들린다.

       ― 아라비아

■ 여자가 남자보다 젊어서 결혼하지 않으면 안되는 것은 여자 편이 나쁜 짓을 하면 눈에 두드러지기 때문이다.   ― 유태인

■ 여자는 여섯 살이 되거나 60세가 되더라도 결혼식의 음악이 들려오기만 하면 들뜨기 시작한다.   ― 유태인

■ 여자를 재는 데는 세 가지 자가 있다. 요리·복장·남편, 이 세 가지는 그녀가 만드는 것이다.   ― 유태인

【시·문장】

여자란 하룻밤을 위한 것

예쁘면 다시 하룻밤도 좋소.

오, 그리곤 다시 혼자되는 법
벙어리 존재, 이 씻겨 내리는 마음.

　　　　　　　　— 고트프리 벤 / 급행열차

권태로운 여인보다도
더 불쌍한 여인은
슬픔에 빠진 여인입니다.
슬픔에 빠진 여인 여인보다도
더 불쌍한 여인은
불행을 겪고 있는 여인입니다.
불행을 겪고 있는 여인보다도
더 불쌍한 여인은
병을 앓고 있는 여인입니다.
병을 앓고 있는 여인보다도
더 불쌍한 여인은
버림받은 여인입니다.
버림받은 여인보다도
더 불쌍한 여인은
쫓겨난 여인입니다.
쫓겨난 여인보다도
더 불쌍한 여인은
죽은 여인입니다.
죽은 여인보다도
더 불쌍한 여인은

잊혀진 여인입니다.

— 마리 로랑생 / 잊혀진 여인

신에게 부인당하고 악마에게 부인당해
유죄일 수도 없는 그대는
아름다운 여자
부인할 수 없는 여자
그대는 바다와 대지처럼 아름다워
인간이 번식하기 전 바다와 대지처럼
그러나 그대는 여자
그대는 눈에 보이지 않는 바람처럼 아름다워
아침처럼 저녁처럼 아름다워
그대는 아름답고 혼자가 아니야
그대는 아름답고 여자들 속에서 아름다워
그러나 여자들 무리 속에서 별이 아니라
그대는 그들 중 한 여자
나의 여자야
그러나 그대는 내 것이 아니야
그러나 그대는 내 그대와 살 수 있는
단 하나의 무인도.

— 자크 프레베르 / 절망이 벤치 위에 앉아 있다

여인은 아직도 젊었거니! 고달픈 넋과
권태에 좀먹힌 관능이

걷잡지 못할 정욕에 목마른 사냥개 떼 위해
열려졌더란 말인가?

　　　　　　　　　　　　　— 보들레르 / 순교의 女人

여덟 살 때 거울을 몰래 들여다보고
눈썹을 길게 그렸지요.
열 살 때 나물 캐러 다니는 게 좋았어요.
연꽃 수놓은 치마를 입고
열두 살 때 거문고를 배웠어요.
은갑을 손에서 빼지 않았죠.
열네 살 때 곧잘 부모 뒤에 숨었어요.
남자들이 왜 그런지 부끄러워서
열다섯 살 때 봄이 까닭 없이 슬펐어요.
그래서 그넷줄 잡은 채 얼굴 돌려 울었지요.

八歲偸照鏡　長眉已能畵　　팔세투조경 장미이능화
十歲去踏靑　芙蓉作裙衩　　십세거답청 부용작군차
十二學彈箏　銀甲不曾卸　　십이학탄쟁 은갑부증사
十四藏六親　懸知猶未嫁　　십사장륙친 현지유미가
十五泣春風　背面鞦韆下　　십오읍춘풍 배면추천하

　　　　　　　　　　　　　— 이상은(李商隱)

한편 여자는 남자의 가르침을 순종하여 그 일을 돕는 자입니다. 그런
때문에 여자는 모든 일을 전제(專制)로 할 의리(義理)는 없고 오직 세

가지 좇는(三從) 도리(道理)가 있는 것입니다. 이 세 가지 좇는 도리
는, 어려서는 부형을 좇으며, 시집가서는 남편을 좇으며, 남편이 죽으
면 아들을 좇는다는 말입니다. 남편이 죽으면 아들을 좇는다는 것은
즉, 두 번 시집가지 못한다는 말입니다.   ─《공자가어》

【중국의 고사】

▣ **빈계지신**(牝鷄之晨) : 여자가 설쳐대는 것을 비유한 말이다. 이 오
랜 속설은 『암탉은 새벽에 울지 않기 때문에, 암탉이 새벽에 울면
집안이 망한다』는 데서 나온 말이다. 주(周)의 무왕(武王)이 은
(殷)의 무도한 주(紂)왕을 치기 위해 목야(牧野)에서 군사를 모아
놓고 맹세한 말에서 나온 것이다. 무왕이 말한 암탉은 주왕 곁에서
잔인하고 요사스러운 짓을 저지른 주나라의 비(妃) 달기(妲己)를
지칭하는 것이다. 여자가 지나치게 설쳐대는 바람에 나라꼴을 망쳐
놓은 적이 종종 있었기 때문에 이런 말이 나오게 된 것이다.

　　이 『빈계지신』의 모범적인 경계의 예가 당태종의 황후 장손씨
(張孫氏)다. 그녀는 목소리를 낮추고 훌륭하게 내조한 비로 꼽힌다.
태종도 그녀의 인품과 지혜를 잘 알고 있어 신하들의 상벌문제가
생기면 그녀의 의견을 묻곤 했는데, 그때마다 그녀는 『암탉이 울
면 집안이 망한다고 합니다. 아녀자인 제가 정치에 참견할 수는 없
는 일입니다.』라고 하며 입을 다물었다고 한다. 또 태종이 그녀의
오빠 장손무기(張孫無忌)를 재상에 임명하려 하자, 그녀는 외척의
전횡을 우려해 극력 반대했다고 한다. 그녀가 서른여섯의 이른 나
이로 죽었을 때 태종은 『안으로 훌륭한 보좌관 하나를 잃었구
나.』하고 통곡했다고 한다.   ─《서경》목서편

■ **등도자**(登徒子) : 여색(女色)을 밝히는 사람을 비유해서 이르는 말이다. 전하는 말에 따르면 전국시대 후기 초(楚)나라의 문학자 중한 사람이었던 송옥(宋玉)은 글재주가 비상했을 뿐만 아니라 풍채도 남달랐다고 한다.

어느 날 대부 등도자가 초양왕 앞에서 송옥을 가리켜 호색한(好色漢)이라고 비난하였다. 양왕은 그 말을 듣고 송옥에게 진짜 그러냐고 물었다. 이에 송옥이 대답하였다. 『전혀 그런 일이 없습니다. 호색한은 신이 아니라 바로 등도자 자신인 줄 알고 있습니다.』그러자 초양왕이 무슨 근거로 그렇게 말하느냐고 물었다.

송옥은 이렇게 말했다. 『천하의 미인이라 할지라도 우리나라의 처자들과는 비교할 수 없고, 초나라의 아름다운 처자 중에서 우리 고향의 처녀들이 가장 아름답고 우리 고향의 처녀들 중에 가장 예쁜 여인은 신의 동쪽 이웃에 사는 한 처녀(東家之子)입니다. 그 처녀는 몸이 호리호리하고 키는 크지도 작지도 않으며 발그스름한 뺨은 연지를 바르지 않아도 보기 좋습니다. 눈썹·살결·허리·치아 또한 미운 곳이 전혀 없습니다.

그녀가 웃으면 아름다움은 형용할 말이 없을 정도이며, 양성과 하채의 공자라 해도 그녀에게 반해 오금을 펴지 못한다고 들었습니다. 그러나 그 같은 처녀가 담장 위에 올라서서 신을 훔쳐본 지도 어느덧 만 3년이 되어 갑니다만, 아직까지 소신은 그녀에게 눈길조차 주어 본 적이 없습니다.』이렇게 말한 뒤 송옥은 계속 말을 이었다.

『그러나 등도자는 신과는 전혀 다른 것으로 알고 있습니다. 그의 부인은 머리는 헝클어지고 귀는 비뚤어져 있으며, 입술은 갈라

터지고 치아는 듬성듬성하며, 길을 걸을 때면 허리를 꼬부리고 지팡이를 짚고 다닐 뿐만 아니라 온몸에는 옴이 돋아나서 얼굴에는 부스럼이 가득하다고 합니다. 하지만 등도자는 그런 그녀를 좋아해서 벌써 그녀의 몸에서 아이 다섯을 보았다고 합니다.』

그런 뒤 마지막으로 송옥은 초양왕에게 말했다. 『보십시오. 과연 누가 더 여자를 밝히는 사람인지는 뻔하지 않습니까?』초양왕은 송옥의 말을 듣고 일리가 있다고 여겨서 그 말에 수긍했다는 것이다. 이 때문에 사람들은 등도자를 호색한의 전형으로 간주하게 되었으며, 따라서 색을 즐기는 사람을 말할 때 등도자라고 하게 되었다. 그리고 송옥이 말한 동가지자(東家之者 : 또는 東家之女) 역시 후에 성구가 되어 미녀를 가리키는 말이 되었는데, 어떤 사람은 동린(東隣)이라고 하기도 한다.

— 송옥 / 등도자호색부(登徒子好色賦)

■ 홍일점(紅一點) : 많은 남자들 속에 여자 하나가 끼어 있는 것을 가리켜 흔히 『홍일점』이라고 말한다. 불타는 것은 꽃을 뜻하기 때문에 그것은 곧 아름다운 여인을 말하게 된다. 또 여럿 가운데 오직 하나 이채를 띠는 것을 이르는 말이다. 이 홍일점이란 말은 원래 『만록총중홍일점(萬綠叢中紅一點)』이란 말의 끝 부분만을 딴 말이다. 온통 새파란 덤불 속에 빨간 꽃이 한 송이 피어 있다는 뜻이다. 이것은 왕안석의 『석류시』에 나오는, 『만록총중의 붉은 한 점은(萬綠叢中紅一點) / 사람을 움직이는 봄빛이 많음을 필요치 않게 한다(動人春色不須多).』에서 따온 것이다.

온통 새파랗기만 한 푸른 잎 속에 한 송이 붉은 꽃이 방긋 웃고 있다. 사람의 마음을 들뜨게 하는 봄의 색깔이 굳이 많은 꽃을 필요로 하지 않는다. 복숭아나 오얏처럼 수없이 많은 꽃이 어지러울 정도로 한꺼번에 활짝 피어 있는 것보다도, 무성한 푸른 나뭇잎 사이에 어쩌다 한 송이 빨갛게 내밀어 보이는 석류꽃이 사람의 마음을 더 이끈다는 뜻이다.

이것을 굳이 비유로서 말한다면, 청루에 우글거리는 많은 여자들보다도, 양가의 높은 담 너머로 조용히 밖을 내다보는 여인에게서 한층 남자의 마음을 이끄는 무엇을 찾는 그런 것이 될 수도 있을 것이다. ── 왕안석 / 석류시(石榴詩)

▣ **파과지년**(破瓜之年) : 글자 그대로는 참외를 깨는 나이란 뜻이다. 이 말은 여자의 열여섯 살을 가리키기도 하고, 첫 경도(經度)가 있게 되는 나이란 뜻도 된다. 과(瓜)란 글자를 파자(破字)하면 팔(八)이 둘로 된다. 여덟이 둘이면 열여섯이 된다. 그래서 여자를 참외에다 비유하고, 또 그것을 깨면 열여섯이 되기 때문에 『파과지년』은 여자의 열여섯 살을 가리키게 된 것이라고 한다. 여자의 자궁을 참외와 같이 생긴 것으로 보고 경도가 처음 있어 피가 나오게 되는 것을 『파과』라고 하고, 또 여자가 육체적으로 처녀를 잃게 되는 것을 파과라고 한다.

이 말은 진(晋)나라 손작의 『정인벽옥가』란 시에 보인다. 『푸른 구슬 참외를 깰 때에(碧玉破瓜時) / 임은 사랑을 못 견디어 넘어져 궁굴었네(郎爲情顚倒). / 임에게 감격하여 부끄러워 붉히지도 않고(感君不羞赧) / 몸을 돌려 임의 품에 안겼네(廻身就郎抱).』이 시에 나오는 파과시(破瓜時)는 처녀를 바치던 때라고도 풀이될 수

있고, 또 사랑을 알게 된 열여섯 살 때라고도 풀이될 수 있다. 넘어
져 궁군다는 전도(顚倒)란 말은 전란도봉(顚鸞倒鳳)의 뜻으로 남녀
가 정을 나누는 것을 말한다.

　이것으로 미루어 보면, 첫 경도가 있을 때와 처녀를 잃는 것을 파
과라고 해 온 것을 알 수 있다. 또 남자의 나이 예순넷을 가리켜
『파과』라고 말하는 경우도 있다. 그것은 팔(八)이 둘이니까 여덟
을 여덟으로 곱하면 예순 넷이 되기 때문이다. 송나라 축목(祝穆)이
만든 《사문유취》란 책에 당나라 여동빈이 장계에게 보낸 시 가운
데 『공이 이뤄지는 것은 마땅히 파과의 해에 있으리라(功成當在破
瓜年).』고 한 것을 들어, 파과가 예순네 살의 뜻이란 것을 밝히고
있다.　　　　　　　　　　　　　― 손작 / 정인벽옥가(情人碧玉歌)

■ 식자우환(識字憂患) : 서툰 지식이 오히려 근심을 사게 됨.

　글자를 아는 것이 우환이란 말이다. 아는 것이 근심거리의 시발
점이다. 우리 속담에 『아는 것이 병이고 모르는 것이 약이다』와
같은 말이다. 《삼국지》에 보면 서서(徐庶)의 어머니 위부인(衛夫
人)이 조조(曹操)의 위조 편지에 속고 한 말에 「여자식자우환(女
子識字憂患)」이란 말이 있다.

　유현덕이 제갈량을 얻기 전에는 서서가 제갈량 노릇을 하며 조조
를 괴롭혔다. 조조는 서서가 효자라는 것을 알고 그의 어머니 손을
빌어 그를 불러들이려 했다. 그러나 위부인은 학식이 높고 명필인
데다가 의리가 확고한 여장부였기 때문에, 아들을 불러들이기는커
녕 오히려 어머니 생각은 말고 끝까지 한 임금을 섬기라고 격려를
하는 형편이었다.

그래서 하는 수 없이 조조는 사람을 중간에 넣어 교묘한 수법으로 위부인의 편지 답장을 받아낸 다음, 그 글씨를 모방해서 서서에게 어머니의 위조 편지를 전하게 했다. 어머니의 편지를 받고 집에 돌아온 아들을 보자 위부인은 영문을 몰라 어리둥절했다.

이야기를 듣고 비로소 그것이 자기 글씨를 모방한 위조 편지 때문이란 것을 안 위부인은, 『도시 여자가 글자를 안다는 것부터가 걱정을 낳게 한 근본 원인이다.』하고 자식의 앞길을 망치게 된 운명의 장난을 스스로 책하는 이 한 마디로 체념하고 말았다는 것이다. 그래서 여자를 차별대우하던 옛날에는 위부인의 이「여자식자우환」이란 말이 여자의 설치는 것을 비웃는 문자로 자주 인용되곤 했다.

여자의 경우만이 아니고, 우리는 이른바 필화(筆禍)란 것을 기록을 통해 많이 보게 된다. 이것이 모두「식자우환」이 아니고 무엇이겠는가. 여하간 때로 아는 것으로 인해 일을 망치고 재앙을 당하는 경우는 빈번하게 있었던 것이다.

소동파(소식)의「석창서취묵당시(石蒼舒醉墨堂詩)」에 이런 말이 있다.

인생은 글자를 알 때부터 우환이 시작된다.
성명만 대충 쓸 줄 알면 그만둘 일이다.

人生識字憂患始 姓名粗記可以休
인생식자우환시 성명조기가이휴

얕은 지식으로 말미암아 겪는 어려움을 토로하고 있다.
무릇 글자뿐이겠는가. 인간이 만들어낸 이기(利器)들이 어느 것

하나 우환의 시초가 아닌 것이 없다. 헤엄을 잘 치는 사람은 물에 빠져 죽기 쉽고, 나무에 잘 오르는 사람은 나무에서 떨어져 죽기 쉬운 법이다.　　　　　　　　　　　　　　 ─《삼국지(三國志)》

■ **삼종지도(三從之道)** : 봉건시대에 여자가 지켜야 할 세 가지 예의 도덕. 어렸을 때는 어버이를 좇고, 시집가서는 남편을 좇고, 남편이 죽은 뒤에는 아들을 좇음.

봉건사회에 있어서 남녀의 불평등 가운데 가장 말썽이 되어 온 것이 「삼종지도」와 칠거지악(七去之惡)이다.

「삼종지도」는 여자가 평생을 통해 남편을 좇아야 되는 세 가지 길이란 뜻이다. 같은 뜻의 말로 「삼종지덕(三從之德)」, 「삼종지의(三從之義)」, 「삼종지례(三從之禮)」 등 여럿이 있다.

《예기》에, 『여자는 세 가지 좇는 길이 있으니, 집에서는 아비를 좇고, 시집가서는 남편을 좇고, 남편이 죽으면 아들을 좇는다(女子有三從之道 在家從父 適人從夫 夫死從子).』라고 되어 있다.

즉 여자는 시집을 가기 전 집에 있을 때는 아버지의 명령과 지시에 따라야 하고, 남의 집으로 시집을 가게 되면 남편의 의사와 처리에 순종해야 하고, 남편이 죽은 뒤에는 아들에게 모든 것을 맡겨야 한다는 뜻이다. 결국 여자는 평생 자기 뜻을 고집해서는 안된다는 이야기다.

우리 호적법(戶籍法)을 보면 짐작할 수 있듯이, 말로는 남녀평등을 부르짖고 있지만, 여전히 이 삼종지도의 전통이 뿌리깊이 남아 있다고 볼 수 있다.

「칠거지악」은 「삼종지도」보다 여자에게는 더 가혹한 것이었는

데 그 항목에서 설명하기로 한다.　　　　　　　━《예기(禮記)》

■ **서시빈목**(西施嚬目) : 공연히 남의 흉내를 내어 세상 사람의 웃음
거리가 됨을 이름.

　「서시빈목」은 서시가 눈살을 찌푸린다는 말이다. 서시라는 미
녀를 무조건 흉내 내었던 마을 여자들의 이야기에서 생겨난 말로
서, 공연히 남의 흉내만 내는 일을 풍자한 것이다.

　춘추시대 말 오(吳)·월(越) 양국의 다툼이 한창일 무렵, 월왕 구
천이 오왕 부차의 방심을 유발하기 위해 헌상한 미희 50명 중에서
제일가는 서시(西施)라는 절색(絶色)이 있었다.

　이 이야기는 그 서시에 관해서 주변에 나돌았던 이야기로 되어
있으나, 말하는 사람이 우화의 명수인 장자이므로 그 주인공이 서
시가 아니라도 좋을 것이다.

　《장자》 천운편에 있는 이야기다.

　서시가 어느 때 가슴앓이가 도져 고향으로 돌아갔다. 아픈 가슴
을 한손으로 누르며 눈살을 찌푸리고 걸어도 역시 절세의 미인인
지라, 다시 보기 드문 풍정(風情)으로 보는 사람들을 황홀케 했다.

　그것을 본 것이 마을에서도 추녀로 으뜸가는 여자인데, 자기도
한손으로는 가슴을 누르고 눈살을 찌푸리며 마을길을 흔들흔들 걸
어보았으나 마을 사람들은 멋있게 보아주기는커녕 그렇지 않아도
추한 여자의 징글맞은 광경을 보고 진저리가 나서 대문을 쾅 닫아
버리고 밖으로 나오려는 사람도 없었다.

　그런데 이 이야기로 장자는 공자의 제자인 안연(顔淵 : 안회)과
도가적(道家的) 현자로서 등장시킨 사금(師金)이란 인물과의 대화

속에서 사금이 말하는 공자 비평의 말에 관련시키고 있다.

요컨대 춘추의 난세에 태어나서 노(魯)나 위(衛)나라에 일찍이 찬란했던 주(周)왕조의 이상정치를 재현시키려는 것은 마치 자기 분수도 모르고 서시의 찡그림을 흉내 내는 추녀 같은 것으로, 남들로부터 놀림 받는 황당한 이야기라는 것이다. 「효빈(效矉)」이라고도 한다. — 《장자》 천운편(天運篇)

■ **암중모색**(暗中摸索) : 사태를 파악할 수 없는 상황에서 대충 어림으로 추측하다.

『어둠 속에서 손으로 더듬어 찾는다』는 뜻으로, 어림짐작으로 추측거나, 당장은 해결점이 보이지 않는 막연한 상태에서 해법을 찾는 것을 이르는 말이다.

당(唐)나라 측천무후(則天武后)는 여걸이었다. 열네 살에 대궐에 뽑혀 들어가 2대 황제 태종(太宗)의 후궁이 되었는데, 태종이 죽자 절에 들어가 중이 되었다. 그러나 3대로 제위에 오른 고종(高宗)은 그녀를 환속시켜 후궁으로 불러들였다.

한 여자가 부자간 2대와 관계를 맺는 기막힌 경우가 생긴 것이다. 이 사실만 보더라도 상당한 미모였음을 알 수 있다.

그녀는 아름답기만 한 것이 아니라 두뇌가 명석하고 기력 또한 드세며 행동력이 뛰어나 황후를 밀어내고 자신이 그 자리를 차지했다. 그 후 고종이 병들어 눕자 스스로 천후(天后)라 일컫고 정치 일선에 나서서 거슬리는 대신들과 전 황후 소생인 태자를 무참히 죽이는 공포정치로 모두를 꼼짝 못하게 만들었다.

그러다가 고종이 죽자 자신의 친아들로 4대 중종(中宗)과 5대 예종(睿宗)을 형식적으로 세웠지만 곧 폐하고 마침내 스스로 제위에 올라 국호를 주(周)로 고쳤다.

이때 그녀의 나이 67살이었고, 중국 역사상 전무후무한 여황이 탄생한 것이다. 그러고서 15년간 황제 노릇을 했고, 고종이 죽고부터 실권을 장악한 것을 감안하면 무려 26년간이나 중국 천하를 호령했으니 참으로 놀라운 여자가 아닐 수 없다.

이 측천무후 시대의 당나라에 허경종(許敬宗)이란 학자가 있었는데, 학문은 어쨌든 간에 심한 건망증으로 더 이름이 알려져 있었다. 어찌나 건망증이 심한지 조금 전에 만났던 사람조차 기억 못할 정도였다.

『저런 기억력으로 글은 대체 어떻게 읽었을까?』

그를 아는 사람들은 이렇게 말하며 비웃곤 했다.

어느 날 한 친구가 허경종이 사람을 특히 잘 기억하지 못하는 것을 보고 이렇게 비꼬았다.

『자넨 이름 없는 사람이야 기억할 수 없겠지만 만약 하안(何晏)이나 유정(劉楨)·심약(沈約)·사령운(謝靈運) 같은 유명인을 만난다면 훗날 「암중모색」을 해서라도 알 수 있을 것이네.』

허경종(許敬宗)은 고종이 황후 왕(王)씨를 폐하고 무씨(武氏, 측천무후)를 황후로 맞이할 때 이 무씨를 옹립한 인물이었으며, 당 태종의 18학사(學士)의 한 사람으로 유명하다.

그는 문장의 대가였으나 성격이 매우 경솔한 데다 건망증이 심해 방금 만났던 사람조차 곧 잊어버리곤 했다.

― 유속(劉餗) 《수당가화(隋唐嘉話)》

■ **천금매소**(千金買笑) : 천금을 주고 웃음을 산다는 뜻으로, 쓸데없
는 곳에 돈을 낭비함을 비유하는 말이다.

못된 임금의 대명사 가운데 걸·주·유·여(桀紂幽厲)란 말이
있다. 걸은 하나라를 망친 마지막 임금, 주는 은나라를 망친 마지막
임금, 그리고 유는 서주(西周)의 마지막 임금 유왕(幽王)으로 견융
(犬戎)으로 불리는 오랑캐의 칼에 맞아 죽었고, 여는 유왕의 할아
버지인 여왕(厲王)으로 백성들의 폭동에 밀려나 연금생활로 일생
을 마친 임금이다.

「천금매소」란 말은 유왕의 고사에서 비롯된 말이다. 이 말에
관계되는 부분만을 간단히 소개하면 다음과 같다.

유왕은 요희인 포사(褒姒)에게 빠져, 왕후 신씨와 태자 의구(宜
臼)를 폐한 다음, 포사를 왕후로 세우고 그녀가 낳은 백복(伯服)을
태자로 세웠다. 그런데 돈에 팔려 남의 속죄의 대가로 궁중에 들어
오게 된 그녀가, 불과 몇 해 사이에 여자로서 더 바랄 것이 없는
영광된 위치에 오르게 되었건만 그녀는 일찍이 한 번도 입술을 열
어 웃는 일이 없었다.

유왕은 그녀의 환심을 사기 위해 악공을 불러 음악을 들려주고
궁녀들을 시켜 춤을 추어 보였으나 전혀 기뻐하는 기색이 없었다.
유왕이 하도 답답해서, 『그대는 노래도 춤도 싫어하니 도대체 좋
아하는 것이 무엇인가?』 하고 묻자 그녀는, 『첩은 좋아하는 것이
없습니다. 언젠가 손으로 비단을 찢은 일이 있는데 그 소리가 듣기
에 매우 좋았사옵니다.』 하는 것이었다.

『그럼 왜 진작 말하지 않고.』

유왕은 즉시 창고를 맡은 소임에게 매일 비단 백 필씩을 들여보

내게 하고, 궁녀 중 팔 힘이 센 여자를 시켜 비단을 포사의 옆에서 번갈아 찢게 했다. 그러나 포사는 그저 좋아할 뿐 여전히 웃는 모습을 보이지 않았다.

『그대는 어째서 웃지 않는가?』

왕이 이렇게 묻자, 그녀는 또, 『첩은 평생 웃어 본 적이 없습니다.』 하고 대답했다. 그러자 유왕은, 『그래, 내 기어이 그대가 입을 열어 웃는 모습을 보고 말리라.』 하고 즉시 영을 내렸다.

『궁 안과 궁 밖을 묻지 않고, 왕후로 하여금 한번 웃게 하는 사람은 천금의 상을 내리리라.』

그러자 지금껏 안팎으로 포사와 손발이 척척 맞아온 괵석보(虢石父)가 웃게 할 수 있는 방법을 제의했다.

그것은 봉화를 올려 기내(畿內)에 있는 제후들로 하여금 군대를 동원해 밤을 새워 달려오게 한 다음, 적이 침입해 온 일이 없는 것을 알고 어이없어 뿔뿔이 흩어져 돌아가는 것을 보면 웃지 않을 수 없을 것이라는 것이었다. 그 신하에 그 임금이라, 유왕은 많은 지각 있는 신하들의 간하는 말도 듣지 않고 괵석보의 생각대로 포사와 함께 여산(驪山) 별궁으로 가 놀며 저녁에 봉화를 올렸다.

가까운 제후들은 예정된 약속대로 도성에 도적이 침입해 온 줄 알고, 저마다 군대를 거느리고 밤을 새워 즉시 여산으로 달려왔다.

여산 별궁에서 음악이 울리고 술을 마시며 포사와 함께 즐기고 있던 유왕은 사람을 보내 제후들에게 이렇게 말을 전했다.

『다행히 밖의 도둑은 없으니 멀리서 수고할 것까진 없는 걸 그랬소.』

제후들은 어이가 없어 서로 얼굴만 바라보다가 깃발을 둘둘 말아

수레에 싣고 부랴부랴 돌아갔다. 봉화 불에 속아 하릴없이 달려왔다가 허탕을 치고 돌아가는 제후들의 뒷모습을 누각 위에서 바라보던 포사는 저도 모르게 손바닥을 치며 깔깔대고 웃었다.

그녀의 그런 웃는 모습을 바라보던 유왕은,

『사랑하는 그대가 한번 웃으니 백 가지 아름다움이 솟아나는구려. 이 모두가 괵석보의 공이다.』하고 그에게 약속대로 천금 상을 내렸다.

《동주열국지》에는 이렇게 이야기를 마치고 나서, 『지금까지 속담으로 전해 내려오는 「천금으로 웃음을 산다」는 말은 대개 여기에서 나온 것이다.』라고 덧붙이고 있다.

그 뒤 얼마 안 가서, 폐비 신씨의 친정아버지 신후(申侯)가 끌어들인 견융주(犬戎主)의 칼에 유왕이 개죽음을 당한 것은, 여산에 아무리 봉화를 올려보았자 또다시 속는 줄 알고 제후들이 달려오지 않은 때문이었다. 이솝 이야기에 나오는 양치기 소년과 같은 짓을 명색이 천자와 대신이란 사람들이 하고 있었으니, 그의 지배 밑에 사는 백성들이 어찌 되었겠는가.

— 《동주열국지(東周列國志)》

【에피소드】

■ 어느 때 로마의 황제가 랍비 가브리엘에게 물었다. 『여자는 남자에게 있어서 얼마만큼 소중한 것인가? 유태인의 신은 아담을 잠들게 하고 늑골 하나를 뽑아 여자를 만들었다고 한다. 그렇다면 도둑이 아닌가.』창세기(創世記)에는 확실히 이브는 아담의 늑골로 만들어졌다고 되어 있다. 랍비는 황제에게, 그 마당에 있었더라면 경

관을 불렀어야 할 것이라고 대답한 후 다시 덧붙였다. 『어젯밤 저희 집에 도둑이 들어 은스푼을 훔쳐갔습니다. 그리고는 금술잔을 놓고 갔습니다.』 『호오, 그것은 아주 행운이었네그려.』 하고 황제는 창세기에서 처음으로 태양이 떠오른 듯이 눈을 빛냈다. 『네, 하느님이 여자를 베풀어 주신 것도 똑같은 이야기입니다.』

【신화】

■ 제우스가 감추어 둔 불을 훔쳐 인간에게 준 프로메테우스는 캅카스의 바위에 묶인 채 낮이면 독수리에게 간을 쪼아 먹히고 밤이면 회복되는 형벌을 당하였다. 제우스의 분노는 여기서 그치지 않고 대장간의 신 헤파이스토스에게 명하여 흙으로 여신을 닮은 처녀를 빚게 한 다음 여러 신들에게 자신의 가장 고귀한 것을 선물하게 하였다.

미의 여신 아프로디테(로마신화의 비너스)는 아름다움과 함께 교태와 거부할 수 없는 욕망을 주었고, 아테나는 방직 기술을 가르쳤으며, 헤르메스는 재치와 마음을 숨기는 법, 설득력 있는 말솜씨 등을 선사하였다. 이로써 『모든 선물을 합친 여인』이라는 뜻의 판도라가 탄생하였다. 또 다른 이야기로는 신들이 판도라에게 갖가지 나쁜 성질만 주고는 외모만 매혹적이고 아름답게 꾸몄다고 한다.

제우스는 판도라에게 상자를 하나 주면서 절대로 열어 보지 말라고 경고한 뒤에 프로메테우스의 아우인 에피메테우스에게 보냈다. 프로메테우스는 캅카스로 형벌을 받으러 끌려가기 전에 동생에게 제우스가 주는 선물을 받지 말라고 당부한 적이 있다. 그러나 『앞날을 내다보는 사람』이라는 뜻의 에피메테우스는 판도라의 미모에 반하여 형의 당부를 저버리고 아내로 맞이하였다.

판도라는 에피메테우스와 평화로운 나날을 보내다가 제우스가 준 상자가 생각났다. 보아서 안 된다는 물건은 더 보고 싶은 법이다. 판도라는 어느 날 기어이 뚜껑을 살짝 열어 보았다. 속에서는 연기 같은 것이 자욱이 솟아나와 사방으로 흩어졌으니 이것은 온갖 재앙과 질병이었다. 그 때까지 인간은 질병도 없었고 재앙도 모르고 지내 왔는데 판도라가 단지 뚜껑을 연 후부터 갖가지 질병과 재앙이 인간을 괴롭히게 되었다.

다만 이 때 허망한 희망만은 성미가 느려 단지 속에서 머뭇거리고 있었는데 마침 판도라가 놀라 황급히 뚜껑을 닫는 바람에 밖으로 나오지 못하고 그대로 상자 속에 남았다고 한다. 그리고 판도라는 이 세상 최초의 여자가 되었다.

『판도라의 상자』는 인류의 불행과 희망의 시작을 나타내는 상징으로 유명하다. 판도라는 에피메테우스와의 사이에서 『빨간 머리의 여인』이라는 뜻의 피라를 낳았는데, 피라는 데우칼리온과 결혼하였다. 이들은 제우스가 사악한 인간을 없애기 위하여 일으킨 대홍수에서 살아남은 두 명의 인간이었다. 고대 그리스의 서사시인 헤시오도스의 《일과 나날(Erga kai Hēmerai)》 등에 판도라에 관한 이야기가 나온다.

【成句】

■ 여(女) : 여자가 모로 꿇어앉은 모습을 본뜬 글자.

■ 고정무파(古井無波) : 물이 없는 오래된 우물에는 물결이 일지 않

는다는 뜻으로, 마음을 굳게 먹고 정절을 지키는 여자의 비유.

■ 녹빈홍안(綠鬢紅顏) : 윤이 나는 검은 머리와 붉은 얼굴이란 뜻으로, 곱고 젊은 여자의 얼굴.

■ 녹의홍상(綠衣紅裳) : 연두저고리에 다홍치마. 곧 젊은 여자의 곱게 치장한 복색.

■ 벌성지부(伐性之斧) : 여색(女色)에 빠지면 사람의 성명(性命)에 해롭다는 말. 벌(伐)은 치다, 베다의 뜻. 사람의 본성을 상하게 하는 도끼. 남자의 마음을 녹이고 혼란시키는 여색을 도끼에 비유한 말. /《여씨춘추》

■ 부유장설(婦有長舌) : 여자가 말이 많음은 화의 발단이 된다는 뜻.

■ 부인지인(婦人之仁) : 부녀자의 어짊이란 뜻으로, 소견이 좁은 정. 하찮은 일에는 시시콜콜 동정하면서도 진짜 중요한 대목에서는 배려가 결여됨의 비유. /《사기》

■ 민정숙진(玟貞淑眞) : 아름답고 정숙한 여자를 이름.

■ 여자유행원부모형제(女子有行遠父母兄弟) : 여자는 시집가기 때문에 친정의 부모형제와는 멀어진다는 말.

■ 영설지재(詠雪之才) : 문재(文才)에 능한 여성. 재원(才媛)을 비유해서 일컫는 말. /《진서》

■ 형차포군(荊釵布裙) : 가시나무 비녀와 무명치마라는 뜻으로, 곧 여자의 소박한 차림새를 이르는 말. /《열녀전》

■ 백대청아(百隊靑娥) : 여러 무리의 예쁜 계집.

■ 건부승장부(健婦勝丈夫) : 기력이 강한 여자는 오히려 남자보다 낫다.

■ 수견대사불가견여인(雖見大蛇不可見女人) : 사람을 매혹시킴이 요사스러운 여인보다 더한 것이 없다는 뜻.

■ 여중군자(女中君子) : 숙덕이 높은 여자.

■ 복고여산(腹高如山) : 배가 산같이 높다는 뜻으로, 아이 밴 여자의 부른 배를 형용하는 말. 또는 부자의 교만함을 비유하는 말.

■ 분백불거수(粉白不去手) : 분을 가지고 늘 손질한다는 말로 항상 화장함을 이름.

■ 양상도회(梁上塗灰) : 들보 위에 회를 바른다는 뜻으로, 여자가 얼굴에 분을 많이 바른 것을 비웃는 말.

■ 여위열기자용(女爲說己者容) : 여자가 자기를 사랑해 주는 사람을 위하여 더욱더 아름다워지려고 함을 이르는 말. /《사기》

■ 여자선회(女子善懷) : 여자는 골똘히 생각에 잘 잠긴다는 말.

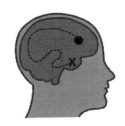

양심 conscience 良心

【어록】

■ 자녀에게는 황금보다는 양심이라는 훌륭한 유산을 남겨야 한다.
　　　　　　　　　　　　　　　　　　　　　　　　— 플라톤

■ 오직 하나, 인간의 양심만이 모든 난공불락의 요새보다도 안전하
다.　　　　　　　　　　　　　　　　　　　　　— 에픽테토스

■ 우리들은 늘 한 가지 중요한 점을 잊어버리고 있다. 즉, 내 양심만
깨끗하다면 아무것도 나를 다치지 못한다는 사실을, 내가 경솔했거
나 또는 무엇인가 자기 혼자만의 욕심을 채우려고 했기 때문에 싸
움이 생기고 원수가 생긴다는 것을 잊어버리고 있다. 세상에서 가
장 강한 것은 내 양심이다. 양심이 약하면 내 인간도 약해진다. 많
은 양심을 보존함으로써 그 인생을 가장 강하게 살아 나갈 수 있다
는 점을 너무도 사람들은 생각지 않고 있다.　　　— 에픽테토스

■ 한 번도 병에 걸리지 않았다는 절대적인 건강도 없을 것이다. 아무
리 써도 없어지지 않는 재물도 없을 것이며, 아무도 그 밑에 함정을
파지 않는 절대적인 권력도 없을 것이다. 육체도 재물도 권력도 드

디어는 소멸되어 버리는 것이며, 썩고 마는 것이다. 다만 사람의 마음만은 어떠한 난공불락(難攻不落)의 요새보다도 위험하지 않고 튼튼한 것이다. 우리의 양심만 밝으면 그 내부의 세계를 침범할 어떠한 힘도 있을 수 없다.　　　　　　　　　— 에픽테토스

■ 양심이 자기에게 주는 증명에 따라 사람의 마음은 공포나 또는 희망으로 채워진다.　　　　　　　　　　　　　— 오비디우스

■ 모든 인간의 마음속에 자리 잡고 있는 양심처럼 무서운 증언자도 없으며 두려운 고발자도 없다.　　　　　　　　— 폴리비오스

■ 양심은 선생활(善生活)의 증권이며 또한 그 보수다.
　　　　　　　　　　　　　　　　　— L. A. 세네카

■ 양심과 명성은 두 개의 사물이다. 양심은 너희 자신에게 돌려야 할 것이고, 명성은 너희 이웃에 돌려야 할 것이다.
　　　　　　　　　　　　　　　　　— 아우구스티누스

■ 양심은 우리들의 영혼을 가책하고, 항상 예리한 재난을 떨어 버린다.　　　　　　　　　　　　　　　　— 유베날리스

■ 마음속의 재판에서는 죄인 한 사람도 용납이 되지 않는다.
　　　　　　　　　　　　　　　　　— 유베날리스

■ 부자에게 양심이 깃드는 것은 지극히 드문 일이다.
　　　　　　　　　　　　　　　　　— 유베날리스

■ 우리들은 보이지 않는 채찍으로 매질하며 그 자체가 우리의 형리(刑吏)가 된다.　　　　　　　　　　　　— 유베날리스

■ 양심은 천 명의 증인에 맞먹는다.   ― 퀸틸리아누스

■ 양심이야말로 스스로 돌아보아 부끄럽지 않다는 자각(自覺)을 갑옷 삼아 아무것도 두렵게 하지 않는 좋은 친구이다.   ― A. 단테

■ 양심이란 작자는 사람을 마음 약하게 해버리는 거야. 훔치려고 하면 꾸짖는다. 중상하려고 하면 야단한다. ……양심이란 작자는 사람의 가슴 속에서 모반(謀叛)을 일으키는 아주 고약한 자야.
                      ― 셰익스피어

■ 도둑놈이 제 발 저린다지만 우리는 아프지도 가렵지도 않다.
                      ― 셰익스피어

■ 행동하는 자는 항상 양심이 없다. 관찰하는 자 이외에는 누구에게도 양심이 없다.   ― 괴테

■ 의무의 중압감으로부터 우리를 해방시킬 수 있는 것은 양심뿐이다.
                      ― 괴테

■ 우리는 양심의 만족보다는 영예를 얻기에 바쁘다. 그러나 영예를 손에 넣는 가장 가까운 길은 영예를 위한 노력보다는 양심을 위한 노력에 있다. 내 양심에 만족한다면 그것이 가장 큰 영예이다. 알렉산더 대왕의 덕은 세상의 무대 위에서는 찬란하게 빛나고 있지만, 소크라테스의 덕은 무대 전면에 나서지 않고 오히려 숨은 그늘 속에 있다. 그러나 숨은 소크라테스의 덕을 알렉산더 대왕에게 비하기는 어렵지 않다. 반대로 알렉산더 대왕의 덕을 소크라테스의 덕에 비하기는 어렵다.   ― 몽테뉴

■ 오늘날에 있어서 양심의 자유는 인간이 그가 좋아하는 것을 믿을

수 있는 자유일 뿐만 아니라, 그 신념을 가능한 한 널리 선전하기 위해 노력할 수 있는 자유로 이해되고 있다. ── 조나단 스위프트

■ 양심의 지상명령은 단 한 가지밖에 없다. 그것은 다음과 같다. 너의 의지가 명하는 대로 행동하며, 동시에 보편적인 법칙이 되어야 하는 규범에 의하여서만 행동하라.   ── 임마누엘 칸트

■ 모든 자유 중에서도 양심에 따라서 자유롭고, 알고, 말하고, 주장할 수 있는 자유를 나에게 달라.   ── 존 밀턴

■ 양심은 우리에게 누군가가 보고 있을지 모른다고 타일러 주는 내부의 소리다. 양심, 그것은 남들이 모두 즐기고 있을 때 혼자 괴로워하는 것이다. 양심, 부모는 자식이 양심을 가지도록 기르지 않으면 안 된다. 그러나 양심밖에 갖지 않도록 길러서도 안 된다. 그렇지 않으면 그 아이는 살아갈 수가 없으니까. 양심, 생활이 넉넉한 사람의 취미.   ── 헨리 루이스 멩켄

■ 양심은 영혼의 소리요, 정열은 육신의 소리다. ── 장 자크 루소

■ 양심! 양심! 신성한 본능이여! 불편의 하늘의 소리여, 지성 있고 자유로운 한 존재의 확고한 안내자, 선악에 대한 올바른 심판자여, 인간을 신과 닮게 하는 자여, 그대야말로 인간의 본성의 우수성과 인간의 행위의 도덕성을 낳게 하는 자다. 그대가 존재하지 않으면 단지 규율 없는 오성(悟性)과 원리 없는 이성의 도움을 빌어서 잘못만을 저지르는 슬픈 특권을 느낄 뿐이며, 그 때 나는 하나의 동물일 따름이다.   ── 장 자크 루소

■ 인간을 비추는 유일한 램프는 이성이며, 생의 어두운 길을 인도하

는 유일한 지팡이는 양심이다.   — 하인리히 하이네

■ 명예는 밖으로 나타난 양심이며, 양심은 안에 깃든 명예이다.
     — 쇼펜하우어

■ 운명은 화강암보다 견고하지만, 인간의 양심은 운명보다도 더 견
고하다.   — 빅토르 위고

■ 바다보다도 웅대한 광경이 있다. 그것은 하늘이다. 하늘보다도 웅
대한 광경이 있다. 그것은 양심이다.   — 빅토르 위고

■ 그 자신의 양심의 자유를 존중하는 사람은 타인이 양심의 자유를
침해받을 경우 이에 저항할 의무가 있다.   — 토머스 제퍼슨

■ 어떠한 용어를 사용하든 인간은 양심을 속일 수는 없다.
     — 랠프 에머슨

■ 선의 영광은 그들의 양심에 있지, 사람들의 말에는 없다.
     — 레프 톨스토이

■ 종교적인 문제에 있어서 양심의 자유를 주는 국가는 그 도덕률에
있어서도 양심과 대화의 자유를 주지 않으면 안 된다. 그렇지 않으
면 제금(提琴)은 곡조가 틀릴 것이요, 몇 개의 현(絃)은 끊어질 것
이다.   — N. 와드

■『죄인이다』라고 불리는 것만큼 사람의 허영심을 선동하는 것은
없다. 양심은 우리들을 모두 에고이스트로 한다.
     — 오스카 와일드

■ 양심은, 신이 오직 한 사람의 재판관으로서 들어갈 수 있는 신성한

신전이다.   ― 펠리시테 라므네

▣ 양심과 조심은 진정 같은 것이다. 양심은 회사의 상표이다.
                                   ― 오스카 와일드

▣ 양심은 우리 속에 있는 가장 신성한 것입니다. 더는 양심을 비웃지
  마셔요.   ― 오스카 와일드

▣ 인간이란 자는 자기의 이웃사람이 양심을 가질 것을 바라고 있어.
  그러니까 누구나 양심 따위를 가지면 손해인 거야.
                                    ― 막심 고리키

▣ 양심의 자유는 온갖 인간의 어떠한 법률이나 제도에 선행(先行)도
  하고 또한 우위(優位)에도 있는, 나면서부터 갖는 권리이며, 그 권
  리는 결코 법률이 부여하는 것도 아니고 또한 법률에 의해서 빼앗
  기는 것도 아니다.   ― 윌리엄 고드윈

▣ 양심은 다만 항상 침묵이라는 형태로 말한다.
                                  ― 마르틴 하이데거

▣ 양심 없는 지식은 인간의 영혼을 멸망시킨다.
                                  ― 프랑수아 라블레

▣ 『양심의 자유』를 주장할 수 있는 수단을 가진 자는 시민의 자유
  를 주장할 수 있는 수단도 가지고 있다.   ― 존 해링턴

▣ 양심이야말로 우리가 갖고 있는 것 중에서 유일하게 매수가 안 되
  는 것이다.   ― 헨리 필딩

▣ 모든 것의 근본은 허영이다. 우리들이 양심이라고 부르는 것조차

결국은 허영의 숨겨진 싹 이외에 아무것도 아니다. ― 플로베르

▣ 양심이란 안면 신경통 같은 것이며 치통보다도 아프다.

― 허먼 멜빌

▣ 양심은 현존 사회질서의 개조를 위한 적극적 노력의 회전축이 될 때 비로소 의미가 있다.   ― 존 듀이

▣ 바다에 소리 나는 방울이 장치되어, 가깝게 오는 배에게 부근의 암초의 소재 여부를 경고했다. 그런데 어떤 배의 선원이 장난으로 그 방울의 끈을 끊어서 가라앉혀 버렸는데, 나중에 그곳의 암초에 부딪쳐서 침몰한 것은 그 선원 자신의 배였다는 이야기가 있다. 이와 흡사히 세상에서는 자기의 양심의 방울의 소리를 시끄럽다고 귀를 가려서 그로 인하여 몸을 망치는 사람이 얼마나 많은 것일까?

― 윌리엄 부스

▣ 너의 양심은 무엇을 말하고 있는가?―『본래의 너 자신이 돼라.』

― 프리드리히 니체

▣ 때때로 양심의 역할을 하는 것은 바로 나 자신이다.

― 엘리아스 카네티

▣ 우리를 마야의 마술에서 떼어 놓는 것은 양심이다. 양심은 키예프 (터키인의 절대적 안식)의 증기 · 아편의 환각 · 정관적 무관심의 평온함을 흩뜨려 놓는다.   ― 헨리 아미엘

▣ 양심은 우리 내면에 있는 하느님의 음성이다.   ― 메난드로스

▣ 떳떳하게 남에게 말할 수 없는 일은 생각지 말라. 어떤 유혹에 사로잡히거든 남이 알아도 그 일을 할 수 있을지 스스로 따져 보라.

그 답이 부정적이거든 그것이 그릇된 일인 줄 알라.

― 토머스 제퍼슨

■ 양심을 팔지 말라, 쇠고랑은 그렇게 해서 만들어진다. 노예란 누구냐, 돈으로 살 수 있는 자가 아니더냐?　　　　　― A. 기터먼

■ 나는 항상 공정한 양심의 자유가 인간의 당연한 권리라고 이해해 왔습니다. ……양심의 자유는 종교를 가지게 되는 첫 단계입니다.

― 윌리엄 펜

■ 나는 언제나 사심(私心) 없는 양심의 자유가 모든 인간의 선천적인 권리라고 이해해 왔다. 우리들은 양심의 자유를 신과 자연과 우리 자신의 국가의 법에 의해 우리의 의심할 바 없는 권리로서 요구한다.　　　　　　　　　　　　　　　　　　　　　― 윌리엄 펜

■ 깨끗한 양심은 끊임없는 크리스마스와 같다.　― 벤저민 프랭클린

■ 남의 죄악을 운운하기 전에 네 양심으로 하여금 네 속을 들여다보게 하라.　　　　　　　　　　　　　　　　　― 벤저민 프랭클린

■ 마음속의 은밀한 속삭임은 자기 혼자서밖에 들을 수 없다. 고독을 느끼기 전에는 사람은 양심이 무엇인지 알지 못한다.

― 제임스 쿡

■ 양심은 개인이 자기 보존을 위해서 계발(啓發)한 사회의 질서를 지켜보는 수호신이다.　　　　　　　　　　　　　　　― 서머셋 몸

■ 양심이라는 것은 콧수염처럼 나이에 따라 자라는 것은 아니다. 우리는 양심을 얻으려면 자기 자신을 훈련해야 한다. 즉, 양심은 자라

는 것이 아니라 키우는 것이다. 사람은 나이를 먹으면 그만큼 경험
이 많아지는 것은 사실이지만, 경험과 양심은 별개의 것이다. 경험
이 사는 길은 양심을 키우는 거름이 되는 점에 있다.

— D. H. 로렌스

■ 용기와 양심의 문제는 이 나라의 모든 관리, 공인—지위 고하를 막
론하고—이 관계가 있는 문제이다.　　　　　　— 존 F. 케네디

■ 양심의 본질은 동조하지 않는 것이다. 모든 사람이 『예스』라고
말할 때 양심은 『노』라고 말할 수 있어야 한다. 『노』라고 하려
면 양심은 그 『노』가 기초하는바 판단의 정당성에 확신을 가져야
한다.　　　　　　　　　　　　　　　　　　— 에리히 프롬

■ 양심의 가책에는 필연적인 고백이 따른다. 작품이란 일종의 고백
이며, 나를 증언해야 한다.　　　　　　　　　　— 알베르 카뮈

■ 우리들은 자기들의 양심과 숨바꼭질한다. 다른 사람에게 들키지
않으려고 한다.　　　　　　　　　　　　　— 앨프레드 가드너

■ 누구의 명령 없이 밤중에 찾아와 사람을 깨워 일으켜 제 자신을
물끄러미 들여다보게 하는 것.　　　　　　　　— 칼릴 지브란

■ 양심이란, 엄숙한 취미다.　　　　　　— 아쿠다카와 류노스케

■ 우리들이 양심을 따르며 사는 만큼 자신의 좋은 천성에 따라 살
수 있도록 성숙될 수 있을 것이며, 따르지 않는 만큼 동물세계의 범
주를 벗어나지 못할 것이다.　　　　　　　　　　— 스티븐 코비

■ 미미한 양심의 소리는 청춘과 술에 취하여 고삐를 끊고 날뛰는 왕

의 마음을 붙들어 맬 힘은 없다.　　　　　　　　　　　── 이광수

■ 예술적 양심이라는 것은 예술가나 예술품을 제작할 때에 그가 최선이라고 믿는 바가 아니고는 아니하는 마음을 가리킨 것이다. 행위에 있어서의 도덕적 양심에 비할 것이니 양심적인 인물이 아니고는 예술적 양심이라는 것을 논할 필요도 없는 것이다. ── 이광수

■ 사람마다 양심을 가진 것은 사실이지만 그 양심이 이기적인 정의(情意)의 제약을 받아서, 즉 물욕의 문폐(文蔽)를 받아서 원만한 광명을 발하지 못할 때에 그러한 개인의 양심적 판단이란 것은, 그 실은 이기적 감정으로 왜곡된 판단이요, 진정한 양심적 판단이라고는 할 수 없다.　　　　　　　　　　　── 이광수

■ 생각과 행동에 통일이 있어야만 인간은 만족한 행복을 누릴 수 있을 텐데, 소위 양심이라는 이름으로 불리는 거추장스런 것이 가끔 머리를 들고 반항을 하는 데는 정말 질색이다. 생각은 분열되고 행동은 둔해진다. 다리를 잘린 도마뱀처럼 행복한 의욕은 팔딱거리기만 했지 전진이 없다.　　　　　　　　　　　── 김내성

■ 지조는 두말할 것 없이 양심의 명령에 철(徹)하고자 하는 인간의 숭고한 인격적 자세를 이름이다.　　　　　　　　── 김동명

■ 양심이란 손끝의 가시입니다. 빼어 버리면 아무렇지도 않은데 공연히 그냥 두고 건드릴 때마다 깜짝깜짝 놀라는 거야요.
　　　　　　　　　　　　　　　　　　　　　── 이범선

■ 양심이란 물론 『어진 마음』이란 뜻이다. 맹자의 양지(良知), 양능(良能)의 개념을 떠나 시비(是非), 선악(善惡)을 분별하는 도덕적인

척도에서 영어로는 "moral sense of right and wrong" "man with in the breast" 등의 정의(定義)가 있다. 말하자면 생명을 가진 일체의 동물에게도 하나의 시비, 이해를 판별할 수 있는 어진 마음이 있다는 말이겠다.　　　　　　　　　　　　　— 윤영춘

■ 양심의 질식이 자주 되풀이가 되면 곧 양심이 마비되고 말게 되는 것이요, 양심이 마비된 후에는 어떠한 부정·불의라도 기탄없이 감행하게 된다.　　　　　　　　　　　　　　　　— 이희승

■ 법으로 다스리는 법정은 있어도 양심을 물을 수 있는 법정이 없는 게 오늘의 비극이다.　　　　　　　　　　　　　　— 안병무

■ 양심은 자기 자신의 정신적 본원에 대한 의식이다. 그리고 그것은 인간생활의 신뢰할 만한 지도자가 될 수 있는 힘을 주는 것이다. 당신은 젊다. 즉 정념과 욕망의 시대에 있는 것이다. 이때 무엇보다도 먼저 자기 자신의 양심의 소리를 들어라. 그리고 그것을 무엇보다도 가장 존경하라. 정념 때문에, 욕망 때문에 양심에서 벗어나는 일이 없도록 하라. 다른 사람들의 꾐 때문에 모든 법률이라고 불리는 습관 때문에 양심에서 멀리 떨어지는 일이 없도록 하라. — 미상

【속담·격언】

■ 좋은 양심은 부드러운 베개다.　　　　　　　　　　— 영국

■ 양심은 영원한 축일(祝日).　　　　　　　　　　　— 영국

■ 양심은 죄의 고발자이다.　　　　　　　　　　　　— 영국

■ 눈에는 보이지 않지만, 우리들의 일거일동을 아는 자가 둘이 있다.

즉 신이요, 즉 양심이다. ― 영국

■ 양심에 물어 부끄러운 데가 없으면 매일이 축제다 ― 영국

■ 양심에게 충실하면 평온함을 얻을 수 있다. ― 프랑스

■ 양심은 간지럼과 같아서 타는 사람이 있고 아무렇지도 않은 사람
이 있다. ― 이탈리아

■ 양심은 가슴에 악사를 감추어 두고 있다. ― 덴마크

■ 양심은 이빨이 없다. 그런데도 많은 사람들을 씹어 버렸다.
― 러시아

■ 옷은 세탁할 수 있지만 양심은 세탁할 수가 없다. ― 페르시아

■ 자신의 의지의 주인이 되고 자신의 양심의 노예가 돼라.
― 유태인

【시】

사랑이란 양심이 무엇인지를 알기엔 너무도 젊다
그러나 양심이란 사랑의 산물임을 모를 이 누구인가?
― 존 베링톤 웨인 / 二重 의미의 第八型

오 누란(累卵)의 위기가 최루탄처럼 피어오르는 여기
아예 부처님도 양심을 팔 만큼
멍든 세상이라던가.
― 박훤 / 방황하는 노새

어떤가? 인간은 하나의 신의 실패작에 지나지 않는가? 그렇지 않으면 신이 인간의 하나의 실패작에 지나지 않는가? 자기의 행위에 대해서 비겁한 흉내를 내지 말라. 나중에 와서 그것을 눈뜨고 죽이지는 말라! 양심이 물어뜯는 방법에는 체면이 없는 법이다. 자기로서의 인생의 이유만을 갖고 있다면 어떠한 생의 형식이든 간에 대개 어우러진다. ─인간은 행복 같은 것을 찾지는 않는다. 그런 짓을 하는 것은 아마 영국 사람뿐일 것이다. 인생에 관해서는 어느 시대에든지 현자들은 같은 판단을 내리고 있다. ── 프리드리히 니체 / 우상의 박명(薄明)

신을 부정하는 사람도 인간 본래의 심정과 양심을 부정하지는 못할 것이다. 즉 인간 본래의 심정과 양심은 신에 속해 있는 것이다. 이 점에서 사람들은 누구나 자기 자신 속에 신의 모습을 나타내고 있는 것이다. 사랑할 때 기쁘고, 화를 낼 때에 괴롭고, 부정한 일을 보았을 때 분개하고, 자기를 희생하였을 때 행복을 느끼는 점에 있어서, 누구나 사람은 신과 일체가 된다는 점을 의심할 수 없는 것이다. 그렇기 때문에 사람은 자기의 양심이 이르는 일을 거역하고 배반하면 할수록 천상(天上)의 신을 더럽힐 뿐 아니라, 이 지상에 있어서의 신의 모습을 더럽히는 것이 된다. 그리고 또 양심이 이르는 바를 따르면 따를수록 사람은 누구나 신의 이름을 밝히고 그 힘과 빛을 받게 되는 것이다. ── 존 러스킨

인격을 만일 꽃에 견줄 수 있다면, 양심은 그 빛깔이라 할지, 그 향기라 할지? 또 만일 인격을 건물에 비할 수 있다면, 양심은 그 기초라 할지, 그 용마루라 할지, 어쨌든 양심을 떠난 인격을 생각한다는 것은

빛깔 없는 꽃을, 기초 없는 건물을 생각하는 거나 마찬가지로 허황한 이야기다. 양심은 실로 인격의 바탕일 뿐 아니라 그 결과이기도 하다. 그리고 또 양심은 인간으로 하여금 신을 발견케 한 참된 지혜요 빛이기도 하다. 인간을 동물과 더불어 구별 짓게 하는 유일의 표지이기도 함은 물론이다.　　　　　　　　　　　　　　── 김동명 / 長官論

【중국의 고사】

■ **엄이도령**(掩耳盜鈴) : 남들은 모두 자기 잘못을 아는데, 그것을 숨기고 남을 속이고자 함. 귀를 가리고 방울을 훔친다는 뜻이다. 저만 듣지 않으면 남도 듣지 않는 줄 아는 어리석은 행동을 빗대서 하는 말이다. 『눈 가리고 아웅』과 같은 말이다. 원래는 귀를 가리고 종을 훔친다는 『엄이도종(掩耳盜鍾)』이었는데, 뒤에 종 대신에 방울이란 글자를 쓰게 되었다. 이 귀를 가리고 종을 훔친다는 이야기는 《여씨춘추》 불구론(不苟論)의 자지편(自知篇)에 나오는 이야기다.

　　진(晋)나라 육경(六卿)의 한 사람인 범씨(范氏)는 다른 네 사람에 의해 중행씨(中行氏)와 함께 망하게 된다. 이 범씨가 망하자, 혼란한 틈을 타서 범씨 집 종을 훔친 사람이 있었다. 그러나 종이 지고 가기에는 너무 커서 하는 수 없이 망치로 깨뜨렸다. 그러자 꽝! 하는 요란한 소리가 났다. 도둑은 혹시 딴 사람이 듣고 와서 자기가 훔친 것을 앗아갈까 하는 생각에 얼른 손으로 자기 귀를 가렸다는 것이다.

　　이 이야기는 임금이 바른말하는 신하를 소중히 여겨야 한다는 비유로 들고 있다. 자기의 잘못을 자기가 듣지 않는다고 남도 모르는

줄 아는 것은 귀를 가리고 종을 깨뜨리는 도둑과 똑같은 어리석은
짓이란 것을 말하기 위해서였다. 남이 들을까 겁이 나면 자기가 먼
저 듣고 그 소리가 나지 않게 하는 것이 현명한 일이다.

　바른말하는 신하는 임금의 가린 귀를 열어 주는 사람이므로 소중
히 해야 한다. 《여씨춘추》에는 또 위문후(魏文侯)의 이야기를 예
로 들고 있다. 위문후가 신하들과 술을 마시는 자리에서 자기에 대
한 견해를 기탄없이 들려 달라며 차례로 물어 나갔다. 그러자 한결
같이 임금의 잘한 점만을 들어 칭찬을 했다. 그러나 임좌(任座)의
차례가 되자, 그는 임금의 약점을 들어 이렇게 말했다. 『임금께서
는 중산(中山)을 멸한 뒤에 아우를 그곳에 봉하지 않으시고 태자를
그곳에 봉하셨습니다. 그러므로 어두운 임금인 줄로 아옵니다.』
문후는 무심중 얼굴을 붉히며 불쾌한 표정을 지었다. 그러자 임좌
는 급히 밖으로 나가버렸다.

　다음에 유명한 적황(翟黃)이 말할 차례가 되었다. 『우리 임금은
밝으신 임금입니다. 옛말에 임금이 어질어야 신하가 바른말을 할
수 있다 했습니다. 방금 임좌가 바른말하는 것을 보아 임금께서 밝
으신 것을 알 수 있습니다.』 문후는 곧 자기 태도를 반성하고 급히
임좌를 부른 다음 몸소 뜰아래까지 나가 그를 맞아 상좌에 앉게 했
다 한다.　　　　　　　　　　　　　　　　　　　　—《여씨춘추》

■ **부앙불괴**(俯仰不愧) : 하늘을 우러러보나 세상을 굽어보나 양심에
　부끄러움이 없음. 『부앙불괴』란 말은 글자 그대로 풀면 『굽어보
　나 우러러보나 부끄럽지 않다』는 뜻이다. 이 말은 《맹자》의
　『우러러 하늘에 부끄럽지 않고, 굽어 사람에게 부끄럽지 않다(仰

不愧於天 俯下怍於人)』라고 한 데서 나온 말이다. 마음가짐에 있어서나, 행동에 있어서나 양심에 아무 부끄러울 것이 없는 대장부의 공명정대한 심경을 비유해서 한 말이다.

《맹자》 진심상에 있는 원문을 소개하면 다음과 같다.

『군자는 세 가지 즐거움이 있다(君子三樂). 그러나 천하에 왕 노릇하는 것은 이 세 가지 속에 들어 있지 않다. 부모가 함께 살아 계시고, 형제가 무고한 것이 첫째 즐거운 일이다. 우러러 하늘에 부끄럽지 않고, 굽어 사람에게 부끄럽지 않은 것이 둘째 즐거움이다. 천하의 영재(英才)를 얻어 가르쳐 기르는 것이 셋째 즐거움이다. 이렇게 군자에게는 세 가지 즐거움이 있지만, 이 속에 천하에 왕 노릇하는 것은 들어 있지 않다.』

이상이 전문이다. 설명을 필요로 하지 않는 문장이다. 옳은 사람에게는 부귀라는 것이 사실상 즐거움이 될 수 없다는 것을 강조한 데 특색이 있다. 가정의 행복이 첫째, 그리고 마음의 편안함이 둘째, 끝으로 후배의 양성이 셋째일 뿐, 그 밖의 것은 사람을 즐겁게 하는 것이 될 수 없다는 것이다.　　　　　― 《맹자》 진심상(盡心上)

■ **부동심**(不動心) : 마음이 외계의 충동을 받아도 흔들리거나 움직이지 아니함. 《맹자》 공손추상(公孫丑上)에 보면 제자 공손추와 맹자의 일문일답에 이런 내용이 나온다. 공손추가 물었다. 『선생님께서 제나라의 재상이 되어 도를 행하시게 되면, 패(覇)나 왕(王)을 이루시어도 이상할 것은 없습니다. 그러나 그렇게 되면 마음을 움직이게 되십니까, 그렇지 않습니까?』

맹자가 대답했다. 『그렇지 않다. 나는 마흔에 마음을 움직이지 않게 되었다(否 我四十不動心).』마흔 살 때부터 어떤 것에도 마음이 동요되는 일이 없었다는 말이다. 공자가 『마흔에 의혹을 하지 않았다(四十不惑)』는 말과 같은 내용으로 사람들은 풀이하고 있다. 의혹이 없으면 자연 동요하는 일이 없기 때문이다. 공손추는 다시 물었다. 『그럼 선생님께선 맹분(孟賁)과는 거리가 머시겠습니다.』맹분은 한 손으로 황소의 뿔을 잡아 뽑아 죽게 만들었다는 그 당시의 이름난 장사였다.

『맹분과 같은 그런 부동심은 어려운 것이 아니다. 고자(告子) 같은 사람도 나보다 먼저 부동심이 되었다.』『부동심에도 도(道)가 있습니까?』이렇게 묻는 말에 맹자는 있다고 대답하고 몇 가지 예를 들어 설명한다. 그리고 끝으로 부동심을 위한 근본적인 수양 방법으로 공자의 말을 인용하여 이렇게 말했다.

『옛날 증자께서 자양(子襄)을 보고 말씀하셨다. 그대는 용병을 좋아하는가. 내 일찍이 공자에게서 큰 용기에 대해 들었다. 『스스로 돌이켜보아 옳지 못하면 비록 천한 사람일지라도 내가 양보를 한다. 스스로 돌이켜보아 옳으면 비록 천만 명일지라도 밀고 나간다.』고 하셨다.』즉 양심의 명령에 따라 행동을 하는 곳에 참다운 용기가 생기고, 이러한 용기가 『부동심』의 밑거름이 된다는 이야기다.   ―《맹자》 공손추상

■ 십목소시(十目所視) : 천지신명이 지켜보고 있어 세상 사람을 속일 수 없음. 십목(十目)은 열 눈이란 말이다. 그러나 열은 많다는 것을 나타내는 말로 많은 사람의 눈이란 뜻이다. 즉 무수한 사람들이 지켜보고 있는 것이 『십목소시』고, 여러 사람이 손가락질하고 있는

것이 『십수소지(十手所指)』다. 이것은 《대학》 성의장(誠意章)에 나오는 증자(曾子)의 말이다.

『성중형외(誠中形外)』라는 말이 있듯이, 마음속에 있는 것은 자연 밖으로 나타나기 마련이다. 맹자(孟子)는 말하기를, 『그 눈동자를 보면 사람이 어떻게 속일 수 있으리오(觀其眸者 人焉廋哉 人焉廋哉).』라고 했다. 양심의 거울은 악한 사람의 가슴 속에서도 그의 눈동자를 통해 밖으로 비치기 마련이다. 성의장에는 말하기를, 『악한 소인들이 남이 보지 않는 곳에서는 갖은 못된 짓을 하면서, 착한 사람 앞에서는 악한 것을 숨기고 착한 것을 내보이려 하고 있다. 그러나 사람들이 자기를 보는 것이 자기 마음속 들여다보듯 하고 있는데 무슨 소용이 있겠느냐.』라고 했다.

사람이 남의 속을 들여다보기를 자기 마음속 들여다보듯 한다고 한 말에는 많은 의문점이 있다. 그러나 이것은 전체 사람을 말하는 것은 아니다. 크게는 성인이요, 작게는 군자(君子)를 두고 하는 말이다. 그런데 이 성의장에는 신독(愼獨)이란 말이 두 번이나 거듭 나오고 있다. 여러 사람이 있는 앞에서보다 혼자 있을 때를 더 조심하는 것이 『신독』이다. 그것이 군자의 마음가짐이라는 것이다.

이 신독이란 말 다음에 증자의 말을 인용하고 있다. 즉 증자는 말하기를, 『열 눈이 보는 바요, 열 손가락이 가리키는 바니, 참으로 무서운 일이구나(十目所視 十手所指 其嚴乎).』라고 했다. 이것을 보통 우리가 흔히 말하는, 남이 지켜보고 손가락질한다는 뜻으로 풀이해 온 것이 지금까지의 실정이다. 그러나 살았으면 아직 일흔이 다 되지 못했을 신동(神童) 강희장(江希張, 1907?~1930?)은 그가 아홉 살 때 지은 《사서백화(四書白話)》에서 증자의 이 말을 다음과 같이 풀이하고 있다.

  십목은 열 눈이 아닌 십방(十方)의 모든 시선을 말한다. 사람이 무심중에 하는 동작은 주위에 영향을 미치지 않는다. 그러나 마음에서 일어나는 파동(波動)은 하느님을 비롯한 모든 천지신명과 도를 통한 사람에게 그대로 전달된다. 이것을 불교에서는 심통(心通)이라고 말한다. 그러므로 홀로 있을 때의 생각처럼 가장 널리 알려지게 되는 것은 없다. 이 진리를 깨달은 사람이라면 남이 안 본다고 같은 나쁜 짓을 하며 나쁜 생각을 할 수 있겠는가. 천지신명이 항상 지켜보고 있다. 우리가 하는 일을 하나하나 지적하고 있다. 오늘날 심령과학자들은 이렇게 말하고 있다. 사람의 생각은 영파(靈波)로 움직인다. 그것은 전파(電波)의 속도와 같다. 그것을 통해 삽시간에 신명은 누가 무슨 생각을 하고 있는지를 알게 된다고.

― 《대학》 성의장(誠意章)

■ **존심양성**(存心養性) : 양심을 잃지 않고 그대로 간직하여 하늘이 주신 본성을 키워 나가는 것. 『존심양성』은 『존기심양기성(存其心養其性)』이란 맹자의 말에서 온 것으로, 그 마음, 즉 양심(良心)을 잃지 말고 그대로 간직하여, 그 성품, 즉 하늘이 주신 본성을 키워 나간다는 뜻이다. 《맹자》 진심상(盡心上) 맨 첫 장에 맹자는 이렇게 말하고 있다.

  『그 마음을 다하는 사람은 그 성품을 알게 되고, 그 성품을 알면 곧 하늘을 안다(盡其心者 知其性也 知其性則知天矣).』『그 마음을 간직하고 그 성품을 기르는 것은 그것이 하늘을 섬기는 것이 된다. 일찍 죽고 오래 사는 것에 상관없이 몸을 닦아 기다리는 것은, 그것이 곧 명을 세우는 것이다.』 맹자가 말한 이 대목은 《중용》의 첫 장을 읽는 것 같은 느낌을 준다.

《중용》에는 『하늘이 주신 것이 성품이다(天命之謂性)』라고 했는데, 맹자는, 『마음을 간직하고 성품을 기르는 것이 곧 하늘을 섬기는 것이다.』 라고 했다. 신동(神童) 강희장(江希張)은 아홉 살 때에 한 그의 주석에서 이렇게 말하고 있다.

『성품은 사람이 하늘로부터 받은 것이다…… 그것은 얼굴도 없고 빛깔도 없다. 보통 사람은 기질(氣質)과 물욕(物欲)의 가린 바가 되어 이를 알지 못한다. ……마음은 성품의 중심점이다. 그것은 지각(知覺)을 맡고 있다. 사람이 하늘이 주신 성품을 가지고 기운을 받고 얼굴을 이루게 된 뒤로는 마음이 곧 성품을 대신해서 일을 하게 된다. 하늘이 주신 성품으로 흘러나오는 정각(正覺)이 곧 도심(道心)이다.』

즉 사람이 양심의 명령대로만 하게 되면 곧 천성을 알게 되고, 천성을 안다는 것은 곧 하늘을 아는 것이다. 그러므로 양심을 잃지 말고 간직하여 하늘이 주신 타고난 성품을 올바로 키워 나가는 것이 곧 하늘을 섬기는 길이란 것이다. 일요일만 교회에 나가 하늘을 섬기는 형식적인 신앙보다 이 얼마나 절실한 참다운 신앙이 되겠는가. 그의 일거일동이 다 양심에 따른 것이라면, 그것은 곧 하늘을 함께 하고 하늘에 순종하는 길이니, 행동 자체가 곧 기도의 자세인 것이다. ─《맹자》 진심상(盡心上)

■ **성중형외**(誠中形外) : 속마음에 들어 있는 참된 것은 숨기려 해도 자연히 밖에 나타나게 된다. 《대학》 성의장(誠意章)에 나오는 말

인데, 이 장에는 우리들의 일상생활에 쓰이는 문자들이 많기 때문에 전체를 설명해야 할 필요가 있을 것 같다.

『이른바 그 뜻을 정성되게 한다는 것은, 스스로 속이지 않는 것이다(毋自欺), 나쁜 냄새를 싫어하듯 하며 좋은 색(色)을 좋아하듯 하는 것이 스스로 마음 편하게 하는 것이다(自謙). 그러므로 군자는 반드시 그 홀로 있을 때를 조심한다.』

이것이 첫 대문인데, 여기에 나오는 스스로 속이지 않는다는 「무자기(毋自欺)」와, 스스로 마음이 편하다는 「자겸(自謙)」과, 홀로 있을 때를 조심한다는 「신독(愼獨)」이란 말들이 다 잘 쓰이는 말들이다. 또 『나쁜 냄새를 싫어하듯 하며, 좋은 색을 좋아하듯 한다』고 한 「여오악취여호호색(如惡惡臭如好好色)」이란 긴 문자도 인용구로 잘 쓰이는 말이다.

「무자기」는 양심에 조금도 거리낌이 없는 것을 말하고, 「자겸」은 그로 인해 얻어지는 마음의 평화와 자기만족을 뜻하며, 「신독」은 남이 보고 있을 때보다 홀로 있을 때의 마음가짐과 행동을 더욱 조심한다는 뜻으로 성의(誠意)란 바로 이것을 말하는 것이다.

우리가 흔히 말하는 「남의 성의를 몰라준다」는 성의는 여기에 나오는 성의와는 약간 어감이 다르긴 하지만, 거짓이 없는 참뜻이란 점에서는 같은 말이다. 다음 대문에는 이렇게 말하고 있다.

『소인(小人)이 한가하게 있을 때면 착하지 못한 일을 하는 것이, 이르지 않는 바가 없다(無所不至). 그러다가 군자(君子)를 보면 씻은 듯이 그의 착하지 못한 것을 감추고 그의 착한 것을 나타내려 한다. 그러나 남이 날 보기를 자기 속 들여다보듯 하는데 무슨 소

용이 있겠는가. 이것을 일러 속에 참된 것이 있으면 밖에 나타난다
고 한다(此謂誠於中形於外). 그러므로 군자는 반드시 그 홀로 있을
때를 조심한다.』

　마음가짐과 행동이 남이 보는 앞에서의 그의 말과 태도와 전연
배치되는 것이 소인이다. 이들 소인은 한가한 때면 남이 상상조차
할 수 없는 갖은 악한 짓을 거리낌 없이 하게 된다. 이것이 「무소
부지(無所不至)」다. 우리가 「무소부지」라고 하면 악한 경우만
을 뜻하게 되는 것도, 그 말이 소인의 하는 것을 가리킨 데서 나왔
기 때문이다.

　그런 소인이 덕이 있는 군자가 보는 앞에서는 그의 착하지 못한
마음을 씻은 듯한 태도로 숨기고. 애써 착하게 보이려 한다. 하지만
사람들은 그것을 자기 속 들여다보듯 하고 있으므로 숨겨도 아무
소용이 없다. 이런 것을 일러, 마음속에 들어 있는 진실은 아무리
숨겨도 밖에 나타나게 된다고 한다. 이것이 이른바 「성중형외」
란 것이다.

　그러므로 수양을 쌓는 군자는 언제나 남이 보지 않는 한가한 장
소와 한가한 때를 더욱 조심하게 된다. 해서 「신독」을 거듭 강조
하고 있다.

　다음 대문에 「열 눈이 보고 열 손이 가리킨다」는 증자(曾子)의
말이 나오는데 그 「십목소시」란 항목에서 설명하기로 한다.

　　　　　　　　　　　　　　　 ― 《대학(大學)》 성의장(誠意章)

■ **조맹지소귀조맹능천지**(趙孟之所貴趙孟能賤之) : 조맹(趙孟)은 진(晉)
　나라 육경(六卿) 중 가장 권력을 쥐고 흔들던 사람이다. 그 조맹의 힘

에 의해서 출세를 한 사람은 또 그 조맹에 의해 몰락될 수도 있는 일이다. 즉 남의 힘에 의해서 어떤 목적을 달성한 사람은 또 그의 힘에 의해 그것을 잃게도 되므로 그것은 그리 바람직한 것이 못된다는 뜻이다. 맹자의 말이다.

『귀하고 싶은 것은 사람의 똑같은 마음이다. 사람은 누구나 귀한 것을 자기 자신에게 지니고 있다. 그것을 사람들은 얻어내려고 애쓰지 않을 뿐이다. 자기에게 있는 것이 아닌, 남이 귀하게 만들어 주는 것은 양귀(良貴)가 아니다. 조맹이 귀하게 한 것은 조맹이 또 천하게 만들 수 있는 것이다.』

여기서 맹자는 「양귀」란 말을 썼다. 양심(良心)이란 말과 같이 양귀는 본래부터 우리가 가지고 있는 귀한 것이란 말이다. 그것은 맹자가 바로 앞장에서 말한 천작(天爵)을 말한다.

맹자는 이렇게 말하고 있다.

『하늘이 준 벼슬이 있고, 사람이 주는 벼슬이 있다. 인의(仁義)와 충신(忠信)과 선(善)을 좋아하여 게을리 하지 않는 것은 하늘이 준 벼슬이다. 공경과 대부는 사람이 주는 벼슬이다……』 라고.

결국 사람이 준 벼슬은 믿을 수 없는 뜬구름과 같은 것인데도 사람들은 그것을 얻기에 바빠 자기 자신에게 있는 하늘이 준 벼슬을 얻으려 하지 않으니 어리석기 비할 데 없다는 것이다.

— 《맹자》 고자상(告子上)

【成句】

■ 요유인흥(妖由人興) : 요사스러움은 사람의 양심을 잃었을 때 일어 남을 이름.

■ 존양(存養) : 본심을 잃지 않고 타고난 선(善)한 마음을 기르는 것. 정신을 수양하는 것. 존심(存心) 또는 양심(養心)이라고도 한다. / 《맹자》

■ 평단지기(平旦之氣) : 새벽녘의 맑고 깨끗하고 상쾌한 기분. 양심을 비유하여 이르는 말. / 《맹자》

영혼 soul 靈魂

【어록】

■ 군자는 홀로 서도 그림자에 부끄럽지 않게 하고, 홀로 자도 혼백에
  부끄럽지 않게 한다(君子獨立不愧於影 獨寢不愧於魂).
  　　　　　　　　　　　　　　　　— 《안자춘추(晏之春秋)》

■ 몸은 이미 죽었어도 정신은 살아있어, 그대 혼백은 뭇 귀신의 영웅
  이 되리라(身旣死兮神以靈 子魂魄兮爲鬼雄).　　　— 굴원(屈原)

■ 생사 간 아득한 이별 후 몇 년이 흘렀지만, 혼백(양귀비를 이름)은
  꿈속에서조차 찾아오지 않았네(悠悠生死別經年 魂魄不曾來入夢).
  　　　　　　　　　　　　　　　　　　　　— 백거이(白居易)

■ 아아, 나의 영혼이여, 불사의 삶을 구하지 말라! 그보다도 가능의
  영역을 깊이 연구하라.　　　　　　　　　　　— 핀다로스

■ 인간의 최대 행복은 날마다 덕에 관해 말할 수 있는 일이다. 영혼
  없는 생활은 인간다운 생활이 아니다.　　　　— 소크라테스

■ 인간의 영혼은 영원불멸한 것이다.　　　　　　　— 플라톤

■ 우리들의 영혼이 육체의 악(惡)에 물들어져 있는 한은 우리는 결코
  만족할 수가 없다.   — 플라톤

■ 이성은 신이 영혼에다 점화한 빛이다.   — 아리스토텔레스

■ 영혼은 육체에서 분리되자마자 연기처럼 사라져 버린다.
                                              — 에피쿠로스

■ 영혼은 미묘해서 미소한 입자로 이루어졌으며, 입자는 물의 흐름
  과 구름이나 연기보다도 훨씬 미세하다.   — 루크레티우스

■ 만일 영혼이 출생 시에 신체에 잠입한다면 어째서 우리는 지나간
  생명에 관한 아무런 회상도 갖지 않는가? 어째서 우리는 왕석(往
  昔)의 행동의 흔적을 아무것도 보존하지 않는 것인가?
                                              — 루크레티우스

■ 전체의 다른 부분인 영혼은 신체 전부에 확산되어 정신의 의지에
  따라 그 명령에 복종하여 움직인다.   — 루크레티우스

■ 우리는 영혼이 우리들의 신체와 함께 출생하며, 그와 함께 성장하
  고 노쇠함을 느낀다.   — 루크레티우스

■ 영혼의 소질들의 변화가 너무 심하여 과거의 온 추억이 불식되었
  을 정도라면 이러한 상태는 내 생각으로는 사멸과 그렇게 현격할
  바 없다.   — 루크레티우스

■ 영혼은 물과 같이 자연이다.   — 루크레티우스

■ 영혼들은 불의 정력(精力)을 가지며 그들의 근원은 하늘에 있다.
                                              — 베르길리우스

▣ 영혼은 사랑을 내적으로 기르고, 그리하여 지체(肢體)로 두루 퍼져 있는 정신은 육체를 움직이고, 그리하여 커다란 몸과 자기를 섞는다.　　　　　　　　　　　　　　　　　　　　— 베르길리우스

▣ 영혼의 병은 육체의 그것보다도 위험하다.　　— M. T. 키케로

▣ 영혼이 어떤 육체에 깃들여 있는가 하는 것은 대단히 중요한 문제다. 왜냐하면 많은 육체적 소질들은 정신을 세련시키고 다른 많은 소질들은 정신을 둔화시키기 때문이다.　　　　— M. T. 키케로

▣ 육체보다 영혼을 고치는 편이 훨씬 필요하다. 왜냐하면 죽음은 나쁜 인생보다 좋기 때문이다.　　　　　　　　　— 에픽테토스

▣ 영혼은 사멸함이 아니다. 항상 그들의 첫 주소를 버리고 새 주소를 찾아서 자기의 주거로 삼는다.　　　　　　　— 오비디우스

▣ 모든 영혼이 다 내게 속한지라 아비의 영혼이 내게 속함같이 아들의 영혼도 내게 속하였나니, 죄를 범하는 그 영혼이 죽으리라.
　　　　　　　　　　　　　　　　　　　　　— 야고보서

▣ 죽음의 짧은 고통 속에서 나의 영혼은 제 스스로 몸을 다져 나가는 것을 지각할 수가 있구나. 사람의 영혼이 어떻다는 것을 이야기하고 싶은데 기운이 없구나. (이 라틴 시인은 영혼의 체험을 이야기하고 싶었다. 허나 죽음이 이야기하지 못하게 했다)　　— 카니우스

▣ 인생의 경쟁에서 육체가 아직도 입장을 고수하고 있음에도 영혼이 기절하는 것은 영혼의 수치다.　　　— 마르쿠스 아우렐리우스

▣ 우주는 단 하나의 물질과 단 하나의 영혼을 갖고 있다. 하나의 생

물로서 늘 생각하라.　　　　　　　　　— 마르쿠스 아우렐리우스

■ 영혼은 두 가지 눈을 가지고 있다. 하나는 시간 속을 바라보고, 또 하나는 영원에까지 이른다.　　　　　　　— 실렌지우스

■ 마음의 움직임의 일부, 기쁨 또는 근심을 느끼는 것이 깊으면 영혼도 모두 여기 모여 또한 다른 능력을 되돌아볼 여유가 없다.
　　　　　　　　　　　　　　　　　— A. 단테

■ 물질은 육체를 위하여, 육체는 영혼을 위하여, 인간(영혼)은 신을 위하여 존재한다.　　　　　　　　— 토마스 아퀴나스

■ 오, 주여! 당신의 손에 내 영혼을 맡기나이다.
　　　　　　　　　　　　　　— 크리스토퍼 콜럼버스

■ 황제의 영혼도 구두장이의 영혼도 같은 주형(鑄型)에 부어 만들어진 것이다.　　　　　　　　　　　— 몽테뉴

■ 대지는 변하지만 영혼과 신은 변하지 않는다.
　　　　　　　　　　　　　　　— 로버트 브라우닝

■ 올라가라, 올라가라, 내 영혼아! 네 거처는 높은 곳이다. 그러나 더러운 이 육체는 이렇게 아래로 가라앉아 여기서 죽는다.
　　　　　　　　　　　　　　　　— 셰익스피어

■ 부끄러움을 낭비하는 데 드는 영혼의 비용은 행동에 있어서는 사치다.　　　　　　　　　　　　— 셰익스피어

■ 아아, 나의 가슴 속에는 두 개의 혼이 살고 있다. 그리하여 서로 갈라지려고 하고, 하나는 억센 애욕에 사로잡혀서 현세에 집착한다.

또 하나는 이 현세를 떠나서 높이 영(靈)의 세계를 지향한다.

— 괴테

■ 인간의 영혼은 항상 경작되는 밭과 같은 것이다. 이웃나라에서 가져와 보고, 그것을 고르고, 씨 뿌리는 데 시기를 택하는 주의 깊은 원예가여야 함은 굴욕적인 것일까? 씨를 구하고 택하는 일이 그렇게 빨리 되는 것일까?

— 괴테

■ 우정은 영혼의 결합이다.

— 볼테르

■ 초가 저절로 불붙는 일은 없다. 마찬가지로 하느님의 베푸심이 없으면 영혼은 은총을 입지 못한다.

— 존 번연

■ 불멸의 영혼이여, 만세!

— 앙드레 지드

■ 나는 육체와 떨어진 영혼의 존재 따위는 믿을 수 없다. 육체도 영혼도 다 같은 것으로, 육체의 생명이 없어지면 이미 모든 것이 끝장이라고 믿는다.

— 앙드레 지드

■ 인간의 영혼은 하늘보다 넓고, 태양보다 깊으며, 혹은 깊이를 알 수 없는 심연의 어둠이다.

— H. 콜리지

■ 책에는 모든 과거의 영혼이 가로 누워 있다. — 토머스 칼라일

■ 나는 세계에서 두 개의 보화를 갖고 있다. 나의 벗과 나의 영혼이다.

— 로맹 롤랑

■ 우리의 영혼은 작은 거울이다. 그러나 모든 것이 완전히 그림자를 비친다.

— 오귀스트 로댕

■ 영혼은 육체가 쇠약해지고 싫어져 굶주릴 것을 바랐다. 이리하여

육체와 땅에서 떠나려고 생각했다. 불쌍한 것이여, 그 영혼이야말로 야위고 싫어지고 굶주린 것이다.　　　　— 프리드리히 니체

▣ 잠자는 영혼은 죽은 것이 아니며, 사물은 눈에 보이는 것과는 다르다.　　　　— 헨리 롱펠로

▣ 눈에는 빛이, 허파에는 공기가, 마음에는 사랑이 있는 것처럼, 인간의 영혼에는 자유가 있어야 한다. 자유가 없다면 두뇌는 연쇄적인 사상이 출구 없는 벽에 날개를 부딪쳐서 마침내는 죽어 버리는 감옥인 것이다.　　　　— 잉거솔

▣ 공상은 영혼의 잠이다.　　　　— 조제프 주베르

▣ 튤립은 영혼이 없는 꽃이지만, 장미와 백합은 영혼을 갖고 있는 것처럼 보인다.　　　　— 조제프 주베르

▣ 자연적인 영혼은 항상 멜랑콜리로 둘러싸이고 괴로워하도록 되어 있다.　　　　— 게오르크 헤겔

▣ 영혼은 모포의 무늬와 마찬가지로 우리가 만드는 것이다.
　　　　— D. H. 로렌스

▣ 아메리카 대륙의 거대하고 강렬한 자연은 인간에게 늠름한 육체를 주기는 하나, 영혼을 짓눌러서 영혼의 고양(高揚)을 방해한다. 다시 말하자면 인간이 한 개의 영혼을 가지고 세상에 태어나자 해로운 자연은 점점 영혼을 파괴해 간다.　　　　— D. H. 로렌스

▣ 굶주리고 무지한 인간은 영혼을 가질 여지가 없습니다. 빈 내장은 자기 몸을 맷돌질할 뿐이고, 빈 정신 또한 매한가지지요. 그러니까

영혼 같은 건 존재하지 않습니다. ― D. H. 로렌스

■ 음악만은 세계어에서 번역할 필요가 없다. 거기서는 혼이 혼에게 호소된다. ― 아우에르바하

■ 물질의 세계는 영혼에만 존재한다. ― 조나단 에드워드

■ 오 신이여, 나의 영혼을 가엾게 여겨 주옵소서. 오 신이여, 나의 영혼을 가엾게 여겨 주옵소서. (스무 살에 헨리 8세와 결혼해서 스물여섯 살에 왕비가 되었고, 스물아홉에 남편 헨리 8세를 잃었으며, 그녀 역시 남편을 따라 단두대에 올라서야만 했다. 그녀는 교수형 집행인에게 점잖게 말했다. 『그대는 솜씨가 능할 것으로 믿으며, 또 내 목이 가느다라니까 안성맞춤이다.』 철도 들지 않은 나이에 적지 않은 풍파를 겪어야 했던 불행한 왕비였다) ― 앤 블린

■ 신용은 영혼의 긍정을 받아들이는 데서 이루어지고, 불신은 영혼의 부정을 받아들이는 데서 이루어진다. ― 랠프 에머슨

■ 오오, 주여, 단 한 번이라도 좋습니다. 사랑하던 사람의 영혼과 만나게 해주시길. 그리고 영혼들이 어디에 어떻게 지내고 있는지 그것만이라도 내게 전해 주시옵소서. ― 앨프레드 테니슨

■ 나는 영혼이 불멸한 것인지 아닌지 모른다. 그러나 나날이 새로운 생명이 태어나는 것을 알고 있다. ― 토머스 칼라일

■ 영혼은 늙어서 태어나 젊게 성장한다. 그것이 인생의 희극이다. 그리고 육체는 젊어서 태어나 늙어서 성장한다. 그것이 인생의 비극이다. ― 오스카 와일드

■ 관능으로써 영혼을 고치고, 영혼으로써 관능을 고친다.

— 오스카 와일드

■ 괴로워하는 영혼을 조소한다는 것은 무서운 일이다.

— 오스카 와일드

■ 영혼은 무서운 실재랍니다. 매매도 되고 헐값으로 처분도 돼요. 독살할 수도 있고 완성할 수도 있지요. 우리는 각자가 혼을 가지고 있어요.

— 오스카 와일드

■ 아름다운 육체를 위해서는 쾌락이 있지만, 아름다운 영혼을 위해서는 고통이 있다.

— 오스카 와일드

■ 질투는 영혼의 황달이다.

— 존 드라이든

■ 나는 교육받지 않은 인간의 정신(혼)을 채석장의 대리석과 같다고 생각한다. 그런데 대리석은 닦는 사람의 기술이 색깔을 내고, 겉을 반짝이게 하며, 그 전체에 흐르는 장식 운(雲)이나 반점 또는 맥을 발견해 내기까지는 그 고유한 미를 나타내지 않는다.

— 조지프 애디슨

■ 지혜와 영혼의 관계는 건강과 육체의 관계와 같다.

— 라로슈푸코

■ 영혼의 문을 열고 살라.

— 오귀스트 콩트

■ 어린아이와 함께 있으면 영혼이 치료된다.

— 도스토예프스키

■ 영혼을 육체에서 분리시키는 것은 삶이지 죽음은 아니다.

— 폴 발레리

■ 영혼, 그것은 인간을 지상의 다른 모든 것과 구별하는 영구 불멸의
불꽃이다.   ― 제임스 쿠퍼

■ 영혼은 자유자재로 육체를 움직이게 한다. 마치 주인 없는 여자가
남자를 끌 듯이.   ― 에드워드 피츠제럴드

■ 영혼은 자기 자신의 영혼을 택하고 문을 닫는다.
                                        ― 에밀리 디킨슨

■ 진선미에 대한 감정은 영혼을 고상하게 하고 마음을 행복하게 한
다. 허나 그것도 함께 느낄 수 있는 영혼이 없다면 무슨 소용이 있
으랴.   ― 카를 훔볼트

■ 우리들의 영혼에 있어서 불운만큼 자극을 주고 수확을 가져오게
하는 것도 없다.   ― 헤르만 헤세

■ 괴로움도 죽음도 우리의 영혼은 위협하지 않는다. 우리는 더 깊이
사랑하는 것을 알았기 때문이다.   ― 헤르만 헤세

■ 내 넋은 목신(牧神)의 넋이며 처녀의 넋이다.   ― 프랑시스 잠

■ 철학가들이 영혼이 있다고 인정을 하건 안하건, 우리에겐 뭔지는
몰라도 꿈이며 이상(理想)을 심어주며 가치를 정해 주는 것이 있다.
                                            ― J. 어스킨

■ 대부분의 사람은 영혼을 팔고 그 돈으로 양심과 함께 산다.
                                        ― R. P. 스미스

■ 자기의 영혼의 자산을 개선하는 시간을 갖는 자는 참된 한가함을
누린다.   ― 헨리 소로

▣ 굶은 사람들의 눈 속에는 차츰 끓어오르는 격노의 빛이 있다. 사람들의 영혼 속에는 『분노의 포도(The Grapes Of Wrath)』가 차츰 가득해져서 심하게 익어 간다.   ― 존 스타인벡

▣ 영혼은 하느님의 성가대의 소리 없는 하프이다. 창조의 조화와 소리맞추기 위해서는 하느님의 입김에 쐬기만 하면 된다.

    ― 헨리 소로

▣ 주여! 나의 영혼을 구해 주옵소서.   ― 에드가 앨런 포우

▣ 영혼이 진정한 삶의 세계로 들어갈 때 인간의 육신은 고요히 곁으로 눕혀진다는 것이 하느님과 자연의 섭리다. 인간은 죽지 않으면 완전히 태어난 것이 아니다.   ― 벤저민 프랭클린

▣ 완전한 육체는 그 자체가 영혼이다.   ― 조지 산타야나

▣ 영혼은 자기 자신의 것이 아니면 다른 모든 교훈에 반항하는 무한한 자존심을 가졌다.   ― 월터 휘트먼

▣ 영혼은 모든 길을 다 걷고, 영혼은 무한 잎새의 연꽃이 피듯이 제 자신을 피워 내는 것이다.   ― 칼릴 지브란

▣ 영혼은 영혼 그 자체 속에 담고 있는 것 이외에는 인생에 있어서의 어떤 것도 보지 않는다. 그것은 그 자신의 사적인 사건밖에는 믿지 않는다. 그것이 어떤 것을 경험할 때, 그 경험은 그것의 일부가 된다.   ― 칼릴 지브란

▣ 천사에게 체중이 없듯이 영혼에는 무게가 없다.

    ― C. V. 게오르규

▣ 여성에게 있어서는 연애는 언제나 영혼에서 감각으로 옮아가며, 남성에게 있어서는 언제나 감각에서 영혼으로 옮아간다.

— 엘렌 케이

▣ 사랑이란 영혼의 궁극적인 진리입니다.　　　　— R. 타고르

▣ 인간은 생(生)만 나가면 썩어 버린다. 생이란 그저 방부제에 지나지 않는다는 말인가. 그러면 생이라는 방부제가 나가버렸을 때 내 영혼에 몰려들어 춤추고 노래 부를 구더기는 무엇인가. — 장용학

▣ 영혼이 없는 기업은 구성원 개개인의 목적을 달성하는 도구일 뿐이다. 영혼이 있는 기업에서는 전 사원이 스스로 주체의식을 가지고 기업의 영혼을 자신의 것으로 내재화해서 공동의 발전을 이뤄나간다.

— 안철수

【속담 · 격언】

▣ 개는 꼬리에 영혼이 있고 말은 귀에 영혼이 있다.　　— 몽고

▣ 여자는 천 개의 영혼을 가지고 있다.　　　　　— 이스라엘

▣ 아메리칸 인디언은 정신없이 말을 달려가다가는 문득 돌아서서 자기가 달려온 길을 잠시 되돌아본다. 자기의 영혼이 잘 따라오고 있는지 확인하는 것이다.

— 미국

【시 · 문장】

칼집은 닳아 없어져도

칼은 빛나며

육체는 썩어 없어져도
영혼은 길이 살아남나니

― 조지 바이런 / 영혼

우리가 가슴에 가슴을 맞대고 숨을 모을 때마다
태어나지 않은 영혼이 우리에게 자꾸만 접근해 온다.
우리들의 정욕의 물결과 함께
그들은 생명을 부여받고자 한다.
장난과 입맞춤과 그리고 진정한 향락으로
무진장의 하룻밤은 꿈속같이……
밝은 아침은 산뜻한 기쁨을 불러온다.
그러나 새로운 생이 잠 깨어

― 헤르만 헤세 / 수태(受胎)

오, 즐겁던 조그만 영혼이
내 육체의 벗이요 손님인 영혼이
살포시 떠나가는구나.
어디를 향해 어디로 가는 것이냐?
메마르고, 끔찍하고, 사랑이 없는 땅
네가 가는 곳, 놀이도 장난도 없는 땅.
(이 로마의 황제는 영혼의 미래를 비관적으로 전망했었다)

― 하드리아누스

영혼, 그 경역(境域)의 이렇듯 충만함은 넘쳐

정신의 그릇 속으로 흘러 떨어져 들면
인간은 귀먹고 말 못하고 눈멀어
이제는 『존재』 와 『당위』 『인식자』 와 『그 대상』 을
이제는 더 분간하지 않게 되어
말하자면 승천하는 것.
용서받을 수 있음은 오직 사자(死者)일 뿐.
— 윌리엄 예이츠 / 육체와 영혼과의 대화

당신의 영혼을 건드리지 않으려면
어떻게 내 영혼을 지녀야 합니까?
어떻게 당신을 넘어 다른 것으로 그것을 돌릴 수 있겠습니까?
그 어느 암흑의 잃음 곁에서
당신의 마음이 떨고 있어도 흔들리지 않고
낯설고 고요한 장소에
나의 영혼을 내려뜨리고 싶습니다.
하나 그대와 내가 건드리는 온갖 것은
두 줄의 현(絃)에다 한 음을 자아내는
바이올린의 활처럼 우리를 한데 사로잡습니다.
어느 악기 위에 우리는 매여 있는 것입니까?
그리고 어느 연주가가 우리를 손에 쥐고 있는 것입니까?
감미로운 노래여.
— 라이너 마리아 릴케 / 사랑의 노래

내 무덤 앞에서 울지 말아요.

나 거기에 없어요. 나는 잠들지 않습니다.

나는 천 개의 바람이 되어 날고 있답니다.

나는 눈 위에서 반짝이는 다이아몬드.

나는 영그는 곡식 비추는 햇볕입니다.

나는 부드러운 가을비입니다.

그대 고요한 아침, 소리 없이 깨어날 때,

나는 새가 되어 하늘을 조용히 맴돌고 있습니다.

나는 밤하늘을 밝혀주는 포근한 별입니다.

내 무덤 앞에 서서 울지 마세요.

나는 거기 없어요, 나는 잠들지 않습니다.

Do not stand at my grave and weep.

I am not there, I do not sleep.

I am a thousand winds that blow.

I am the diamond glint on snow.

I am the sunlight on ripened grain.

I am the gentle autumn rain.

When you awake in the morning's hush,

I am the swift uplifting rush of quiet birds in circled flight.

I am the soft stars that shine at night.

Do not stand at my grave and weep.

I am not there, I do not sleep.

— 미상 / 천 개의 바람(A Thousand Winds)

*이 시는 아메리칸 인디언의 전승 노래라는 설이 있다. 미국의 9·11테

러 추모 1주기에 아빠를 잃은 11살의 소녀가 이 시를 낭독하여 듣는
이의 가슴을 뭉클하게 하였다.

어린아이나 젊은이 또는 늙은이가 죽었을 때 상심해야 할 이유는 무
엇인가? 이 세상에는 한시라도 어느 사람이 태어나지 않거나 또는 죽
지 않는 순간이란 없다. 우리는 출생을 기뻐하고 죽음을 슬퍼하는 것
이 어리석은 것임을 깨달아야 한다. 영혼을 믿는 사람—힌두교도이건
회교도이건 또는 파르시도인이건 영혼을 믿지 않는 사람이 어디 있는
가—영혼이 절대로 죽지 않는다는 것을 알고 있다. 죽은 사람과 살아
있는 사람의 영혼은 모두가 동일체다.   ― 마하트마 간디

우리에게는 우리의 몸보다도 맘보다도 더욱 우리에게 각자의 그림자
같이 가깝고 각자에게 있는 그림자같이 반듯한 각자의 영혼이 있습니
다. 가장 높이 느낄 수도 있고 가장 높이 깨달을 수도 있는 힘, 또는
가장 강하게 진동이 맑게 울려오는, 반향(反響)과 공명(共鳴)을 항상
잊어버리지 않는 악기, 이는 곧 모든 물건이 가장 가까이 비쳐 들어옴
을 받는 거울, 그것들이 모두 다 우리 각자의 영혼의 표상이라면 표상
일 것입니다.   ― 김소월 / 시혼(詩魂)

옛날 그리스 학자 사이에 『여자에게 영혼이 있느냐?』라는 문제가
토론되었다고 한다. 그리고 그들은 다만 여자를 낮춰보는 곡심(曲心)
으로 여자에게 영혼이 없다고 하였다. 그리스도교가 전파되면서, 너희
들은 영(靈)에 살라고 부르짖을 때에, 여자에게도 영혼이 있다 하였
다. 그러나 이 존재시인이 결코 단정적인 것은 아니었었다. 근대에 이

르러서 아나톨 프랑스가 절대로 여자의 머리를 부인하였다. 여자는 남자와 같지 못한 것이라 단정하였다. 이로 말미암아, 우는 암탉들에게 대단한 공격을 받았지만……여기 대하여 나도 여자의 머리를 남자의 그것과 같이 말할 수가 없다. 아니, 나는 여자의 영혼의 존재를 여러 가지 논거 아래서 절대로 부인한다. 장래에도 영혼이 못 생겨난다 함이 아니다. 현재는 영혼의 씨가 있을 뿐, 영혼 그것은 없다고 단정한다. (참외 씨가 참외 아닌 것같이 영혼의 씨는 영혼은 아니다)

— 김동인 / 영혼

【중국의 고사】

■ **조문도석사가의**(朝聞道夕死可矣) : 아침에 도를 들으면 저녁에 죽어도 좋다. 《논어》이인편(里仁篇)에 있는 유명한 공자의 말이다. 그러나 이 말에 대해서는 여러 가지 해석이 행해지고 있다. 쉬운 말인데도 그 말이 지니고 있는 참 뜻이 애매한 것이다. 혹자는 말하기를, 죽게 된 친구를 앞에 놓고 한 말이라고 한다. 즉 육체적인 생명이 끝나는 것보다도 진리를 깨치는 것이 더욱 중요하다는 것을 강조하여, 『그대는 이미 진리를 깨친 사람이니 이제 죽은들 무슨 안타까움이 있겠느냐.』하는 뜻으로 말했을 거라는 것이다. 그러나 일반적으로 진리를 탐구하는 공자의 애절한 염원을 나타낸 말로 풀이되고 있다.

다음에는 도(道)가 무슨 뜻이냐 하는 해석이다. 위(魏)나라 하안(何晏)과 왕숙(王肅)은 『공자가 머지않아 죽을 나이에 이르러, 세상에 도가 행해지고 있다는 소리를 듣지 못한 것을 한탄해서 한 말이다.』라고 했다. 그러나 이것은 도덕이 땅에 떨어진 당시를 개탄하는 자신들의 심경을 여기에 반영시킨 해석으로 보고 있다. 또 혹자는 『가의(可矣)』를 좋다고 해석할 것이 아니라 괜찮다고 읽어야 옳다고 주장한다. 어감은 다르지만 근본적인 해석에 차이가 있는 것은 아니다. 또 혹자는 이렇게 말하고 있다.

『참다운 도를 깨닫는 순간 사람은 영혼의 불멸을 알게 된다. 영혼의 불멸을 깨달은 사람에게 죽음이 아무런 의미를 갖지 못하는 것이다. 공자가 말한 도는 불교에서 말하는 극락왕생(極樂往生)의 진리를 말한 것이다.』라고.　　　　―《논어》이인편(里仁篇)

■ 낙백(落魄) : 「낙백(落魄)」은 글자 그대로 풀이하면 넋이 달아났다는 말이다. 그러나 흔히 쓰이기로는, 모든 일이 뜻대로 되지 않아 형편이 말이 아닌 그런 상태를 말한다. 일정한 직업도 생업도 없이 끼니가 간 데 없는 그런 상태를 말한다.

『역생(酈生) 이기(食其)란 사람은 진류 고양 사람으로 글 읽기를 좋아했으나, 집이 가난하고 낙백하여, 입고 먹기 위한 일을 하는 것이 없었다(家貧落魄 無以爲衣食業).』

이 글을 보더라도 집이 가난한 것이 「낙백」이요, 입고 먹을 벌이마저 할 수 없는 처지가 「낙백」인 것 같다. 그러나 역시 역이기(酈食其)의 경우는 낙백이란 말이 실의(失意)를 뜻해서, 입고 먹을 벌이를 못한 것이 아니라, 할 생각이 없었던 것 같다. 결국 돈 떨어진 건달의 행색을 낙백이라고 표현할 수 있을 것 같다. 영웅호걸 치고 어느 누가 낙백을 맛보지 않은 사람이 있겠는가.

이런 형편에서 역이기는 마을 문지기 노릇을 하고 있었다. 옛날에는 마을마다 담과 울타리 같은 것으로 마을로 들어가는 문이 있어서 이를 지키곤 했다. 그는 비록 감문(監門)이란 천한 일을 하고 있었지만, 말과 행동만은 그렇게 거만할 수가 없었다. 그래서 사람들은 그를 미치광이라고 불렀다.

그러던 그가 진시황이 죽고 천하가 다시 어지러워지자 출세의 부푼 꿈이 다시 불붙기 시작했다. 호걸들이 의병을 일으켜 서북으로 진격해 올라가느라 고양을 지나게 되면, 혹시나 하고 역이기는 그들 장수들을 만나 보았다. 그러나 한 사람도 마음에 드는 사람이 없었다.

이 때, 뒷날 한고조가 된 패공(沛公) 유방이 땅을 점령해 진류로 들어온다는 소식이 들려왔다. 그런데 다행히도 패공 휘하에 있는 기사(騎士) 한 사람이 역이기와 같은 마을 사람이었는데, 그가 고양 가까이 온 기회에 집에 들르게 되었다. 전부터 패공의 소식을 잘 듣고 있던 역이기는 그 기사를 찾아가 이렇게 말했다.

『내가 듣기에 패공은 거만하고 사람을 업신여기며 뜻이 크다고 하는데, 이런 사람이야말로 내가 같이 한번 따라 일을 해보았으면 하는 사람이다. 그러나 나를 소개해 줄 사람이 없다. 그대가 패공을 보거든 이렇게 말을 해주게. 우리 마을에 역이기란 사람이 있는데, 나이는 60이 넘었고 키가 8척이나 되며, 사람들이 다 그를 미치광이라고 부르고 있지만, 그 자신은 미치광이가 아니라고 한다고 말일세.』

『하지만 패공은 선비를 좋아하지 않기 때문에, 손님들 중에 선비의 갓을 쓰고 오는 사람이 있으면 그 갓을 벗겨 그 속에다 오줌을 누기까지 하며, 사람들과 말할 때면 항상 큰 소리로 꾸중을 하는 형편인 만큼 절대로 선비로서 패공을 설득시킬 수는 없을 것이오.』

『그런 걱정은 말고 제발 만나게만 해주게.』

이리하여 이 기사의 소개로 패공은 고양으로 들어왔을 때 사람을 보내 역이기를 불러들였다. 패공은 그때 막 평상에 걸터앉아 두 다리를 쭉 뻗고 두 여자에게 발을 씻기고 있었다. 패공은 발을 씻기며 그대로 역이기를 대했다. 역이기는 두 손을 모아 높이 들어 보일 뿐 절은 하지 않고 목소리를 가다듬어 입을 열었다.

『족하(足下)는 진나라를 도와 제후를 칠 생각이오, 아니면 제후를 거느리고 진나라를 칠 생각이오?』

패공은 큰 소리로 꾸짖어 대답했다.

『이 철부지 선비야, 천하가 다 같이 진나라에 시달린 지 오래다. 그래서 제후가 서로 힘을 합해 진나라를 치려는 것이 아니냐. 진나라를 도와 제후를 치다니, 무슨 뚱딴지같은 소리를 한단 말인가 !』

「만일 군대를 모으고 의병을 합쳐 무도한 진나라를 칠 생각이면 그렇게 걸터앉아 늙은이를 대하지는 못할 거요.」

이 말에 패공은 얼른 대야를 치우게 하고, 일어나 의관을 갖춘 다음 역생을 상좌로 모셔 올려 그의 의견을 들었다. 이리하여 60 평생을 낙백으로 보낸 역이기는 패공을 도와 동분서주하며 그의 인격과 뛰어난 말재주로 군사 하나 움직이지 않고 제후를 패공의 휘하로 돌아오게 하는 데 비상한 공을 세웠다.

그러나 한신(韓信)이 역이기의 재주를 시기하여, 이미 그가 말로써 항복을 받은 제나라를 무력으로 침공해 들어감으로써 역이기의 술책에 넘어간 줄로 오해를 한 제왕은 역이기를 기름 가마에 넣어 죽이고 말았다. 이때 제왕(齊王)은 역이기에게, 한신의 침략군을 고이 물

러가게 하면 살려 준다는 조건을 내걸었으나, 역이기는 이미 일이 틀
린 줄을 알고 큰 소리를 치며 태연히 기름 가마로 뛰어들었다.

― 《사기》 역생육고열전(酈生陸賈列傳)

■ **백구과극**(白駒過隙) : 「백구과극」은 흰 말이 문틈으로 휙 달려
지나간다는 말이다. 즉 세월이 빨리 흐르는 것을 비유하는 말이다.

『사람이 천지 사이에서 사는 것은 흰 말이 빈 틈새를 달려 지나
가는 것과 같이 순간일 뿐이다(人生天地之間 若白駒之過隙). 모든
것들은 물이 솟아나듯 문득 생겨났다가 물이 흘러가듯이 아득하게
사라져 간다. 일단 변화해서 생겨났다가 다시 변화해서 죽는 것이
다(忽然而已 注然勃然 莫不出焉 油然流然 莫不入焉 已化而生 又化
而生).』

또 《사기》 유후세가(留侯世家)에도 이런 말이 있다.

『인생의 한 세상은 마치 흰 말이 달려가는 것을 문틈으로 보는
것처럼 순식간이다. 어찌 스스로 괴로워하는 것이 이와 같음에 이
르겠는가(人生一世間 如白駒過隙 何至自苦如此乎).』

생물은 이를 슬퍼하고 사람들도 애달파한다. 죽음이란 화살이 활
통을 빠져나가고 칼이 칼집에서 빠져나가는 것처럼 분주하고 완연
하니 혼백이 장차 가려고 하면 몸도 이를 따르는 법이다.

이 얼마나 거대한 돌아감인가!

비슷한 말로 「광음여류(光陰如流)」, 「광음여시(光陰如矢)」,
「일촌광음(一寸光陰)」이 있다. ― 《장자》 지북유편(知北遊篇)

■ **원앙지계**(鴛鴦之契) : 「원앙새와 같이 금실이 좋은 맺음」이라는

뜻으로, 부부 사이에 금실(금슬)이 좋음을 비유하는 말이다.

동진(東晋 : 4세기경)의 역사가 간보(干寶)가 편찬한 소설집으로, 지괴(志怪 : 육조시대의 귀신괴이·신선오행에 관한 설화)의 보고(寶庫)로 여겨지는 가장 대표적인 설화집인 《수신기(搜神記)》 한빙부부(韓憑夫婦)에 있는 이야기다.

춘추시대의 큰 나라인 송(宋)나라는 전국 전대 말기의 강왕(康王) 때, 제(齊)나라와 위(魏)나라와 초(楚)나라 등 3대국의 공격을 받고 멸망하여 세 나라에 분할되었다.

이 송나라 강왕의 시종(侍從)에 한빙(韓憑)이라는 사람이 있었다. 그는 몇 집에서 아내를 맞이하였지만, 이 하씨(何氏)가 세상에서 뛰어난 미모임을 눈여겨 본 강왕은, 그에게서 하씨를 취하여 첩으로 삼았다. 그는 언제나 왕이 하는 처사에 대하여 원한을 품었다. 왕은 화가 나서 그를 사실이 아닌 죄에 빠뜨려 성단(城旦)에서 형벌에 처했다.

성단의 형벌이란 것은 낮에는 변경의 수비를 하고, 밤에는 변경의 방비에 만리장성을 쌓는 인부로 근무하게 하는 무거운 형벌이다. 아내 하씨는 남편에게 은근히 편지를 보냈다. 일이 잘못 되어 강왕의 손에 들어갈지도 모르기 때문에 남편만이 알 수 있는 말로 썼다.

송나라의 강왕은 이 편지를 손에 넣고, 측근자들에게 보였지만 아무도 해명하지 못하였다. 그러자 소하(蘇賀)라는 사람이 나서서 말했다.

『비가 많이 내린다는 것은 당신을 잊지 못하여 언제나 근심하고 있다는 뜻이고, 강은 크고 물은 깊다는 말은 당신에게 갈 수 없다는 뜻이며, 해가 나와서 마음을 비춘다는 것은 살지 못함을 태양에 맹세한다는 뜻입니다.』

이때 한빙이 자살했다는 보고가 들어왔다. 이 말을 들은 하씨는 자기의 의복을 썩혀 놓고서, 강왕과 함께 성벽에 올라갔을 때 거기에서 몸을 던졌다. 측근이 당황하여 옷소매를 잡았지만, 옷소매만이 손에 남고서 하씨는 떨어져 죽었다. 하씨의 띠에는 유언이 씌어 있었다.

『왕께서는 살아 있는 저의 몸을 자유로이 하셨지만. 제가 죽더라도 제 몸을 자유롭게 해주십시오. 제발 저의 시신을 남편과 함께 묻어 주십시오.』

그러나 약이 잔뜩 오른 강왕은 이 소원을 무시하고 사람을 시켜 두 사람의 무덤을 마주 보이는 산언덕에다가 만들게 하였다.

그런데 하룻밤 사이에 아주 커다란 나무가 두 묘 끝에서 자라나더니 열흘 만에 우거지고, 몸체가 서로를 향해 굽더니 뿌리가 서로 엉겨 붙고 위에서는 나뭇가지들이 서로 얽혔다. 또 암수 원앙 한 쌍이 각각 나무 위에 집을 짓고 아침저녁으로 그 자리에서 구슬피 울어 듣는 이의 가슴을 저리게 했다. 이를 보고 송나라 사람들은 원앙이 한빙 부부의 영혼이라고 했고 그 나무를 가리켜 상사수(相思樹)라고 불렀다. 남녀의 애타는 사랑을 「상사」라고 하는 것도 여기서 나온 말이다. ─ 《수신기(搜神記)》

【우리나라 고사】

■ 신라 14대 임금 유례왕(儒禮王) 때의 일이다. 이서국(伊西國) 사람들이 서울 금성을 공격해왔다. 신라 쪽에서도 대거로 방어에 나섰

으나 오래 버텨낼 수 없었다. 그 때 홀연히 어디에서 왔는지도 알
수 없는 신기한 병정들이 나타나 신라군을 지원해 왔다. 그 신기한
병정들은 모두 대나무잎사귀를 귀에 꽂고 있었다. 그들은 신라군과
힘을 합하여 적군을 쳐부수었다. 적군들이 물러간 뒤 그 신기한 병
정들은 또 온데간데없이 어디로 사라져 버렸다. 다만 미추왕릉(味
鄒王陵) 앞에 무수한 대나무 잎사귀가 쌓여 있는 것만을 볼 수 있을
뿐이었다. 그제야 귀에 대나무 잎사귀를 꽂고 왔던 그 신기한 병정
들이 미추왕 혼령임을 알았다. 그래서 그 미추왕릉을 『죽현릉(竹
現陵)』—대나무잎 꽂은 병정들이 나타난 능이란 뜻이다—이라 불
렀다.   ― 일연(一然) /《삼국유사》

■ 사인(士人) 양윤원(梁允元)은 아내가 병으로 죽었다. 고양군 사리
대촌에다 장사하고 이 곳에 집을 지어서 종에게 지키도록 하였다.
성안에 돌아와서 두어 달 만에 한낮에 양윤원이 집에 있는데, 대들
보 위에서 갑자기 귀신이 사람의 말을 하였다. 낭랑한 소리가 호소
하는 듯하고 슬프게 원망하는 듯하나 말이 분명하지는 못하고 배우
는 아이 소리 같았다.

　말소리는 바로 그 아내의 생시 적 소리와 같으므로 늙은 여종을
불러서 들어 보도록 하였더니, 또한 양이 듣는 것과 같았고, 한참
만에 그치는 것이었다. 양이 괴이하게 여겨 슬픔을 금치 못하고, 곧
숭례문(崇禮門) 밖에 가서 처모(妻母)를 뵙고 그 사유를 갖추어서
말하니, 처모가 놀라서 부르짖으며, 『내가 새벽에 꿈을 꾸니 죽은
딸이 불꽃 속에서 통곡하면서 구해 주기를 부르짖는 게 아닌가! 나
도 목소리가 나오지 않도록 통곡하다가 이에 놀라서 깨었는데, 자

네의 말이 또 이와 같은즉 반드시 곡절이 있는 것이니 속히 묘소에 가서 보는 것이 좋겠네.』 하였다.

양은 대답하고 물러나서 말을 타고 급히 달려갔다. 사현(沙峴)에 이르자, 여막(廬幕)을 지키던 종이 땀을 흘리며 달려오는 것이었다. 물으니 종이 말하기를, 『새벽에 여막 부엌에서 불이 나서 제청(祭廳)으로 옮겨 붙었는데 신주(神主)·제기 등 물건이 아울러서 다 타버렸습니다.』 하였다. 유명(幽明)이 서로 감응(感應)됨이 이와 같으니, 망매(茫昧)한 데로 붙여버리고 신이 앞에 있는 것같이 하는 정성을 드리지 않음은 불가하다.

― 김정국 /《사재척언(思齋摭言)》

【명작】

■ 크리스마스캐럴(A Christmas Carol) : 영국의 작가 찰스 디킨스(Charles John Huffam Dickens, 1812~1870)가 1843년에 발표한 중편소설. 그 후 해마다 발표된 5편의《크리스마스 이야기》의 제1작이며 그의 대표작 중 하나이다. 주인공 스크루지는 자린고비 구두쇠로서 인정이라곤 손톱 끝만치도 없는 수전노이다. 그가 크리스마스 전날 밤에 본래 공동으로 사업을 하던 사나이의 유령을 만나 자기의 과거·현재·미래의 모습을 보게 되자 자신의 죄를 뉘우치고 사람다운 마음을 찾게 된다.

아이들에게 곧잘 들려주는 이야기인 동시에『크리스마스 철학』이라고 흔히 일컬어진다. 디킨스의 사회관·인간관을 단적으로 나타낸 작품이다. 유령을 소설 속에 등장시키는 과감한 작가의 내용 구성은《아라비안나이트》등 다양한 이야기를 읽으면서 키운 상상력에 근거한다.

【成句】

■ 윤회(輪廻) : 【불교】 중생(衆生)이 성도수업(聖道修業)의 결과, 해
탈을 얻을 때까지 그의 영혼이 육체와 함께 업(業)에 의하여 다른
생을 받아 무시무종(無始無終)으로 생사를 반복함.

■ 혼승백강(魂昇魄降) : 죽은 사람의 영혼은 하늘로 올라가고, 시체
는 땅으로 내려감.

■ 혼비백산(魂飛魄散)　　넋 魂 / 날 飛 / 넋 魄 / 흩어질 散
혼백이 날아 흩어진다는 말로, 곧 몹시 놀라 어쩔 줄 모르는 형편을
가리키는 말.

고독 solitude 孤獨

【어록】

▣ 덕이 있는 사람은 외롭지 않고 반드시 이웃이 있다. —《논어》

▣ 전횡하는 자는 고립되고, 간하는 말을 막는 자는 막힌다. 고립되고 막힌 정치는 나라가 망할 풍조이다(專己者孤 拒諫者塞 孤塞之政 亡國之風也). —《후한서(後漢書)》

▣ 간언을 멀리하는 자는 단절되며, 독단하는 자는 고립된다(距諫者塞 專己者孤). —《염철론(鹽鐵論)》

▣ 날마다 안 돌아오는 남편 그리다, 외로운 망부석 되어 남편 그리네. 기다린 지 몇 천 년 훨씬 넘어도 기다리던 처음 모양 변함없구나(終日望夫夫不歸 化爲孤石苦相思 望來已是幾千載 只似當時初望時). — 유우석(劉禹錫)

▣ 고신(임금의 신임을 받지 못하는 신하)은 죽더라도 스스로 천거하려 하지만, 임금 대문 만 리라 통할 길 없네(孤臣昧死欲自薦 君門萬里由通). — 육유(陸遊)

■ 고독을 사랑하는 자는 야수가 아니면 신이다.

           — 아리스토텔레스

■ 나는 혼자 울 때가 제일 외롭게 느껴지지 않는다.

           — P. C. 스키피오

■ 내가 홀로 있을 때가 내게는 가장 고독하지 않은 때이다.

           — M. T. 키케로

■ 사람은 혼자서 죽을 것이다. 그러니까, 혼자인 것처럼 행동할 일이
다.   — 파스칼

■ 이 무한한 공간의 영원한 침묵은 나를 두렵게 한다. — 파스칼

■ 고독이 정신에 미치는 영향은 음식이 육체에 미치는 영향과 같다.

           — 보브나르그

■ 정신에 있어서의 고독은 신체에 있어서의 절제와 같다.

           — 보브나르그

■ 시인은 어둠 속에 앉아 외로움을 달래기 위하여 아름다운 소리로
노래 부르는 나이팅게일이다.   — 퍼시 셸리

■ 모두, 모두 갔다. 옛날의 정든 얼굴들.   — 찰스 램

■ 누구 한 사람 아는 사람이 없는 군중 속을 헤치고 갈 때만큼 심하
게 고독을 느낄 때는 없다.   — 괴테

■ 인간은 사회 속에서 모든 것을 배울 수 있을 것이다. 그러나 영감
(靈感)을 받는 것은 다만 고독에 있어서뿐이다.   — 괴테

■ 달은 고독한 사람의 오직 하나의 벗이다. ― 칼 샌드버그

■ 늙었다는 가장 확실한 징후는 고독이다. ― 루이자 메이 올컷

■ 고독한 생활의 목적이란, 보다 더 유유하게 보다 더 마음대로 지낸다는 단 하나라고 믿는다. ― 몽테뉴

■ 아름다운 것은 항상 고독 속에 있다. 군중은 미를 이해하지 못한다. 그들은 자기를 인도하는 종교를 가지고 있지 않은 것이다. ― 오귀스트 로댕

■ 우리들은 혼자서 세상에 나와 혼자서 떠난다. ― 지그문트 프로이트

■ 산다는 것은 깊은 고독 속에 있는 것이다. ― F. 헤벨

■ 나에게 있어서는 고독만큼 벗 삼기에 족한 벗은 없다. ― 조제프 주베르

■ 고독하게 살라. 이는 말하기는 쉽고 실제로 해보면 극히 어렵다. ― 프리드리히 뤼케르트

■ 나는 고독하다. 나는 자유다. 나는 나 자신의 왕이다. ― 임마누엘 칸트

■ 공중 앞에서 말하고, 고독하게 생각하며, 독서하고, 듣고 질문하며, 질문에 답하는 것이 학자의 일이다. ― 새뮤얼 존슨

■ 재능은 고독 속에서 이루어지며, 인격은 세상의 거친 파도 속에서 이루어진다. ― 하인리히 하이네

■ 남자들은 건설해야 할 것도, 또한 파괴해야 할 것도 없어지면 심한 고독과 불행을 느낀다. — 알랭

■ 세속에 살고, 세속의 의견에 좇아서 생활하는 것은 대단히 용이하다. 고독의 경지에 있어서 자기의 의견에 따라 생활하는 것도 극히 용이하다. 그러나 군중과 더불어 지내며, 유쾌하게 고독의 독립을 지키는 것은, 다만 위인만이 이것을 해내는 것이다.

— 랠프 에머슨

■ 우리는 홀로 세상을 살아가고 있다. 우리가 바라는 친구들은 꿈이요, 우화이다. — 랠프 에머슨

■ 고독이 가능한 것은 우리들이 아주 젊고 미래에 많은 꿈이 있을 때이든가, 그렇지 않으면 아주 늙어서 과거에 많은 추억을 가질 때뿐이다. — 헨리 레니에

■ 고독이란 우리들의 마음속에서 죽어버린 것들이 사는 무덤이다. — 헨리 레니에

■ 역사가란 과거에 눈을 돌린 예언자이다. — A. W. 슐레겔

■ 고독—방문하기엔 좋은 장소지만, 머무르기엔 쓸쓸한 장소다. — 조지 버나드 쇼

■ 고독, 그것 자신으로 모든 생활을 유지해 가는 영예를 갖는 자는 없다. — 빅토르 위고

■ 인간의 사교 본능도 그 근본은 모두 직접적인 본능은 아니다. 즉, 사교를 좋아해서가 아니라 고독이 두렵기 때문이다.

— 쇼펜하우어

▣ 고독은 뛰어난 정신을 지닌 자의 운명이다.　　　— 쇼펜하우어

▣ 개개의 인간에 있어서는, 은퇴와 고독에의 경향의 증가는 항상 그 인간의 지적 가치의 정도에 의해서 생긴다.　　　— 쇼펜하우어

▣ 나는 무리들과 사귀는 것을 욕해 왔다. 가령 그 수령이 되고, 그 무리들이 이리(狼)의 그것이라 하더라도 사자(獅子)는 고독하다. 나도 고독하다.　　　— 조지 바이런

▣ 고독이란 좋은 것이라고 인정하지 않을 수 없다. 그러나 또 고독은 좋은 것이라는 말을 주고받을 수 있는 상대를 갖는 것은 하나의 기쁨이다.　　　— 발자크

▣ 우리들의 모든 고뇌는 우리들이 고독하게 존재할 수 없는 데서 생겨난다.　　　— 라브뤼예르

▣ 사랑의 시작과 종말은 양편이 다 자기 자신이 고독함을 발견했을 때 당황하는 것으로 드러난다.　　　— 라브뤼예르

▣ 최악의 고독은 한 사람의 벗도 없다는 것이다.

　　　— 프랜시스 베이컨

▣ 신이 인간을 만드셨다. 그런데 고독함이 부족하다고 생각되어 더욱 고독을 느끼게 하기 위하여 반려(伴侶)를 만들어 주셨다.

　　　— 폴 발레리

▣ 강자(强者)란 보다 훌륭하게 고독을 견디어 낸 사람이다.

　　　— 프리드리히 실러

▣ 사회가 성격에 대하여 유익한 것처럼, 고독은 상상력에 대하여 유

익한 것이다.　　　　　　　　　　　　　　— 존 로널드 로얼

■ 과거도 현대적인 뜻을 지닌다. 지나간 역사에서 살아남아, 그 유형
을 뭇 사람의 가슴과 인생 속에 발견하는 그러한 것들만이.
　　　　　　　　　　　　　　　　　　— 존 로널드 로얼

■ 나는 고독처럼 다정한 친구를 이제껏 발견하지 못하였다.
　　　　　　　　　　　　　　　　　　　— 헨리 소로

■ 왜 고독해야 합니까? 우리 이 혹성은 은하수 속에 있는 것이 아닙
니까?　　　　　　　　　　　　　　　　— 헨리 소로

■ 혼자서 가는 자는 바로 지금 곧 출발할 수도 있지만, 남과 함께 여
행하는 자는 남이 준비하도록 까지 기다리지 않으면 안 된다.
　　　　　　　　　　　　　　　　　　　— 헨리 소로

■ 남과 함께 있으면 설사 미인 중의 미인이라도, 군자 중의 군자일지
라도 곧 싫증이 나고 정신이 산만해진다. 사랑할 것은 고독이다. 고
독만큼 교제하기 쉬운 친구는 없다.　　　— 헨리 소로

■ 이상적인 인간은 최대의 침묵과 고독 속에서 최강의 활동력을 찾
아내는 인물이며, 최강의 활동력 속에서 사막의 침묵과 고독을 찾
아내는 인물이다.　　　　　　　　　　　— 비베카난다

■ 고독은 오직 신과 함께 있을 때에만 견딜 수 있다.
　　　　　　　　　　　　　　　　　　　— 앙드레 지드

■ 인생이란 고독하다는 것이다. 아무도 타인을 모른다. 모두가 외톨
이다.　　　　　　　　　　　　　　　— 헤르만 헤세

■ 고귀한 사상을 몸에 지니고 있는 사람은 결코 고독하지 않다.
— 필립 시드니

■ 인생의 고난은 신혼여행과 동시에 시작되는 것입니다. 그 때 서로
가 거의 잘 모르는 두 사람이 부부라는 이중의 고독 속으로 별안간
내동댕이쳐지는 것입니다. — 앙드레 모루아

■ 하느님과 살지 않는 사람에게는 고독은 해가 된다. 고독은 영혼의
역량을 강하게 하지만, 또한 동시에 활동 대상을 그에게서 모조리
빼앗아간다. 역량을 받은 사람은 그 힘을 동포를 위해 사용해야 한
다. — 샤토브리앙

■ 우리는 죽은 친구를 회상할 때 더욱 자신의 고독감을 느낀다.
— 월터 스콧

■ 어느 정도의 고독을 애호함은 편안한 정신의 발전을 위해서도, 또
진실한 행복을 위해서도 절대로 필요한 것이다. — 카를 힐티

■ 고독을 사랑하는 성격은 확실히 건전치 못하다. 하기는 우리가 사
람과 너무나 접촉하는 결과로서 오히려 고통을 느끼는 까닭에 아마
오늘날에는 그런 성격도 관대하게 판단하고 싶은 마음도 간절하나,
고독을 사랑하는 마음은 사람을 제멋대로 하기 쉽고, 세상과 떨어
지게 하고, 선을 행함에 있어서 게으르게 한다. — 카를 힐티

■ 예술가는 고독한 늑대이며, 그의 길은 고독하다. 동료가 그를 황야
로 몰아내는 것은 그를 위해 도움이 된다. ……자기만족은 예술가
를 망치는 것이다. — 서머셋 몸

■ 음악을 듣는 사람은 한자리에 모인 가운데에서의 자기 고독을 느

끼다.   — 로버트 브라우닝

■ 여자의 고령(高齡)은 남자의 그 나이보다 침울하고 고독한 것이다.
                                        — 장 파울

■ 당신들은 세상에서 전적으로 외롭게 살지 않는다. 여기도 역시 당
  신들의 형제가 있다.   — 알베르트 슈바이처

■ 생명이 생명과 그렇게도 잘 합쳐지고, 바람이 몰아치는 가운데서
  도 꽃들이 꽃들과 섞이고, 백조가 다른 모든 백조들을 아는 이 세상
  에서 홀로 사람들만이 그들과 고독을 함께 한다.   — 생텍쥐페리

■ 고독, 그것은 인생이 참아오고 배운 말이다. 그것은 거기 우리들의
  넋이 걸어가고, 마음속 깊은 신앙 이외의 일체가 전복된 정적이다.
                                        — 시그프리드 서순

■ 사람은 누구나 자기 혼자의 생애를 혼자서 살고, 자기 혼자의 죽음
  을 혼자서 죽는 것입니다.   — J. P. 야콥센

■ 파리는 인간이 잔뜩 살고 있는 고독이다. 시골 도시는 고독이 없는
  사막이다.   — 프랑수아 모리아크

■ 참된 행복은 고독 없이는 있을 수 없다. 천사가 배반한 것은 아마
  도 천사들이 모르는 고독을 바랐기 때문임에 틀림없다.
                                        — 안톤 체호프

■ 절대의 고독, 그것이 그대의 운명이다.   — 안톤 체호프

■ 너무 홀로 지내는 사람은, 끝내는 병이 나는 법이다.
                                        — 존 스타인벡

■ 고독이 두려우면 결혼하지 말라.　　　　　　─ 안톤 체호프

■ 인간의 고독감은 생의 공포일 뿐이다.　　　　　─ 유진 오닐

■ 인간관계에 있어서 상대방은 그 상대방의 고독의 핵심 속으로 뚫고 들어가 거기서 대화를 나누어야 한다.　　　─ 버트런드 러셀

■ 인간생활이 무엇인가를 조금이라도 인식하는 사람이면 누구나 언젠가는 각각 떨어진 영혼의 이상한 고독감을 반드시 느낀다.
　　　　　　　　　　　　　　　　　　　　─ 버트런드 러셀

■ 인간의 영혼은 고독하며, 이 고독은 참을 수 없고, 오직 종교의 선구자들이 말하는 사랑과 그 사랑에서 오는 강렬한 감정만이 이 고독을 이겨낼 수 있으며, 어떠한 인간의 감정도 이 종교적인 사랑에서 우러나지 않을 때에는 유해(有害)한 것이며, 설사 그렇지 않다 하더라도 적어도 무용(無用)한 것이다.　　　　─ 버트런드 러셀

■ 고독의 『현실적인』 체험이란 가장 문학적인 데가 적은 것 가운데 하나이며, 고독에 관해서 품은 문학적 관념과는 천리만리 멀다.
　　　　　　　　　　　　　　　　　　　　　─ 알베르 카뮈

■ 나는 인간으로서 내가 맡은 일을 다 했다. 내가 종일토록 기쁨을 누렸다는 사실이 유별난 성공으로까지는 아니라 하더라도, 어떤 경우에는 행복해진다는 것만을 하나의 의무로 삼는 인간조건의 감동적인 완수라고 여겨졌다. 그 때야 비로소 우리들은 어떤 고독을 되찾게 되는 것이다. 그러나 이 때 되찾는 고독은 만족감을 동반한다.
　　　　　　　　　　　　　　　　　　　　　─ 알베르 카뮈

■ 회화는 상호의 이해를 깊게 하지만, 고독은 천재의 학교다.

── 에드워드 기번

▣ 외로운 나무는 어쨌든 커지기만 하면 강하게 자란다.

── 윈스턴 처칠

▣ 마음속의 은밀한 속삭임은 자기 혼자서밖에 들을 수 없다. 고독을 느끼기 전에는 사람은 양심이 무엇인지 알지 못한다.

── 제임스 쿡

▣ 고독의 비밀은 고독이란 없다는 사실이다.　　　── 제임스 쿡

▣ 고독은 이 세상에서 가장 무서운 고통이다. 어떠한 심한 공포도 모두 함께 있다면 견딜 수 있지만, 고독은 죽음과 같다.

── C. V. 게오르규

▣ 고독은 산에 있지 않고 거리에 있다. 한 사람의 인간에게 있는 것이 아니라 많은 인간 사이에 있다.　　　── 미키 기요시

▣ 들뜬 마음의 강도(強度)──서로 『미칠 정도가 되는』 강도가, 사람들의 사랑의 증거가 되고 있지만, 그것은 단지 서로 사랑하기 전에 얼마나 고독했던가의 정도를 입증할 뿐이다.　　　── 에리히 프롬

▣ 인간은 타인을 도울 때를 제외하고는 완전히 고독하다.

── 에리히 프롬

▣ 한 사람의 독일 시민으로서 나치즘의 원리에 아무리 반대한다 하더라도 만일 그가 고독한 생활을 하는 것과, 그리고 독일 국가의 일원으로 소속되어 있는 것 중에서 한쪽을 택해야 할 경우에는 대부분의 사람들은 후자를 택하게 된다.　　　── 에리히 프롬

■ 사람들은 고독을 견디어 낼 수 없기에 자아(自我)를 상실하는 길을 택한다.　　　　　　　　　　　　　　　　　— 에리히 프롬

■ 고독은 악마의 놀이터다.　　　　　　　　— 블라디미르 나보코프

■ 자기 혼자 있는 권리—가장 포괄적인 권리이며, 문명인들이 가장 소중히 여기는 권리이다. (美 연방최고재판소 판결문에서)
　　　　　　　　　　　　　　　　　　— 루이스 브랜다이스

■ 워싱턴에서 살다 보면 매우 외로워집니다. 이 낯선 도시에선 미국이 낳은 위인들의 위대한 말도 약하고 멀게만 들릴 때가 있습니다. 들리는 것은 정치적인 이야기이고 마지막엔 민주당이건 공화당이건 자기들이 풍기는 가스에 질식하기를 바라게 됩니다.
　　　　　　　　　　　　　　　　　　　— 우드로 윌슨

■ 죽음을 기다리면서도 가장 무서웠던 것은 견딜 수 없는 고독이었다.　　　　　　　　　　　　　　　— 어느 사형수의 고백

■ 사람은 자리가 높을수록 외로운 자리가 아니오니까. 그러므로 고고(孤高)라 하오. 상감마마도 이 나라의 지존(至尊)이시니 외로움이 당연하신가 하오.　　　　　　　　　　　　— 이광수

■ 나는 고독할 때 여행을 즐긴다. 여행을 즐긴다는 것은 여행 자체가 고독이기 때문이다.　　　　　　　　　　— 김성식

■ 내면에의 탐험을 하자면 으레 거기에 따르는 기술이 필요하다. 우리들은 그 기술을 익히자면 먼저 누군가의 손을 잡아야 한다. 그 손의 이름은 고독이기도 하고 절망이기도 하다. 그 손은 어떤 때는 따뜻하기도 하나 얼음장처럼 차가울 때가 더 많다.　　— 김광섭

■ 진실은 언제나 사람을 고독하게 하는 것인가 보옵니다.

                — 유치환

■ 이렇게 나의 주변이 적막하여 올수록 내 안의 고독은 점점 빛나고 굳세어질 것이다. 그것은 마치 어둠이 짙어질수록 촛등도 점점 밝아짐과 같은 것이다.   — 유치환

■ 세상에는 갖가지 용기가 있지만, 나는 고립과 고독을 이겨내는 용기야말로 참으로 어렵고 소중한 것이라고 생각한다. 말하자면 정신적인 용기이다. 이에 반하여 가장 쉽고 쓸모없는 용기는 물리적인 용기라고 생각한다.   — 이건호

■ 고독은 행복한 것이다. 고독한 동안 나는 나를 타인이나 세계에 의하여 송두리째 빼앗기지 않고 있다는 사실을 확인할 수 있기 때문이다. 고독한 만큼 나는 나에게 남아 있는 것이다.   — 김동리

■ 강해지기 위해서는 고독해야 한다.   — 윤태림

■ 고독으로써 고독을 이기는 것이 얼마나 불안하고 허무하고 고식적(姑息的)이며 지난(至難)한 길인가를 우리는 알고 있다.

                — 박두진

■ 사랑의 의지란 무섭게 외로운 것이란다.   — 김남조

■ 책임지는 자는 고독하다. 그러나 책임을 회피해선 안 된다.

                — 김남조

■ 젊은이들의 고독이 한낱 감상주의로 끝나는 데 비해서 철학자들의 고독은 승화되고 심화하여 고고(孤高)의 세계에 도달한다.

— 안병욱

■ 외로움을 강하게 느낀다는 것은 그와 비례해서 정신력이 강하다는 뜻이다. 정신력이 약한 사람은 깊은 고독을 모른다.　— 김형석

■ 한데 현대인은 이 고독을 점점 고통스러운 것으로 생각하는 경향이 생기고 있다. 그리고 고독을 고통스럽게 생각하는 사람들은 참된 지식인이 될 요건들을 상실해 가고 있다.　— 송건호

■ 고독, 그것만이 자기 모독에서 자기를 가장 보호해 줄 수 있는 방법이다.　— 전혜린

■ 인생의 골짜기는 혼자 넘을 수밖에 없다는 데에 그 고독이 있다. 그러기에 어떤 알피니스트의 등산보다도 그것은 어렵고 또 외롭다.
— 이어령

■ 유럽의 개는 이제 도둑을 지키는 것이 아니라 인간의 고독을 지킨다. 개는 애정의 대용물이 되어 인간을 고독으로부터 방어한다.
— 이어령

■ 나이는 고독의 신장(身長)이며, 고독은 그 연륜이다.　— 이어령

■ 죽음이라는 보루를 멀리서 내려다보며 한 오라기의 나뭇잎 섬유질과도 같이 고독을 타게 될 때, 그 때 그 고독을 잡고 고독과 함께 있게 되면 고독은 한없이 살뜰한 친구이며, 격려와 가르침을 주는 선배이며, 결전장으로 달려가게 하는 힘의 원천이 되어 주는 것이다.　— 손소희

■ 사람은 본질적으로 홀로일 수밖에 없는 존재다. 홀로 사는 사람들

은 진흙에 더럽혀지지 않는 연꽃처럼 살려고 한다. 홀로 있다는 것
은 물들지 않고 순진무구하고 자유롭고 전체적이고 부서지지 않음
이다.　　　　　　　　　　　　　　　　　　　　　　　— 법정

【속담·격언】

■ 까마귀 게발 던지듯. (외롭다)　　　　　　　　　　— 한국

■ 개밥에 도토리. (외톨로 고립되다)　　　　　　　　— 한국

■ 무 밑동 같다. (곁에 도와줄 사람이 없어서 외롭다)　— 한국

■ 날 샌 올빼미 신세. (외롭고 의지할 곳 없다)　　　— 한국

■ 끈 떨어진 뒤웅박. (홀로 나가떨어져 아무 데도 붙지 못하고 굴러
　　다닌다는 말이니, 의지할 데가 없어진 처지)　　　— 한국

■ 짝 잃은 기러기 같다. (몹시 외로운 사람)　　　　— 한국

■ 산은 산을 필요로 하지 않는다. 그러나 사람은 사람을 필요로 한다.
　　　　　　　　　　　　　　　　　　　　　　　— 스페인

■ 천국일지라도 혼자서 살려면 견디기 힘들 것이다.　— 러시아

【시·문장】
거리에 비가 내리듯
내 마음에 눈물 내린다.
가슴 속에 스며드는
이 설레임은 무엇일까?
대지에도 지붕에도 내리는

빗소리의 부드러움이여.
답답한 마음에
오, 비 내리는 노랫소리여.
울적한 이 마음에
까닭도 없이 눈물 내린다.
웬일인가 원한도 없는데?
이 슬픔은 까닭이 없다.
이건 진정 까닭 모르는
가장 괴로운 고통.
사랑도 없고 증오도 없는데,
내 마음 한없이 괴로워라.

— 폴 베를렌 / 거리에 비가 내리듯

산골짜기 넘어서 떠도는 구름처럼
지향 없이 거닐다가
나는 보았네
호숫가 나무 아래
미풍에 너울대는
한 떼의 황금빛 수선화를
은하에서 빛나며
반짝거리는 별처럼
물가를 따라
끝없이 줄지어 피어 있는 수선화
무수한 꽃송이가

흥겹게 고개 설레는 것을
주위의 물결도 춤추었으나
기쁨의 춤은 수선화를 따르지 못했으니!
이렇게 흥겨운 꽃밭을 벗하여
어찌 시인이 흔쾌치 않으랴
나를 지켜보고 또 지켜보았지만
그 정경의 보배로움은 미처 몰랐느니,
우연히 홀로 생각에 잠겨
내 자리에 누우면
고독의 축복인 속눈으로
홀연 번뜩이는 수선화.
그때 내 가슴은 기쁨에 차고
수선화와 더불어 춤추노니

I wandered lonely as a cloud
That floats on high o'er vales and hills,
When all at once I saw a crowd,
A host, of golden daffodils;
Beside the lake, beneath the trees,
Fluttering and dancing in the breeze.
Continuous as the stars that shine
And twinkle on the milky way,
They stretched in never-ending line
Along the margin of a bay:
Ten thousand saw I at a glance,

Tossing their heads in sprightly dance.
The waves beside them danced; but they
Out-did the sparkling waves in glee:
A poet could not but be gay,
In such a jocund company:
I gazed? and gazed? but little thought
What wealth the show to me had brought:
For oft, when on my couch I lie
In vacant or in pensive mood,
They flash upon that inward eye
Which is the bliss of solitude;
And then my heart with pleasure fills,
And dances with the daffodils.

— 윌리엄 워즈워스 / 水仙花(Daffodils)

웃어라, 세상이 너와 함께 웃으리라.
울어라, 너 혼자만 울게 되리라.
슬픈 이 세상은 환희를 빌려야 하지만
고통은 그 스스로도 충분하다.
노래하라, 언덕들이 화답하리라.
탄식하라, 허공에 흩어지고 말리라.
메아리는 즐거운 소리에 울려 퍼지지만
너의 근심은 외면하리라.
기뻐하라, 사람들이 너를 찾으리라.
비통하라, 사람들이 너를 떠나리라.

사람들은 너의 충만한 기쁨을 원하지만
너의 비통은 필요로 하지 않는다.
즐거워하라, 네 친구들이 많아지리라.
슬퍼하라, 네 친구들을 다 잃으리라.
아무도 달콤한 와인을 거절하지 않지만
인생의 쓴맛은 너 혼자 마셔야 한다.
잔치를 하라, 너의 집은 사람들로 넘치리라.
굶주려라, 세상이 너를 그냥 지나가리라.
성공과 베풂은 너의 삶을 도와주지만
아무도 너의 죽음을 도울 수 없다.
즐거움의 방들엔 여유가 있어
길고 화려한 행렬을 들일 수 있다.
하지만 좁은 고통의 통로를 지날 때는
우리 모두는 한 줄로 지나갈 수밖에 없다.
　　　　　— 엘라 윌콕스 / 천국으로 가는 시 가운데『고독』

세상이 너에게서 멀어져 간다.
지난 날, 네가 사랑하던
모든 기쁨이 다 타버리고
잿더미 속에서 암흑이 위협한다.
보다 억센 손에 밀려,
너는 어쩔 수 없이,
너 속으로 잠긴다.
추위에 움츠리며 죽은 세계 위에 선다.

너의 뒤에서, 흐느끼며
잃어버린 고향의 여운이 불어온다.
아이들의 소리와 은은한 사랑의 노래가.
고독으로 가는 길은 참으로 어렵다.
네가 알고 있는 것보다 더
꿈의 샘도 말라 있다.
그러나 믿으라!
네 길의 끝자리에 고향이 있으리라.
죽음과 재생(再生)의, 그리고 무덤과
영원한 어머니가.

　　　　　　　　　── 헤르만 헤세 / 고독으로 가는 길

고독은 비와 같은 것이다.
해질 녘을 향하여 바다에서 오른다.
아주 먼 들판에서
고독은 하늘에 올라가 언제나 거기 있다.
그리고 하늘로부터 처음으로 거리 위에 내린다.

　　　　　　　　── 라이너 마리아 릴케 / 형상시집(形象詩集)

추풍(秋風)에 애타도록 읊어보아도
세상에 알아줄 이 참 없구나.
창밖엔 삼경(三更)인데 비가 내리고,
등불 앞엔 만리(萬里)를 달리는 마음.

　　　　　　　　　　　　　　── 최치원

사람들은 다른 친구들과 같이 있을 때보다는 홀로 있을 때에 보다 더 많이 또 더 무거운 죄의 유혹에 빠진다. 악마가 우리들의 최초의 어머니 이브를 낙원에서 유혹한 것도 그가 이브와 단 둘이서 이야기하고 있을 때의 일이다. 살인, 강도, 도적, 그 밖에 모든 나쁜 일은 전부 사람 없는 곳에서 일어난다. 거기에는 악마가 온갖 죄와 부덕을 저지르도록 부채질할 여지가 있기 때문이다. 그러나 많은 사람들이 한 고장에 함께 있으면, 악인도 무서워져서 그런지 혹은 부끄러워져서인지 나쁜 생각을 그냥 멈추어버리므로, 이 틈에 착한 생각이 그의 마음속에 밀고 들어오게 된다. 또한 그 속에서는 나쁜 짓을 실행할 여지도 원인도 없게 되므로 사람들 속에서는 악행이 있을 리가 없다. 악마가 예수 그리스도를 시험해 본 것도 황야에서였다. 또 다윗이 불륜의 사나이가 되어 살인자가 된 것도 그가 홀로 한적하게 있을 때의 일이었다. 나도 혼자서 있을 때 커다란 괴로운 시련과 절망에 떨어진 때가 한두 번이 아니다.　　　　　　　　　　　　　― 마르틴 루터 / 설교집

그러나 나는 고독을 안다. 3년 동안 사막에서 산 덕에 나는 그 맛을 잘 안다. 거기에서는 광물성 풍경 속에서 스러져 가는 청춘이 도무지 겁나지 않는다. 오히려 거기에서는 자기에게서 저 멀리 떨어진 온 세상이 늙어 가는 것같이 보인다. 나무들은 열매를 맺었고 땅들은 밀을 냈고, 여인들은 벌써 아름다워졌다. 그러나 세월은 흘러가니 빨리 서둘러 돌아가야 할 텐데, 그러나 세월은 흘러가도 먼 곳에 붙들려 있다. ……그리고 세상의 재화가 언덕의 보드라운 모래처럼 손가락 사이로 새어 나간다.　　　　　　　　　　　　― 생텍쥐페리 / 인간의 대지

나는 내 고독을 일급 1원 40전과 바꾸었다. 인쇄공장 우중충한 속에서 활자처럼 오늘도 내일도 모레도 똑같은 생활을 찍어내었다.

— 이상 / 환상기

가슴속에는 모든 비애가 저녁 그늘같이 그의 가슴을 덮었다. 주검을 장사하는 묘지와 같이 고요하고 쓸쓸하고 영원히 흐르는 비애가 그를 못 견디게 하였다. 그는 눈물이 새어나옴을 금치 못하였다. 고요하고 쓸쓸한 저녁 날에 한가하고 외로이 산 고개를 넘어가는 상여를 바라봄과 같이 생(生)의 모든 비애를 그는 보았다. — 나도향 / 환희

우울과 고독은 여전히 깃을 들고 속속들이 파고든다. 그러면서도 그것은 그 무슨 진리를 담은 껍데기처럼 그 속에는 찾아질 진리가 있는 듯싶었다. 그리고 그 우울과 고독은 알을 낳을 때의 그 모체의 괴로움인 것처럼 생각이 된다. 그리하여 그것을 족히 이겨 벗기기만 하면 그 속에는 노른자위와 흰자위를 제대로 가진 진리의 알이 쏟아져 나올 것 같다. 그러나 그 우울과 고독은 사람을 못 견디게 괴롭힌다.

— 계용묵 / 유앵기(流鶯記)

【중국의 고사】

■ **고성낙일**(孤城落日) : 이 고사는 왕유(王維)의 칠언절구 『위평사를 보내며(送韋評事)』에서 유래된다.

『장군을 좇아 우현을 잡고자 / 모래밭에서 말을 달려 거연으로 향한다. / 멀리 아노라, 한나라 사신이 소관 밖에서 / 외로운 성, 지는 해 언저리를 수심으로 바라보리란 것을(愁見孤城落日邊).』

왕유는 이백(李白), 두보(杜甫)와 나란히 중국의 대표적인 시인
이다. 그는 동양화와 같은 고요한 맛과 그윽한 정을 풍기는 자연시
를 많이 썼다. 여기서는 국경 밖의 땅을 배경으로 한 이국적인 정서
가 시를 한층 재미있게 만들고 있다. 글 제목에 나오는 평사는 법을
맡아 죄인을 다스리는 벼슬이름으로, 위평사가 장군을 따라 서북
국경 밖으로 떠나면서 심경을 적은 시다.

한(漢)대에 흉노(匈奴)에 좌현왕(左賢王)과 우현왕이 있었는데,
우현왕이 한때 한나라 군대에 포위를 당해 간신히 도망쳐 달아난
일이 있었다. 첫 구절의 우현을 잡는다는 것은, 그 사실을 근거로
자신도 장군을 따라 변방으로 나가 적의 대장을 포로로 잡을 생각
으로 사막을 힘차게 말을 달리게 되리라는 뜻이다. 여기에 나오는
거연이란 곳은 신강성 접경지대에 있는 주천(酒泉)을 말하는데, 남
쪽에는 해발 6,455 미터의 기련산(祁連山)이 솟아 있고, 북쪽은 만
리장성의 서쪽 끝을 넘어 사막지대가 계속된다.

소관(蕭關)은 진(秦)의 북관(北關)으로도 불리는 곳으로 외곽지
대의 본토 방면으로 통하는 출입구였던 것 같다. 시의 뜻은, 지금은
우현왕을 사로잡으려는 꿈을 안고 의기도 양양하게 사막을 말을 달
려 거연의 요새지로 향하게 되겠지만, 먼 저쪽 소관 밖으로 한나라
사신인 당신이 나가버리면 당신의 눈앞에는 어떤 광경이 벌어질 것
인가.

아득히 백사장에 둘러싸인 외로운 성과 다시 그 저쪽에 기울어
가는 저녁 해, 그것을 당신은 수심에 잠긴 눈으로 바라보지 않으면
안될 것이다. 나는 몸은 비록 이곳에 있지만 당신이 장차 겪게 될
외롭고 쓸쓸한 심정을 알고도 남음이 있다는 뜻이다. 여기서는 한

갓 쓸쓸한 풍경과 외로운 심경을 노래한 데 지나지 않지만,『고성
낙일』은 보통 멸망의 그날을 초조히 기다리는 그런 심정을 말한
다.　　　　　　　　　　　　　― 왕유(王維) / 송위평사(送韋評事)

■ 환과고독(鰥寡孤獨) : 외롭고 의지할 데 없는 사람을 이르는 한자
성어다. 홀아비·과부, 어리고 부모 없는 사람, 늙고 자식이 없는
사람 등을 일컫는 말이다.

　　제(齊)나라 선왕(宣王)이 맹자에게 왕도정치에 대해 묻자, 맹자
는 다음과 같이 대답하였다.

　『옛날 문왕(文王)이 기(岐) 땅을 다스릴 때에는 경작자에게 9분의
1을 과세하였고, 벼슬을 한 사람에게는 대대로 그 녹(祿)을 주었으
며, 관문과 시장에서는 사정을 헤아리기는 하였으나 세금을 거두지
않았고, 물을 막아 고기를 잡는 기구인 양(梁)을 금하지 않았으며,
죄를 지은 사람을 처벌하더라도 그 죄가 자식에게까지는 미치지 않
았습니다. 늙어 아내 없는 이를 홀아비(鰥), 늙어 남편이 없는 이를
과부(寡), 늙어 자식이 없는 이를 외로운 사람(獨), 어리고 아비 없
는 이를 고아(孤)라고 합니다. 이 네 부류의 사람들은 천하에 궁벽
한 백성들로서 의지할 데가 없는 사람들입니다.』

　　맹자는 주(周)나라 문왕의 예를 들면서 어진 정치를 베풀기 위해
서는 반드시 먼저 이 네 부류의 사람들을 돌보아야 한다고 대답한
것인데, 이렇듯 일할 능력이나 의지할 데가 없는 늙은이와 어린이
를 일러『환과고독』이라 한다.

『 환과독고(鰥寡獨孤)』라고도 쓰며, 우리말 속담에 『너울 쓴 거
지』나『생쥐 볼가심할 것도 없는 사람』역시 이 부류에 속하는

사람이라고 할 수 있다.   ─《맹자》양혜왕장구

■ **공곡공음**(空谷跫音) : 「인적 없는 빈 골짜기에서 들려오는 사람의 발자국소리」라는 뜻으로, 적적할 때 사람이 찾아오는 것을 기뻐하는 마음을 나타내는 말이다.

　　은자(隱者)인 서무귀(徐無鬼)는 위(魏)나라의 중신 여상(女商)과 이웃해 살았기 때문에 위나라 무후(武侯)를 배알하게 되었다. 한참 뒤 서무귀가 밖으로 나오자 여상이 물었다.

　　『선생은 우리 임금에게 무슨 말을 하셨습니까? 나는 지금까지 무후께 시서예악(詩書禮樂)과 병법에 대하여 수없이 많은 말로 도움을 주었건만, 무후는 이제껏 이렇게 기쁘게 웃는 모습은 보지 못했소. 도대체 무슨 말을 했기에 저렇게 기뻐하신 겁니까?』

　　그러자 서무귀는 다음과 같이 대답했다.

　　『나는 개나 말을 감정한 이야기를 했을 뿐이네.』

　　여상이 다시 물었다.

　　『그것뿐입니까?』

　　서무귀가 대답했다.

　　『그대는 저 월나라에 방랑하는 사람의 이야기를 듣지 못했는가? 자기 나라를 떠난 지 며칠 뒤에는 그 친구를 만나면 기뻐하고, 자기 나라를 떠난 지 몇 달이 되면 일찍 자기 나라에서 한 번쯤 본 사람을 만나도 기뻐했다는 것이다. 그래서 다시 몇 년쯤 지나면 자기 나라 사람과 비슷한 사람만 보아도 기뻐한다는 것이다. 저 인가에서 멀리 떨어진 빈 골짜기에 숨어 사는 사람이 잡초가 우거져, 족제비들이 겨우 다니는 소슬길마저 막힌 쓸쓸한 곳에서 헤맬 때

면 사람의 발자국 소리를 듣기만 해도 몹시 기뻐하는 것이다(逃空
谷者 聞人之足音跫然 而喜矣). 하물며 형제나 친척이 옆에서 말하
고 웃고 하는 소리를 들으면 더욱 기쁠 것입니다. 무후께서는 진인
(眞人)의 말을 오래도록 들어보지 못했기 때문에 내 이야기를 듣고
몹시 기뻐하신 거라네.』

「진인」이란 「참다운 사람」 이라는 뜻으로, 모든 것을 자연에
맡기고 무위(無爲)를 일삼고, 이해득실을 벗어나 도(道)에 통달한
사람을 말한다. 경전이나 병법보다 무위자연의 진리를 설파하는 진
인의 진언이 더 필요하다는 것을 말한 것이다.

작은 지혜를 버리고 자연과 융화하면 마음의 안정을 얻을 수 있
다는 것을 설명했던 것이다. 또 쓸쓸하게 지내고 있을 때 듣는 기
쁜 소식, 고독하게 지내고 있을 때 동정자를 얻은 기쁨, 매우 진기
한 일, 반가운 일 등을 비유하여 쓰기도 한다.

― 《장자》 서무귀(徐無鬼)편

■ **징갱취제**(懲羹吹薤) : 한번 실패한 일에 혼이 나서 지나치게 조심
함.

초(楚)의 굴원(屈原)은 고대 중국이 낳은 정열적인 시인으로 그
의 시는 오늘날에도 《초사》 에 그 비분의 감정을 전하고 있으나,
사실 그는 시인이라기보다는 나라를 사랑하고 정의를 사랑하는 인
간으로 살았던 것이다.

전국시대 말엽인 이 시대는 진(秦)이 위세를 떨치고 있어 이에
대항할 수 있었던 것은 초와 제 두 나라 정도였으므로, 진은 초·
제가 결탁하지나 않나 하고 언제나 신경을 쓰고 있었다.

굴원은 친제파의 영수로서 초·제 동맹을 강화하도록 진언했으며, 초의 회왕(懷王)도 처음에는 그런 입장을 취하고 있었다. 그런데 회왕의 총희 정수(鄭袖)나 영신(佞臣 : 아첨하는 신하)인 근상(靳尙) 등은 전부터 삼려대부(三閭大夫 : 초나라의 왕족인 昭氏, 屈氏, 景氏의 족장)인 굴원을 눈엣가시처럼 생각하고 있었다. 그것을 노린 것이 당시 진의 재상인 장의(張儀)였다.

그는 정수 등을 매수하여 친진파(親秦派)로 만들고, 그 결과 근상 등이 계획대로 참언을 하여 굴원을 국정에서 손을 떼게 하였다. 굴원이 31세 때 일이었다. 비극은 여기서부터 시작되었다.

이 때 회왕은 제(齊)와 절교를 하면 그 대가로서 진의 6백 리에 걸친 땅을 떼어 주겠다는 장의의 말만 듣고 그대로 제와 절교를 했으나, 이것은 장의의 새빨간 거짓말로 크게 노한 회왕은 곧 진을 공격했다. 그런데 도리어 진에게 패하여 땅을 빼앗기고 그 때문에 후회한 회왕은 다시 굴원을 등용하여 친선사절로서 제나라에 보냈다.

그 후 10여 년의 세월이 흘렀다. 주(周)의 난왕(赧王) 16년(BC 299)의 일이었다. 진(秦)은 양국의 친선을 위해서라고 하면서 진나라 땅으로 회왕을 초대했으나, 굴원이 진나라의 행동은 믿을 수가 없다고 하면서 이를 말리려고 했다. 그러나 회왕은 왕자 자란(子蘭)이 강권에 못 이겨 진으로 떠났다가 과연 진의 포로가 되어 그 이듬해 진에서 객사하고 말았다.

초(楚)에서는 태자가 양왕(襄王)이 되고, 동생 자란이 영윤(令尹)이 되었다. 굴원은 회왕을 죽게 만든 자란의 책임을 물었으나, 그것은 오히려 참언을 받게 되는 결과가 되어, 이번에야말로 추방을 당하고 말았다. 그에게 있어 비극은 결정적이었다. 46세 때였다.

그리하여 10여 년 동안 조국애로 불타는 굴원은 국외로 망명하지도 않고 동정호(洞庭湖) 근처를 방황하다 마침내는 울분에 못 이겨 멱라(汨羅 : 동정호 남쪽, 상수湘水로 흐르는 내)에서 물에 빠져 죽을 때까지 우수에 찬 방랑을 계속했다.

《초사》에 있는 그의 작품 대부분은 이 방랑생활의 소산이라고 해도 좋다. 그는 언제나 위기에 처해 있는 초(楚)를 걱정하여 조국을 그르치는 간신들을 미워했고 그가 견지해 오던 고고(孤高)한 심정을 열정적으로 노래했다.

혹은 그의 시의 배경에는 문인들이 즐겨 묘사하는 사극 「굴원」과 같이 「괴로워하고 한탄하는 백성」의 모습이 있었는지도 모른다. 그 높은 절조를 지닌 굴원의 편린은 다음 시에서도 엿볼 수 있다.

> 뜨거운 국에 놀라 냉채를 부는 것은
> 세상 사람의 약한 마음이다.
> 사다리를 놓아두고 하늘을 오르려는 것은
> 변절한 사람의 모습이나 마찬가질세.

懲熱羹而吹虀兮 何不變此志也　징열갱이취제혜 하불변차지야
欲釋階而登天兮 猶有曩之態也　욕석계이등천혜 유유낭지태야

이것은 《초사》 9장 중 「석송(惜誦)」이라는 시의 한 구절이다. 「석송」은 굴원이 자기 이상으로 임금을 생각하고 충성을 맹서하는 사람이 없음을 읊었고, 그럼에도 불구하고 중인(衆人)으로부터 소원당한 것을 분개하며 어찌할 수 없는 고독을 한탄하면서도 그 절조만은 바꾸지 않겠다는 강개(慷慨)한 마음을 토로한 시다. 그의 대표작에는 「이소(離騷)」와 「천문(天問)」이 있다.

　「징갱취제」는 「뜨거운 국에 놀라 냉채를 분다」에서 나온 것으로, 갱(羹)은 뜨거운 국, 제(虀)는 초나 간장으로 버무린 잘게 썬 야채, 즉 냉채를 말한다. 따라서 한번 실패한 일에 혼이 나서 도를 지나친 조심을 하는 것을 뜻한다.

── 《초사(楚辭)》「석송(惜誦)」

【에피소드】

■ 다이너마이트를 발명한 앨프레드 노벨은 한때 유럽에서 『백만장자 부랑인』이라는 별명을 가진 적이 있었다. 그는 발명에 의하여 거대한 재산을 가지고, 영국・이탈리아・프랑스 등 유럽 각지에 연구소나 주택을 가지고 있었으나, 반면 그에겐 가정이 없었다. 즉 그에겐 처자가 없었고 따뜻한 가정이 없었다. 영예와 물질의 충분한 혜택을 받은 노벨도 개인적인 고독을 흠씬 가지고 있었다. 사랑을 주고 사랑을 받을 사람이 없는 노벨은 고독하였다.

【명작】

■ 백 년 동안의 고백(One hundred year of solitude) : 가브리엘 가르시아 마르케스(Gabriel García Márquez, 1928~)는 콜롬비아의 작가로, 대표작 《백 년 동안의 고독》에서 중남미의 정치적・사회적 현실에 대한 풍자를 신화적인 수법으로 나타내고 있다.

　이 작품은 마콘도(Macondo)라는 가공의 땅을 무대로 하여 부엔

디아 일족의 역사를 그렸다. 폭력으로 점철된 20세기 전반기의 콜롬비아의 정치적 환경 속에서 살아온 마르케스는 금세기 최대의 걸작이라고 일컬어지는 이 작품에서 중남미의 정치적·사회적 현실에 대한 풍자를 신화적인 수법으로 나타내고 있으며, 현대의 중남미 사람들은 그들 자신의 혈육들의 모습을 이 작품의 등장인물에서 찾아볼 수 있다고 한다.

마르케스는 이 작품으로 1982년 노벨문학상을 받았다. 보고타대학교에서 법학을 공부하고 기자로 유럽에 체재하였다. 그 후 멕시코에서 창작활동을 하였고, 쿠바혁명이 성공한 후, 쿠바로 가서 국영 통신사의 로마·파리, 카라카스, 아바나, 뉴욕 특파원을 지내면서 작품을 썼다. 작품으로는 중·단편소설 《낙엽》, 《아무도 대령에게 편지하지 않았다》, 《마마 그란데의 장례식》, 《암흑의 시대》 등과, 장편소설 《백 년 동안의 고독》, 《예고된 죽음 이야기》 등이 있다.

【成句】

■ 사궁(四窮) : 인간생활에서의 네 가지 궁(窮)한 것. 즉 환과고독(鰥寡孤獨)을 이름. 환(鰥)은 노이무처(老而無妻), 즉 늙어서 아내가 없음이요, 과(寡)는 노이무부(老而無夫), 즉 늙어서 남편이 없음이요, 고(孤)는 유이무친(幼而無親), 즉 어려서 부모가 없음이요, 독(獨)은 노이무자(老而無子), 즉 늙어서 자식 없음을 이름.

■ 고신척영(孤身隻影) : 의지할 데 없이 외로이 떠도는 홀몸.

■ 형영상조(形影相弔) : 자기 몸과 그림자가 서로 가엾이 여긴다는

뜻으로, 고독하고 의지할 사람도 찾아오는 사람도 없음을 비유하는 말. / 이밀《진정표(陳情表)》

■ 독불장군(獨不將軍) : 혼자서는 장군이 될 수 없다는 뜻으로, 남과 협조해야 한다는 말. 또는 따돌림을 받는 외로운 사람을 가리킴. 또 무슨 일이나 독단적으로 처리하는 사람을 이르기도 한다.

■ 목석불부(木石不傅) : 나무에도 돌에도 붙을 데가 없다는 뜻으로, 가난하고 외로워 아무 데도 의지할 곳이 없는 처지를 이르는 말. 목석난부(木石難傅).

■ 오상고절(傲霜孤節) : 서릿발이 심한 속에서도 굴하지 않고 외로이 지키는 절개의 뜻으로, 국화(菊花)를 비유하는 말.

■ 고신원루(孤臣寃淚) : 외로운 신하의 억울한 눈물.

■ 독숙공방추야장(獨宿空房秋夜長) : 빈 방에서 홀로 자니 쓸쓸한 가을밤이 길기도 하네.

■ 백수척안(白首隻眼) : 흰머리의 외기러기란 뜻으로, 늙어서 형제를 잃고 외롭게 됨을 비유하는 말.

■ 독의사창(獨倚紗窓) : 외로이 사창에 기댐.

■ 독숙고방(獨宿孤房) : 남편 없이 홀로 지냄.

■ 고근약식(孤根弱植) : 일가(一家) 친척(親戚)이나 뒤에서 지원(支援)해 주는 사람이 없는 외로운 사람을 비유해 이르는 말.

자아 ego 自我
(나)

【어록】

■ 자기를 등불로 하고, 자기를 의지할 곳으로 삼으라. 남의 것을 의지할 곳으로 삼지 말라. 진리를 등불로 하고, 진리를 의지할 곳으로 삼으라. 다른 것을 의지할 곳으로 삼지 말라. — 석가모니

■ 자신의 모자람을 걱정할지언정, 남이 자기를 몰라줌을 걱정할 필요는 없다. —《관자》

■ 나를 알아주는 자가 세상에 드물다는 것은 자기가 가장 고상한 도(道)를 지니고 있기 때문이다(知我者希 則我貴矣). —《노자》

■ 남을 아는 사람은 현명한 사람이고, 자기 자신을 아는 사람은 덕이 있는 사람이다. 남에게 이기는 사람은 힘이 강한 사람이며, 자기 자신을 이기는 사람은 굳센 사람이다. 죽어 가면서 이것으로 영원히 없어지는 것이 아니라는 깨달음을 얻는 사람은 영원한 생명을 얻는다. —《노자》

■ 남을 아는 것은 지(知), 스스로를 아는 것은 명(明)이다(자기를 아

는 것은 남을 아는 것보다 어렵다).　　　　　　　　—《노자》

■ 마음대로 생각하지 말고, 반드시 이렇게 해야 한다고 하지 말며,
　내 주장을 고집하지 말고, 내가 아니면 안된다고 하지 말라(毋意 毋
　必 毋固 毋我 : 공자가 하지 않은 일이 네 가지 있었다. 무슨 일이든
　확실하지 않은데도 지레짐작으로 단정을 내리는 의(意), 자기 언행
　에 있어 반드시 틀림없다고 단정내리는 필(必), 자기의 의견만 옳다
　고 고집하는 고(固), 매사를 자기만을 위한 이기적인 아(我)이다).
　　　　　　　　　　　　　　　　　　　—《논어》자한

■ 나는 나면서부터 안 사람이 아니라, 옛것을 좋아하여 힘써 알기를
　추구한 사람이다(我非生而知之者 好古 敏以求之者也).
　　　　　　　　　　　　　　　　　　　—《논어》술이

■ 그대가 내가 아닌데, 어떻게 내가 물고기의 즐거움을 알지 못한다
　는 것을 알 수 있소(子非魚 安知我不知魚之樂)?　　　—《장자》

■ 너는 너고 나는 나다(爾爲爾 我爲我 : 뜻이 높은 사람은 시속에 따
　라 흔들리지 않는다. 가령 네가 내 옆에 있어 예가 아닌 태도를 취
　해도 나의 청백은 더럽힐 수가 없을 것이다).　　　—《맹자》

■ 나를 그르다고 하면서 상대하여 주는 사람은 내 스승이요, 나를 옳
　다고 하면서 상대하여 주는 사람은 내 친구이고, 나에게 아첨하는
　자는 나의 적이다(非我而當者吾師也 是我而當者吾友也 諂諛我者吾
　賊也).　　　　　　　　　　　　　　　　　　　—《순자》

■ 나를 알아주는 것도 《춘추》뿐이요, 나를 죄 주는 것도 오직 《춘
　추》뿐이다(知我者其惟春秋乎 罪我者其惟春秋乎 : 나(공자)는 이

세상의 난신적자(亂臣賊子)에 필주(筆誅 : 남의 죄악이나 과실을 글로 써 책망함)를 가하고자 《춘추》를 썼다. 이 뜻을 알아주는 것은 《춘추》일 것이다. 또 사람이 죄를 받는다는 천자의 권력을 범한 월권한 나를 벌해 줄 수 있는 것도 역시 《춘추》일 것이다. 자기가 지은 《춘추》에 대해 공자가 한 말이다}.　　　　　—《맹자》

■ 그도 장부이고. 나도 장부인데, 내 어찌 그를 두려워하랴(彼丈夫也 我丈夫也 吾何畏彼哉 : 누구에게나 바른 길은 하나뿐이다).
　　　　　　　　　　　　　　　　　　　—《맹자》

■ 적을 알고 나를 알면 백 번 싸워도 위태롭지 않다.　—《손자》

■ 남이 나에게 덕을 베푼 것은 잊을 수 없으며, 내가 남에게 베푼 것은 잊어야 한다(人之有德於我也 不可忘也 吾有德於人也 不可不忘也).　　　　　　　　　　　　　　　　—《전국책》

■ 인(仁)으로써 남들을 안정시키고 의(義)로써 나를 바로잡는다(以仁安人 以義正我).　　　　　　　　　　— 동중서(董仲舒)

■ 사물과 나는 같은 것이다{物我一理 : 곧 천리(天理)와 인성(人性)은 동일한 것이다. 천지만물을 잘 관찰해서 그 이치를 알고 그것을 나에게 맞추어 고찰하는 것이 좋다. 그렇게 함으로써 명지(明知)에 달할 수 있는 것이다. 천리(天理)와 인심(人心)은 원래 하나다. 천리는 사물도 나와 일관해 있기 때문이다}.　　　　　—《근사록》

■ 하늘이 나에게 복을 박하게 주거든 나는 내 덕을 두텁게 쌓아 이를 맞이할 것이다(天薄我以福 吾厚吾德以迓之).　　　—《채근담》

■ 그가 부를 내세우면 나는 인으로 맞서고, 그가 지위를 내세우면 나

는 의로움으로 맞서리라(彼富我仁 彼爵我義).　　　　―《채근담》

■ 세상 사람들은 오직 『나』라는 글자를 지나치게 참된 것으로 아는
　까닭에 온갖 기호와 온갖 번뇌가 허다히 일어난다. 옛 사람은 이르
　기를, 『내가 있는 것도 알지 못하면서 어찌 물건 귀함을 알리오.』
　하고 또 이르되, 이 몸이 나 아닌 줄을 안다면 번뇌가 어찌 다시금
　침범하리오.』 하였으니 참으로 옳음이다.　　　　―《채근담》

■ 녹은 쇠에서 생긴 것인데 점점 그 쇠를 먹는다.　　―《법구경》

■ 너 자신을 알라.　　　　　　　　　　　　― 소크라테스

■ 자기 자신에게 영혼을 다 바쳐 의지하고, 자기 자신 속에 모든 것
　을 소유하는 자가 행복하지 않는 법은 없다.　　― M. T. 키케로

■ 가장 천한 노예 상태는 자신의 노예가 되는 일이다.
　　　　　　　　　　　　　　　　　　　　　― L. A. 세네카

■ 자기보다 어리석은 사람을 만났을 때 그들을 경멸해서는 안 된다.
　유전된 재능은 유산보다 더 자랑할 것도 없다. 두 가지를 다 잘 사
　용해야만 영예스러운 것이다. 전력으로 자기 자신을 충실히 하기에
　힘쓰라! 우리는 남의 마음과 성격을 변경할 수는 없으나 나 자신을
　고칠 수는 있다. 진실로 내 의사에 복종시킬 수 있는 것은 나 자신
　뿐이다. 어찌 남이 내 비위를 맞춰 주지 않는 것은 말하면서 자신의
　마음과 몸을 자기의 뜻대로 복종시키려고는 하지 않는가.
　　　　　　　　　　　　　　　　　　　　　― 아우구스티누스

■ 『너 자신을 알라』고 하는 격언은 적절한 말이 아니다. 오히려

『다른 사람들을 알라』고 하는 말이 보다 더 실용적이다.

— 메난드로스

■ 진리를 가르치고 설명하는 말은, 자기 내부의 자아를 부정하는 인간의 입에서 나올 경우에만 확고부동한 것이다. —《탈무드》

■ 자기를 아는 것이 최대 지혜다. —《탈무드》

■ 자아를 부인하는 사람에게만 진리의 가르침이 보인다.

—《탈무드》

■ 사실 아무것도 아닌 사람이 무엇이나 된 것처럼 생각한다면 그는 자기 자신을 속이고 있는 것입니다. 각각 자기가 한 일을 살펴봅시다. 잘한 일이 있다면 그것은 자기 혼자 자랑스럽게 생각할 일이지 남에게까지 자랑할 것은 못 됩니다. 각 사람은 자기 짐을 져야 하기 때문입니다. — 갈라디아서

■ 누구에게 있어서나 자기의 똥은 구리지 않다. — 에라스무스

■ 인간은 존재하고 있을 뿐만 아니라, 자기가 존재하고 있다는 것을 알고 있다. 인간은 자기를 의식하고서 자기의 세계를 탐구하고 계획을 세워서 그것을 바꾼다. 인간은 변하지 않는 동일물(同一物)의 무의식적인 되풀이에 지나지 않는 자연의 성사(成事)로부터 얻어맞는다. 그러나 인간은 현존재라는 것만으로 완전히 인식이 끝나는 그런 존재가 아니라 자기가 그 어떤 무엇인가를 더욱 자유롭게 결단한다. 인간은 정신이며, 본래의 인간의 상황은 그 정신적 상황이라 하겠다. — 카를 야스퍼스

■ 인간은 자기 자신을 알아야 한다. 그것은 비록 진리를 발견하는 데

는 도움을 주지 않는다 하더라도 최소한 자기의 생활을 율(律)하는
데는 도움을 준다.　　　　　　　　　　　　　　　　— 파스칼

■ 자아란 것은 그 자신을 부정한 것이다. 왜냐하면 자아는 자기가 만
물의 중심이라고 생각하려 하기 때문이다. 또 자아는 타인에게 있
어서도 붙임성이 없는 것이다. 그것은, 자아는 타인을 복종시키고
싶어 하지 않기 때문이다.　　　　　　　　　　　— 파스칼

■ 나는 누가 나를 이 세상에 두었는지, 이 세상이 무엇인지를 모른다.
나는 어떤 일에 대해서나 무서우리만큼 무지하다.　　— 파스칼

■ 너의 길을 걸어가라. 사람들이 무어라 떠들든 내버려두어라.
　　　　　　　　　　　　　　　　　　　　　— A. 단테

■ 나는 인류를 위해서 감미한 술을 드리는 바커스(酒神)다. 정신의
거룩한 도취경을 인간에게 맛보게 할 수 있는 것은 바로 이 나다.
　　　　　　　　　　　　　　　　　　　　　— 베토벤

■ 세상에서 제일 중요한 일은 어떻게 하면 자기가 완전히 자기 자신
의 주인으로 되느냐를 아는 것이다.　　　　　　　— 몽테뉴

■ 나는 결국 내가 궁지에 빠졌을 때 나의 일은 나 자신에게 의탁하는
것이 상책이라고 생각하게 되었다. 사람은 무슨 일에 있어서나 남
의 도움을 바랄 뿐 자기 스스로의 도움에 의탁할 마음은 적다. 그러
나 남의 도움이라는 것은 늘 확실치 못한 것이다. 작은 대로, 부족
한 대로 가장 확실한 것은 나 자신 속에서 찾는 힘이다. 나는 내
몸을 나의 마음에 맡기는 것이 무엇보다도 가장 확실하고 안전한
것임을 깨닫게 되었던 것이다.　　　　　　　　　— 몽테뉴

■ 모든 사람은 다만 자기의 앞만을 본다. 그러나 나는 자기의 내부를 본다. 나는 오직 자기만이 상대인 것이다. 나는 항상 자기를 고찰하고 검사하고, 그리고 음미한다.   — 몽테뉴

■ 남을 위해 사는 것은 이제 그만하면 되었다. 얼마 안 남았지만 조금 남은 생은 나 스스로를 위해서 살지 않겠는가.   — 몽테뉴

■ 나는 가장 괴로운 곳에 몸을 던지리라! 사랑과 미움에서 나오는 모든 번민이 나에게는 차라리 시원한 감각을 준다. 인간 전체에게 주어진 것들을 나는 나의 마음속에 자아로써 맛보고 싶다. 나의 마음은 가장 높은 것, 가장 깊은 것을 붙들고 싶다. 인간의 모든 기쁨과 슬픔을 한꺼번에 나의 가슴 속에 쌓아 올리고 싶다. 그래서 『나』라는 것을 인간 전체의 자아까지 넓혀 나가고 싶다.   — 괴테

■ 자기에게 유익하다는 것만으로는 아무 소용도 없다.   — 볼테르

■ 무엇보다도 자기 자신에게 위인이 되고 성자가 될 것이다.
     — 보들레르

■ 스스로 사색하고, 스스로 탐구하고, 자기 발로 서라.
     — 임마누엘 칸트

■ 『세계는 나의 표상이다』라고 하는 나의 제일명제에서 곧 다음과 같은 귀결이 생긴다―『최초에 있는 것은 자아이며, 그 다음에 세계가 있는 것이다』생각건대 이 말은 죽음과 파멸을 혼동시키는 데 대한 해독제로서 견지하여야 할 것이다.   — 쇼펜하우어

■ 나는 이 세상에게 어떤 존재로 보였을지 알 수가 없다. 그러나 아마 나는, 여기저기 바닷가를 헤매 다니면서 매끄러운 조약돌이나

색다른 조개껍데기, 그리고 내 앞에 펼쳐진 커다란 대양, 그곳에 숨겨진 진리의 휘파람 소리를 찾아다니면서 노는 한 소년에 불과한 것으로 보였을 것이다.   — 아이작 뉴턴

■ 자기 자신에게 있어서 개인이 완전하다는 것은 전체에 대해서 완전히 관여하는 것이다.   — 키르케고르

■ 그 당시의 그는 자기의 정신적인 방면의 존재를 진실한 『자기』라고 생각하고 있었다. 그러나 그에 반해서 현재의 그는 건강하고 힘센 동물적인 『자기』를 자기의 본체라고 생각하고 있었다.   — 레프 톨스토이

■ 동물적인 자아의 부정이야말로 인간생활의 법칙이다.   — 레프 톨스토이

■ 동물적 자아의 부정(否定)이야말로 인간생활의 법칙이다.   — 레프 톨스토이

■ 내가 『무엇을 할 것인가』라는 문제에 대해서 자기 자신을 위하여 발견한 대답은 다음과 같다. 첫째, 자기 자신에 대해서 거짓말을 하지 말 것. 만약 나의 지금의 이 생활이 이성이 계시하는 참다운 길에서 대단히 멀리 떨어져 있다 하더라도 진리를 두려워하지 말 것. 둘째, 타인에 대한 자기의 정의, 우월, 특권을 거부하고 자신이 유죄(有罪)함을 인정할 것. 셋째, 자기의 전존재를 움직임으로써 의심할 수 없는 영원불멸의 인간의 계율을 실행할 것. 어떠한 노동도 부끄러워하지 않고 자기와 타인의 생명을 유지하기 위해서 자연계와 싸울 것이다.   — 레프 톨스토이

■ 내 온 몸은 바로 기쁨이다, 노래다, 검(劍)이다, 불꽃이다.

— 하인리히 하이네

■ 이 세상에는 전 세계를 알고 자기 자신을 모르는 자가 있다.

— 라퐁텐

■ 자기를 먼저 이 세상에 필요한 사람이 되도록 하라. 그러면 저절로 빵은 생기게 된다. — 랠프 에머슨

■ 자기를 아는 사람만이 자기의 주인이다. — 피에르 드 롱사르

■ 사람은 자기 자신을 의탁할 자기의 세계를 가지고 있어야 한다. 자기의 마음속에 그리고 있는 자기의 세계에 충실하였느냐, 충실치 못했느냐가 늘 문제다. 사람에게 가장 슬픈 일은 자기가 마음속에 의지하고 있는 세계를 잃어버렸을 때이다. 나비에는 나비의 세계가 있고 까마귀에게는 까마귀의 세계가 있듯이, 사람도 각자 자기가 믿는 바에서 정신의 기둥이 될 세계를 가지고 있지 않으면 안된다. 만약 당신이 당신의 마음과는 다른 곳에서 헤매고 있거든 다시 자기의 세계로 돌아가야 한다. — 게오르크 헤겔

■ 누구에게나 자기 자신은 둘도 없이 소중한 것이다.

— 프랑수아 라블레

■ 우리는 우리의 상황을 사실 그대로 규명해야 한다. 바로 그 한계와 특이성을 규명해야 하는 것이다. 무한히 펼쳐 있는 이 세계에 있어서 우리는 무엇보다도 우리 자신의 고유한 영역을 찾아내야 한단 말이다. — 호세 오르테가이가세트

■ 나는 나 자신이며 나의 상황이다. 만일 내가 나의 상황을 구해낼

수 없다면 나 자신을 구해낼 수도 없는 것이다.

— 호세 오르테가이가세트

■ 인간에게 허락된 참되고 유일한 위엄은 자기 자신을 멸시할 수 있는 능력이 아닐까 생각한다. — 조지 산타야나

■ 내가 나로 인해서 나 자신의 존재를 인정하는 것이 바로 나입니다. 그리고 내가 나의 존재를 인정할 수 있는 것은 내가 참여하고 있는 경우뿐입니다. 한 객제(客體)가 나에게 속하기 위해서는 그것이 나로 인해서 세워질 필요가 있습니다. 결국 내가 그 객체를 그 전면성에 있어서 세웠을 경우만이 그것은 바로 전적인 나의 것입니다. 완전히 나에게 속한 유일한 현실이란 두말할 것 없이 나의 행위입니다. — 시몬 드 보봐르

■ 자기에 대해서 많이 말하는 것은 자기를 숨기는 하나의 수단이기도 하다. — 프리드리히 니체

■ 너 자신을 알려고 하면 다른 사람들이 어떻게 행동하는지를 관찰하라. 네가 다른 사람들을 이해하려고 하면 너 자신의 마음을 보라. — 프리드리히 실러

■ 자기의 일을 발견한 사람은 축복받은 자이다. 그러므로 그 이외의 축복을 구할 필요는 없다. — 토머스 칼라일

■ 나의 실패와 몰락에 대해서 책망할 사람은 나 자신 이외에는 아무도 없다. 내가 내 자신의 최대의 적이며, 나 자신의 비참한 운명의 원인이었던 것이다. — 나폴레옹 1세

■ 나는 연극의 상연에 감동을 받는 일도 있다. 한편, 한층 나에게 관

계있는 것같이 보이는 현실의 사건에 감동을 받지 않는 일도 있다. 나는 인간적인 실재로서 나 자신을 알 뿐이다. 말하자면 여러 사상 및 여러 감정의 장면으로써 나는 이중성을 느끼는데, 이 이중성으로 나는 타인에게서와 마찬가지로 나 자신으로부터도 멀리 떨어질 수 있다.　　　　　　　　　　　　　　　　　　　 ─ 헨리 소로

▣ 자기 자신을 알기 위해서는 우선 남부터 알지 않으면 안 된다.
　　　　　　　　　　　　　　　　　　　　　　 ─ 시메옹 베르뇌

▣ 우리 속의 자아를 존중하라, 그 자아는 곧 우주이니.
　　　　　　　　　　　　　　　　　　　　　 ─ 에드윈 로빈슨

▣ 일정량의 자기애(自己愛)는 건강한 인간으로서의 정상적인 특질이다. 자기 자신에 대한 적당한 고려는 모든 노력과 일의 성취에 불가결한 요소이다.　　　　　　　　　　　　 ─ 세바스티안 브란트

▣ 『너 자신을 알라.』 이 금언은 해로운 동시에 추악한 것이다. 자신을 관찰하는 자는 스스로의 발전을 가로막는다. 『자신을 잘 알려고』 너무 노력하는 벌레는 백날 가도 나비가 되지 못한다.
　　　　　　　　　　　　　　　　　　　　　　 ─ 앙드레 지드

▣ 인생에 있어 가장 큰 일은 자기를 발견하는 일이다. 그렇기 때문에 여러분은 고독과 사색이 때때로 필요한 것이다.
　　　　　　　　　　　　　　　　　　　 ─ 프리드쇼프 난센

▣ 돈을 갖는 데도 여러 가지 방식이 있다. 소위 돈 모으는 데 수완이 있는 사람은 무일푼의 빈털터리가 되었을 때에도 자기 자신이라는 또 하나의 재산을 가지고 있는 것이다.　　　　　　 ─ 알랭

▣ 당신은 지금 자기 가치를 스스로 낮추고 있지만, 사실은 지금의 몇 배나 혹은 몇 십 배나 훌륭히 될 수 있는 사람인지도 모른다. 분발하라! 분발하지 않고는 아무도 높이 될 수는 없다.　　　— 알랭

▣ 사람은 어느 누구도 자기 아닌 타인과 다른 것과 마찬가지로 자기 자신과도 다를 때가 있다.　　　— 라로슈푸코

▣ 세상에는 자기를 사랑하며, 또 사랑받기를 원하면서, 반면에 타인을 괴롭히고, 사랑으로부터 멀어져 가는 사람이 많다.

　　　— 조지 버나드 쇼

▣ 이 세상에 산다는 것은 말하자면 연극이다. 장부를 기록하는 것과는 뜻이 다르다. 그러니까 자기란 것에 충실되게 살려면 몇 번이고 훈련을 쌓지 않으면 안 된다.　　　— 윌리엄 사로얀

▣ 그것은 자아(自我)였다. 그 의미와 본질을 알려던 자아였다. 내가 피하려고도 하고 정복하려고도 하던 자아였다. 그러나 나는 그것을 정복할 수는 없었으나 속일 수는 있었다. 다만 그것을 도피하여 한때 숨을 수 있을 뿐이었다. 실제 세상에서 이 자아같이 나의 생각을 괴롭혔던 물건은 없었다.　　　— 헤르만 헤세

▣ 인간이 단일 개성적(單一個性的)인 영혼인 이상 인간은 홀로 있는 것이다. ……내가 『나』이며, 다만 내가 『나』이며, 내가 『나』인 한 나는 필연적으로 영구히 혼자인 것이다. 이것을 알고 이것을 인정하며, 그것을 자기 인식의 기본으로 해서 살아가는 것이 내 최대의 행복이다.　　　— D. H. 로렌스

▣ 그대만이 홀로 심판관이다. 잘 여문 밀알을 알아볼 수 있는 것은

오직 땅들뿐이기 때문이다.   — 생텍쥐페리

◙ 자기에 대한 존경, 자기에 대한 지식, 자기에 대한 억제, 이 세 가 지만이 생활에 철대적인 힘을 가져다준다.   — 앨프레드 테니슨

◙ 내가 원하는 대로의 삶을 이어 나아가도록 내버려두고 조금도 당 신네들의 무의미한 세계에 휩쓸리게 하지 말아 다오. 혹시 나 혼자 의 힘으로 세계 안에서 내가 차지하고 있는 나 스스로의 위치를 밝 혀낼 수 있을지도 모르겠기 때문이다.   — 잭 케루액

◙ 자아는 행위 그 속에서만 발견되는 것이며, 행위와 한 몸을 이루고 있다. 그것은 가장 절박한 상황에서 떨어져 나가는 허가를 주는 내 적 힘은 아니며, 반대로 현대의 행위에 자아를 구속하고 하나의 미 래를 쌓아 올리는 힘인 것이다.   — 장 폴 사르트르

◙ 한 사람 속에는 마치 『상위의 자아(自我)』와 『하위의 자아』가 있는 것 같습니다. 우리들의 『하위의 자아』에는 『우리들의 신 체』와 이에 부수되는 모든 것이 나타납니다. 즉 신체로서 필요한 것, 신체의 욕망, 특히 관능적인 정욕이 하위의 자아에 나타납니다. 절제의 덕은 『하위의 자아』에 대한 『상위의 자아』의 지배를 각자에게 보증합니다.   — 요한 바오로 2세

◙ 생명, 사랑, 아름다움은 자유롭고 테두리가 없는 하나의 자아(自 我) 속의 세 형제, 사랑과 사랑이 낳는 모든 것과, 반항과 반항이 낳는 모든 것과, 자유와 자유가 낳는 모든 것—이 세 가지가 신의 천성이었습니다. 신은 유한한 의식세계의 무한한 마음이었습니다.   — 칼릴 지브란

■ 자아란 한없고 헤아릴 수 없는 바다. ― 칼릴 지브란

■ 나는 가없는 깊이를 가진 하나의 바다와, 한없는 푸름을 지닌 하나의 하늘 사이에 떠도는 하나의 작은 배. ― 칼릴 지브란

■ 나도 하나의 포도원, 나의 열매도 떨어져서 술틀에 밟히리. 나 또한 새 술처럼 영원한 그릇에 간직되리라. ― 칼릴 지브란

■ 자기에 대해서 생각하는 것은 무섭다. 그러나 추한 것, 아름다운 것 그대로의 나에 대해서 생각하는 것만이 오직 정직한 것, 이 이상 더 튼튼한 출발이 어디 있으랴? ― 칼릴 지브란

■ 유순과 겸손에서 모든 덕은 생기고, 자아(自我)를 역설하는 데서 모든 죄는 범하게 된다. ― 앨프레드 테니슨

■ 그대의 몸, 그대의 하는 일을 소중히 생각하라. 그대의 것으로 생각하지 말고 하늘이 주신 것으로 알아라. ― 찰스 슈와브

■ 우리는 『자기가 무엇을 가지고 있는지』는 볼 수 있지만 『자기가 무엇인지』는 볼 수가 없다. ― 비트겐슈타인

■ 자기 자신에 관해서 글을 쓸 때, 있는 그대로의 자신이라는 것 이상의 진실이란 있을 수 없다. 자신에 관해서 쓰는 것과 외부의 대상에 관해서 쓰는 것과의 차이는 거기에 있다. 아무리 키가 큰 사람일지라도 자기 위에 서서 자신에 관해 쓰는 것이다. 그렇다고 해서 죽마(竹馬)나 사다리 위에 서 있는 것이 아니고 맨발로 서 있다. ― 비트겐슈타인

■ 정신분석의 절차는 본질적으로 어떤 인간으로 하여금 본래의 자아

를 폭로시키도록 만드는 하나의 과정이다.　　　— 에리히 프롬

■ 우리의 육체적인 자아의 요구와 우리의 정신적인 자아의 목표와는
　서로가 충돌될 수 있다. 즉 사실상 우리가 정신적 자아의 완전성을
　확보하기 위하여 우리의 육체적 자아를 희생시켜야 한다는 것은 인
　생의 비극적 사실 중의 하나이다.　　　— 에리히 프롬

■ 우리의 자아는 지식이나 기술 같은 현실적 특질과 우리가 현실의
　핵 주위에 구축하는 가상적 특질과의 혼합물이다. 그러나 중요한
　점은 자아의 내용이 무엇이냐 라고 하기보다 자아가 우리들 각자가
　소유하고 있는 어떤 물건으로 느껴지며, 그리고 이 『물건』이 우
　리의 주체의식의 토대가 된다는 점이다.　　　— 에리히 프롬

■ 무지는 자아의 죽음이다.　　　— 오쇼 라즈니쉬

■ 네 자아의식은 혼돈을 감추기 위한 계략에 지나지 않고, 네가 자꾸
　만 모든 것을 감출 수 있도록 포괄적으로 덮어 버리는 개념에 불과
　하다.　　　— 오쇼 라즈니쉬

■ 의식(意識)하는 존재에 있어 생존(生存)한다는 것은 변화하는 일
　이요, 변화한다는 것은 경험을 쌓는 일이요, 경험을 쌓는다는 것은
　무한히 자기 자신을 창조해 가는 일이다.　　　— 앙리 베르그송

■ 인도의 리쉬들은 강력하게 주장하여 이렇게 말했다. 『이 생명 속
　에서 자기를 아는 것은 진실하게 되는 것이요, 이 생명에서 자기를
　모르는 것은 죽음의 폐허가 되는 것이니라.』그러면 어떻게 자기를
　알아야 하는가?『각자와 전체에서 자기를 깨달음으로써』자연에
　서뿐만이 아니라 가정에서 사회에서, 또 나라에서 우리가 전체에서

보는 『세계의식』을 깨달으면 깨달을수록 우리에게 더욱 좋은 것이다. 이것을 깨닫지 못한다면 우리는 파멸에 직면하는 것이다.

— R. 타고르

▣ 자기를 사랑하는 법을 배우기 위해서는 자기의 결점에 대한 관용을 기르지 않으면 안된다. 그렇다고 자기의 인생의 기준을 낮추든가 최선의 노력을 게을리 해도 좋다는 말은 아니다. 단지 우리들 자신을 포함하여 누구든 항상 백 퍼센트 훌륭할 수는 없다는 점을 이해하는 것이다. 타인에게 백 퍼센트의 인격을 기대함은 물론 부당하다. 자기에게 그것을 기대함은 건방진 독선(獨善)이다.

— 데일 카네기

▣ 나 자신 외에 어느 누구도 나에게 해를 가하는 자는 없다.

— J. 베르나르

▣ 세부에 관한 심리학의 오류, 자기를 찾고 자기를 분석하는 사람들, 자기를 알기 위해서는 자기를 확인할 것이다. 심리학은 행동이다. 자기 자신에 관한 성찰이 아니다. 사람은 인생을 살아가는 동안에 결정지어지는 것이다. 자기를 완전히 안다는 것은 곧 죽는 것이다.

— 알베르 카뮈

▣ 우리들은 늘 자기 자신에게 반문하지 않으면 안된다. 만약 세상 사람들이 다 그렇게 하면 어떻게 될 것인가 하고.

— 장 폴 사르트르

▣ 나는, 어디 가나 어울리지 않고 아무 데를 가나 편한 곳이 없는, 동양과 서양의 이상한 혼합체가 되었다. — 자와할랄 네루

■ 어떤 상황이 변화하기를 바란다면 우리는 우리가 변화시킬 수 있는 단 한 가지, 바로 자기 자신에게 초점을 맞추어야 한다.
— 스티븐 코비

■ 인정은 대체 제 몸을 알고자 하되, 이를 알지 못하면 때로는 커다란 바보나 또는 미치광이처럼 되어서, 저 아닌 남이 되어 저를 보아야만 저도 비로소 다른 물건과 다른 바 없음을 알 수 있을 것이다. 그 경지에 이르러서야 비로소 몸이 움직이는 곳마다 아무런 거리낌이 없을 것이다.
— 박지원

■ 대체 『나』라는 것이 벌써 사욕에 지나지 않으니, 만일 일호(一毫)라도 그 사욕이 몸에 따르면 성인은 반드시 그를 마치 원수나 도적처럼 간주하여 기어코 끊어 없애버려야 한다.
— 박지원

■ 『나』가 없으면 다른 것이 없다. 마찬가지로 다른 것이 없으면 나도 없다. 나와 다른 것을 알게 되는 것은 나도 아니요, 다른 것도 아니다. 그러나 나도 없고 다른 것도 없으면 나와 다른 것을 아는 것도 없다. 나는 다른 것의 모임이요, 다른 것은 나의 흩어짐이다. 나와 다른 것을 아는 것은 있는 것도 아니요, 없는 것도 아니다. 갈꽃 위의 달빛이요, 달 아래의 갈꽃이다.
— 한용운

■ 무슨 까닭인가? 나는 본디 내가 아니다. 낳기 전에도 내가 아니요, 낳은 뒤에도 또 내가 아니다. 그렇다면 지금 비록 잠시 존재한다 해도 실제론 내가 아니다. 기왕 내가 아니니 또한 내가 무엇을 말할 것이며, 기왕 내가 아니거늘 내가 무엇을 말하지 못할 텐가. 나는 나로서, 오직 내가 되기를 바랄진저.
— 김성탄(金聖嘆)

■ 우리는 너무 오랜 세월에 걸쳐 나를 잊고 나의 현주소를 잃어버린 채 방황을 일삼아 왔었다. 이제는 제 자리로 돌아설 때가 된 것이다. 내가 누군가를 분명히 알아야 할 때가 온 것이다. 그런데 무턱대고 나를 찾는다는 것은 자칫하면 고집 장이가 되기 쉽다. 경우에 따라서는 허울만 나일 뿐 속은 딴 것으로 메울 염려도 없지 않다.
　　　　　　　　　　　　　　　　　　　　　　　　　— 송지영

■ 사람은 누구나 죽는다는 진리와, 그런데 나는 아직 안 죽었다는 진실을 깨닫게 될 때 참된 자기와 마주치게 된다.　　　　— 김은우

■ 나는 우주와 융합된 상태에서 『나』라는 한 핵심을 가지고 움직이는 존재이다. 이 『나』라는 핵심이 잘 자리 잡아 가게 하기 위하여 사람은 길을 정한다.　　　　　　　　　　　　　　— 손우성

■ 자유의 본질은 자아(自我)의 자기결정이며 자율이다.　— 신일철

■ 만일 『나는 누구인가?』라는 물음에 대해 그 물음을 회피하거나 대답을 주저할수록 자기 동일화에 실패하기 때문에 자기 상실의 깊은 열등감에 빠진다.　　　　　　　　　　　　　　— 신일철

■ 가치란 『나』라는 존재에서 비롯되며, 『나』란 존재는 전 우주를 주고도 바꿀 수 없는 존재이다. 『나』의 이름으로 사는 『나』가 진정한 『나』요 가치 있는 『나』이다.　　　　　— 강원룡

■ 내가 있다는 것, 이것이 모든 것의 출발이며, 이로부터 세계와 우주는 그 자리와 의의를 가지게 된다. 우주의 중심점이 나에게 있으며, 세계의 모든 무게가 나라는 초점 위에 머물고 있다.
　　　　　　　　　　　　　　　　　　　　　　　　　— 김형석

■ 자아(自我)란 알고 보면 한갓 의식의 흐름, 자아가 남은 공허한 이름에 지나지 아니함을 뉘우칠 때, 그리고 그 순간에만 자아에 대한 집착이 풀어진다. 이기주의라는 망념의 사슬이 어쩌다 풀리는 순간, 거기 허무주의라는 새로운 구렁이 앞길을 막는 것이다.

— 김태길

■ 내가 나로서 존재할 때만 이 대상도 또한 그 대상으로서 존재할 수 있게 된다. 그것을 우리는 보통 자아라고 부른다.   — 이어령

■ 늘 원대한 포부가 나를 인도하고, 깊은 사상이 나의 행동을 인도해야 한다. 조그마한 목전의 감정이 내 마음을 지배하고 얕은 생각이 나의 행동을 명령하지 않도록 해야 한다.   — 미상

■ 나는 누구인가. 스스로 물으라. 자신의 속얼굴이 드러나 보일 때까지 묻고 묻고 물어야 한다. 건성으로 묻지 말고 목소리 속의 목소리로 귀속의 귀에 대고 간절하게 물어야 한다. 해답은 그 물음 속에 있다.   — 법정

■ 나는 다른 사람과 나를 비교하지 않는다. 나와의 진정한 비교의 대상은 외부에 있는 것이 아니라 『어제의 나』와 『오늘의 나』라고 생각한다.   — 안철수

【속담 · 격언】

■ 제 눈에 안경이다. (보잘것없는 물건이라도 제 마음에 들면 좋아 보인다)   — 한국

■ 봄 꿩이 제 바람에 놀란다. (제가 한 일에 제가 놀란다) — 한국

■ 닭도 제 앞 모이 긁어 먹는다. (제 앞의 일은 제가 처리해야 한다)
　　　　　　　　　　　　　　　　　　　　　　　　— 한국

■ 부엉이 소리도 제가 듣기에는 좋다. (자기의 단점은 모르고 자기가
　하는 일은 모두 다 좋다고 한다)　　　　　　　　— 한국

■ 부처님 위하여 불공하나, 제 몸 위해 불공하지. (남을 위하는 것
　같지마는 실상 사람이 하는 모든 일은 결국은 자기를 위하는 것이
　다)　　　　　　　　　　　　　　　　　　　　　　— 한국

■ 비싼 놈의 떡은 안 사 먹으면 그만이라. (제가 싫으면 하지 않으면
　그만이다)　　　　　　　　　　　　　　　　　　— 한국

■ 눈이 아무리 밝아도 제 코는 안 보인다. (제아무리 똑똑하다 하더
　라도 제 자신을 잘 모른다)　　　　　　　　　　— 한국

■ 도포를 입고 논을 갈아도 제멋이다. (격에 맞지 않는 어색한 짓이
　더라도 사람은 저마다 하고 싶은 대로 한다)　　— 한국

■ 무당이 제 굿 못하고 소경이 저 죽을 날 모른다. (흔히 제가 자기
　일을 모른다)　　　　　　　　　　　　　　　　— 한국

■ 나 모르는 기생은 가(假) 기생이다. (가장 아는 체, 면식이 넓은 체
　하는 사람을 비웃는 말)　　　　　　　　　　　— 한국

■ 내 발등의 불을 꺼야 아비 발등 불을 끈다. (급할 때는 누구보다도
　자기 자신의 일을 제일 먼저다)　　　　　　　　— 한국

■ 내 배 부르니 평안감사가 조카 같다. (잘 먹고 배부르니 평안감사
　같은 좋은 자리도 부럽지 않다)　　　　　　　　— 한국

■ 제 힘 모르고 강(江)가 씨름 갈까. (제 자신의 힘을 알아야 한다)
　　　　　　　　　　　　　　　　　　　　　　　— 한국

■ 타인을 아는 것은 지식에 지나지 않지만, 자기 자신을 아는 것은
　영지라고 할 수 있다.　　　　　　　　　　　　— 중국

■ 어떤 여우도 자기 꼬리를 자랑한다.　　　　　　— 몽고

■ 나의 자아는 나의 친구인 동시에 나의 적이다.　— 인도

■ 통은 어느 통이나 자기의 밑바닥으로 서지 않으면 안 된다. (자기
　일은 자기가 처리해야 한다)　　　　　　　　　— 영국

■ 제 어깨에 앉은 것은 보이지 않는다. (We see not what sits on
　our shoulder.)　　　　　　　　　　　　　　　— 영국

■ 자기 자신을 알 수 있는 자는 현명한 자다. (Full wise is he that
　can himself know.)　　　　　　　　　　　　　— 영국

■ 자기보다 큰 적은 없다. (Man has not a greater enemy than
　himself.)　　　　　　　　　　　　　　　　　— 영국

■ 자기의 힘이 되어 주는 것은 자신이고, 신만은 모든 사람의 힘이
　되어 준다.　　　　　　　　　　　　　　　　　— 영국

■ 어떤 사람이든지 자기 자신이 제일이다.　　　　— 영국

■ 제 앞길부터 먼저 닦으라.　　　　　　　　　　— 영국

■ 누구나 자기 똥은 향내가 나는 줄 안다.　　　　— 영국

■ 누구나 자기의 거위를 백조라고 생각한다. (자기중심으로 자기를

　　좋게 해석한다)　　　　　　　　　　　　— 영국

■ 우선 나를 조심하고, 그리고 나를 고쳐라.　　　　— 독일

■ 자기를 아는 자는 자기를 가장 못난 사람이라고 생각하는 법이다.
　　　　　　　　　　　　　　　　　　　— 프랑스

■ 누구나 자기의 물레방아 있는 곳으로 물을 끌어들인다.
　　　　　　　　　　　　　　　　　　　— 이탈리아

■ 가장 가까운 것은 자기 자신이다.　　　　　— 이탈리아

■ 자기 혼자 있는 쪽이 나쁜 친구와 있는 쪽보다 낫다. — 스페인

■ 누구나 자기의 나귀가 남의 집 아라비아 말보다 빠르게 뛴다고 생
　　각한다.　　　　　　　　　　　　　— 유고슬라비아

■ 누구도 자기의 그늘 속에 들어가서 쉴 수는 없다.　— 헝가리

■ 사자로부터 내 몸을 피해 나오는 것보다 자기 자신으로부터 해방
　　되는 것이 더 좋다.　　　　　　　　　　— 이슬람

■ 자아는 우상의 어머니.　　　　　　　　　— 아라비아

【시·문장】
나는 뜬숯과 쐐기풀의 상처
나는 빛과 이슬에 시달리는 숯불.
　　　　　　　　　　　　— 엔드레 아디 / 시집

내면의 길을 찾은 사람에게는

열렬한 자기침잠(自己沈潛) 속에서
자신의 마음은, 신(神)과 세계를
형상과 비유로만 선택한다는
지혜의 핵심을 느낀 사람에게는,
모든 행위의 사고가
세계와 신을 포함하고 있는
자신의 영혼과의 대화가 될 것이다.

— 헤르만 헤세 / 內面에의 길

나는 온전한 외로움
나는 텅 빈 허공
나는 떠도는 구름.
나에겐 형상이 없고
나에겐 끝이 없고
나에겐 안식이 없다.
나에겐 집이 없고
나는 여러 곳을 지나간다.
나는 무심한 바람.
나는 물에서 날아가는
흰 새.
나는 수평선.
나는 기슭에 닿지 못할
파도.
나는 모래 위에 밀어 올려진

빈 조개껍질. 나는 지붕 없는
오막살이를 비치는 달빛.
나는 언덕 위 헐린 무덤 속의
잊혀진 사자(死者).
나는 들통에 손수 물을 나르는
늙은 사나이.
나는 빈 공간을 건너가는
광선.
나는 우주 밖으로 흘러가는
작아지는 별.

　　　　　　　── 캐들린 레인 / 사랑받지 못하여

내 사랑하는 이 고양이에게로
자석(磁石)엔 양 이끌린 나의 눈을
또다시 얌전히 되돌려서
나 자신을 들여다볼라치면
나 어리둥절해 보게 되는 건
창백한 그 눈동자 타오르는 불
밝은 표지등(標識燈), 살아 있는 오팔
나를 뚫어져라 지켜보는 눈

　　　　　　　　　── 보들레르 / 고양이

내라 내라 하니 내라 하니 내 뉘런고?
내 내면 낸 줄을 내 모르랴

내라서 낼 줄을 내 모르니 낸동만동 하여라.

— 무명씨

『나』란 무엇인가? 어떤 사람이 창가에 기대서서 지나가는 사람을 바라보고 있는데 내가 지나간다고 한다면, 그는 나를 만나기 위해서 거기 있었다고 말할 수 있을까? 아니다. 왜냐하면 그는 바로 나에 관한 생각을 하고 있는 것이 아니니까. 그러나 어떤 사람은 그 아름다운 까닭으로 해서 사랑하는 사람은 그 사람을 사랑한다고 말할 수 있을까? 아니다. 왜냐하면 천연두가 그 사람을 죽이지 않고 아름다움만을 빼앗아 갔다고 한다면 그는 벌써 사랑한다고 말할 수 없을 것이다. ……그렇다면 이 『나』라고 하는 사람은 대체 어디에 있는가? 그것이 신체 속에 있는 것도 아니겠고 혼 속에 있는 것도 아니라고 한다면, 사람이 어째서 신체나 혼을 사랑할 수 있을까? 그렇지 않으면 우리들은 어떤 사람의 혼의 실체를 거기에 어떤 성질이 있든지 간에 그것을 따로 두고 추상적으로 사랑한다고 하는 말인가? 그런 것은 할 수도 없으며, 또 당치도 않은 것이다. 그러고 보면 우리들은 결국 그 사람 자신을 사랑하고 있는 게 아니라 다만 그 사람의 성질을 사랑하고 있는 데 지나지 않는다.

— 파스칼 / 팡세

사람들은 대개 남에게 아첨한다기보다 그 이상으로 자기 자신에게 아첨하고 있다. 남의 일에 대해서는 엄격하고 냉정하면서, 일단 자기 일이 되면 불공평한 판단을 하고 흥분하며 편의주의로 흐른다. 자기 자신에 대한 이러한 편의주의적인 판단은 매우 나쁜 것이다. 자기 자신에게 대해서도 남의 일을 판단하듯 엄격하고 냉정하지 않으면 안 된다. 그러나 지나치게 자기에게 대해서 엄한 것도 좋지 않다. 왜냐하면 그 결과는 심신이 부담하는 고통이 커서 괴로운 상태에 빠지고, 나아가서는 절망하기 쉽기 때문이다. 지나친 자기 책망은 의지를 마비시키고 활기를 죽이기 쉽다. 그러기 때문에 고민이 있을 때에는 심오한 도덕서(道德書)보다는 오히려 가까운 친구의 말에 귀를 기울이는 것이 좋은 약일 때가 많다.　　　　　　　　　　— 프랜시스 베이컨

【중국의 고사】

■ **출호이반호이**(出乎爾反乎爾) : 『네게서 나온 것이 네게로 되돌아간다』는 뜻으로, 자신의 허물을 반성할 일이지 남의 잘못을 꾸짖을 일이 못된다. 『가는 말이 고와야 오는 말도 곱다』는 말과 같은 성질의 말이다.

《맹자》양혜왕하에 있는 증자(曾子)의 말이다.

추목공(鄒穆公)이 맹자에게 물었다. 『우리나라가 노나라와의 충돌에 있어서, 지휘자들이 서른세 명이나 죽었는데 그 밑에 있는 백성들은 한 사람도 죽지 않았습니다. 상관이 죽는 것을 바라보고만 있는 그들을 모조리 처벌하려니 수가 너무 많아 손을 댈 수가 없고, 그냥 버려두면 앞으로도 윗사람 죽는 것을 미운 놈 바라보듯 하고 있을 터이니, 이를 어찌하면 좋겠습니까?』

임금의 이와 같은 물음에 맹자는,

『흉년이나 재난이 든 해에 임금님의 백성이 늙은이와 어린아이들은 굶주려 죽고, 장정들은 사방으로 살길을 찾아 헤어진 수가 몇천 명이나 됩니다. 그때 임금님의 곡식창고와 재물창고에는 곡식과 재물들이 꽉꽉 차 있었습니다. 그런데도 백성들을 구제할 책임이

있는 사람들은 이를 보고하여 구제할 대책을 세우지 않고 보고만 있었습니다. 이것은 윗사람이 직무에 태만하여 아랫사람들을 죽게 만든 것입니다. 옛날 증자가 말하기를,『네게서 나온 것이 네게로 돌아간다(出乎爾者 反乎爾者).』고 하였습니다.

백성들은 그들이 받은 푸대접을 지금에 와서 돌려준 것뿐입니다. 임금께서 백성들을 허물하지 마십시오. 임금께서 어진 정치를 하시면, 지금 그 백성들이 그들 상관의 고마움에 보답하기 위해 앞장서서 죽게 될 것입니다.』라고 대답했다.　　　—《맹자》양혜왕하

【에피소드】

■ 장자(莊子)가 어느 날 혜시와 함께 호수(濠水)의 돌다리 위를 거닐고 있었다. 장자는 매우 유쾌한 마음으로 말을 꺼냈다.

『저기 저 물속의 고기 떼들을 보게나. 저 노는 모습이 얼마나 즐거운가!』

혜시는 고개를 돌리며 말하였다.『자넨 물고기도 아니면서 어떻게 물고기의 즐거움을 안단 말인가?』

그러자 장자가 되물었다.『그럼 자넨 내가 아닌데 어떻게 내가 물고기의 즐거움을 모르는 줄 아는가?』

혜시도 굽히지 않고 말을 받았다.『나는 자네가 아니기 때문에 당연히 자네를 모르네. 그러나 자네도 물고기가 아니기 때문에 물고기의 즐거움을 모를 게 아닌가?』

장자가 다시 대답했다.『우리는 처음의 문제로 되돌아가는 것이 좋겠네. 자넨 나에게 묻기를,『자네가 어떻게 물고기의 즐거움을 아는가?』하였네. 여기에서 분명한 것은, 자네가 이미 물고기의 즐

거움을 알았기에, 비로소 내게 어떻게 아느냐고 물은 것일세. 자네에게 말하지만, 나는 이 돌다리 위에서 깨달은 것이네.』

■ 너 자신을 알라 : 『너 자신을 알라(Know thyself)』는 말은 그리스의 유명한 신탁소(神託所)인 델포이의 아폴론 신전에 걸려 있는 격언이다. 아테네의 입법가이며 7현인 중 한 사람인 솔론(Solon)이 한 말로 전해지고 있다. 원래 이 말은 『자기의 분수를 잊지 말라』라는 뜻이었지만, 문자 그대로 『자기 자신의 정신을 탐구하려 한다』는 것을 의미하는 것으로 해석된 것은 철학자 소크라테스 이후부터이다. 소크라테스는 자기 자신의 무지(無知)를 아는 것이 지식의 시작이라고 했다.

그 때까지의 철학은 『철학의 시조 탈레스(Thales)』이래 『자연』을 연구의 대상으로 했었는데, 소크라테스 때부터 『인간 자신』을 연구 대상으로 하게 된 것이다. 그러나 탈레스 자신도 『너 자신을 알라』라고 말한 것으로 보아, 인간을 연구 대상으로 했던 것만은 틀림없는 것 같다. 사실 그는 어떤 사람으로부터 『이 세상에서 가장 어려운 일이란 무엇입니까?』 하는 질문을 받았을 때, 『다른 사람에게 충고하는 일』이라고 대답했다. 그리고 『가장 즐거운 일이란 무엇이냐?』에 대한 대답에 그는 『목적을 달성하는 것』이라고 말했던 것이다.

■ 어느 친구의 개인 전람회에서 그림을 구경하고 있던 미켈란젤로에게 한 친구가, 『이 화가의 그림의 다른 부분은 몹시 유치한데 손만은 훌륭하게 그려져 있는 것이 이상하지 않습니까?』하고 물은즉,

『대부분의 화가는 자기 자신을 제일 잘 그리는 걸세.』라고 대답하였다.

【명작】

▣ 싯다르타(Siddhartha) : 헤르만 헤세(Hermann Hesse, 1877~1962)는 독일의 소설가・시인으로서, 단편집・시집・우화집・여행기・평론・수상(隨想)・서한집 등 다수의 간행물을 썼다. 주요 작품으로 《수레바퀴 밑에서》, 《데미안》, 《싯다르타》 등이 있다. 《유리알 유희》로 1946년 노벨문학상을 수상하였다. 《싯다르타》는 1922년에 발표된 장편소설로서 인도의 성담(聖譚)을 소재로 하여 『인도의 시(詩)』라는 부제가 붙은 소설이다.

헤르만 헤세가 초기의 몽상적 경향을 탈피하고 소설의 무대를 동양으로 옮겨 내면의 길을 탐색한 작품이다. 주인공 싯다르타는 바라문 집안에서 출생한 훌륭한 청년이다. 장차 바라문의 왕으로 추대될 촉망받는 청년이었으나, 깨달음을 얻고자 친구 고빈다(Govinda)와 함께 고행 길을 떠난다.

이 수련기의 싯다르타는 바라문의 아들로서 정신세계에 살고 있다. 자아의 근본인 아트만(Atman)과 우주의 본질인 브라만(Brahman)과의 일치를 추구한다.

함께 고행하던 고빈다는 열반에 도달한 고타마(Gautama)의 설법을 듣고 불가에 귀의한다. 그러나 싯다르타는 사변적인 가르침으로는 해탈할 수 없음을 깨닫고 정신적인 방황을 하게 된다. 정신세계에 머물면서 잊고 있던 또 다른 자아, 즉 감각본능의 세계에 있는 자아를 발견한다. 본능의 세계를 대변하는 여인 카말라(Kamala)를 알게 되고, 상인 카마스바미(Kamaswami) 밑에서 상인으로 살아간다. 사랑의 환희와 막대한 부를 누리지만 궁극적인 진리는 결코 현세에서 얻을 수 있는 것이 아님을 깨닫고 또다시 생의 허무를 느낀다.

절망하여 강물에 몸을 던지려는 순간 오랫동안 잊고 있었던 브라만의 성스러운 음인 옴(Om)을 다시 듣게 된다. 그의 앞에 자아의 구제를 의미하는 수천 개의 눈을 가진 보디삿타바(Bodhisattava)가 강물 깊은 곳으로부터 모습을 드러낸다. 그 후 고뇌의 세계에서 벗어나 뱃사공 바스데바(Vasudeva)와 함께 지내면서 상반된 대립 속에서 자아탈피의 과정을 겪는다.

뱃사공이 된 어느 날, 자기의 정부였던 카말라를 만난다. 카말라는 싯다르타와의 사이에서 얻은 아들과 함께 석가의 임종을 보러 가다가 뱀에 물려 죽는다. 싯다르타는 카말라의 임종을 접하고 새로운 측면에서 죽음을 이해하게 된다.

죽음은 감각본능 세계로부터의 단절을 의미하는 것이 아니라, 생사가 끊임없이 반복되는 과정, 즉 윤회(輪廻)의 일면임을 깨닫는다. 카말라의 죽음을 체험하면서 삶과 죽음의 두 세계에 놓여 있는 시간의 종적인 테두리를 넘어서서 『동시 동등의 인정』에 도달하게 된다. 마침내 그의 내면에서 상반된 두 세계의 대립은 지양되고, 동시 동등의 조화, 즉 궁극적인 진리를 터득함으로써 오랜 애욕의 속박으로부터 자유로워진다.

싯다르타는 산스크리트로 목적을 달성한 사람에게 주어지는 이름으로서, 원래는 석가의 어릴 때의 이름이다. 헤르만 헤세는 싯다르타라는 인물이 내면의 자아를 완성해가는 과정을 이야기하면서 노장사상(老莊思想)을 언급하는 등 동양의 초월주의를 강조하며 동서양의 세계가 조화된 모습을 제시하고 있다.

　작가는 주인공으로 하여금 흐르는 강물에서 삶의 소리, 존재자의 소리, 영원한 생성의 소리를 듣고, 그 강물을 통해서 단일성의 사상과 영원한 현재라는 시간의 초월, 즉 무상성의 극복을 체험하게 함으로써 생의 진리를 깨닫게 했다.

【成句】

■ 아궁불열(我躬不閱) : 내 몸도 돌아보지 못하는 형편이 되어서 다른 것을 생각할 여지가 없다는 말. /《시경》

■ 목견호말불견기첩(目見毫末不見其睫) : 눈으로 터럭 같은 작은 것도 보지만, 자기의 속눈썹은 못 본다는 뜻으로, 타인의 일은 능히 알면서 자신의 일은 모름 비유. /《사기》월세가.

■ 유아이사(由我而死) : 자기로 인하여 남이 죽음.

■ 유아지탄(由我之歎) : 나로 말미암아 남에게 해가 미친 것을 걱정함.

■ 목능견백보지외 이불능자견기첩(目能見百步之外 而不能自見其睫) : 눈은 백 걸음 밖을 볼 수 있으나, 자기의 속눈썹은 보지 못한다는 뜻으로, 자기 허물은 모름 비유. /《한비자》

■ 목단어자견(目短於自見) : 눈은 물건은 잘 보지만, 자신의 눈 속은 보지 못한다는 말로, 사람이 자기 자신은 모름 비유. /《한비자》

■ 등대부자조(燈臺不自照) : 등대불은 먼 곳을 밝게 비춰 주나 등대

자신은 어둡다는 뜻으로, 사람도 다른 사람의 일은 잘 살펴보면서 자기 자신의 일에는 도리어 어둡다는 것을 이름.

■ 만물개비어아(萬物皆備於我) : 천하 만물의 이치는 모두 자기의 마음에 갖추어 있다는 말. /《맹자》진심상편.

■ 심기이탁인(審己以度人) : 자기를 먼저 돌아보고 후에 남을 헤아림을 이름.

■ 지인자지자지자명(知人者智自知者明) : 사람의 현(賢) 불현(不賢)을 분별하는 것은 슬기(智)이며, 자기의 현 불현을 아는 것은 마음에 한 점의 티끌도 없는 밝음(明)인데, 이는 남을 아는 슬기보다 월등 명철하다는 뜻. /《노자》

■ 시인불여자시(恃人不如自恃) : 사람이란 자신을 믿고 남에게 의지하지 말아야 한다는 말. /《한비자》

■ 아동경태수성(我同庚太守成) : 남만 못한 자기를 한탄하는 말.

■ 나는 생각한다, 고로 나는 존재한다(Je pense, donc je suis) : 프랑스의 철학자 R. 데카르트가 방법적 회의 끝에 도달한 철학의 출발점이 되는 제1원리. 그의 주저《방법서설(方法敍說, Discours de la méthode)》에 전개된 근본사상을 나타내는 말이다. 학문에서 확실한 기초를 발견하기 위해 데카르트는 모든 인식을 뒤엎고 처음부터 다시 시작하기로 결의하고, 의심할 이유가 있는 모든 사물의 존재를 의심하여 연구한 끝에 최종적으로 의문을 중지해야 할 일점(一點)에 도달하였다. 즉, 다른 모든 사물은 의심할 수 있어도 그와 같이 의심하고 있는 나의 존재는 의심할 수 없다. 의심하고 있는,

다시 말해서 사유(思惟)하고 있는 순간에 내가 존재하지 않는다고 할 수는 없다. 『나는 생각한다, 고로 나는 존재한다.』 이것이야말로 확실하다고 믿고 그는 이 명증적(明證的)인 제1원리에서 출발하여 모든 존재인식(存在認識)을 이끌어내려고 하였다.

김동구(金東求, 호 운계雲溪)

경복고등학교 졸업
경희대학교 사학과 졸업
성균관대학교 경영대학원 경영학과 제1회 수료
경희대학교 경영대학원 경영학과 제1회 졸업

〈편저서〉
《논어집주(論語集註)》, 《맹자집주》,
《대학장구집주(大學章句集註)》,
《중용장구집주》, 《명심보감》

명언 인간편

초판 인쇄일 / 2021년 12월 25일
초판 발행일 / 2021년 12월 30일
☆
엮은이 / 김동구
펴낸이 / 김동구
펴낸데 / 明文堂
창립 1923. 10. 1
서울특별시 종로구 안국동 17-8
☎ (영업) 733-3039, 734-4798
(편집) 733-4748 FAX. 734-9209
H.P. : www.myungmundang.net
e-mail : mmdbook1@kornet.net
등록 1977. 11. 19. 제 1-148호
☆
ISBN 979-11-91757-27-9 04800
ISBN 979-11-951643-0-1 (세트)
☆
값 13,500원